EL ARTE DE MIRAR AL CIELO

EL ARTE DE MIRAR AL CIELO

TRENT DALTON

Editado por HarperCollins Ibérica, S. A.
Avenida de Burgos, 8B - Planta 18
28036 Madrid

El arte de mirar al cielo
Título original: All Our Shimmering Skies
© Trent Dalton 2020
© 2023, para esta edición HarperCollins Ibérica, S. A.
Publicado originalmente por HarperCollinsPublishers Australia Pty Limited
© Traducción del inglés, Celia Montolío

Diseño de cubierta: Darren Holt, HarperCollins Design Studio
Imágenes de cubierta: «Banksia» de The Botanist's Repository, de *New and Rare Plants* (Plancha 457), 1797, de Henry Charles Andrews, cortesía de Missouri Botanical Garden, Peter H. Raven Library/Biodiversity Library; el resto de imágenes de Shutterstock.com

ISBN: 978-84-9139-863-9

Para Fiona, Beth y Sylvie

EL PRIMER REGALO DEL CIELO

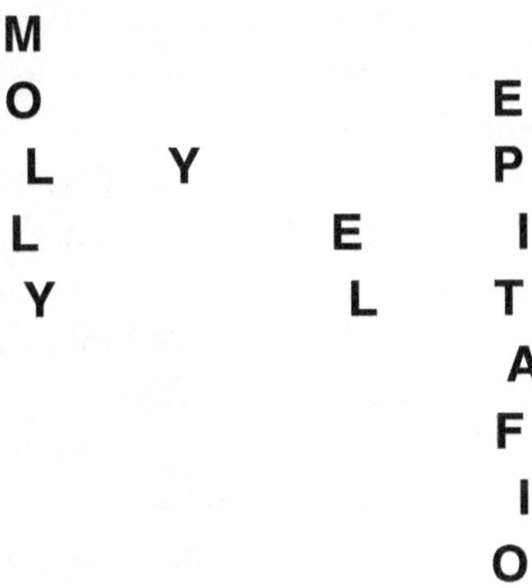

Una hormiga toro gigante se pasea por una maldición. Tiene la cabeza de color rojo sangre y se detiene y echa a andar, se detiene y echa a andar una y otra vez, recorriendo una letra *C* grabada en una lápida mientras Molly Hook, que tiene siete años, se pregunta si la hormiga gigante habrá podido ver todo el cielo alguna vez por todos esos mágicos ángulos de gravedad con que caminan las hormigas toro gigantes. Y, si no tiene un cielo que ver, ella le conseguirá uno. La hormiga sigue recorriendo la base curva de una *U*, continúa por una *R*, zigzaguea por una *S* y sale al fin atravesando una *E*.[1]

Molly es la niña sepulturera. Ha oído a gente de la ciudad llamarla así. La pobre niña sepulturera. La niña sepulturera loca. Se apoya en su pala. Tiene un mango de madera que es como ella de alto y una hoja de acero manchada de tierra con dientes a cada lado para cortar las raíces. Molly le ha puesto un nombre a la pala porque le tiene cariño. Y la llama Bert porque esos dientes de los lados le recuerdan los colmillos podridos con forma de carámbanos de Bert Green, que regenta la confitería de la calle Shepherd. La pala Bert ha

---

[1] Se describen las letras de la palabra *curse* («maldición» en inglés). *(Todas las notas son de la traductora).*

ayudado a cavar veintiséis tumbas en lo que va de año, su primer año de sepulturera junto a su madre, su padre y su tío. Y Bert también ha matado una serpiente cazadora negra por ella.

La madre de Molly, Violet, dice que Bert es el segundo mejor amigo de Molly. Y la madre de Molly dice que su mejor amigo es el cielo. Hay cosas que el cielo le dirá a una niña sobre sí misma que un amigo nunca podría decirle. La madre de Molly dice que el cielo cuida de ella por una razón. Cualquier lección que necesite aprender sobre sí misma la estará esperando allí, en el cielo, y lo único que tiene que hacer para ello es levantar los ojos.

Molly lleva los pies descalzos manchados de tierra, igual que la cara frontal de la pala, y también hay líneas de la tierra color cobre del cementerio en codos y rodillas. Molly, que con razón puede considerar su reino este cementerio laberíntico, en ruinas y casi muerto, se sube de un salto a una vieja lápida negra, se arrodilla para acercar un enorme globo ocular azul a la hormiga toro gigante y se pregunta si esta verá los profundos cielos azules de sus ojos, pues piensa que, si es capaz de ver esa clase de azul, entonces quizá también sabrá cómo es ver todo el vasto cielo azul sobre Darwin.

—Bájate de la tumba, Molly.

—Lo siento, mamá.

El cielo tiene el color de 1936, y el cielo tiene el color de octubre. Vistas desde el cielo azul y acercando la vista cada vez más y más desde lo alto, madre e hija se hallan de pie junto a la tumba de un buscador de oro en el solar más recóndito del rincón más alejado del camino de grava por el que se entra al cementerio de Hollow Wood. Las dos son, respectivamente, la versión más vieja y la más joven de cada una. Molly Hook con el pelo castaño y rizado, huesuda y despreocupada. Violet Hook con el pelo castaño y rizado, huesuda y llena de preocupación. Lleva algo a su espalda que su hija está demasiado ocupada, demasiado Molly, como para advertir. Violet Hook, la madre sepulturera que siempre esconde algo. Sus dedos temblorosos, sus pensamientos. La madre sepulturera que entierra cuerpos muertos en el cementerio y entierra secretos vivos dentro de sí. La madre sepulturera que camina erguida, pero sumida en sus pensamientos. Está al pie de la vieja tumba de piedra caliza, una lápida gris ennegrecida por la erosión; porosa, desmoronada, arruinada, como la gente que paga por las tumbas baratas de ese cementerio barato, y arruinada como Aubrey Hook y su hermano menor, Horace Hook —el padre de Molly, el esposo de Violet—, los dos borrachos de elevada estatura con sombrero negro y rostro sudoroso que rara vez aparecen por su casa. Los dos hermanos de ojos negros que heredaron el cementerio y que de mala gana mantienen abiertas sus verjas torcidas y mohosas mientras llevan el negocio desde las tabernas y los bares de ginebra de la ciudad de Darwin y, a ocho kilómetros de distancia, desde el salón iluminado por una lámpara de desgastado terciopelo rojo del burdel clandestino de fumadores de opio que hay bajo la espaciosa fábrica de la carretera de Gardens Road donde Eddie Loong seca y sala el mújol del Territorio del Norte que luego envía a Hong Kong.

Molly coloca la mano derecha sobre la lápida de la tumba y, porque se lo puede permitir, empieza a dar vueltas tan enérgicas y rápidas que se marea y tiene que levantar la vista al cielo para recuperar el equilibrio. Entonces se fija en algo allá arriba.

—Delfín nadando —dice Molly sin darle más importancia que si se hubiera notado un mosquito en el codo.

Violet mira arriba para buscar el delfín de Molly, que es una nube que empuja a otra nube más densa que a Violet le parece un iglú al principio, antes de cambiar de opinión.

—Rata grande y gorda que se lame el culo —dice.

Molly asiente y ríe a carcajadas.

Violet lleva un viejo vestido blanco de lino y su pálido rostro está enrojecido por el sol de Darwin y encendido por el calor de Darwin. Sigue llevando algo a la espalda que oculta a su hija.

—Ven a mi lado, Molly —dice Violet.

Molly y la pala Bert, robusta y digna de confianza, ocupan su sitio junto a Violet. Molly se queda mirando lo que parece haber llamado la atención de Violet: un nombre sobre una losa.

—¿Quién era Tom Berry? —pregunta Molly.

—Tom Berry fue un buscador de tesoros —dice Violet.

—¿Un buscador de tesoros? —susurra Molly.

—Tom Berry buscó oro por todos los rincones de esta tierra —dice Violet.

Molly encuentra unos números en la lápida debajo del nombre: 1868-1929.

—Tom Berry era tu abuelo, Molly.

Hay muchas palabras debajo de los números: apretadas, llenan todo el espacio disponible en la piedra. Más que un epitafio es una especie de advertencia o mensaje dirigido a las gentes de Darwin, y Molly se esfuerza por desentrañar su significado.

HA DE SABERSE QUE MORÍ BAJO LA MALDICIÓN DE UN HECHICERO. ME LLEVÉ ORO EN BRUTO DE UNA TIERRA QUE PERTENECE AL NEGRO AL QUE LLAMAN LONGCOAT BOB, Y POR DIOS JURO QUE LANZÓ UNA MALDICIÓN CONTRA MÍ Y CONTRA MI ESTIRPE PARA CASTIGARME POR MI PECADO DE AVARICIA. LONGCOAT BOB CONVIRTIÓ NUESTROS CORAZONES AUTÉNTICOS EN PIEDRA. DEVOLVÍ AQUEL ORO, PERO LONGCOAT BOB NO RETIRÓ SU MALDICIÓN, Y AQUÍ DESCANSO MUERTO, ARREPENTIDO SOLO DE UNA COSA: NO HABER DADO MUERTE A LONGCOAT BOB CUANDO TUVE LA OPORTUNIDAD. AY, AHORA TENDRÉ QUE JUGAR MI BAZA EN EL INFIERNO.

—¿Qué quieren decir esas palabras, mamá?

—Se llama un epitafio, Molly.

—¿Y qué es un epitafio?

—Es la historia de una vida.

Molly estudia las palabras. Señala con el dedo una de ellas, en la segunda línea.

—Alguien que hace magia —responde Violet.

Molly señala otra palabra.

—Magia mala para alguien que podría merecerla —dice Violet.

El dedo de la niña vuelve a señalar.

—«Estirpe» —dice Violet—. Significa «familia», Molly.

—¿Padres?

—Sí, Molly.

—¿Madres?

—Sí, Molly.

—¿Hijas?

—Sí, Molly.

La uña del índice derecho de Molly araña el mango de Bert.

—¿Longcoat Bob volvió de piedra tu corazón, mamá?

Hay un largo silencio. Violet Hook y sus manos temblorosas. Un largo mechón de pelo castaño le da en los ojos.

—Este es un epitafio feo, Molly —dice Violet—. Tu abuelo manchó la historia de su vida con bravatas y pensamientos de venganza. Pero un epitafio tiene que ser digno y tiene que ser cierto. Y este solo es una de esas dos cosas. Un epitafio tiene que ser poético, Molly.

Molly se vuelve hacia su madre.

—¿Como lo que hay escrito en la tumba de la señora Salmon, mamá?

AQUÍ YACE PEGGY SALMON
QUE AMOR Y VINO BUSCÓ
Y SOBRARAN O FALTARAN
UN VERSO SIEMPRE DEJÓ

—¿Me prometes una cosa, Molly?

—Sí.

—Prométeme que leerás todos los libros de poesía que hay en la estantería que está junto a la puerta principal.

—Te lo prometo, mamá.

—¿Me prometes otra cosa, Molly?

—Sí, mamá.

15

—Prométeme que harás tu vida digna, Molly. Prométeme que harás tu vida grande, hermosa y poética, y que incluso cuando no sea poética tú la escribirás de manera que lo sea. Porque tú escribes tu vida, Molly, ¿sabes? Prométeme que tu epitafio no será feo, como este. Y, si lo escribe alguien por ti, haz que no tenga que esforzarse en escribirlo. Debes vivir una vida tan plena que tu epitafio se escriba por sí solo. ¿Lo entiendes? ¿Me lo prometes, Molly?

—Te lo prometo, mamá.

A Molly le tiemblan las rodillas. Molly está inquieta. Porque se lo puede permitir, Molly deja caer a Bert sobre la tierra y da una voltereta lateral junto a la tumba de su abuelo, pero el vestido le cae sobre la cara y le tapa los ojos y, como no logra clavar el aterrizaje, trastabilla y aterriza hecha un lío de piernas y brazos.

—Eso no ha sido muy digno, Molly —dice Violet—. Esos libros de poesía te enseñarán a actuar con dignidad.

Molly se aparta el pelo de los ojos y sonríe.

Violet hace señas con su índice afilado a la niña sepulturera para que vuelva junto a ella. Molly coge a Bert, la pala, y vuelve a ocupar su sitio junto a la cadera de su madre.

—Ahora quédate en silencio —dice Violet.

La quietud de este cementerio, esta muerte colectiva horneada al sol. Es la estación seca en Darwin y todos los árboles del camposanto quieren arder. Los robles australianos de Darwin se inclinan sobre tumbas tan antiguas que no se identifica a sus propietarios. Los *woollybutts*, con sus flores caídas y marchitas de un color rojo anaranjado que rodean cada tronco como círculos de fuego, llevan cincuenta años creciendo sobre el terreno pedregoso y trepando tan alto como las tiendas del paseo marítimo de Darwin. La maleza y la hierba trepan por las lápidas que honran la memoria de carpinteros, granjeros, criminales, soldados y madres, padres, hermanos y hermanas. Familia.

La tierra está engullendo el cementerio de Hollow Wood. Ya se ha comido a los muertos y ahora mastica el testimonio de sus vidas.

Molly rompe el silencio. Molly siempre rompe el silencio.

—¿Está mi abuelo ahí abajo? —pregunta Molly.

Violet se toma un momento para responder.

—Una parte de él está ahí —dice Violet.

—¿Y el resto?

Violet levanta la vista hacia ese cielo azul en el que la hormiga toro gigante aún no ha reparado.

—Allí arriba.

Molly echa la cabeza hacia atrás y contempla el cielo, entrecerrando los ojos bajo el sol del mediodía de Darwin.

—Lo mejor de él está allí —dice Violet.

Molly reajusta su punto de apoyo y desplaza el pie derecho hacia atrás sin apartar la vista del cielo. En el cielo se ve solo un cúmulo propio de la estación seca, a la izquierda de Molly, una algodonosa y colmada metrópolis flotante de aire cálido en ascenso que a Molly le recuerda a la espuma que se forma cuando Bert Green echa una cucharada de helado en un vaso alto de zarzaparrilla. A la derecha de esa nube todo es azul. Violet Hook sigue la mirada de su hija hacia el cielo y se queda contemplándolo casi durante medio minuto; luego fija la vista en algo no menos inmenso: el rostro de su hija. Tiene tierra en la mejilla izquierda. Una mancha de yema de huevo del desayuno se le ha endurecido en la comisura izquierda de los labios. Los ojos de Molly no se apartan del cielo.

—¿Cómo es este sitio, Molly?

Molly conoce la pregunta y la respuesta.

—Este sitio es duro, mamá.

—¿Cómo es una roca, Molly?

Molly conoce la pregunta y la respuesta.

—Una roca es dura, mamá.

—¿Cómo es tu corazón, Molly?

—Mi corazón es duro, mamá.

—¿Cuánto?

—Duro como una roca —dice Molly con los ojos aún fijos en el cielo—. Tan duro que no se puede romper.

Violet asiente y respira hondo. Sigue un largo silencio. Luego, tres simples palabras.

—Me voy, Molly.

Molly mueve el pie izquierdo descalzo y vuelve la cabeza hacia su madre.

—¿A dónde vas, mamá? —pregunta mientras su mano derecha clava la hoja de Bert azarosamente en el suelo—. ¿Vas a Katherine otra vez?

Violet no responde.

—¿Vuelves a Timber Creek, mamá? ¿Puedo ir contigo?

Los ojos de Violet se dirigen ahora al cielo. Sigue otro largo silencio. Molly golpea el suelo con el talón derecho y espera la respuesta de su madre.

Y Violet parece perdida en ese cielo. Luego cierra los ojos y extiende el brazo derecho hacia su hija y Molly ve cómo su mano recorre todo el camino hasta descansar en su hombro izquierdo. Los dedos de su madre tiemblan. Y Molly se da cuenta ahora de que los brazos de su madre son más delgados que nunca. Su piel, más pálida.

—¿Por qué hacen eso tus dedos, mamá?

Y Violet abre los ojos y estudia su mano derecha temblorosa, la cierra y vuelve a esconderla tras la espalda. Vuelve los ojos al cielo.

—Me voy al cielo, Molly —dice Violet—. Me voy allí para estar con tu abuelo.

Molly sonríe. Vuelve la cabeza de nuevo al cielo. Los ojos encendidos.

—¿Puedo ir yo también?

—No, Molly, no puedes venir conmigo.

Y Molly siente sed ahora y el estómago se le revuelve, y los dedos del pie derecho escarban en la tierra roja mientras cierra nerviosamente los puños, y las uñas más largas se le clavan en la palma de la mano atravesando la piel. Mira al cielo de nuevo. Mira a su madre de nuevo.

—No voy a volver de allí arriba, Molly.

Molly mueve la cabeza.

—¿Por qué no?

—Porque ya no puedo estar más tiempo aquí abajo.

Molly alza los ojos al cielo de nuevo. Busca una ciudad allí arriba. Busca la casa en la que su madre vivirá. Busca sus calles y sus tiendas de golosinas y sus licorerías. La ciudad más allá de las nubes.

—Esta es la última vez que me verás, Molly.

—¿Por qué?

—Porque me voy.

Molly deja caer la cabeza. Los dedos de sus pies se clavan en la tierra aún más profundamente. Y quiere saber cómo su madre hace ese truco de magia, cómo pasa tan deprisa de la luz a la oscuridad. Es la luz del día transformándose en noche de repente, se dice Molly. El cielo del día convertido en el cielo de la noche sin vida intermedia. Sin tiempo intermedio. Sin las tareas de la casa. Sin el té de la tarde. El cielo azul del día con nubes en forma de delfines convertido en un cielo de la noche donde solo hay negrura.

—¿Qué sientes por dentro, Molly? —pregunta Violet.

—Siento que tengo ganas de llorar.

Violet asiente con la cabeza.

—Entonces, llora, Molly —dice Violet—. Llora.

Y los ojos de la niña sepulturera se entornan, su cuerpo se estremece como si fuera a vomitar y su cuello cae hacia delante y llora. Dos breves sollozos y sus ojos tienen que abrirse de par en par porque un río de lágrimas se transforma en distintos afluentes que dividen la tierra seca y el polvo de su rostro, y esas nuevas corrientes de agua en las mejillas de Molly le recuerdan a Violet el entramado de riachuelos que de niña solía ver en los mapas de buscador de oro de su padre.

—Sigue —dice Violet

Y la niña llora con más fuerza, y se lleva las manos a la cara, y el fluido sale de su nariz y le gotea saliva de los labios sin que su madre la toque. No la abraza. No va en busca de ella.

—Llora, Molly, llora —dice Violet suavemente.

La niña sepulturera grita tan alto que Violet vuelve instintivamente la cabeza hacia la casa del cementerio, más allá de unos árboles, por si el sonido ha sido lo bastante fuerte como para despertar a su esposo de su largo sueño diurno de borrachera.

—Bien —dice Violet—. Bien, Molly.

Y Molly llora durante un minuto entero más, luego traga saliva con fuerza y se limpia los ojos con el dorso de la mano. Agarra un puñado de tela de su vestido y baja el rostro para limpiárselo. Violet permanece frente a su hija, aún con las manos a la espalda.

—¿Has terminado?

Molly asiente, sorbiéndose el fluido de la nariz.

—¿Lo has sacado todo?

Molly asiente.

—Ahora mírame, Molly —dice Violet.

Molly levanta la vista hacia su madre.

—Nunca volverás a llorar por mí —dice—. No volverás a derramar una sola lágrima desde este momento. Nunca tendrás pena. Nunca tendrás miedo. Nunca sentirás dolor. Porque has recibido una bendición, Molly Hook. Nunca dejes que nadie te diga lo contrario.

Molly asiente.

—¿Cómo es este lugar?

—Es duro, mamá.

—¿Cómo es esta roca?

—Es dura, mamá.

—¿Cómo es tu corazón?

—Mi corazón es duro, mamá.

—¿Cuánto? ¿Hasta qué punto es duro?

—Duro como una roca. Tan duro que no puede romperse.

Violet asiente.

—Nadie podrá romperlo nunca, Molly —dice Violet—. Ni tu padre. Ni tu tío. Ni yo.

Molly asiente. Ve cómo su madre vuelve la vista a la casa del cementerio. Hay miedo en su rostro. Hay preocupación. Violet se vuelve hacia su hija.

—¿Hay algo que quieras preguntarme antes de que me vaya?

Molly ha bajado la cabeza y mira fijamente a sus pies. Observa un pelotón de hormigas que avanza hacia la tumba de su abuelo.

—¿Podré seguir hablando contigo?

—Podremos hablar siempre que quieras —dice Violet—. Lo único que tienes que hacer es mirar hacia arriba.

—Pero ¿cómo me oirás tú? —pregunta la niña.

—Lo único que tienes que hacer es escuchar.

Molly sigue con la cabeza gacha.

—No, no puedes hacer eso —dice Violet—. No puedes llevar la cabeza baja, Molly. Tienes que mirar hacia arriba. Siempre tienes que mirar hacia arriba.

Molly levanta la vista. Violet asiente, medio sonríe.

—¿Hay algo más que quieras preguntarme?

Molly se rasca la cara, dobla el pie izquierdo en el suelo, pensativa.

—¿Qué, Molly?

Molly arruga la cara.

—Te vas a perder mi cumpleaños —dice Molly.

—Me voy a perder todos tus cumpleaños, Molly.

Molly agacha la cabeza.

—Ya no tendré regalos de nadie —confiesa Molly.

—Seguirás teniendo los míos.

—¿Sí?

—Por supuesto que sí.

Molly señala al cielo.

—Pero tú estarás allí arriba.

Violet sonríe.

—De allí es de donde vienen los mejores regalos.

Violet vuelve a mirar al cielo.

—La lluvia, Molly —dice Violet—. Los arcoíris. Las nubes con forma de delfín. Las nubes con forma de elefante. Las nubes con forma de unicornio. Los grandes relámpagos. Esos son los regalos del cielo, Molly. Yo los enviaré todos para ti.

—Los regalos del cielo —dice Molly. Le gustan esas palabras—. ¿Solo para mí?

—Solo para ti, Molly. Pero tienes que mantener los ojos en el cielo. Tienes que seguir mirando hacia arriba. —Violet señala al cielo—. Ahí viene uno.

—¿Dónde? —susurra Molly observando el cielo azul.

Violet señala al cielo de nuevo.

—Allí —dice, y Molly entrecierra los ojos y hace visera con las manos para tapar el resplandor—. Es un regalo de tu abuelo, Molly. Algo que quiere que tengas tú.

Molly salta sin moverse del sitio ahora.

—¿Qué es? ¿Qué es?

—Así es como tu abuelo encontró su tesoro —dice Violet mirando al cielo.

—¡Un tesoro! —dice Molly.

—Todos tenemos un tesoro que encontrar, Molly. Él quiere que encuentres el tuyo.

Molly mira al cielo con más atención aún, pero no logra ver el regalo que cae de él.

—Sigue mirando hacia arriba, Molly —dice Violet—. No apartes los ojos del cielo. No dejes de mirar, o te lo perderás cuando caiga.

Molly siente que su madre se acerca a ella. Molly siente que sus brazos le rodean los hombros. Siente los labios de su madre en la sien.

—Me voy ya, Molly —dice Violet—. Pero no debes ver cómo me voy. Debes seguir mirando hacia arriba. No debes apartar los ojos del cielo.

Y Molly mira al cielo, y mira, y mira, y quiere volver los ojos, pero obedece a su madre, cree en su madre, cree en lo que dice, y no aparta los ojos de aquel alto techo azul, y siente cómo su madre se aleja de ella, oye las sandalias de su madre al aplastar las hojas y la hierba a su paso, y quiere apartar los ojos del cielo y dirigirlos hacia el sonido, pero obedece a su madre porque su madre siempre tiene razón, siempre dice la verdad, siempre es digna.

—Tienes en tu mano escribir tu propio epitafio, Molly. —Más lejos—. No lo escribirán por ti. Tú misma puedes escribirlo. Solo tienes que seguir mirando al cielo, Molly. —Más lejos—. Sigue mirando al cielo, Molly. —Más lejos—. Sigue mirando al cielo, Molly. —Demasiado lejos.

Molly sigue mirando al cielo, y pasa tanto tiempo mirando fijamente ese cielo que se dice que solo lo seguirá mirando sesenta segundos más, y cuenta los sesenta segundos en su cabeza, y, cuando solo le quedan cinco segundos más que contar, se promete que contará otros sesenta segundos, y eso hace. Diez, nueve, ocho, siete, seis, cinco, cuatro, tres, dos, uno.

Sigue sin ver el regalo del cielo, así que aparta los ojos del azul y suspira; aún tiene el estómago revuelto, y gira la cabeza hacia el lugar donde se oyeron las últimas pisadas. Busca a su madre. Pero solo hay árboles y tumbas y maleza y montículos de arcilla pedregosa que cubren a los muertos; nada más. Y se queda mirando el silencioso campo del cementerio esperando que su madre regrese. Pero no regresa.

Una imagen se introduce en la mente de la niña sepulturera. Una hormiga toro gigante que trepa por una maldición. Una sola palabra esculpida en la lápida. Mala magia para alguien que podría merecerla. Se vuelve entonces para leer el epitafio de su abuelo y, descansando sobre la piedra, junto a sus tibias delgadas como pequeñas ramas, hay una caja de regalo de cartón plana y cuadrada. Está atada con una cinta en forma de lazo. La cinta es del color del cielo.

Molly se inclina sobre el regalo del cielo y lo agita en sus manos. Rasga la cinta, y el estómago deja de darle vueltas. Sus dedos sucios y sudorosos arañan los lados de la caja. Al fin, una brecha, y sus manos rasgan por el fondo, sin miramientos, el cartón delgado y barato, y algo metálico —algo duro— se desliza fuera de la caja y cae a sus manos.

Lo levanta hacia el cielo. Es un plato redondo de metal. De sólido cobre. Viejo y cubierto de suciedad. Al principio le parece que es un plato. Quizá una bandeja para sándwiches. Pero el plato tiene bordes inclinados y un reverso plano, y no es mucho más pequeño que el volante de un coche. Y Molly ha visto antes uno igual. En la parte de atrás de la camioneta de su tío Aubrey, en la caja metálica donde guarda sus herramientas de buscador de oro. No es una bandeja, se dice. Es una batea. Una batea para encontrar oro. Una batea para encontrar tesoros. Y Molly Hook, a sus siete años, no sabe qué responder al cielo ante semejante muestra de generosidad, así que mira arriba y dice lo que espera que resulte digno: «Gracias». Y en el silencio del cementerio la niña sepulturera aguarda pacientemente a que el cielo le conteste algo.

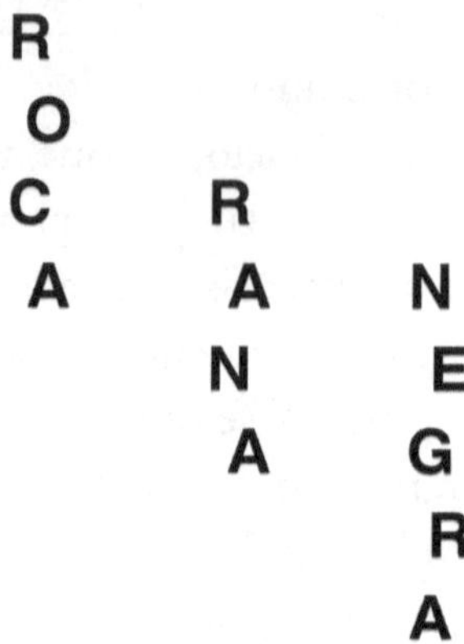

La niña sepulturera junto al agua, cuatro días después. Molly Hook se arrodilla en la lodosa orilla del arroyo Blackbird, que corre por el borde oriental del cementerio de Hollow Wood. Sostiene el regalo del cielo. Tierra, suciedad y cieno han dado a la batea de cobre un color marrón barro oscuro. La niña la llena de guijarros del cauce seco del arroyo y chapotea con andar de pato en el agua poco profunda. Con manos firmes, sumerge la batea, y en las partes más limpias del borde el cobre resplandece al sol, lo que hace que Molly confunda esos trucos de magia de la luz con tempranos y milagrosos hallazgos de oro.

Oro, mamá, oro. Y vuelve la cabeza al cielo. ¿Eres tú, mamá? ¿Estás haciéndolo tú? ¿Me oyes, mamá?

Y para Molly tiene sentido en ese momento, cuando queda tan poco para el día de su octavo cumpleaños, que el espíritu mezquino y egoísta del oro, ese hijo de Zeus llamado Criso en cuya tumba dicen su padre y su tío que siempre acaban orinando los borrachos, le conceda un hallazgo de oro. En ese día extraño entre todos los días extraños, en ese día oscuro en que su padre, Horace, y su tío, Aubrey, están allí junto a la roca rana negra, bajo el gran árbol del caucho, cavando una profunda fosa en la tierra para que otro cuerpo humano descanse por toda la eternidad.

La niña los observa cavar. Aubrey Hook es dos años mayor que Horace Hook y quince centímetros más alto. La edad de los hermanos media la treintena, pero el trabajo duro y el sol de Darwin los han arrastrado prematuramente a los cuarenta. Ambos hermanos llevan sombreros negros de ala ancha que arrojan sombra sobre sus manos cuando abren sus latas rectangulares y oxidadas de tabaco Havelock y lían sus cigarrillos en silencio, como siempre. Visten camisas blancas de algodón, pantalones negros y botas negras cubiertas de tierra. Sus columnas vertebrales se inclinan bruscamente en la parte superior, como si los hombros empujaran la cabeza debido a alguna malformación de nacimiento, pero ello no es más que el resultado del trabajo con la pala. De cavar tumbas para los muertos y de todos los años que han pasado cavando potenciales tumbas para ellos mismos buscando oro en los penosos confines del Territorio del Norte. Hacen falta décadas para que una columna vertebral adopte la postura de cavar, pero al final la asume, empieza a encorvarse hasta encontrar un punto cómodo que será el mismo en el que Horace y Aubrey un día se encorvarán con agradecimiento dentro de una fosa cubierta de lodo y tierra marrón como la que están cavando ahora junto a la roca rana negra.

Aubrey lleva bigote y Horace no. Pañuelos rojos alrededor del cuello para el sudor, pañuelos blancos en los bolsillos del pantalón para limpiarse el polvo acumulado en la frente. Hombres de piel y hueso, y trabajo, y sueño interrumpido, y preocupación. Hombres que Molly cree que podrían haber nacido de la tierra. Hombres que no vienen del mismo lugar que ella. Hombres que han salido del mismo suelo en el que están siempre cavando. La niña sabe que, si metiera a Bert en la barriga de su padre y empujara la hoja de la pala con su bota derecha, encontraría la misma tierra roja, amarilla y marrón que sigue encontrando bajo todas las viejas lápidas negras del cementerio que están alineadas junto al arroyo Blackbird. Encontraría el suelo kándico de Darwin del que su padre le ha hablado, los duros suelos del Top End que soportan poca agua y también los suelos de arena y marga de la superficie. Luego seguiría cavando y no encontraría entrañas en su interior, ni intestinos, ni órganos, ni corazón; tan solo vertisoles, las mismas arcillas cuarteadas y los suelos negros que se encuentran bajo los vastos terrenos inundables del Top End. Lo que no se imagina, en cambio, es el interior del tío Aubrey; piensa que estará vacío, como los árboles muertos devorados por las termitas que dan nombre al cementerio. Lo único que tiene dentro es sombra.

—Roca rana negra —murmura Molly para sí mientras criba.

La roca rana negra bajo el gran árbol del caucho le recuerda a Molly a las ranas de roca negras que siempre ve saltando por Hollow Wood. Y las ranas le recuerdan a un trozo de pan quemado. Trozos de pan quemado que dan saltos.

Le gustan esas palabras. «Roca rana negra». Suenan como un croar de rana cuando las dice rápido. «Roca rana negra». «Roca rana negra». Y se ríe.

Molly agita la batea de lado a lado lo bastante vigorosamente como para mover los guijarros y con suficiente suavidad para mantenerlos dentro de ella. Coge las piedras de mayor tamaño, las lava en el agua, y luego las descarta. Ahora movimientos circulares de la batea, revoluciones de guijarros y agua mientras la tierra y la arcilla se disuelven. Los dedos de la niña sepulturera masajean los grumos de tierra y arcilla, sacan las piedras más pequeñas a la superficie y dejan que los minerales más pesados —el oro, mamá, el oro— se asienten en el fondo de la batea. La batea sube y baja y los grumos dan vueltas igual que la tierra gira bajo los pies descalzos y marrones del barro de Molly Hook. Y la niña busca los resplandores del oro durante cuarenta y cinco minutos sin éxito.

Pero, después de tanta búsqueda, de tanta criba, descubre que la batea regalo del cielo está limpia por ambas caras. El cobre húmedo reluce al sol de Darwin y, al darle la vuelta en sus manos, guía un rayo reflejado del sol hasta la palma de su mano izquierda y se pregunta si, de todos modos, la belleza de esa luz sobre su piel no será más hermosa que la pepita de oro más grande que pudiera encontrar. Quizá esa era la clase de tesoro que su abuelo buscó por cada rincón de aquella tierra. El tesoro de la pura luz dorada.

Está cansada ahora, y se tumba sobre el cauce seco del arroyo a descansar, y mira arriba, al ancho cielo azul, y habla con él. Le hace una pregunta:

—¿Por qué me diste esto?

Y el sol arroja blancura a sus ojos, y ella se protege del sol con el círculo perfecto de la batea de cobre y se pregunta si para eso recibió aquel regalo, para poder mirar hacia arriba y ver solo el cielo. Pero lo que ve al levantar la vista son letras cursivas. Palabras. Una serie de frases toscamente grabadas en el reverso de la batea de buscador de oro. La niña lee las palabras con el mismo interés con que lee los epitafios de las tumbas derruidas del cementerio de Hollow Wood, todas esas historias finales de profundo dolor que ofrecen pistas sobre la vida de las almas de los difuntos, mientras el barro de su índice derecho subraya cada una de las extrañas palabras:

Cuanto más resisto, más me acorto,
y el agua corre hasta el camino de plata.

Repite las palabras para sí. Las repite una y otra vez. «Cuanto más resisto, más me acorto, y el agua corre hasta el camino de plata… Cuanto más resisto, más me acorto, y el agua corre hasta el camino de plata».

De las palabras sale una línea grabada que traza algo que solo puede ser un mapa, pero no se parece a ningún mapa que Molly Hook haya visto nunca. Ha visto mapas de su país. Ha visto el punto que indica dónde está Darwin y que descansa como una gema en la tiara de una princesa en el rincón izquierdo de la parte superior de Australia. Ha visto el rectángulo del Territorio del Norte entre la lisa y vasta Australia Occidental a su izquierda y el bulto oriental de Queensland a su derecha. Ha visto todos los asombrosos nombres de lugares que le gustaría visitar en el Territorio del Norte cuando algún día haya terminado de cavar agujeros para los muertos y para su padre. Las lagunas Auld. El pozo de Teatree. La estación de Eva Downs. Los pozos de Waterloo. Cada lugar evoca una visión en su cabeza.

Lagunas azules donde se ven cigüeñas blancas de largas patas sobre cojines de lirios del tamaño de escudos romanos que flotan en las narices de los cocodrilos dormidos. Un pozo profundo lleno de té inglés donde hombres y mujeres elegantes con sombreros elegantes llenan tazas de porcelana china mientras observan juegos sobre el césped que discurren al son de violinistas moteados de sol. Una mujer llamada Eva Downs que se parece a la actriz Katharine Hepburn y dirige una próspera propiedad ganadera con una escopeta en una mano y un martini en la otra. Y ese lugar del desierto central australiano en el que Napoleón tuvo que retroceder.

Su padre tiene un mapa australiano de buscador de oro de 1914. Lo guarda en su despacho junto al dormitorio principal, donde se supone que Molly no entra nunca. El mapa de buscador de oro ni siquiera señala Darwin. Tampoco el Territorio del Norte al completo. Es un mapa rosa, y todo lo que queda fuera de los estados de la Australia Occidental, Australia Meridional, Queensland, Nueva Gales del Sur y Victoria queda descrito sin más con la palabra «aborígenes». En función del espíritu languideciente o de la rabiosa desesperación del buscador de oro, aquellas áreas marcadas con la palabra «aborígenes» eran, a ojos de Horace, Aubrey y sus viejos amigos buscadores de oro, peligrosas tierras de nadie u opulentos campos de oro intacto en sazón para un pico afilado. Pero este mapa grabado que tiene en sus manos no se parece a ningún mapa que Molly haya visto antes. Es el mapa de un libro de cuentos. No un mapa de pueblos y ciudades, ríos y carreteras. Es un mapa de maravillas y misterios, de fortuna y de gloria. Un tesoro. Recuerda lo que dijo su madre: «Todos tenemos un tesoro que encontrar».

Un mapa del tesoro, se dice Molly mientras su uña recorre la única línea grabada del mapa hasta un segundo grupo de palabras.

*Al oeste, donde indica el hombre del tenedor amarillo,
y luego al este oscuro, donde sangra el bosque.*

No repite estas palabras porque ve que hay más debajo y está demasiado impaciente por seguir la línea grabada que viaja por la batea de cobre, ahora desde el noroeste al sudeste, siguiendo un camino vacilante hasta otro grupo de palabras. Y mil mariposas azules se le liberan en el estómago cuando pasa su pequeño índice bajo aquellas.

La línea del mapa continúa y hay más palabras que leer en la batea, pero están cubiertas de barro. Corre de nuevo al agua del arroyo y usa su vestido para dejar completamente limpia la parte de atrás de la batea, y tiene que acordarse de respirar cuando levanta el mapa del tesoro de su abuelo que le ha regalado el cielo y lee el último grupo de palabras grabadas en la batea.

—¡Mollyyyyyy!

El tío Aubrey la llama desde debajo del árbol del caucho.

—¡Niña, aléjate del puto arroyo!

La niña sepulturera se apresura a salir del agua chapoteando y trepa por el vado del arroyo agarrándose a las matas de hierba alta para alcanzar el nivel del cementerio. Molly ve a su tío de pie sobre la tumba que acaba de cavar apoyado en la larga pala que ha estado utilizando. Su padre está junto a él con la cabeza baja y el sombrero negro en las manos.

—Ven aquí, niña —ordena Aubrey.

Sus largos y delgados brazos y las largas y delgadas falanges de sus dedos le hacen señas de que vaya hasta él, pero ella no quiere.

—¿Puedo quedarme aquí, tío Aubrey? —dice Molly.

—No —responde su tío—. Tienes que venir ahora mismo.

—No quiero ir allí —dice.

—Ven de una vez, niña —grita Aubrey Hook.

Es tan alto como delgado, y su sombrero de ala ancha es negro como sus ojos, sus cejas y su mirada. Y Molly ahora quiere llorar para mostrarle a su tío que tiene miedo. Llora, se dice. Llora, Molly, llora. Llora y él te entenderá. Llora y cuidará de ti. Pero no es capaz de llorar en ese momento por mucho que se esfuerce.

—Papá —llama Molly.

Pero su padre no dice nada. Y ella sabe que su padre es más blando que su tío.

—¡Papá! —llama Molly de nuevo.

Pero su padre está absorto en sus pensamientos. No está, se dice. Igual que dicen Horace y Aubrey que tampoco está su madre. Dicen que se extravió entre los matorrales; que se perdió en el salvaje país profundo y no fue capaz de encontrar el camino para volver. Para volver a Hollow Wood. Para volver con Molly. Horace está petrificado ahora, con la cabeza baja y el sombrero en las manos.

—Vas a venir ahora mismo, niña, y vas a decirle adiós a tu madre —ordena Aubrey al borde de la tumba.

Molly abraza la batea de cobre que ha sido un regalo del cielo y la estrecha contra su pecho. Nunca tendré miedo, se dice. Nunca sentiré dolor. Dura como una roca. Que no se puede romper. Mueve la cabeza. No.

—Ella no está ahí —grita Molly.

—¿Qué dices?

—Ella no está en ese agujero —dice Molly.

Señala al cielo.

—Está allí arriba.

Aubrey se queda momentáneamente desconcertado por las palabras de su sobrina. La mira más de cerca para ver de dónde podrían venir, de qué lugar de la mente chiflada de esa niña. Ladea la cabeza y entrecierra los ojos. Pobre niñita sepulturera, se dice. La loca niña sepulturera, se dice. Loca como su abuelo y como su madre.

—¿Qué llevas ahí? —grita Aubrey.

Molly no responde. Se acerca unos pasos.

—¿Qué llevas ahí, niña?

Da tres pasos más y se detiene.

—Es un regalo del cielo —dice Molly, nerviosa—. La batea de mi abuelo. Él quería que la tuviera yo y la tiró desde allí arriba.

Aubrey vuelve a estudiar a su sobrina y luego se quita el sombrero negro y se limpia el sudor de la frente. Toma aire y suspira con fuerza, saca una petaca de su bolsillo, desenrosca el tapón y da un largo trago. La guarda y se pasa la sucia mano derecha por la barba de varios días. Luego se dirige deprisa hacia su sobrina apretando sus blancos dientes de lobo y clava sus duras garras de lobo en el hombro derecho de Molly para empujarla hacia el árbol del caucho. Al tiempo que arrastra a la niña por el cementerio, agarra la batea y tira con fuerza de ella.

—¡Dame esa puta batea! —le dice.

—¡No! —grita Molly—. ¡No, tío Aubrey! Es mía. Me la regalaron a mí.

El brazo velludo de lobo de la alta sombra negra arranca la batea violentamente de las manos de su sobrina y la empuja a ella hacia el árbol del caucho y la roca rana negra, y ella mete los pies hondo en el barro para ralentizar su avance, pero la alta sombra negra de su tío es demasiado fuerte. Transporta su cuerpo como si transportara una pala. Cada vez más cerca del árbol del caucho, tira de ella hasta donde se ve el hoyo en el suelo.

—¡No! —grita Molly—. Por favor, tío Aubrey. Noooooo.

Una tumba rectangular sin lápida. Un prisma rectangular de aire hundido en la tierra sin nombre ni epitafio. Sin historia de vida. Sin existencia. Sin despedida. Sin suerte.

Su padre está al pie de la tumba. Su padre sí puede llorar y está sollozando en ese momento. Aubrey tira del brazo de la niña y la acerca al borde de la tumba.

—Despídete —ruge, encendido y furioso.

Los pies de la niña casi resbalan y la hacen caer a la tumba, pero se detienen al borde, desde donde no puede evitar mirar al interior del hoyo. La aterroriza lo que va a ver allí, pero no ve nada. Lo que encuentra es un hoyo sin fondo. La fosa no termina nunca. Podría arrojarse a la tumba en ese mismo momento y caer a la tierra para toda la eternidad, y justo eso es lo que cada músculo de su cuerpo quiere hacer. Es una tumba sin fondo. Es un vacío negro, y ese vacío negro demuestra que Molly Hook tiene razón, y le grita a su padre, al otro lado de la tumba:

—Se lo he dicho, papá. Ella no está ahí abajo. —Señala al cielo—. ¡Ella está allí arriba, papá!

El padre no responde nada a su hija más que su llanto. Su padre no está. Se ha ido, como mamá. Nunca tendré miedo, se dice. Nunca sentiré dolor. Nunca sentiré rabia. Y entonces Molly cierra los puños y los aprieta tan fuerte que sus uñas hacen que las palmas le sangren y grita:

—Ella. No. Está. Ahí. ¡Allí!

Aubrey se coloca junto a la tumba y habla con su hermano en un tono calmado:

—Controla a tu hija, hermano.

Pero Horace no muestra ninguna expresión. Horace solo llora. Los gritos de hada llorona de Molly resuenan por el cementerio. Tan fuerte que podría despertar a sus eternos moradores. Un grito que sale del infinito vacío negro de su interior. Alto, agudo y penetrante. Ella. No. Está. Ahí abajo. ¡Allíííííííí!

Aubrey grita a su hermano ahora:

—¡Controla a tu hija, Horace!

Pero Horace Hook no está. Horace solo llora. Y con cada lágrima que derrama su padre, crece la histeria de la niña sepulturera.

—¿Por qué lloras? —grita—. Ella no está ahí abajo. Ella no está ahí abajo. ELLA NO ESTÁ AHÍ AB…

Y calla a la niña sepulturera el dorso de la mano de nudillos y huesos de su tío al golpear su rostro. Molly Hook cae hacia atrás sobre la tierra dura del cementerio. Se limpia la nariz y ve los dedos cubiertos por la misma sangre que tiene extendida por la cara. Este sitio es duro, se dice. Nunca tendré miedo. Nunca sentiré dolor.

Molly levanta la vista hacia su tío, que aún sostiene la batea de su abuelo cuando le da la espalda a Molly y se queda mirando el interior de la tumba. Molly se levanta, se limpia el rostro con el vestido, escupe al suelo la sangre que le llena la mitad de la boca y luego corre rápidamente hacia su tío y le clava el hombro con fuerza en la espalda al tiempo que lo empuja con las piernas. Querría enviarlo al infierno al que pertenece y la ruta más rápida que ve es ese vacío negro infinito.

Pero su tío no se mueve. Tiene los huesos demasiado endurecidos de cavar. Tiene los huesos demasiado endurecidos de vivir.

—¡Esa es *tu* tumba!

Molly grita, empujando con todas sus fuerzas mientras los dedos de sus pies descalzos resbalan en el suelo.

—¡Esa es *tuuuu* tumba!

Entonces deja de empujar a su tío y agarra la batea, que este sostiene en la mano derecha.

—¡Es mía! —grita—. Devuélvemela.

Tira de la batea con todas sus fuerzas y con cuanto le queda de voluntad.

—Devuélvemela.

Aubrey Hook sigue agarrando la batea cuando se vuelve y sonríe a su sobrina como si fuera a disfrutar de lo que está a punto de hacer, y la niña sepulturera aún sigue aferrada como un *bulldog* a la batea cuando su tío sacude el brazo derecho con tal mezcla de furia y fuerza que los pies de Molly se levantan del suelo y ella sale volando por el aire y lo único que detiene su movimiento sin freno es el impacto de su sien izquierda contra el borde de la gran roca rana negra que está junto a la tumba. Perfectamente podría haber sido ella la que cayera entonces al infierno por aquel vacío sin fin, pues todo su mundo a su alrededor, incluso el cielo del día, se ha vuelto negro.

LA SEMILLA DE UNA HISTORIA

Un zorro volador negro en el rosa que precede al amanecer de un cielo de la estación lluviosa. La gravedad convierte los excrementos del murciélago de la fruta en una lágrima que cae rápido a la tierra, y dentro de esa lágrima hay una semilla. El viento lleva esa lágrima hacia un bosque de eucaliptos con un vasto sotobosque de pastos de un verde vibrante. La lágrima cae con fuerza y encuentra su bolsa de tierra permanentemente húmeda. El sol sale y se pone una y otra vez en el cielo, y los zorros voladores negros del Territorio del Norte vuelan al este y al oeste con y hacia los suyos.

Las estaciones lluviosas se convierten en estaciones secas, y el sol deja paso a la luna una y otra vez y crece un árbol de una bolsa de tierra húmeda en la que una semilla del murciélago de la fruta encontró una vez su hogar. Tiene una corteza de color gris oscuro, alcanza los nueve metros de altura y tiene hojas brillantes y redondas que reflejan la luz como el interior de la concha de una ostra. Y entre las hojas, en la mañana del 7 de diciembre de 1941, se muestra al mundo un pequeño fruto redondo. Es de color rojo y está cubierto de estrías. Es una manzana de arbusto rojo.

YUKIO MIKI Y EL CIELO DEL DRAGÓN NEGRO

Su mano enguantada busca la fotografía en medio de la gris ceguera de una nube.

—Nara, dame fuerzas —susurra.

La fotografía, desvaída, está pegada con goma al indicador circular del combustible del Mitsubishi A6M Zero de combate y largo alcance de Yukio Miki. La fotografía original era más amplia: Nara Nui arrodillada en el suelo junto a la pierna derecha de su padre, Koga Nui, sentado en una silla de madera con la palma de la mano derecha descansando sobre el muslo derecho y la mano izquierda oculta por la larga manga de su kimono de cáñamo y seda —su kimono de invierno— con un estampado de pinos que Yukio siempre consideró una buena representación pictórica de la existencia del propio Koga Nui: imponente, erizado y difícil de rendir con nada que no fuese un hacha.

Yukio cortó por la mitad la fotografía hace unas semanas con su navaja de bolsillo sobre la mesa de comedor de un portaviones en la bahía de Hitokappu, en las islas Kuriles, para dejar solo a Nara adornando el espacio sagrado de goma sobre el indicador de combustible. En la fotografía Nara no está mirando a la cámara, y le había dicho a Yukio que en realidad estaba mirando a su sobrina de nueve años,

Soma, que andaba con dificultad tras la cámara sobre un par de latas de sopa vacías movidas con una cuerda. Era Soma quien la hacía sonreír de oreja a oreja, le había dicho Nara; pero Yukio sabía la verdad, que era la vida lo que daba a Nara Nui aquella sonrisa; que eran los niños, y la nieve, y los patos arlequines meciéndose en el agua cristalina de los riachuelos, y el pez gordo que cuelga de su anzuelo, y la cometa de papel roja arrastrada por el viento por todo el sur de Osaka; eran el aire y el mar y el cielo lo que producía aquella sonrisa. Nara viste su único kimono en la fotografía, con estampado de flores de ciruelo, la prima invernal de la *sakura* —la flor del cerezo—. Las flores de ciruelo siempre florecían a tiempo para los días de frío en que Nara solía acurrucarse en el blando cojín de carne entre el costado y el hombro derecho de Yukio. Él sentía los labios de Nara moviéndose sobre su pecho mientras le hablaba de su amor y su futuro, y todo lo que él veía tumbado con la espalda sobre la hierba nevada eran los corazones dorados de las blancas flores de cerezo colgantes recortadas contra un cielo tan gris como la nube que atravesaba en ese momento. Le parecía entonces como si Nara le hablase a su pecho a propósito, y cuando susurraba *zutto* —«eternamente»— quería decirlo así de cerca; quería decírselo directamente a su acelerado corazón.

Hay un equipo de paracaidista guardado detrás de su asiento. Pocos pilotos del Zero llevan paracaídas. Podría lanzarse ahora en medio de la nube, se dice. La cabina del Zero no se puede desprender, pero puede abrirse durante el vuelo. Podría hacerlo allí, lanzarse por sus hermanos sin que lo vieran y sin sentir vergüenza. Los fuertes vientos del Pacífico lo llevarían hasta una isla tropical, a Egipto, a París, a Londres, con su gran reloj redondo y amarillo que suena en el cielo nocturno. Una corriente de aire ascendente lo bastante poderosa lo elevaría en su paracaídas, a través de las nubes, incluso hasta el cielo y las estrellas hasta Takamagahara, la Llanura del Alto Cielo.

No, se dice. Un samurái de los Zero lucha hasta la muerte. Muerte, se dice. Muerte. La única respuesta a todas las preguntas que se ha hecho a lo largo de su vida. La ruta más corta hacia el cielo. El camino más rápido hasta Nara.

*

La espada corta que traquetea contra el metal, en el hueco que queda a la izquierda entre el asiento del piloto del Zero y la puerta de la cabina, se llama *wakizashi*. Su hoja mide tan solo treinta centímetros. Las espadas *wakizashi* se habían fabricado tradicionalmente para el combate en espacios reducidos o para realizar el *seppuku*, el suicidio ritual, pero Yukio no lleva la espada hoy por lo afilado de su hoja, sino por el poder de la historia del objeto. Un regalo de un padre a su hijo. Una espada con más de dos siglos de antigüedad que ha pasado de mano en mano entre los varones de la familia, todos ellos, con la excepción del piloto de combate Yukio, trabajaron como artesanos en los talleres de cuchillos de la vieja ciudad de Sakai, al borde de la bahía de Osaka, en la desembocadura del río Yamato.

Hay una mariposa grabada en la empuñadura de la espada. La hoja se forjó en el taller de la familia Miki, en el corazón de Sakai, un populoso puerto pesquero y uno de los centros del comercio extranjero más bulliciosos y antiguos de Japón, lleno de la atmósfera sagrada del comercio marítimo y de la sangre de atún y las entrañas de gordos cangrejos reina. Fue en ese mismo modesto, pequeño y cuidado taller de cuchillos de un callejón donde el padre de Yukio, Oshiro Miki, entregó la *wakizashi* a su primogénito, que entonces rondaría la veintena, el día que Yukio partió para unirse a sus hermanos de armas y entrar en el programa de instrucción del selecto y exigente cuerpo de pilotos de la Fuerza Aérea Imperial de Japón. Oshiro le había contado a su hijo la historia de la espada muchas veces, pero aquel día de tristes despedidas sintió la necesidad de contársela de nuevo.

—No más historias, padre —rogó Yukio.

Se había cansado de las historias de su padre. De niño, a Yukio le entusiasmaban. Historias sobre cómo la familia llevaba seiscientos años fabricando espadas. Historias sobre espadas de samurái forjadas para grandes guerreros. Historias sobre cómo las llamas de la guerra feudal acabaron extinguiéndose y las espadas de samurái tuvieron que ser destruidas junto con las cenizas de los muertos y cómo los ancestros de la familia Miki entonces dedicaron sus habilidades a fabricar los cuchillos fileteadores de pescador de todo Sakai. Unos cuchillos forjados para cortar cabezas de atunes que, pese a todo, aún podían atravesar los huesos del cuello de cualquier pescador lo bastante estúpido como para poner en cuestión la consistencia del acero de la familia Miki.

Yukio solía sentarse durante horas tras el mostrador del taller sobre un cubo de madera puesto del revés mientras abrillantaba y afilaba hojas de cuchillo y veía a su padre encandilar a los pescadores con historias cada vez más elaboradas sobre la creación mítica de cada cuchillo que vendía. Pescadores del mar Negro y del Mediterráneo, del Pacífico y del Atlántico, de los mares más septentrionales y fríos y de los más vastos y templados. Todos iban al puerto de Sakai a oír las historias de fabricante de cuchillos que contaba Oshiro Miki. Y todas las semanas el joven Yukio se sorprendía al descubrir que su padre había adquirido milagrosamente algún nuevo acero sagrado y antiguo del que había prometido no desprenderse nunca, pero, aun así, podía plantearse vender al afortunado extranjero que le pareciese digno de ser su propietario.

—Condúcete con honor —solía decir Oshiro al cliente especialmente afortunado de esa semana—. Me has tratado a mí y a mi familia con respeto, y por tu amabilidad te recompensaré mostrándote una hoja fuera de lo común. Ahora te contaré su historia, pero no debes revelársela a nadie, ni decir nunca dónde la encontraste.

Lo que seguía solía ser una historia de aventuras, coraje, sacrificio y tragedia y, siempre, de amor verdadero. La hoja que el padre de Yukio sostenía en sus manos era de manera invariable el objeto sagrado con que el héroe trágico de cada historia lograba vencer a un enemigo malvado —un amante falso, un viejo hechicero, una bruja seductora o un monstruo marino de múltiples tentáculos— que se interponía en el camino del triunfo del amor verdadero. Oshiro solía completar estas lucrativas transacciones de mostrador y luego se volvía a su hijo y le susurraba las maravillas y la importancia de la historia.

—Las mejores hojas no se forjan con acero, hijo —acostumbraba a decir—, sino con historias.

Oshiro Miki sabía bien que los clientes hablaban con toda libertad del lugar en que habían encontrado sus preciosos cuchillos nuevos. Sabía que su estricta petición de mantener su reverenciado taller y su tesoro de historias en secreto era lo que hacía que, por todo el planeta, aquellos que manejaban redes de atún y tablas de filetear hablaran de los aceros de la familia.

Como Yukio pasó su adolescencia tras el mostrador del taller, su padre le enseñó a contar esas historias de los cuchillos a los viajeros extranjeros chapurreando inglés, francés y español. Y decía que las historias podían sonar aún más místicas e imponentes cuando se contaban con unas pocas palabras elegidas con esmero.

—¡Amor! —gritó Oshiro en perfecto inglés a una acaudalada pareja americana que había surcado los siete mares mientras derramaba el dinero de sus bolsillos. Agitaba las manos animadamente ante el viejo matrimonio—. Yo veo… amor —sentenció.

Y entonces explicó en un inglés imperfecto que la palabra «amor» era su favorita de toda la lengua inglesa porque era la primera palabra en inglés que había aprendido. Qué perfección y qué extraordinaria fortuna —reconocía Oshiro— la de que aquella primera palabra inglesa aprendida fuese también la más profunda, sagrada y feliz del idioma.

—Amor verdadero —dijo con una sonrisa.

Y Yukio vio cómo los americanos sonrieron con la recién descubierta certidumbre de que su amor mutuo, pese a los sentimientos contrarios que alguna vez pudieran haber albergado, seguía siendo tan nítido y tan fuerte como para atravesar las fronteras de mares e idiomas. Entonces el padre de Yukio dijo que el amor mutuo de la pareja le había recordado la historia de amor verdadero de una sagrada y cara *wakizashi* que estaba seguro de que sería el *souvenir* perfecto para enseñar a sus numerosos amigos cuando volviesen a su hogar en Pensilvania.

¿Era «amor» la primera palabra en inglés que su padre había aprendido? Yukio se lo había preguntado a su abuelo Saburo Miki, que era un anciano silencioso y reflexivo, mientras lavaban los platos aquella noche.

—¡Ja! —rio Saburo—. La primera palabra en inglés que aprendió tu padre fue «perro». Y la segunda fue «pez».

—Entonces mi padre es un mentiroso —dijo Yukio.

—Tu padre es alguien que cuenta historias —respondió Saburo mientras limpiaba la salsa de pescado densa y marrón de un plato de la cena—. Cuenta esas historias para poder llenarte este plato cada noche. Y hay algo que diferencia a los mentirosos de los narradores de historias, Yukio. —El abuelo le pasó el plato limpio a su nieto—. Algunos narradores de historias van al cielo.

*

—Solo una historia más —dijo Oshiro Miki sosteniendo la *wakizashi* con las dos manos delante de su hijo.

E introdujo su historia, como siempre lo hacía, reconociendo sus giros narrativos más cuestionables.

—Para que esta historia llegue a tu corazón, hijo mío, necesitas paladearla con un poco de sal de las orillas del mar interior —dijo Oshiro—. Los hechos de esta historia solo deberían dejarse por escrito en papel de tisú. Pero podrías esculpir su significado en piedra.

Yukio atendió con paciencia y respeto una vez más mientras su padre le contaba cómo había forjado la espada corta, en el siglo XVIII, un fabricante de cuchillos diligente y de voz suave llamado Asato Miki que había descubierto que el amor de su vida, Rina, se había marchado de Sakai en los brazos de su hermano menor, Uno. Consumido por la oscura tiniebla del dolor y la traición, Asato Miki había querido forjar la *wakizashi* perfecta, con la que estaba decidido a arrancarse el corazón para arrojarlo al mismo horno del que había salido su arma. Para tan imposible acción —razonó Asato— necesitaría forjar una hoja imposible, y, en una bruma vertiginosa y febril de veinticuatro horas de afán alimentado por el odio, Asato estuvo trabajando dos tipos de metal —el blando y maleable hierro de *jigane* y el duro y letal acero de *tamahagane*— en un horno a tal temperatura que solo podía trabajar en impulsos de treinta minutos de furiosa actividad entre las grandes cantidades de agua que le llevaba su aprendiz y que también le servían para enfriar y endurecer la hoja. Asato se sentía tan fuerte aquel día que llegó a creer que el mismo aliento de Futsunushi —el dios de las espadas— había invadido su taller y que el fuego de un dragón corría por su sangre. Fundió los dos metales en una sola hoja tan afilada que cercenó las cuatro patas de la cama que había compartido durante tres años con Rina con cuatro rápidos golpes.

El atormentado herrero quedó atónito ante su recién descubierta destreza nacida del dolor. Pero quedó aún más atónito al descubrir que la alegría de aquel nuevo don había engullido la pena que lo había llevado a fabricar la espada en primer término. Asato empezó a mostrar y divulgar entonces sus milagrosas habilidades de herrero en las tabernas de sake de Sakai. Hacía que los bebedores de bolsillo generoso le arrojaran objetos —manzanas, naranjas, zanahorias, patatas, desdichadas ratas de cocina…— para que él los cortara en dos mitades perfectas con un solo golpe de su corta pero certera espada, tan sutil como un fantasma del río Yamato.

Un día, un legendario asesino errante conocido como el Tigre Blanco desembarcó en el puerto de Sakai con su cabellera trenzada y de un blanco inmaculado que le llegaba casi hasta las pantorrillas. Empezó a hacer preguntas sobre una hoja imposible forjada por el amor y la traición, la pérdida y el odio.

—Esa espada no está en venta —le dijo Asato al extranjero en su taller.

—¿Y si te dijera que la primera persona a la que daría muerte con ella sería la mujer que te traicionó, Rina —preguntó el Tigre Blanco—, y que la segunda sería tu hermano menor, Uno?

Asato permaneció en silencio por un momento.

—La espada no está en venta —dijo.

El Tigre Blanco metió la mano en una bolsa de cuero que llevaba colgando de su cinturón. Sacó el puño cerrado, y, al abrirlo, reveló una mariposa de un blanco inmaculado que salió volando de la palma de la mano abierta del asesino.

—¿Conoces la historia del sepulturero y la mariposa? —preguntó el asesino.

—No —dijo Asato.

*

Y entonces Oshiro Miki contó su historia de cómo el Tigre Blanco contó a su vez su historia de Takahama, alguien que nació en la riqueza y recibió una esmerada educación, pero, pese a su buena fortuna, en la flor de la vida eligió pasar el resto de sus días en soledad, cavando tumbas y colocando las lápidas de los muertos en el que se tenía por el cementerio más encantado de todo el viejo Japón. Tan humilde era la choza del sepulturero, conectada con los terrenos del cementerio, que la rica e influyente familia de Takahama se negaba a visitarla por vergüenza. Pasados los años, cuando dos aldeanos vecinos se encontraron a un anciano Takahama que agonizaba en su lecho en soledad, llamaron a los parientes del sepulturero que aún vivían para que fueran a visitarlo de inmediato.

El sobrino durante mucho tiempo perdido de Takahama, Hansuke, logró estar junto a su cama para ser testigo de sus últimas horas de vida. Y, cuando Takahama daba sus últimos y trabajosos estertores, una mariposa de un blanco inmaculado entró volando por la ventana y fue a posarse con toda tranquilidad sobre la punta de su nariz. La mariposa agitó sus alas una, dos, tres veces. Hansuke la espantaba, y esta salía volando para volver y posarse en la nariz del hombre una y otra vez. Hasta que Takahama cerró los ojos para siempre, y la mariposa blanca pareció darse cuenta y se marchó volando por la ventana. Instintivamente, Hansuke la siguió, y se adentró en el cementerio encantado. Corrió entre lápidas grises y negras cubiertas de maleza y musgo y dejó atrás un pasillo tras otro de muertos que nadie visitaba. La mariposa blanca voló a izquierda y derecha y luego se adentró en un túnel de olmos que terminaba en una sepultura solitaria en la que la mariposa se posó para descansar sobre la única lápida del cementerio sin rastro de musgo o suciedad. La tumba parecía tan inmaculada como si la lápida y el túmulo hubieran sido obra de aquel mismo día. Sobre la piedra se leía un nombre: «Akiko».

Tras estudiar el epitafio, Hansuke empezó a unir las piezas de la historia oculta tras las decisiones de su difunto tío. Akiko y Takahama estaban prometidos, pero Akiko había muerto el día antes de su boda. Y, como Takahama había prometido cuidar de su amada cada hora de cada día, juró que seguiría haciéndolo a su muerte, aunque ello significara encargarse tan solo de cuidar su tumba.

Mientras permanecía allí reflexionando sobre aquello, Hansuke reparó en que otra pequeña mariposa blanca salía del espeso bosque que rodeaba el cementerio y revoloteaba hacia la misma mariposa que él había seguido hasta la tumba, que aún seguía sobrevolando la lápida. Las dos mariposas dieron vueltas, la una alrededor de la otra, durante un largo rato, y entonces Hansuke se acercó a ellas, pero su movimiento hizo que las mariposas huyeran de la lápida, y las dos salieron volando hacia el cielo para no regresar. El sobrino se quedó mirando el cielo azul, no con una sensación de pesadumbre o confusión, sino tan solo de asombro.

Asato Miki estuvo reflexionando en su taller de cuchillos, asimilando la historia del asesino.

—¿Y bien? —preguntó el asesino.

—¿Y bien qué? —respondió Asato.

—¿Qué has aprendido de la historia? —preguntó el asesino.

Asato reflexionó un poco más, y entonces respondió:

—Es una historia simple la que has contado, y solo hay una lección que aprender de ella —dijo—. La transformación. A veces se queda dentro de nosotros. A veces nos espera. Pero lo perdido no está perdido. Podemos cambiar. Podemos transformarnos nosotros mismos. A veces para mejor...

—A veces para peor —dijo el asesino y volvió los ojos hacia la mariposa blanca inmaculada que ahora revoloteaba sobre su hombro derecho. Luego se dirigió de nuevo a Asato—: Ahora debo quitarte la vida.

—¿Por qué? —preguntó Asato.

—Porque no estás dispuesto a compartir tu destreza conmigo.

—No me has dado ninguna oportunidad —dijo Asato.

El asesino se detuvo.

—Muy bien —dijo—. Muéstrame todo el alcance de tu destreza.

—¿Cómo puedo hacer eso? —respondió Asato.

El asesino volvió la vista hacia la mariposa.

—Toma tu espada y córtale un ala a esa mariposa blanca que ves volar.

—Eso es imposible —dijo Asato.

—Igual que tu espada —respondió el asesino.

Asato respiró hondo y luego exhaló despacio. Fue a buscar su espada a una pequeña habitación cerrada con llave que había junto a la fragua de su taller, y volvió para colocarse delante de la mariposa y del asesino. Agarró con fuerza la empuñadura de la espada y alzó su hoja perfecta en el momento en que la mariposa volaba, ya fuera por propia voluntad o cumpliendo una orden, ante sus ojos. El traicionado fabricante de cuchillos cogió aire brevemente, tensó los hombros, fijó los pies al suelo y comenzó a blandir su espada, pero enseguida se detuvo y se la entregó al asesino por la empuñadura.

—No puedo —dijo moviendo la cabeza.

El asesino alzó las cejas.

—La vida de la mariposa ya es demasiado corta —dijo Asato.

El asesino levantó la espada delante de sus ojos y colocó suavemente el índice sobre la hoja. Luego se volvió a Asato y la blandió por tres veces. Y el sonido del acero cortando el aire fue la única evidencia de su acción, pues la hoja se movía demasiado rápido como para resultar visible. Asato dejó escapar un largo suspiro de alivio al ver que aún seguía respirando.

El Tigre Blanco sostuvo la espada sobre las palmas abiertas de sus manos al devolvérsela a su creador.

—Tienes razón, cuchillero —dijo antes de darse la vuelta y salir del taller por la puerta de madera de goznes oxidados.

Asato primero guardó silencio y luego corrió a la puerta, justo a tiempo de ver al asesino desaparecer en la bulliciosa multitud del puerto, mientras la mariposa blanca revoloteaba plácidamente sobre su hombro derecho.

*

—¿Y bien? —preguntó Yukio.

—¿Y bien qué? —respondió Oshiro.

—¿Qué estás tratando de decirme, padre? —preguntó Yukio.

—Lo perdido no está perdido —dijo Oshiro Miki en el silencio del taller de Sakai.

Yukio asintió con la cabeza al comprender.

—Hay algo que debo decir sobre las tristes historias de amor, padre —dijo—. No resultan tan gratas cuando son verdad.

Oshiro permaneció en silencio. Luego asintió con franqueza y dijo:

—Lo perdido no está perdido. A veces se transforma. A veces se queda con nosotros.

Y sobre las dos palmas abiertas de las manos Oshiro Miki entregó a su primogénito, Yukio, antes de que partiera a la guerra, la vieja espada corta forjada al fuego.

Yukio recibió la espada en silencio. Se dirigió a la puerta del taller y entonces se volvió para decirle a su amado padre:

—Y a veces nos espera.

Yukio dejó a su padre en el taller y caminó hacia la puerta y a la guerra.

*

Nara le sonreía ahora en un arma con alas. Ahora el sonido de la maquinaria infernal de Yukio y sus hermanos de las fuerza aéreas, que temen y no temen su muerte, se despliega en un ataque de 183 aeroplanos en formación de flecha: 89 bombarderos Nakajima B5N que

45

transportan torpedos de 800 kilogramos y bombas de 250 kilogramos; 51 bombarderos en picado Aichi D3A con una bomba de 250 kilogramos bajo su fuselaje y bombas de 30 kilogramos alojadas bajo sus alas, y 43 ágiles cazabombarderos Zero que vuelan por encima de todos los demás, aún más cerca del techo azul del firmamento, aún más cerca del cielo. El rabioso rugido de ese sonido, su bramido. La avispa que hay en él. El tigre que hay en él. Una violenta sinfonía de hélices de tres palas que cortan el aire y motores al límite de su capacidad que escupen humo. Puntos rojos en las alas. Todos esos rojos soles nacientes en formación en un cielo matinal.

La cubierta de la cabina de mando de Yukio tiene una perspectiva de 360 grados de cielo, mar y tierra. Una alta y verde cadena montañosa a la derecha de Yukio, nubes a su izquierda. Son las 07:48 de la mañana y lleva volando una hora y cuarenta minutos. La flota aérea se ladea hacia la derecha siguiendo una línea de litoral color turquesa, y Yukio busca rápidamente sus binoculares. Dos lentes que magnifican la belleza y el terror de ocho majestuosos acorazados alineados en Pearl Harbor, en la isla de Oahu, Hawái. Alrededor de ellos hay anclados barcos grises más pequeños que parecen ratones dormidos junto a galgos. Yukio prescinde de los binoculares y sus ojos desnudos se encuentran con el «dragón negro», un electrizante resplandor azul oscuro que ahora se alza al cielo de color celeste. No saben que venimos, se dice Yukio. El líder de la flota, el capitán Mitsuo Fuchida, está hablando alto y claro a Yukio y sus hermanos con ese resplandor azul oscuro. Hablando sin hablar. Solo está diciendo una palabra. Gritando a través de esa ardiente llama de dragón que asciende. Exigiendo. Solo una palabra. «Atacar».

La mano izquierda de Yukio busca la mira fija entre sus ametralladoras de 7,7 milímetros. La derecha busca la fotografía pegada a su indicador de combustible. Dobla la mitad superior de la fotografía sobre la mitad inferior. No quiere que ella lo vea.

—Ya voy, Nara —susurra mientras su avión de combate desciende en picado hacia un horizonte iluminado por el fuego.

FORMAS
DE ENTRAR Y SALIR
DEL LABERINTO

Aquí yace Lisbeth Fleming. Fallecida a los setenta y tres años por gripe. Enterrada en 1884. Aquí se encuentra Molly Hook, a los doce años y nueve meses de edad, a más de un metro de profundidad en la tumba de Lisbeth, mientras la hoja de Bert atraviesa la vieja tierra que ve la luz del sol por primera vez en cincuenta y siete años.

—¿Puedo beber agua? —pregunta Molly.

—Llega hasta el metro y medio —dice su padre, Horace—. Los antiguos sepultureros siempre se quedaban cortos. A veces dejaban de cavar cuando llevaban poco más de metro y medio.

Una tumba. Un agujero en la tierra. La niña en el agujero, y su padre y su tío Aubrey, apoyados en sus palas, al nivel del suelo, uno a cada lado de la tumba. Alrededor de esta hay montones de tierra y una única pila de rocas junto al azadón mohoso que se utiliza para desenterrar.

Molly cava. Molly cava. Molly cava. Lleva unas botas viejas de piel marrón, sus botas de cavar, y unos pantalones marrones de chico que Horace encontró en una tienda de segunda mano en Tennant Creek.

Molly cava, y sus delgados brazos, solo hueso y músculo, van llenando un cubo de madera con tierra de la tumba que su padre y su tío suben a la superficie tras cada ocho paletadas.

—Papá.

Horace da una larga calada a su cigarrillo. Exhala.

—Mmmm —concede a Molly.

Es su permiso para hablar.

Molly cava con fuerza mientras habla, animada por el permiso que le ha dado su padre.

—Estaba pensando que, como ya he cavado seis tumbas esta semana y esta será la séptima, y como también he trabajado mucho atendiendo a los clientes, a lo mejor me dejarías ir al Star con Sam el sábado por la noche.

—No puedo pagarte ninguna entrada, Molly —dice Horace.

—No, no. Sam ha dicho que me invita —responde Molly.

—¿Quién es Sam?

—Sam Greenway.

—¿El negro?

Sam sin más, piensa Molly. Su mejor amigo que no es ni una pala ni un cielo.

—Sam es de fiar, papá. Trabaja mucho y es muy inteligente, y me ha estado contando todo lo que hace falta saber sobre cómo es criarse en el bosque, en el verdadero país profundo de más allá del río Clyde.

—¿Y cómo dice Sam que es el país profundo?

Molly deja de cavar. Se vuelve hacia su padre, arriba, en la superficie; el sol le ilumina los hombros y la cara. Ella se pone la palma de la mano sobre los ojos.

—Dice que es mágico —responde Molly—. Dice que los cocodrilos de los arroyos son tan antiguos como los dinosaurios, y que los cocodrilos hablan con él, y que hay plantas tan grandes que sus hojas pueden ahogarte mientras duermes, y que hay árboles con las cortezas tan blandas que puedes enrollarlas y dormir sobre ellas al raso, y también que los árboles hablan con nosotros. Luego está la Roca del Anciano, que no es más que una roca grande, pero sabe las respuestas a todas las preguntas que se te puedan ocurrir.

Horace Hook raspa una plasta de barro de la suela de su bota izquierda con un palo.

—Espero que también te haya hablado de los criminales que viven allí en chozas y cuevas —dice—. ¿Te ha contado eso, Mol? Asesinos que huyen de la ley escondidos entre una maleza tan densa y peligrosa que la policía no se atrevería nunca a ir tras ellos. Ladrones y violadores que viven de comer ratas de agua y cacahuetes. Hombres enfermos de viruela, mujeres que han perdido la cabeza a causa de la sífilis. Secuestradores que cambiarían a una virgen de doce años por una lata de aceite. Lunáticos asesinos de niños que le arrancarían el corazón a una chiquilla y la cambiarían por una naranja.

Molly permanece en silencio. Sus ojos pestañean.

—No —responde—. Sam no ha dicho nada de eso.

—Si te internas demasiado en el país profundo, puede que no regreses nunca —dice Horace—. Así que no quiero más malditas excursiones, ¿me has oído, Molly?

—Te he oído.

—Cava, Molly, cava.

Molly cava. Horace fuma su fuerte tabaco y disfruta de la tranquilidad por un instante. Luego Molly rompe el silencio. Molly siempre rompe el silencio.

—Sam me ha dicho cómo comerse un equidna, aunque yo sé que sería imposible comerse un equidna —dice soltando otra paletada de tierra en el cubo de madera—. ¿Quieres saber cómo se come un equidna, papá?

Horace suspira y sigue fumando.

—¿Cómo se come un equidna, Molly?

—El truco está en quitarle las espinas, por supuesto —dice—. Pero Sam dice que solo hay que cubrir las espinas con una gruesa capa de arcilla, ya sabes, como ese ferralsol rojo del que me has hablado; luego se pone el equidna al fuego y, cuando está hecho, lo sacas y lo dejas reposar, y luego le quitas la capa de arcilla y todas las espinas salen con ella, y es como abrir una lata de sardinas, solo que lo que tienes debajo de las espinas es más sabroso y suculento que el pato que te servirían en una bandeja en París.

Molly cava, traslada la tierra, cuenta las ocho paletadas y deja que su tío suba el cubo de madera a la superficie.

—En el Star ponen *El vaquero y la dama*, con Gary Cooper —dice Molly—. Te gustaría Gary Cooper, papá. Nunca habla mucho en las películas. Siempre está callado y serio, como tú y el tío Aubrey.

Molly mira a su padre y, como siempre, su padre mira a su hermano mayor, Aubrey. Y el tío Aubrey mueve brevemente la cabeza de lado a lado.

—Pero nunca he estado…

—Cállate ya, Molly —dice Aubrey, sus labios invisibles bajo el bigote negro.

—Pero…

—Cava, niña, cava —gruñe Aubrey.

Molly cava. Una, dos, tres paletadas. Cuatro, cinco, seis paletadas. La pala Bert produce un sonido metálico al golpear contra una gran roca enterrada en la tumba. Molly alcanza un azadón de forja que hay apoyado contra la pared del lado derecho de la tumba. Con las dos manos introduce el azadón para hacer cuña, empuja la roca por tres veces y esta se rompe en tres pedazos que ella termina de destruir con un pico más pequeño.

Sigue cavando. Siete paletadas. Ocho paletadas. Silencio total. Horace sube el cubo por el lateral de la fosa. Molly ve un largo y negro gusano de tierra que se retuerce por la cara norte de la tumba. Arriba, arriba, arriba, hacia la superficie. Sus ojos siguen al gusano y un poco más arriba se detienen en la lápida de Lisbeth Fleming.

—¿Quién fue? —pregunta Molly.

—¿Quién fue quién? —responde Horace.

—Lisbeth Fleming.

—Nadie.

—Todo el mundo es alguien —dice Molly—. ¿Sabéis si aún tiene familia aquí?

Los hombres no dicen nada. Aubrey se pasa un pañuelo por los profundos surcos de la frente.

—Matthew, Iris y George —dice Molly leyendo el epitafio de la lápida.

La bota derecha de Molly golpea con fuerza la pala Bert y el cubo vuelve a recibir otra paletada. Se detiene a leer más de la lápida de Lisbeth Fleming.

—Matthew, Iris y George eran sus hijos —dice Molly—. Me pregunto si Iris será Iris Brentnall, que atendía el mostrador de la guarnicionería de la ciudad.

Aubrey Hook da un largo trago a una petaca de plata oxidada y dirige una mirada penetrante e inquieta a su hermano menor, que está al otro lado de la tumba.

—Cállate ya, Molly —dice Horace.

Molly cava y la punta de la hoja de Bert golpea madera. Molly repite el movimiento dos veces más. Pum, pum. Aubrey se coloca el cigarrillo en la comisura izquierda de los labios y se inclina hacia abajo lentamente, con dolor de huesos, para alcanzar el azadón que descansa sobre los montones de tierra.

—Sal —dice por entre sus labios casi cerrados.

Molly se da la vuelta y sube por una pequeña escalera de madera que hay apoyada en la cara sur de la tumba de Lisbeth Fleming. Su padre le tiende una cantimplora de cuero marrón. Ella desenrosca el tapón y engulle el líquido dejando que salpique por el suelo y le cubra el rostro y la garganta.

Aubrey no usa la escalera; se limita a deslizarse para bajar a la tumba y sus botas negras aterrizan pesadamente sobre el ataúd de madera podrida de Lisbeth Fleming. Su bota derecha escarba en la tierra que queda encima del ataúd buscando un punto de entrada. Las botas golpean por tres veces, midiendo el grosor de la madera. Al tercer intento, encuentra una sección más blanda y podrida. Levanta el azadón con las dos manos y con él golpea el ataúd como si estuviera reclamando algo suyo a la tierra. La vieja madera se agrieta y se astilla. Aubrey vuelve a levantar el azadón en el mismo punto y golpea de nuevo.

El estremecimiento que recorre su trabajada espina dorsal es el mismo que solía sentir en sus años de buscador de oro, un estremecimiento de oro. Era la emoción de cavar en una mina donde se podía oler el oro, y ese olor se convertía en un sabor, y ese sabor era el de la sangre y el metal en la punta de la lengua. El oro en todas aquellas profundas rocas era un tesoro enterrado. Tanto él como Horace y el padre de Violet, Tom Berry, y todos los chinos que los siguieron hasta aquellas minas eran como piratas, solo que ellos no tenían mapas con los que trabajar y solo contaban con su instinto, con los estremecimientos que recorrían sus trabajadas espinas dorsales. Ese estremecimiento significaba éxito.

Aubrey introduce el azadón para hacer cuña entre la parte de arriba y el costado del ataúd y empuja con fuerza. Molly, desde arriba, observa abrirse la tapa del ataúd entre la tierra como si fuera la tapa de un joyero. Pero no es el brillo de ninguna joya lo que se ve en el interior del ataúd de Lisbeth Fleming, sino tan solo huesos. El fondo del ataúd se ha desintegrado en gran parte. Una calavera con la boca llena de tierra. Tierra en las cuencas de los ojos. Tierra en la mandíbula agrietada. Nunca tendré miedo, se dice Molly. Nunca sentiré dolor.

Los huesos del brazo y los huesos de la mano descansan unos sobre otros, se encuentran en la cintura de un torso que el tiempo y el lento movimiento de la tierra han desgajado de los huesos de las piernas de Lisbeth. Tiene un libro junto a la cintura que Aubrey desentierra y abre con las dos manos. Páginas pegadas por décadas de humedad.

—Biblia —dice arrojando el libro a un lado de la tumba.

Hay una caja redonda de tabaco junto al codo derecho de Lisbeth. Aubrey la golpea contra el azadón y la tierra apelmazada le cae encima de sus largos dedos. Saca una pequeña navaja de un bolsillo trasero del pantalón y pasa su hoja por el borde de la tapa. Vuelve a golpear la caja contra el azadón y la tierra cae sobre el rostro de la calavera de Lisbeth. Tirando con firmeza de la tapa, la abre, la arroja al suelo y examina el contenido sobre su mano izquierda. Sostiene un collar de cuentas de amatista y cristal al sol durante menos de diez segundos antes de arrojárselo por encima del hombro a su hermano menor, que lo levanta para verlo a la luz.

Aubrey se arrodilla sobre la cintura de Lisbeth y le levanta las manos con la misma despreocupación que si estuviera levantando un haz de leña. Hay un anillo de oro puro en el anular izquierdo de Lisbeth. Trata de quitárselo, pero está atascado por la tierra acumulada. Molly ve cómo su tío Aubrey fuerza el hueso en un sentido y en otro hasta sacarlo de su sitio. Sopla sobre él, escupe sobre él, lo envuelve en su camisa y lo restriega como si estuviera abrillantándose las botas. Y entonces Molly ve cómo su tío se mete el dedo del viejo cadáver en la boca y sujeta el anillo con los dientes como si fuera un animal hasta sacarlo. Arroja el dedo al suelo y escupe el anillo de oro sobre la palma de su mano. Luego vuelve a escupir sobre el anillo y lo abrillanta con la camisa antes de sostenerlo al sol.

Incluso desde la superficie, Molly y Horace ven con claridad el tesoro desenterrado porque no hay tierra, ni pecado ni muerte que puedan impedir que el borde de un anillo de oro reluzca bajo la luz del color del limón. Molly observa el modo en que su tío sonríe ante él ahora. Es su sonrisa secreta. Su silenciosa pasión por el brillo. Y ella ya lleva algún tiempo estudiando esa relación.

La niña sepulturera ha estado leyendo los libros de poesía del estante que está junto a la puerta delantera de la casa del cementerio, como su madre le dijo que hiciera. Ha estado intentando encontrar pedacitos de su madre dentro de ellos, pedacitos de esos libros con los que ella había conectado. Todos aquellos libros polvorientos de tapa dura con los poemas de elegantes poetas como John Keats, Walt Whitman, Edgar Allan Poe, William Butler Yeats y Emily Dickinson, que es la favorita de Molly porque, aunque no parece tan elegante como el resto, parece más sincera, y no tiene miedo a mostrar que ha enloquecido en su cabeza y en su corazón. Todo lo que aquellos poetas parecían hacer el día entero era estudiar a personas como su tío Aubrey. Y todos aquellos poetas parecían escribir sobre las cosas que no se ven en la superficie de personas como el tío Aubrey. Siempre estaban escribiendo sobre emociones como el amor, el odio, la envidia, el arrepentimiento y la rabia, y siempre usaban criaturas de la vida real como los ruiseñores, los cuervos y los caballos para representar dichas emociones.

Casi un año antes, Molly Hook había empezado a garabatear sus propios poemas con tiza por detrás de lápidas escogidas al azar en el cementerio de Hollow Wood. Hacía poco había escrito un poema sin título sobre la relación de su tío con el brillo. Lo dejó detrás de una tumba sin nombre en el lugar más recóndito que halló en el extremo sudoeste de Hollow Wood. Y se valía allí de todas las criaturas que veía en el cementerio para representar las cosas del interior de su tío que no podían verse desde fuera. Lo había escrito con rabia, como todos sus mejores poemas.

> *El pájaro decía que cavaba por el pan.*
> *El escorpión decía que cavaba por el oro.*
> *El gusano decía que cavaba por los muertos.*
> *La serpiente decía que cavaba por placer.*

Era un poema sobre cómo Molly creía que no era el precioso metal lo que su tío esperaba encontrar en todas aquellas tumbas, sino el brillo —el breve resplandor de nueva luz que el oro desenterrado traía a su mundo—. Había una especie de amor en ello, pensaba la niña. Un romance, tal vez. Voluptuosidad, sin duda. Pero no del tipo que salía en las películas, sino algo más oscuro que habita en las sombras y nunca duerme. Algo como de Edgar Allan Poe.

Y últimamente había llegado a creer que su tío sería capaz de cualquier cosa por el brillo, porque el brillo era como respirar, comer, beber, dormir, luchar y cavar. El brillo era la vida entera, y él vivía tan solo en los brevísimos momentos en que el brillo se reflejaba en sus ojos sombríos. Era algo íntimo, una voluptuosidad solitaria. Se suponía que ella no debía saberlo.

Aubrey gira la cabeza bruscamente y advierte a Molly con la mirada fija en él.

—Lárgate de aquí —gruñe.

*

54

La niña sepulturera y la pala Bert se hallan a solas y en silencio ante la tumba de Tom Berry con el sol en mitad del cielo. Molly lee el epitafio de su abuelo. Atrae su mirada la misma frase de siempre:

LONGCOAT BOB CONVIRTIÓ NUESTROS
CORAZONES AUTÉNTICOS EN PIEDRA.

Molly se coloca la mano derecha en el pecho. Intenta sentir los latidos de su corazón, porque un corazón no puede latir dentro de la piedra. Y siente el peso de su corazón dentro de su pecho y hasta podría jurar que su corazón se va haciendo más pesado cada año.

Molly lleva un libro de poemas en la mano izquierda. Es el libro de Dickinson, con tapas duras de un color verde oliva desvaído. Lo tiene abierto por un poema que le gusta. Un poema que habla del cielo y de las cosas que suceden por encima de él.

Molly contempla hoy un cielo azul.

—Lo he entendido —dice.

Y el cielo del día le responde a Molly Hook, porque es lo cortés.

—¿Sí?

—*Cuanto más resisto, más me acorto* —lee Molly.

—¿Lo has entendido, Molly?

—Es una vela —responde la niña.

—¡Una vela! —dice el cielo—. ¡Por supuesto! *Cuanto más resisto, más me acorto.*

—Está hablando de la luz de una vela —dice Molly—. Tom Berry empezó en el arroyo Candlelight.[2]

—¡El arroyo Candlelight! —dice el cielo del día—. ¡Por supuesto! ¿Y qué vas a hacer entonces, Molly?

Molly no dice nada.

—Mmmmm —dice el astuto cielo del día—. ¿Vas a hacer otra excursión al país profundo?

---

[2] *Candlelight* en inglés significa «luz de vela».

Molly no dice nada.

Su padre la mataría. No más excursiones al país profundo. Cuando tenía nueve años y tres meses de edad, Molly se internó entre la espesura más allá de los límites del cementerio de Hollow Wood. Se marchó sin agua, sin comida ni zapatos. Ni siquiera recuerda por qué se fue así y por qué se internó tanto en territorio salvaje, donde la hierba era tan dura que parecía como si hubiera cristales rotos bajo sus pies. Simplemente siguió andando y no recuerda si era el país profundo interior lo que la atraía o el cementerio lo que la empujaba a salir. Pero pronto se perdió en un caos sin senderos entre imponentes cipreses. Horace y Aubrey la encontraron casi dos días después, dormida y respirando plácidamente a la sombra de una palmera de arena. Su tío dijo que tenían que azotarla por haberse fugado de esa forma, pero su padre no consintió castigarla aquel día ante el gran alivio que le supuso encontrar con vida a su hija. Pensaba que la había perdido, y la apretaba contra su pecho cuando regresaban de lo profundo de la espesura. La abrazaba más fuerte que nunca, y Molly recordaba que había tanta luz diurna como noche dentro de su padre.

Cuando Molly contaba once años y tres meses de edad, su padre se despertó una mañana antes del amanecer a orillas del río Adelaida, al sur de Darwin y al norte de Katherine, y encontró el saco de dormir que había junto al suyo —que era el de Molly— vacío. La halló en lo profundo de la espesura, más allá del río, cuatro horas después, dormida y respirando plácidamente en el centro de más de cien montículos de termitas, algunos de los cuales alcanzaban hasta tres metros y medio de altura. Violet Hook le había dicho a Molly una vez que los montículos de ese tipo eran algo del sur y milagroso, construidos de forma instintiva por las blancas termitas que se alimentan de desechos y logran magnéticamente alinear cada alto montículo en dirección norte-sur con el objeto de que el lado oriental de cada uno pueda calentarse enseguida con el sol de la mañana y el sol más cálido del mediodía caiga solo sobre la línea más delgada de su extraña arquitectura. A Molly los montículos le parecieron tan perfectamente alineados como tumbas. El mismo color gris blanquecino. El mismo color de la piedra. El cúmulo era un cementerio, pero un cementerio lleno de vida microcósmica. A Molly le recordó el cementerio de Hollow Wood; era estar en casa.

Horace sí azotó a Molly aquel día. Allí mismo le dio tal paliza con la mano abierta que no podría haber vuelto a sentarse en el mismo lugar donde la había encontrado. Y no la sacó de la espesura, sino que la dejó regresar sola al campamento.

—Se acabaron las excursiones al país profundo —dijo antes de desaparecer entre los densos matorrales.

Se acabaron las excursiones al país profundo.

—Cava, Molly, cava —dice el cielo del día.

—¿Por qué decís eso? Papá siempre dice eso. El tío Aubrey siempre dice eso. Cava, Molly, cava. Es lo único que oigo.

—Cava, Molly, cava —dice el cielo azul.

—¿En busca de qué?

—En busca de respuestas.

—Pero ni siquiera conozco las preguntas…

—Claro que conoces las preguntas, Molly.

Molly vuelve la cabeza hacia la tumba de su abuelo. Sigue leyendo las últimas palabras de Tom Berry al mundo:

ME LLEVÉ ORO EN BRUTO DE UNA TIERRA
QUE PERTENECE AL NEGRO AL QUE LLAMAN
LONGCOAT BOB, Y POR DIOS JURO QUE LANZÓ
UNA MALDICIÓN CONTRA MÍ Y CONTRA MI ESTIRPE
PARA CASTIGARME POR MI PECADO DE AVARICIA.

Molly dirige los ojos al cielo.

—¿Por qué ella tuvo que dejarme sola aquí abajo?

El cielo del día no dice nada.

—¿Cómo pudo dejarme así? ¿Cómo pudo dejarme aquí con ellos?

El cielo del día no dice nada. Pero Molly espera una respuesta.

—Esas son preguntas para el cielo de la noche, Molly.

Molly mueve la cabeza decepcionada.

—Sé por qué se fue. Fue Longcoat Bob. Fue la maldición. Estirpe significa «hijas». Estirpe significa «nietas». Estirpe significa «madres». Estirpe significa «padres». Cuando dijo que yo había recibido una bendición, lo hizo para consolarme. ¿Qué bendición es estar aquí atrapada con ellos?

Molly mueve la cabeza, convencida de lo que está diciendo.

—Sé reconocer una maldición cuando la veo. Veo una a diario. Y una madre tendría que estar maldita para hacer lo que ella hizo.

—Cava, Molly, cava —dice el cielo del día.

—¿Has visto lo que han estado haciendo?

—Cava, Molly, cava —dice el cielo del día.

—Les roban a los muertos sus objetos más preciados.

—Cava, Molly, cava.

—Ella tenía que estar maldita para hacer lo que hizo y ellos tienen que estar malditos para hacer lo que hacen. Malditos como todo este lugar. Maldito, condenado y muerto.

—Cava, Molly, cava.

—¿Que cave en busca de qué?

—El libro, Molly, el libro.

Molly levanta el libro de Dickinson que lleva en la mano. Lo abre por la página de ese poema que le gusta sobre el cielo.

—Se titula «El relámpago es un tenedor amarillo» —dice—. Trata de todas las cosas que suceden en el cielo. Dice que hay una gran mansión allí arriba, y una gran mesa de comedor dentro de la mansión, y que allí están todas esas personas extraordinarias, todas esas personas especiales sentadas alrededor de esa mesa, y una de ellas deja caer un tenedor amarillo de la mesa y ese tenedor cae a través del cielo como un relámpago.

Molly se queda mirando al cielo y tres moscardones azules zumban alrededor de su cara, pero ella no pestañea.

—Un tenedor amarillo, Molly —dice el cielo del día.

Molly asiente.

—Sí, recuerdo haber visto esas palabras en la batea del abuelo, pero no me acuerdo de qué más decía.

—¿Dónde está la batea, Molly?

—El tío Aubrey se deshizo de ella —dice Molly.

—No era suya para poder deshacerse de ella.

—Dijo que la había metido en una bolsa de basura con una cabeza de cerdo y una docena de cáscaras de huevo.

—Esa batea era un regalo para ti, Molly.

—Un regalo del cielo —dice Molly.

—Uno de los regalos del cielo para la niña sepulturera.

—¿Tienes más?

—¿Más qué?

—Regalos del cielo.

—Siempre, Molly.

—¿Cómo los encontraré?

—Solo tienes que mirar arriba.

*

Molly está tumbada bocarriba en el claro de tierra que hay junto a la tumba de su abuelo. Se queda diez minutos mirando fijamente al cielo con los brazos en jarra. Se acuerda de cuando se tumbaba así con su madre. Madre e hija bocarriba, la una junto a la otra. Molly recuerda cuando su madre le decía que había un enorme árbol de caucho en el patio trasero de la casa en la que creció, una destartalada casa familiar para cuatro personas, con dos plantas y a prueba de ciclones, en la costa de Darwin. Le había contado que aquel árbol tenía las ramas como una tarántula que levantara las patas delanteras, y que ella y su hermano Peter, un muchacho reflexivo e inteligente como Molly, solían extender los brazos bajo la sombra de aquellas patas de tarántula y mirar al cielo a través de ellas fingiendo que el mundo estaba al revés, que ellos en realidad flotaban sobre el árbol de caucho y el árbol brotaba de una tierra hecha de cielo azul.

59

—Siempre me sorprende el poco tiempo que pasa la gente mirando al cielo —decía Violet.

Molly asentía.

—Quizá sea que es demasiado hermoso —continuaba Violet—. Quizá nadie lo mira porque todo el mundo sabe que querría pasarse el resto del día mirándolo si lo hiciera. Y supongo que nunca terminaríamos de hacer nada si nos pasáramos el día mirando al cielo.

—¿Puede algo ser demasiado hermoso, mamá?

—Algunas cosas, Mol. Pero no tú. Tú tienes la belleza justa.

Entonces Violet apretaba la mano de su hija.

—Vamos a flotar, Molly.

Y ella sonreía e inspiraba hondo.

—¿Lo sientes, Molly? —preguntaba.

—¿Qué, mamá?

—Que el mundo se pone del revés. ¿Lo sientes?

Y Molly veía las nubes que surcaban el cielo. Veía las hojas volando. Veía el movimiento.

—Sí, mamá. Lo siento.

—¡Ahora estamos arriba, Molly! ¿Lo sientes? Estamos flotando. ¡Estamos arriba!

Molly recuerda todo eso ahora y sonríe. Se levanta y coge la pala Bert, apoyada contra la lápida de su abuelo. Y camina sin hacer ruido entre hileras de muertos que llevan mucho tiempo allí, por avenidas de piedra caliza y de tierra, para volver a la casa del sepulturero.

La puerta trasera de la casa del cementerio está pintada de verde oscuro y Molly gira un picaporte suelto de bronce oxidado para entrar en el lavadero de la planta de abajo y se para bruscamente delante de una serpiente marrón del oeste que repta por el suelo de hormigón. Su amigo de la ciudad, Sam Greenway, y su familia tienen un nombre para la serpiente marrón del oeste, un nombre que Molly no sabe pronunciar bien, pero sirve para decir: «Si te encuentras con esa serpiente letal, lo mejor que puedes hacer es darte la vuelta y alejarte». Y a Molly le gusta que la familia de Sam sea capaz de decir tantas cosas con una sola palabra.

Pero Molly no se da la vuelta. Quiere beber del grifo de la pileta del lavadero, y las serpientes marrones no pueden andar reuniéndose bajo la casa; así que clava los ojos en la cabeza negra de la serpiente, que descansa sobre el tercer anillo de su piel marrón y escamosa, y deja caer el filo cortante de la hoja de Bert sobre el cuello expuesto de la serpiente con tal fuerza y rapidez que una fugaz chispa se desprende del suelo de hormigón en el instante en que la cabeza seccionada sale despedida hacia el cuarto de aseo que comunica con el lavadero.

El cuerpo sin cabeza de la serpiente se retuerce alrededor de la hoja de Bert cuando Molly lo saca junto con la cabeza negra por la puerta del lavadero y lo tira al patio del cementerio. Molly recompensa sus esfuerzos pegando la boca abierta al grifo del lavadero y dejando que el agua de la ciudad, que sabe a óxido y a tierra, fluya por su garganta y le chorree por la barbilla. Entonces se oye una voz desde la entrada de la casa:

—¡Fuera de aquí! ¡Fuera, te digo!

Las palabras de Shakespeare flotan sobre las lápidas de las tumbas, flotan sobre los muertos.

—¿Por qué habríamos de temer que se supiera, si nadie puede pedirnos cuentas?

Son las palabras de una mujer que grita.

—Pero quién iba a pensar que el viejo tendría tanta sangre dentro de él.

Molly cierra el grifo del lavadero y aprieta fuerte la llave en la palma de la mano hasta que el grifo deja de gotear, y luego se apresura a salir del lavadero siguiendo los tablones grises de madera podrida del muro izquierdo exterior de la casa. La camioneta de color rojo oxidado del tío Aubrey está aparcada en la amplia entrada de tierra. Sobre el volquete de la camioneta hay una mujer rubia menuda con un llamativo vestido rojo de lunares. Es Greta Maze, la novia por temporadas de su tío.

Los volquetes de camioneta son escenarios para Greta Maze. Los caminos son escenarios para Greta Maze. Las barras de bar, las tarimas, los suelos de cuarto de baño y las piscinas son escenarios para

Greta Maze. Y ahora está subida encima de la camioneta con un guion manoseado en la mano derecha, junto a la cintura, inmersa en el monólogo:

—El barón de Fife tenía una esposa. ¿Dónde está ahora? ¿Es que estas manos nunca volverán a estar limpias? Se acabó, milord, se acabó; con este comienzo todo lo malograsteis.

El ajustado vestido de verano rojo con lunares blancos, de cintura entallada y con puños sobre los codos, y bolsillos de parche —uno para los cigarrillos y las cerillas de Greta; el otro para su petaca, más llena de aire que de *whisky*—. La visión de ese vestido hace a Molly sonreír, y su sonrisa se hace más amplia cuando se fija en las zapatillas planas de lona en dos tonos, marrones y blancas, que lleva Greta, con las que a Molly le encantaría bailar algún día cuando sea mayor y haya dejado de cavar tumbas. Los rizos rubios de Greta forman una gran onda que cae como una fuerza de la naturaleza sobre su oreja izquierda. Gafas de sol marrones y redondas y una perfecta piel de porcelana que jamás se oscurece, por más que se exponga a las tenues luces de las cervecerías y de los bares de ginebra de Darwin y de los sórdidos sótanos que sirven de fumadero de opio en el barrio chino.

Greta ve a Molly acercarse al volquete de la camioneta y sus talones se elevan un centímetro, sube la voz, su actuación se vuelve más sentida, pues ahora tiene público. Se huele las manos, y el personaje, su último gran papel en el teatro local, siente repugnancia por ellas.

—Es el olor de la sangre, y ni todos los perfumes de Arabia podrían endulzar esta pequeña mano. ¡Ay, ay, ay!

Greta se aprieta las manos juntas con violencia, abatida. Enloquecida.

—Lávate las manos, ponte el camisón; quítate esa palidez.

Se pasea de un lado a otro por el volquete de la camioneta.

—¡A la cama! ¡A la cama! Llaman a la puerta.

Greta va corriendo al borde del volquete de la camioneta y extiende las manos hacia Molly.

—Ven, ven, ven, ven. Dame la mano.

Molly le tiende la mano a Greta, y para ella resulta emocionante desempeñar ese pequeño papel en su espectáculo. Eso es actuar. Eso es arte. Arte que ha ido a parar al callejón sin salida de Hollow Wood. La actriz se arrodilla y agarra las puntas de los dedos de la niña sepulturera, y el roce de esos dedos procura consuelo a su personaje, pero el consuelo es demasiado fugaz y llega demasiado tarde. Y Greta mira fijamente a Molly a los ojos, sin aliento y desconsolada, y se quita las gafas de sol para estudiar sin filtros el rostro de Molly, y llora delante de ella. Las lágrimas rebosan de sus ojos color esmeralda y caen por el paisaje limpio y mullido de sus mejillas. Y a Molly le gustaría llorar con ella, pero no puede, así que se limita a mirar con la boca abierta de asombro.

—Lo hecho, hecho está —se lamenta la actriz como si toda esperanza estuviera ya perdida para ella, y Molly ni siquiera saber por qué, pero le gustaría cambiar las circunstancias de aquella mujer angustiada.

Entonces Greta se levanta, da la espalda a su única espectadora y camina lentamente hasta el otro lado del volquete de la camioneta, el fondo de su escenario, y baja la cabeza, y se queda inmóvil allí en un silencio eterno que al final rompe el aplauso entusiasta de Molly.

—¡Bravo! —exclama Molly.

Greta se gira para aceptar el aplauso, saludando al imaginario público levantado de sus baratos asientos. Vuelve a ponerse las gafas de sol, inclina dos veces la cabeza como muestra de agradecimiento y hace una profunda reverencia. Luego busca su petaca. Hace un gesto de brindis hacia Molly y toma un trago triunfal de fin de la representación.

Le ofrece la petaca a Molly.

—¿Te apetece un poco?

—No, gracias —dice Molly.

Greta asiente.

—Chica lista —dice cerrando la petaca y sentándose en el volquete de la camioneta con la espalda apoyada en la cabina.

—He exagerado esa parte de «el barón de Fife tenía una esposa», ¿verdad? —dice Greta.

—No, en absoluto —responde Molly muy segura—. Has estado espectacular.

Greta enciende un cigarrillo.

—No, ¿verdad? —Sonríe, da una calada y luego suelta el humo.

—¿Qué era? —pregunta Molly.

—La Compañía Palmerston está haciendo una gira de dos semanas con *Macbeth* —responde Greta—. Es Lady Macbeth cuando recorre sonámbula su castillo y hace sus más oscuras confesiones.

—¿Qué le pasa?

—Está completamente loca —dice Greta—. Y su hombre aún más que ella.

—¿Qué le pasa a él?

—No deja de oír voces en su cabeza, y de ver cosas donde no están en realidad.

Molly reflexiona sobre esto.

—Yo creo que oigo voces en mi cabeza —dice.

Greta asiente.

—Por supuesto que sí; tú también estás como un cencerro. —Le hace un guiño—. Por eso me caes bien. La gente loca como tú y yo siempre hace bien en juntarse.

Molly sonríe.

—Yo hablo con el cielo a veces —confiesa.

Greta sonríe al responder de inmediato:

—¿Y quién no?

—¿Tú hablas con el cielo, Greta?

—Pues claro.

—¿Alguna vez te responde?

—Por supuesto —dice Greta sin darle mayor importancia.

—¿Cómo suena cuanto te responde?

—Mi cielo suena como Humphrey Bogart.

Molly ríe.

—¿Cómo suena el tuyo? —dice Greta.

Molly levanta la vista al cielo mientras reflexiona. Luego se vuelve hacia Greta.

—No lo sé —dice Molly—. Se parece un poco a mí. A mí, pero como si fuera mucho mayor de lo que soy.

Greta asiente.

—¿De verdad crees que el cielo me habla? —pregunta Molly.

—Si lo oyes, digo yo que será porque está hablando contigo —responde Greta.

—A veces veo cosas entre los arbustos que en realidad no están allí —dice Molly, ahora orgullosamente.

—¡Qué maravilla! —dice Greta—. ¿Qué clase de cosas?

—La semana pasada estábamos en el arroyo Rapid y me pareció ver a Medusa.

—¿Medusa? —repite Greta—. ¿Medusa, el espantoso monstruo de los griegos?

—Como la que está allí arriba en la estantería de libros de mamá —dice Molly.

Greta conoce la estantería. Ha pasado los dedos por los polvorientos lomos negros, marrones, verde oliva y azules de tapa dura que Violet Hook compró sobre todo en la librería Collins de la calle Knuckey con el dinero que le iba sobrando en la tienda de comestibles después de pasar semanas ahorrando. Greta había recorrido con la vista aquellos títulos y admirado el buen gusto de la mujer. Ojalá ella hubiera tenido tiempo de leer tanto como debió de leer Violet. Colecciones de poesía, sobre todo. Poetas irlandeses, ingleses y americanos. *El canto a la fraternidad* del poeta australiano John Le Gay Brereton. También le gustan los poemas sobre Sídney de Victor Daley. Ha abierto su libro *Vino y rosas* y ha sonreído ante «La mujer de la tina» al ver en ese poema su propia vida desgraciada y hasta su epitafio, si el mayor de sus miedos llegaba a convertirse en realidad: vivir el resto de sus días con Aubrey Hook, atrapada para siempre en la pequeña y calurosa cocina de la calurosa y diminuta casa de dos dormitorios con armazón de hierro ondulado que él tiene alquilada en Darwin para, un triste e inevitable día, acabar en la dura tierra de este cementerio dejado de la mano de Dios.

AQUÍ YACE GRETA MAZE,
NACIDA PARA EL ESCENARIO.
MURIÓ FREGANDO LOS PLATOS.

«DE SOL A SOL TRABAJA LA MUJER DE LA TINA;
EL JABÓN Y LA LEJÍA LAS BLANCAS MANOS LE
ARRUGARON. LAS CHISPAS DEL FOGÓN SON SUS
DIAMANTES, Y LUCE COMO ÓPALOS LAS BURBUJAS
QUE BROTAN DEL JABÓN...».

—Mamá tenía un libro de mitología allí —continúa Molly—. Y yo había estado leyendo sobre Medusa y cómo convertía a la gente en piedra con solo mirarla, y, entonces, cuando iba por los manglares del arroyo Rapid, juro que vi a Medusa de pie en medio de los matorrales delante de mí. Y tenía todas sus serpientes retorciéndose en la cabeza, y yo bajé la mía de inmediato porque no quería convertirme en piedra, pero al final no pude resistirme, y levanté la vista, ya sabes...

—Por supuesto —dice Greta.

—Miré y... —dice Molly excitada por el relato.

—¿Y te convertiste en piedra? —pregunta Greta.

Molly mueve la cabeza, casi decepcionada.

—No, porque no era Medusa. Era medio tronco de un árbol muerto con un nido de halcón encima.

Greta sigue fumando y mueve la cabeza.

—Y allí estaba yo pensando que iba a aparecer un monstruo de la mitología griega en aquel matorral de Darwin.

Molly se encoge de hombros y enseguida pasa a otra cosa porque siempre sabe pasar rápidamente de todo. De los azotes con correa de cinturón. De las quemaduras. Del duelo. De los entierros. De la sangre.

—¿De qué es la mancha que tiene la mujer en las manos? —pregunta Molly.

—Es sangre —dice Greta—. Pero no una sangre real. Ella y su esposo, Macbeth, han hecho cosas terribles para conseguir lo que tienen y están malditos por el pasado.

—¿Malditos? —repite Molly.

—Sí, malditos, chica —dice Greta—. Las manchas del pasado. La vieja Lady Macbeth no puede lavarlas.

Greta sigue fumando y expulsa otra calada.

—¿Tú alguna vez has tenido una mancha que no pudieras quitar, Molly?

—Acabo de cortarle la cabeza a una serpiente marrón en el lavadero —responde—. Ha caído un poco de sangre en el hormigón, pero podré limpiarla con un poco de agua; quizá con alcohol, si no se va.

Greta sonríe.

—Imagina que Lady Macbeth pudiera haber usado alcohol metílico.

Otra calada al cigarrillo. Greta estudia su guion.

—¿Cómo consigues llorar así? —pregunta Molly.

—¿A qué te refieres?

—¿Cómo llora una actriz cada vez que quiere?

—No pasa sin más cada vez que quiero —dice Greta—. Tengo que esforzarme. Tengo que ganármelo. Tengo que sangrar para conseguirlo, Molly Hook. —Greta se pone un dedo en la frente—. Yo digo estas líneas aquí —dice, y a continuación se coloca la mano en el pecho—, pero las siento aquí, y durante todo el tiempo que estoy sintiendo esas líneas también estoy sintiendo todo lo que he sentido a lo largo de mi vida. Eso es lo que tienes que hacer para que sea verdad, Molly. Tienes que sumergirte en lo más hondo de tu corazón y de tu alma para encontrar ese lugar oscuro, aterrador y frágil en el que ya has estado. Sabes a lo que me refiero. Todos hemos estado en un lugar como ese.

Molly sonríe.

—Me gustaría saber hacer lo mismo que tú.

Greta cambia de postura, deslizando la espalda hasta apoyarse en el borde del volquete de la camioneta mientras da otra calada.

—Cierra los ojos —dice.

Molly cierra los ojos.

—Ahora mantén los párpados cerrados y ve a tu lugar, Molly —dice Greta.

—Pero ¿y si no me gusta mi lugar? —pregunta Molly—. ¿Por qué querría alguien ir al lugar que le entristece?

—Porque la tristeza es la emoción más verdadera —dice Greta—. No se puede confiar en la felicidad. Es una mentirosa descarada. Pero la verdad de tu tristeza enriquece cualquier otra cosa que haya dentro de ti, y, más que ninguna, tu alegría. No debes tener miedo del lugar que te entristece, Molly Hook. Cuanto más vayas a ese lugar oscuro que hay en tu interior, más luminoso se volverá. Y, si vas las veces suficientes, te darás cuenta de que ese lugar oscuro es en realidad tu lugar sagrado. Ese lugar lo es todo en ti, y las lágrimas que salen de él no son más que la preciosa oscuridad filtrándose gota a gota. ¿Me sigues?

—No —dice Molly.

—Deja los ojos cerrados durante sesenta segundos —dice Greta.

Molly cierra los ojos.

—Estás en la oscuridad —dice Greta.

Diez segundos.

—No te das cuenta, pero en realidad estás en una enorme cueva de piedra totalmente a oscuras.

Veinte segundos. Greta estudia el rostro de la niña. Tan confiado. Tan dispuesto a la experiencia. Tan dispuesto a abrazar lo desconocido. Ve algo de sí misma cuando tenía doce años. No puede evitar sonreír ante ella porque conoce su pasado y le preocupa su futuro, pero la pobre niña sepulturera loca como un cencerro no parece preocupada lo más mínimo.

—Ahora verás una línea de fuego que dibuja una puerta en una pared de la cueva —dice—. Hacia arriba, hacia el lado, hacia abajo de nuevo, y de vuelta al otro lado.

Treinta segundos.

—Luego un círculo de fuego que es el pomo de la puerta, y puedes tocar ese fuego porque está frío, y tu mano alcanza ese pomo y tú lo giras, y esa puerta se abre hacia fuera, y tú entras en tu lugar sagrado, y lo ves tan cerca y tan real que podrías extender la mano y tocar su recuerdo.

Y, entonces, en su mente, durante ese extraño y largo minuto, Molly Hook permanece en la oscuridad ante una puerta abierta y sabe que esa puerta es la de su dormitorio de la casa del cementerio. Y oye algo al otro lado de la puerta abierta de su dormitorio. Un ruido sordo.

Cuarenta segundos.

—¿Lo ves, Molly? —pregunta Greta desde el volquete de la camioneta—. ¿Lo sientes?

Molly sigue con los ojos cerrados. Pum, pum. Algo golpea contra una de las paredes del dormitorio que hay a continuación en el pasillo. El dormitorio de mamá y papá. El dormitorio de Violet y Horace. Molly se frota los ojos y avanza lentamente por el pasillo rozando con las palmas abiertas las paredes de este. Avanza a ciegas, pero sigue el ruido seco. Pum, pum. Y oye algo más ahora. Es el sonido de algo animal. El sonido del lobo.

Da unos pequeños pasos por el pasillo y ve una luz a su derecha y se vuelve a mirar hacia el interior de la cocina. Una mesa vacía y una botella de *whisky* por la mitad. Pum, pum. Tiene delante la puerta cerrada del dormitorio al final del pasillo y extiende la mano hacia el pomo de la puerta, y entonces advierte que no está cerrada del todo y que puede abrirla con la más leve presión de su mano izquierda. Y lo que ve en ese dormitorio es una luna llena que entra por la ventana y la luz de plata que derrama ese orbe flotante del cielo nocturno sobre el rostro de su madre, Violet Hook, que yace bocarriba en su cama con el camisón arrancado de los hombros. El alto cabecero de madera oscura golpea la pared. Pum, pum, pum, pum. Y hay algo animal sobre la madre de Molly. Algo envuelto en la sombra. Algo que se arrastra y se retuerce como un lobo. Y a la luz de la luna solo puede ver los brazos peludos y las garras de la criatura, sus largos dedos excavando en las costillas de su madre. Y el rostro iluminado por la luna de Violet Hook que miraba a la ventana se vuelve ahora hacia la puerta del dormitorio y encuentra a Molly Hook, porque ese rostro siempre encontraba a Molly Hook, y Violet Hook rompe a llorar en silencio a la luz de la luna, pero su llanto no hace que el cabecero deje de golpear contra la pared ni que el animal deje de arrastrarse encima de ella. Entonces se oye una voz que viene de la cocina. Y esa voz para ella carece de sentido. «¡Molly!». Y, cuando la niña se vuelve hacia la luz de la cocina, ve a su padre, Horace, que, sentado a la mesa, agarra con la mano derecha la botella de *whisky*. Y entonces Molly no puede evitar mirar de nuevo hacia la luz de la luna del dormitorio y al hacerlo se encuentra con el rostro del animal, que ahora ha levantado la cabeza de entre las sombras. El rostro del lobo.

Otros cinco segundos.

—Ahora abre los ojos —dice Greta.

Molly abre los ojos.

—¿Qué has visto cuando has abierto la puerta? —pregunta Greta.

—Nada —dice Molly—. Solo oscuridad.

—¿Nada? —pregunta Greta, y vuelve a apoyar la espalda contra la pared del volquete de la camioneta—. ¿No tienes ni un solo recuerdo que te entristezca?

Molly mueve la cabeza.

—No creo que yo pueda sentir tristeza. Ni siquiera creo que pueda llorar.

—Eso es absurdo —dice Greta—. Todos los niños lloran. Cuando era niña, lloré tanto que con mis lágrimas se llenaría el puerto de Sídney.

—Yo no he vuelto a llorar desde que tenía siete años —dice Molly.

El rostro de Greta se demuda. Sabe lo que le sucedió a la niña a los siete.

—Lo intento algunas veces —dice Molly—. Me quedo mirándome al espejo e intento pensar en todas las cosas que me han pasado que podrían hacerme llorar, pero esas cosas nunca me hacen llorar.

—¿Qué te hacen sentir?

—Me hacen sentir como si estuviera huyendo.

Greta estudia el rostro de la niña, fascinada. Mueve la cabeza dirigiéndose a Molly.

—Bueno, supongo que tienes suerte, chica —dice devolviendo la vista a su guion—. No hay cabrón que no quiera hacernos llorar a las mujeres. ¡Pero nuestra joven Molly Hook no les va a dar esa satisfacción!

—Mi corazón se está volviendo… —dice Molly en voz baja.

Greta no la oye bien.

—¿Qué has dicho? —pregunta.

—Nada —dice Molly, y se detiene un momento—. ¿Greta?

—Dime, chica.

—¿Qué ves tú cuando abres la puerta?

Greta vuelve el rostro hacia Molly. Valora su compañía, sonríe. Está a punto de responderle algo sincero. Está a punto de decirle que hay una habitación blanca al otro lado de su puerta abierta. Está a punto de decirle que hay una niña recién nacida en esa habitación, y que ella la tiene en sus brazos. Pero entonces cierra la puerta de golpe en su mente.

—Nooo, lo siento, cariño —dice—. No puedo revelar todos mis secretos de actriz.

Mira al sol. Mira al cielo. Aparta la vista y cambia de tema.

—Esos habrán terminado ya, ¿no? —pregunta.

—Casi.

—Me ponen enferma —dice Greta.

—No es culpa de ellos.

—¿No?

—No —dice Molly—. Es la maldición.

—Oh, por supuesto, la maldición; lo olvidaba —dice Greta—. ¡La gran maldición del oro perdido de Longcoat Bob! ¿Todavía te emocionas con ese cuento, Molly Hook?

—¿No te parece raro que le hayan ocurrido tantas cosas malas a mi familia? —pregunta Molly.

—Detesto decepcionarte, Molly, pero las cosas malas a veces suceden cuando hay malas personas alrededor. Es una realidad de la vida. No tiene nada que ver con la magia negra.

—¿Tú crees que soy una mala persona?

—No, Mol —dice Greta—. Tú no eres mala. En absoluto.

Greta se tumba ahora bocarriba en la camioneta y levanta las rodillas como si tomara el sol.

—Ese oro no estaba maldito, chica —dice—. Si supiera dónde, hoy mismo cogería a tu amiga Bert y empezaría a cavar en busca de mi fortuna, bien segura de que no existe en este mundo magia negra ni nada que se le parezca. Solo hay personas, Molly. Las hay buenas, y las hay malas, y luego estamos las del montón, las que nos encontramos atrapadas en el medio.

Los ojos de Greta estudian el guion que ahora sostiene como pantalla para protegerse la cara del sol. No se ha dado cuenta, pero Molly sí, de que el vestido veraniego le ha dejado las piernas al descubierto y se le ven moratones de color escarlata, violeta y azul en la cara interna de los muslos. Marcas de dedos. Manchas en la piel que no se pueden lavar.

—¿Tú quieres al tío Aubrey? —pregunta Molly.

Greta da otro trago a la petaca y hace una mueca al sentir la quemadura del alcohol.

—Sí, le quiero —responde—. Pero también le odio.

—Él es de los malos —dice Molly con naturalidad.

Greta se guarda la petaca en el bolsillo. Mira el rostro, inexpresivo, de Molly. Con la punta de su bota derecha, Molly traza un círculo, una luna, en la entrada de grava.

—¿Cómo puedes querer a alguien y odiarlo al mismo tiempo? —pregunta.

—Lo entenderás cuando encuentres a un hombre para ti.

—¿Y si ya he encontrado uno?

Greta se vuelve hacia a Molly con una sonrisa.

—¡Bien por ti, niña sepulturera! ¿Y es guapo ese chico?

—Mucho —responde Molly segura de ello—. Se parece a Tyrone Power, pero un Tyrone Power negro de más allá de Mataranka.

—¿Y cómo se llama ese muchacho?

—Se llama Sam, pero no es un muchacho, sino un hombre. Tiene dieciséis años, y trabaja como cazador de búfalos para Johnston Traders. Gana un buen sueldo.

—Entonces, ¿por qué sigues en este asqueroso cementerio? ¿Por qué no huyes con Sam el hombretón de dieciséis años que gana un buen sueldo?

—Papá no me dejaría de ninguna manera.

—¿Quién ha dicho que necesites pedirle permiso?

Molly nunca lo ha considerado de esa manera. Tal vez podría irse sin más. Se vuelve hacia la verja delantera de la casa del cementerio. Está abierta. Habrá unos treinta metros hasta allí. Quizá unos ocho kilómetros más hasta la ciudad. Quizá cinco mil kilómetros más hasta Brisbane, Queensland. Quizá diez mil kilómetros más hasta Hollywood, California.

Molly se agarra al costado de la camioneta y balancea el cuerpo hacia delante y hacia atrás doblando las rodillas.

—¿Por qué sigues tú aquí? —pregunta Molly.

—No entiendo —responde.

—Deberías estar en Londres, en un escenario —dice Molly—. En Hollywood, protagonizando películas. Y yo vería tu nombre cuando fuera al Star, iluminado: «Humphrey Bogart, Vivien Leigh, y, debutando, la estrella de Darwin, Australia, Greta Maze».

Greta sonríe. Una sonrisa amplia que le curva el labio superior y aparece cuando quiere. Le gusta la idea esa de las luces.

—No puedo —responde—. Tengo demasiadas cosas pendientes aquí.

Molly sigue mirando los muslos de Greta, pero no solo los moratones ahora. La forma de sus piernas, su feminidad, como si salieran de la pantalla de plata del cine.

—Greta.

—Dime, chica.

—¿Es verdad que Maze no es tu apellido real?

—Es verdad.

—¿Y cuál es?

—Baumgarten. Greta Waltraud Baumgarten.

—¿Por qué te lo has cambiado?

—Nadie quiere ver iluminado un nombre alemán junto al de John Wayne.

—Me gusta Maze[3] —dice Molly.

---

[3] *Maze* significa «laberinto» en inglés.

Greta sonríe.

—Te hace parecer misteriosa, como si fueras difícil de descifrar. Como si estuvieras llena de giros y bifurcaciones.

Greta asiente.

—Sabes cómo llegar a Greta Maze, pero no cómo encontrar la salida —dice.

Molly sonríe. Se imagina a Greta en el blanco y negro de la pantalla de plata del cine. Ese perfecto rostro en blanco y negro emergiendo de una nube del humo de un cigarrillo de Humphrey Bogart. Bogie y Baumgarten. Bogie y Maze. Esas piernas de porcelana en blanco y negro. Los moratones no se notarían tanto en blanco y negro. Y los grandes estudios cinematográficos tienen artistas del maquillaje que ocultan ese tipo de cosas. Dottie Drake, de la peluquería Fannie Bay, le ha contado todo a Molly acerca de los artistas maquilladores de Hollywood y cómo son capaces de ocultar cualquier cosa, desde las bolsas de los ojos de Joan Crawford al labio partido de Errol Flynn.

—¿Crees que yo podría cambiarme el nombre alguna vez? —pregunta Molly.

—Por supuesto. Todo el mundo puede. ¿Cuál sería tu nuevo nombre?

Molly se queda pensando un buen rato y mira hacia arriba.

Greta levanta la vista también.

—Sky[4] —responde.

—Me gusta —dice Greta—. Pero podrías ponerle algo de color a ese nombre de pila. —Se queda pensando un momento—. Dale un toque de Dietrich —concluye.

Molly sonríe. Dice el nombre en voz baja; lo susurra como si fuera sagrado.

—Marlene Sky.

Greta asiente, con los ojos aún en el cielo.

—¡Mira, fíjate en eso! —dice.

---

[4] *Sky* significa «cielo» en inglés.

—¿En qué? —pregunta Molly.

—Allí arriba. Es tu nombre iluminado.

Molly ríe. Y ambas se quedan mirando al cielo por un momento, ese cielo que está tan lejos de sus cuevas oscuras y sus absurdas puertas de fuego que conducen a lugares oscuros. Molly vuelve a mirar los moratones de Greta.

—Greta —empieza a decir Molly.

—Dime, chica.

—He oído hablar a mi padre de ti con su proveedor de cal —dice Molly.

Greta se vuelve hacia Molly, sigue sus ojos hasta los moratones de las piernas. Entonces se incorpora cohibida y se tapa las rodillas con el vestido.

—¿Y qué dijo tu padre de mí?

—Dijo que te desnudabas por dinero en el *pub* Edinburgh Arms.

Greta aspira el humo de otro cigarrillo y se baja las gafas de sol sobre la nariz.

—¿Alguna vez te ha dicho alguien que hablas de más, Molly Hook?

—Todo el mundo —dice Molly.

—Confío en que tu padre le dijera también a ese escandalizado vendedor de cal que las noches que me desnudo represento mi mejor papel.

—No dijo nada de que estuvieras representando ningún papel.

—Por supuesto que es un papel que represento —dice Greta—. Represento a Greta Maze, una actriz de treinta y tres años con demasiado talento, pero sin oportunidades suficientes, que se ha quedado en el culo del mundo porque creyó que amaba a un hombre mayor que ella.

Greta cierra el guion, se lo mete bajo el brazo, baja de un salto de la camioneta, y las suelas de goma de sus zapatillas de cordones dejan huella en el camino de grava donde aterriza.

—¿Y qué papel estás representando tú hoy, Molly? —pregunta Greta—. ¿Sigues trabajando en el de la niña sepulturera de doce años que se ha convencido de que no la están criando unos monstruos?

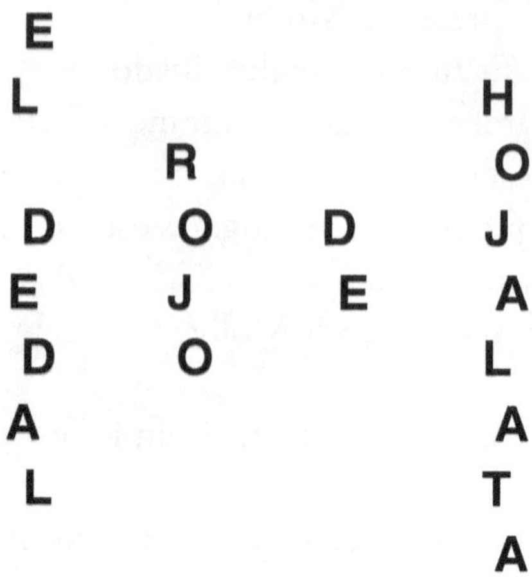

Resuenan las teclas metálicas de una máquina de escribir en una casa de madera, hojalata y raigones viejos. Pintura descascarillada en los muros interiores. Un agujero en la pared del comedor sobre una pianola neumática rota y polvorienta en el lugar en que Molly vio una vez que el tío Aubrey golpeaba la cabeza ensangrentada de su hermano menor durante una inconsciente y larga borrachera que acabó con los hermanos mordiendo la pintura.

—¿Y ha pensado en la inscripción de la lápida? —pregunta Molly Hook al otro lado de la vieja mesa de madera mientras sus afanosos dedos de doce años ya se mueven por las teclas de la *R*, la *I* y la *P*.

Huele a humedad y la luz del sol se abre camino a través de una cortina descolorida del comedor, donde se lleva el negocio. El negocio funerario de la familia Hook.

Cuando Horace Hook está de buen humor, a veces Molly le sugiere que la casa del cementerio parece una especie de tumba en sí misma, tan oscura y muerta como las 894 tumbas (aunque su número nunca deja de crecer) que la rodean. Le sugiere que hacen falta más ventanas. Le sugiere que hace falta más limpieza. Le sugiere que hace falta más comida. Menos gusanos en el fregadero. Menos manchas de sangre en las paredes de la cocina. Menos tenedores sin fregar y menos platos con manchas viejas de salsa. Menos pececillos de plata trepando por la estantería de Violet que hay al lado de la puerta delantera, donde están Emily Dickinson, William Butler Yeats y Walt Whitman. Menos botellas de *whisky* vacías llenando el hueco que hay bajo el fregadero. Menos tiras de papel matamoscas colgando del techo negras y llenas de alas, cabezas y patas de las moscas muertas que se han quedado pegadas.

En las dos sillas que hay frente a la máquina de escribir de Molly hay sentados dos clientes de luto, Mildred Holland, de sesenta y ocho años, y su hijo de veintisiete, Clem Holland. Mildred lleva una rebeca negra y aprieta un bolso con las dos manos sobre su regazo. Su hijo, de ojos grandes y cara redonda, lleva un tabardo blanco cubierto de harina. Viene directamente del trabajo, la misma panadería de la calle Herbert en la que su padre, Lloyd Holland, murió de repente de un ataque al corazón al amanecer hace cuatro días. Clem encontró a su padre muerto entre doce hogazas de pan recién horneado que se vendieron a mitad de precio aquella misma tarde.

Mildred se coloca las gafas de leer sobre la nariz, saca una hoja de papel enrollada de su bolso, la despliega y lee: «Es nuestro deseo tener las siguientes palabras escritas en la lápida», dice. Estudia el papel y lee despacio las palabras: «Descansa… en… paz…, Lloyd».

Molly teclea esas palabras en la máquina de escribir.

—Bien, ¿y qué ponemos a continuación? —pregunta entonces.

Mildred queda desconcertada.

—Eso es todo lo que se nos ha ocurrido decir —responde.

Clem se encoge de hombros.

—Está bien así, ¿no crees?

Molly mueve la cabeza.

—¿No considerarían un par de líneas más que dijeran algo más sobre la vida plena que disfrutó antes de morir? —sugiere Molly.

—La verdad es que él no disfrutó mucho —responde Clem.

—¿Tal vez algo sobre lo mucho que quiso a su familia y amigos y lo mucho que ellos lo quisieron a él? —vuelve a intentarlo Molly.

Mildred mira a su hijo sombríamente. Luego vuelve a mirar a Molly.

—Era desagradable y agrio la mayor parte del tiempo —dice Mildred.

Clem se dirige a su madre:

—Cuando le doy la noticia a la gente, parece que todo el mundo pone la misma cara.

—¿Qué cara era? —pregunta Mildred.

—De alivio —responde Clem.

—Entiendo —asiente Molly, haciéndose ya una idea de la situación—. Pero, si Lloyd tuviera una sola creencia, señora Holland, una sola cosa por la que vivió, ¿cuál diría usted que fue?

Mildred se encoge de hombros.

—Él creía en el pan —responde—. Creía que había algo hermoso en crear algo que sabía tan bien solo con, ya sabes, harina y…, ya sabes…

Mildred mira a su hijo.

Clem asiente con complicidad.

—Y agua —añade—. Solo con harina y agua.

—Harina y agua —repite Mildred asintiendo.

—Entiendo —dice Molly.

Mildred mira a su alrededor, observando la casa. Ve las puertas cerradas de los dormitorios al fondo del pasillo que sale del comedor.

—¿Dónde decías que estaba tu padre? —pregunta Mildred.

—Está enfermo —dice Molly.

Clem sonríe.

—Tiene la gripe de la botella, ¿verdad?

Molly esboza media sonrisa.

—Señora Holland, si se le ocurre alguna cosa que a él le interesara, tal vez yo podría ayudarla a escribir algo que resultara un homenaje más apropiado para su difunto esposo.

Molly se dirige a Clem:

—Algo que los hijos de sus hijos puedan valorar dentro de cincuenta años.

Molly vuelve la vista a Mildred.

—Sé que soy muy joven, pero he ayudado a mucha gente a encontrar las palabras adecuadas para despedir a sus seres queridos.

—¿Qué edad tienes? —pregunta Mildred.

—Cumplo trece dentro de un mes.

Reacia a tener que pensar más detenidamente en su esposo, Mildred estudia el rostro de Molly. Medita. Mira a su hijo y le sacude una mancha de harina del hombro. Mueve la cabeza.

—Supongo que lo único que lo hacía feliz era una hogaza de pan bien horneado por la mañana.

Molly asiente y salta de línea en la máquina escribir. Mira por la única ventana del comedor, donde una franja de cielo azul llena la mitad del marco.

—¿Qué tal esto? —pregunta. Y va diciendo en voz alta las palabras mientras teclea—: «Como… el… sol… del… ocaso…, tú… cerraste… los… ojos». Clic, clic, clic. Nuevo salto de línea. «Que… como… el… pan… del… alba… tu… alma… se… eleve».

Molly levanta la vista para mirar a sus clientes.

—«Descansa en paz…, Lloyd» —dice.

Y Mildred se vuelve hacia su hijo al tiempo que las cejas de este se elevan en señal de aprobación. Mildred sonríe.

—Sí, me gusta eso —dice. Reflexiona un poco más—. Como el pan del alba. Sí, creo que a Lloyd también le habría gustado. Sí. Sí. Pongamos eso. ¿Se puede?

—Por supuesto. Debo decirle, señora Holland —añade Molly—, que dos líneas más de grabado en la piedra le costarán cuatro chelines adicionales, pero a los clientes no suele importarles pagar un poco más para honrar a los difuntos.

Mildred se vuelve hacia su hijo Clem. Se encoge de hombros, indecisa.

—Son solo dos líneas más —dice Mildred, y afloja el abrazo de su bolso.

*

Hay un dedal rojo de hojalata en el centro de la mesa de madera de la cocina donde Molly y su padre desayunan. Horace suda. Está delgado. Es todo brazos y piernas. Cargado de hombros. Tiene el pelo peinado hacia atrás, duro y lacio. Apesta a alcohol. A alcohol que rezuma de sus axilas y de su aliento. Hay perlas de sudor sobre su labio superior. Molly coloca una taza blanca esmaltada con té negro sobre la mesa. Su padre la coge con la mano derecha, que le tiembla cuando se la lleva a los labios.

—¿Qué día es hoy? —pregunta Horace.

—Jueves —dice Molly—. Te pasaste bebiendo todo el lunes y el martes. Has dormido todo el miércoles.

—¿Te he dejado en paz?

Molly asiente.

—Me quedé leyendo en mi habitación —responde.

Horace asiente también, ahora aliviado.

—¿Qué estás leyendo?

—Las obras completas de William Shakespeare.

Horace asiente.

—Creo que quiero ser actriz, como Greta —dice Molly.

—Pensaba que ibas a ser una poeta famosa como Emily Dickens.

—Dickinson, papá —dice Molly—. Y voy a ser una actriz y poeta famosa llamada Marlene Sky.

Horace asiente de nuevo, sin que el anuncio de su hija lo sorprenda en absoluto.

—Ganarás más dinero cavando tumbas —responde—. Pero supongo que nadie se pondrá de pie para aplaudirte por esconder a los muertos.

Levanta la mano izquierda, temblorosa, y se queda mirándola antes de cerrar el puño.

—¿Qué es eso que ha estado bebiendo el tío Aubrey? —pregunta Molly.

—No te metas donde no te llaman.

—Cada vez te estás volviendo más como él, papá —dice Molly.

—¿Como quién?

—Como el tío Aubrey.

Da otro sorbo tembloroso al té.

—Pareces una sombra —dice Molly—. El tío Aubrey no es más que una sombra. Tú eres una sombra también, papá, pero también eres luz.

Horace no dice nada.

—¿Cuándo vas a enfrentarte a él? —pregunta Molly—. No le importamos nosotros, papá. No le importa Greta. Lo único que le importa es el oro. Lo único que le hace sentir algo es el brillo del oro. Yo me doy cuenta, papá. Tiene la enfermedad del oro. Siempre la ha tenido. Siempre está hablando de mi abuelo, y de lo enfermo de oro que él llegó a estar, pero a mí me parece que Aubrey está más enfermo que nadie.

Horace se frota las sienes con los dedos intentando calmar los martillazos de su dolor de cabeza.

—Cree que ese brillo ahuyentará la sombra —dice Molly, ahora que su cadena de pensamientos ha tomado velocidad—. Pero no lo hará. Ya es demasiado oscuro.

Horace se frota la frente y cierra los ojos. Nadie sabe de dónde va a brotar un recuerdo ni puede predecir dónde ni cuándo el bibliotecario dormido de la memoria de Horace Hook podrá despertar sobresaltado y ponerse a buscar en los polvorientos cajones de la experiencia hasta sacar un archivo lleno de historias descoloridas del pasado. Aubrey Hook y Horace Hook se lanzan piedras a la cara. Horace tiene doce años, y su hermano, trece. Están picando la boca de una mina cerca de Tom's Gully, en Mount Bundey Creek, muy al sur de Darwin. Su padre, Arthur Hook, un buscador de oro experimentado, ha ido a caballo hasta el arroyo Pine en busca de provisiones. No hay información en la biblioteca sobre cómo empezó todo; solo de cómo terminó. Aubrey le tira una piedra del tamaño de una pelota de tenis a Horace en el ojo derecho. Horace responde con una piedra de tamaño similar que Aubrey no esquiva ni desvía a propósito, para dejar que aterrice sobre su boca, donde le arranca uno de los dientes delanteros. Aubrey busca en la tierra del suelo de la mina de oro y coge otra piedra del tamaño de su cantimplora metálica y se la arroja a su hermano menor, que esquiva ágilmente la trayectoria del proyectil letal. La piedra rebota contra la pared calcárea de la mina y va a caer junto a las botas de trabajo de Horace. Este la coge y la devuelve. Una vez más, Aubrey no intenta esquivarla y tampoco se protege el rostro con las manos. Se queda quieto con orgullo, y deja que la piedra le golpee la cara tan fuerte que le rompe la nariz. La sangre le chorrea por la barbilla y por la camisa de trabajo. Y Aubrey Hook sonríe. Roja la encía. La boca llena de sangre. Algo en su sonrisa hace que Horace sienta frío. Algo en el rostro de su hermano que no es sangre ni polvo. Es satisfacción.

—¿Por qué necesitas el permiso de Aubrey para dejarme ir al Star con Sam? —pregunta Molly.

—Cállate ya, Molly —responde Horace.

—Os he estado observando a los dos —dice Molly—. Hay algo raro en vosotros. Creo que ese aguardiente casero os está haciendo enloquecer. Creo que deberíais dejar de beber por un tiempo.

Horace levanta las cejas.

—La nieta de Tom Berry me habla de locura —dice—. Está bien eso.

—Quizá tú también sufras la maldición —dice Molly.

—Cállate ya, Molly.

La niña se queda callada un largo rato. Luego rompe el silencio. Molly siempre rompe el silencio.

—Estuve pensando en mamá el otro día —dice en voz baja.

Horace reacciona a esa palabra, «mamá». Vuelve la cabeza como suele volverla en los *pubs* cada vez que alguien pronuncia el nombre de «Violet» o la palabra «esposa».

—Yo estaba mirando el espejo de su cómoda —continúa Molly— y la echaba mucho de menos. Me sentía muy triste, pero no podía llorar. Me esforcé mucho en derramar alguna lágrima por ella, pues a veces siento que ella puede que esté en un sitio desde donde me vea, aunque yo no pueda verla a ella, y, si ella puede verme, entonces quiero que vea que lloro por ella para que sepa así lo mucho que la echo de menos y cuánto la odio por habernos dejado aquí abajo. Pero entonces me acordé de Longcoat Bob y entendí lo que estaba pasando.

—¿Qué estaba pasando? —pregunta Horace.

—La transformación —dice Molly—. El corazón no se vuelve de piedra de pronto. Lleva tiempo, porque está caliente y sigue latiendo y luchando contra el frío de la piedra. Pero al final todo se transforma y ya no sientes nada. Lo único que tienes dentro es fría piedra. Como el tío Aubrey.

Horace se queda mirando a su hija y se da cuenta de lo profundamente absorta que está en el trance de sus pensamientos. Se preocupa por ella. Le importa. Molly mira a su padre.

—Y tú también te estás volviendo de piedra, papá —dice Molly.

—Ya es suficiente, Molly —dice Horace.

—Es así, papá. Veo lo que te está sucediendo. «Estirpe» significa «esposos», papá.

—Vamos a desayunar.

—«Estirpe» significa «hermanos», papá. Significa «tíos» y «tías» y «primos»; todo.

Horace golpea con el puño la mesa de la cocina.

—Tú sigue, Molly —ruge.

Sus ojos. Esa horripilante advertencia que los hombres como Horace les hacen a los niños como Molly con los ojos en cocinas como esa. Peligro. Hacer cualquier cosa menos continuar.

Así que Molly coge un cuchillo y pasa seis veces las dos caras de la hoja por el afilador negro de cuero que cuelga de un clavo que hay junto al hornillo de gas. Corta con un corte limpio tres lonchas de una tajada de cecina de hace seis días y las fríe en el hornillo junto con las dos mitades de un tomate maduro en una sartén cuadrada y negra de acero.

Horace sorbe el té tranquilamente y deja la taza sobre la mesa. Sus dedos buscan el dedal rojo de hojalata que hay en el centro de la mesa.

—¿Ves este dedal? —pregunta.

Molly asiente y da la vuelta al tomate en la sartén.

—Este dedal era de tu madre —dice Horace—. En los buenos tiempos (cuando su cabeza estaba despejada, quiero decir), solía sentarse en el rincón a coser a mano tu ropa. Baberos y esas cosas. Y yo solía ponerme donde tú estás. Freía emperador rojo que yo mismo había pescado en las rocas de la bahía Frances y unas patatas, y cocíamos unos cangrejos también. Y ella era feliz.

Horace mete el dedo índice en el dedal. Molly sirve la cecina y el tomate frito en un plato y le ofrece el desayuno a su padre. Y este corta la carne y la mastica junto con el tomate que él mismo ha aderezado con un exceso de sal y pimienta.

Se arrellana en la silla.

—Vienen los japos —dice.

—¿Quiénes vienen?

—Los japoneses. Trescientos cincuenta aviones acaban de machacar Hawái. Ahora vendrán a por nosotros. A esos idiotas que gobiernan esta ciudad les llevará tiempo despertarse y oler la muerte a fuego que viene de camino, pero cree lo que te estoy diciendo, Mol: la guerra llega a Darwin.

Da un sorbo a su té.

—Seguro que habrá algún japonés de alto rango poniendo ahora mismo un sol gordo y rojo sobre Darwin en su mapa.

—¿Y por qué iban a venir hasta aquí?

—Porque ellos están queriendo joder a los yanquis mientras que nosotros lo que hacemos es ayudar a los yanquis. Habrás visto todos esos barcos del Ejército en el puerto de Darwin. Tenemos depósitos gigantescos de combustible para abastecer a los barcos aliados. Tenemos depósitos de petróleo, bases militares y aeródromos, y lo único que los protege son un puñado de cañones y un par de muchachos con tirachinas. ¿Por qué no iban a venir a Darwin?

—Entonces, ¿cuándo nos vamos? —pregunta Molly.

Horace deja la taza de nuevo sobre la mesa.

—No nos vamos a ninguna parte —responde—. Nuestra ocasión está a punto de llegar, Molly. La guerra es una mina de oro para los sepultureros. Los japoneses vienen y todo el que sea tan estúpido como para quedarse por aquí a recibirlos estará muerto mañana.

—Incluidos nosotros —dice Molly.

—Nosotros no estamos en la línea de fuego. Irán sobre todo a por la ciudad y el puerto. Y, cuando la polvareda se asiente, el Ministerio de

Guerra estará más que agradecido de poder pagar generosamente a quien pueda dar a esos desdichados cadáveres digna sepultura.

Horace se levanta de la mesa y se dirige sin prisa al comedor. Regresa con una caja grande de madera llena de desinfectante, soda cáustica y cepillos de fregar. La deja en el centro de la cocina.

Es la maldición, se dice Molly. Es la maldición lo que lo ha endurecido. «Estirpe» significa «padres». «Estirpe» significa «esposos» también. Longcoat Bob ha convertido en piedra su buen corazón.

—Necesito que este sitio esté limpio —dice Horace—. Necesito que limpies el polvo, friegues y desinfectes hasta el último rincón, hasta la última rendija de este antro dejado de la mano de Dios.

Horace coge el dedal rojo de hojalata y se lo muestra a Molly.

—Me voy a la ciudad y no volveré hasta la noche —dice—. Antes de irme esconderé este dedal en algún lugar de la casa. Para encontrarlo, tendrás que inspeccionar y limpiar hasta el último escondrijo. Si cuando vuelva no has encontrado el dedal, sabré que no has limpiado la casa como se debe y tendrás un castigo. ¿Entendido?

Molly asiente. Es la maldición, vuelve a decirse. La maldición de Longcoat Bob.

—Dilo —insiste.

—Entendido —responde Molly.

—¿Entendido qué? —pregunta su padre, metiéndose el dedal en el bolsillo del pantalón.

—Entendido lo que quieres, papá.

Y en su cabeza resuenan dos palabras. «La transformación». «La transformación». «La transformación».

*

Se abren las puertas de los armarios. Se cierran las puertas de los armarios. Sacudir, raspar, restregar, limpiar. La niña sepulturera sin aliento, a cuatro patas, restriega con un cepillo de dientes viejo las manchas de sangre que hay en el suelo del pasillo.

¡Fuera, maldita mancha!, dice Lady Macbeth en su mente. *¡Fuera! ¡Fuera, te digo!* Pero hay manchas que no salen.

La niña extiende cera por el suelo y restriega y pule la vieja madera. Las rodillas se le han puesto tan rojas e irritadas que se ata alrededor los gruesos calcetines de invierno de su padre para que le sirvan de almohadilla. Arrastra un pesado cubo de agua y desinfectante por el suelo del comedor. Una fregona de algodón y un escurridor.

Tiene que estar aquí. Tiene que estar aquí. Sacude con un trapo el polvo que cubre los tablones de todas las paredes. Respira. Lleva un taburete de madera tras ella por toda la casa para alcanzar con su brazo de alambre a pasar el trapo por las molduras que coronan todas las paredes interiores. Respira, Molly Hook. Cada cajón de los armarios. Cada rincón de cada cómoda, cada aparador, cada escobero. Por favor, que estés aquí.

Suelos restregados, cortinas limpias. Cava, Molly, cava. Tiene que estar aquí, en alguna parte. Sosa cáustica bajo los grifos del fregadero de la cocina. El fregadero de la cocina y la tina del baño fregados con un cepillo de alambre y limpiador en polvo. Arrastra tres grandes alfombras por las escaleras y usa el taburete de madera para ayudarse a colgarlas del tendedero del patio trasero de la casa. Golpea las alfombras con el dorso de Bert y tose con fuerza al tragarse el polvo que sueltan, un polvo que llevaba ahí décadas. Trabaja durante cinco horas seguidas. Trabaja sin comer ni descansar; ni siquiera tiene tiempo de parar a beber un vaso de agua. Debe encontrar el dedal porque siente la maldición.

Picaportes que giran, puertas que se abren, armarios que se cierran, y Molly ya vuelve a abrir algunos por tercera vez, y se siente tan mareada y exhausta que su mente agotada no puede pensar con claridad. Abre y cierra cajones frenéticamente. El dedal rojo de hojalata. El dedal rojo de hojalata. Tan pequeño. No es nada, en realidad. Solo un objeto que una vez perteneció a su madre, Violet. No significa nada y lo significa todo para ella.

Busca sin cesar por la casa destartalada. Dentro de rendijas y bajo las alfombras; sus manos buscan por debajo de los muebles y solo encuentran cuerpos de arañas vivas y muertas. Las manos se le llenan de cucarachas que se mueven y de excrementos de cucaracha. Pero no encuentra ningún dedal rojo de hojalata.

El corazón le late con fuerza a la niña sepulturera porque parece que nunca encuentra exactamente lo que busca y la maldición de Longcoat Bob viene desde el cementerio para mezclarse con el olor del amoniaco y la lejía mientras ella se pregunta si es el amoniaco en el baño o el alcohol metílico en la cocina o el dedal rojo de hojalata lo que la está mareando. Su padre volverá a casa, su padre volverá a casa, porque los padres siempre vuelven a casa, tan seguro como que el sol de Darwin se eleva cada día, igual que el pan en la panadería del difunto Lloyd Holland. Su padre volverá a casa, y ella no habrá encontrado el dedal, y la castigarán, y él ni siquiera sabrá lo mucho que se esforzó en encontrar el dedal rojo de hojalata de su madre. No lo sabrá porque no será capaz de ver la verdad a través del velo oscuro de la maldición de Longcoat Bob que puede sentir tan cerca de ella ahora y tan cerca de su padre por culpa de ella, tan cerca que duele. Su tío Aubrey estará con su padre cuando llegue a casa, y los dos habrán bebido, y el tío Aubrey estará peor que su padre porque es todo sombra, y él se ocupará del castigo, como de costumbre, porque lo disfruta.

Corre de los dormitorios a la cocina, al baño y al comedor, y de nuevo a los dormitorios, a la cocina y al baño, y da vueltas alrededor de cada lugar preguntándose dónde habrá podido esconder su padre aquel dedal rojo de hojalata, y entonces encuentra la puerta cerrada del dormitorio de Horace Hook, donde este guarda los tesoros desenterrados que pertenecieron a los confiados muertos de Hollow Wood. El corazón le late tan rápido por efecto de sus pensamientos, del trabajo y del cansancio que le falta la respiración e intenta meter más aire en sus pulmones, pero no entra nada de aire, y entonces se acuerda del agua y se dirige como puede hasta la cocina, pero en su mente ve resplandores amarillos y púrpuras, y no puede concentrarse en nada, y tiene las manos frías, y la sangre parece escapársele del cuerpo y drenar, como si fuera sosa cáustica, las grietas del suelo pulido de madera bajo sus pies descalzos, y cierra los ojos y solo ve una habitación negra que le parece segura, así que deja de respirar, y cae con un ruido sordo al suelo de la cocina de la casa del sepulturero en el cementerio en ruinas de Hollow Wood, donde las únicas personas que se hallan lo bastante cerca como para oír un solo sonido de Molly Hook, de doce años y once meses de edad, están bajo la tierra. Y lo último que ve en la habitación negra de su mente es un público que se pone en pie para ofrecer una ovación a la niña sepulturera cuando su cráneo golpea de lado el escenario del teatro.

«¡Bravo, Molly!», gritan. «¡Bravo!».

*

Vista desde el cielo azul cada vez más de cerca, es una niña de pelo castaño vestida con pantalones de chico que está de pie delante del escaparate de una tienda de ropa de la calle Cavenagh, en el centro de Darwin. Si alguien le hubiera dicho a Molly Hook que estaba soñando en aquel momento, ella lo habría creído porque Darwin es un sueño en verano al atardecer, y el vestido del escaparate es el tipo de vestido que Molly viste en sus sueños. Un vestido de adolescente y un vestido para salir que Molly podría llevar a un baile, a una graduación o a un estreno de Hollywood del brazo de Gary Cooper si no estuviera demasiado ocupada cavando tumbas en Darwin, Australia. Un vestido de satén celeste como el cielo de verano en Darwin que descansa en el escaparate sobre un maniquí cuyo rostro inexpresivo no dice lo maravilloso que debe de ser llevar puesto algo tan bello.

No falta mucho para su cumpleaños. Pronto podrá decir que es una adolescente. Pronto será lo bastante mayor como para asistir al baile de invierno del Ayuntamiento de Darwin. Podría llevar al baile ese vestido azul. Tal vez su padre se lo compre por su cumpleaños. Ella no preguntará cómo consiguió el dinero; no preguntará si lo compró con el oro que su tío arrancó de un mordisco del dedo anular del cadáver de Lisbeth Fleming. Se despertará la mañana de su cumpleaños y abrirá la caja que su padre habrá envuelto para ella y le dirá en un susurro: «Es precioso, papá». Y él le dirá que se lo pruebe, y ella dará vueltas delante de él, y él sonreirá, y ella correrá a sus brazos, y él dirá que siente no poder ser siempre así. Y, cuando se abracen, no llevará el rostro sin afeitar y áspero, no olerá a alcohol ni a sudor de una semana. Solo habrá un color. El azul cielo.

Molly ha peregrinado hasta ese inalcanzable vestido dos veces por semana durante las últimas cuatro, pero no importa cuántas veces haya deseado un resultado diferente: siempre lleva los bolsillos vacíos cuando llega allí, y siempre vuelve con las manos vacías.

Camina descalza. Molly sueña, y Darwin sueña con ella. Se niega a despertar para que el extraño sueño cotidiano de la película de la ciudad que se encuentra en la cima geográfica de Australia durante la Segunda Guerra Mundial desenrolle todas las escenas que no tienen sentido. Darwin, que no fue creada por Dios, sino por una teoría de la evolución. Que fue creada por la circunvolución de la Tierra y por 5800 personas que perdieron el equilibro, se deslizaron al sur y al norte por los suelos inestables de unos barcos sin ancla y encontraron los restos del naufragio de sus vidas en la orilla de Port Darwin. Ferreteros griegos e italianos, vendedores chinos, submarinistas japoneses, pescadores filipinos, mineros alemanes, camelleros afganos, putas tailandesas, comerciantes malayos y obreros de Java, obreros de Nueva Guinea, obreros isleños del mar del Sur hacinados en barcos y obligados a trabajar en el sueño de Darwin. Un sueño que empieza en el mar de Timor, sobre una sábana de agua costera turquesa tan nítida que da la sensación de que se puede bailar sobre su sólido cristal. Una niña como Molly Hook podría hacerse unos zapatos con ese cristal marino y llevarlos, a juego con el vestido de satén celeste de un escaparate, a un baile de la Asociación Rural de Mujeres.

Los manglares de la costa no son un buen lugar para bailar. Los manglares pertenecen a los cuerpos de gánsteres muertos entre sus raíces sobresalientes y a los cocodrilos que se dan festines con sus crímenes. Pero dentro de ese manglar hay un lugar al que los humanos van a reinventarse. Un lugar para cambiar de sueño, para cambiar de nombre, para cambiar de final. Baumgarten se convierte en Maze.

Molly, en Marlene. Nadie sabe nada y todo el mundo lo acepta de ese modo. No importa el hombre con sombrero negro sentado a tres taburetes de distancia en la barra manchada de sangre del Hotel National; es el diablo en un día libre.

El atardecer de Darwin es dorado, luego rojo, luego púrpura y, por último, negro. La ciudad está hecha de casas fortaleza de hierro ondulado que se derrumban con un estornudo. Polvo en las carreteras y en el aire. Devastación de ciclones durante un siglo. Impermanencia arquitectónica. Darwin sueña con dorados solares y marrones terrestres. Sueña con lluvia violenta y con vendavales. Nungalinya, le dijo una vez Sam Greenway a Molly Hook, es el ancestro de los sueños a cargo de los ciclones y tormentas que desgarran la piel de hojalata de los *pubs* y comercios de la ciudad con un solo silbido de Sus labios. Sam decía que Nungalinya se enfurece con todos los colonos blancos que siguen desembarcando en Port Darwin y saltando a tierra con sus picos y palas para socavar la Roca del Anciano. Nungalinya, decía Sam, levanta los barcos pesqueros del mar, los lanza al aire y los envía a cien metros contra unas rocas que destrozan los cascos de metal del mismo modo que esos colonos blancos aplastan los caparazones de los cangrejos de gruesas pinzas de East Point.

El sueño de Darwin tiene olor, y huele como los gusanos que se comen las pinzas desechadas de los cangrejos. Huele como las puntas cortadas de las verduras que dejan pudrirse en esos cubos de basura del barrio chino que los dingos y los perros abandonados vuelcan después del anochecer. Darwin sueña con alcohol y sudor. Cerveza caliente y trabajo duro. Boxeadores de barriga gorda y hombres que mean en cubos bajo los taburetes de la barra. Cuerpos dentro de coches vacíos abandonados en las calles de las afueras de la ciudad por hombres vacíos que se han pegado un tiro en ellos. Es un territorio de frontera donde nada permanece. El salvaje Oeste americano en el norte salvaje de Australia. Algunos llegaron en barco y otros salieron del polvo; se sacudieron la tierra de los hombros y entraron tambaleándose al Hotel Victoria de la calle Smith para pedir tres vasos de ron negro y uno de agua. Darwin sueña con cenas con baile y concursos de cortar madera y espectáculos de circo ambulante donde los niños lobo de Sídney y las niñas cerdo de Melbourne aterrorizan en la taquilla a los locales que los miran a través del cristal.

El golfo de Van Diemen y la bahía Snake al norte. El río South Alligator al este, y la selva Rum al sur. Y más allá los vastos y antiguos pantanos y la selva de los sueños salvajes de Molly Hook, la piedra prehistórica y la tierra de enredaderas. El país profundo. Los sofocantes bosques monzónicos, las llanuras de marea, las mesetas escarpadas y las formaciones de roca que se alzan por encima de los edificios de Londres, Nueva York y París en la cabeza de Molly.

Gigantescas ratas de árbol nada más salir de la ciudad. Serpientes asesinas debajo de la cama. Arañas asesinas que trepan por las perneras de tus pantalones. Aquí tripulaciones de pescadores japoneses de perlas que amarran lugres desvencijados en el puerto de Darwin. Allí misioneros cristianos que instruyen a los criados aborígenes cuyas familias una vez cantaron en la misma tierra donde ahora quitan el polvo bajo los bancos de las iglesias. Ganaderos borrachos y ricos que nadan desnudos con sus queridas en los grandes tanques de agua de las plantas procesadoras de carne abandonadas de Vestey en Bullocky Point. Encargados de almacén quemados por el sol que han salido del trabajo y se divierten con los dados en un salón de juegos de la calle Mitchell. Apenas hay coches en las calles: la mayoría de la gente camina o monta en bicicleta en el sueño de Darwin.

Un hombre gordo y borracho duerme en el asiento del váter de zinc de unos lavabos en una esquina de la calle Knuckey. Molly se tapa la nariz con el índice y el pulgar al pasar por allí. La «última evacuación» del individuo tendrá que esperar durante días a ser quemada por piedad. Y allí está el autobús del colegio público, un semitráiler oxidado con un largo volquete que lleva un mes aparcado en la calle Peel. Los días en que su padre se toma la molestia de enviarla al colegio, Molly se sienta con sus compañeros bajo una jaula de malla, y los huesos del culo les van rebotando en el volquete de metal con cada bache de la carretera hasta llegar al colegio de primaria de Darwin.

Molly pasea descalza por el barrio chino. Cincuenta años antes, los chinos superaban allí en número a los europeos en proporción de cuatro a uno. Horace Hook le contó a su hija una vez que los orientales —los «celestes»— llamaban a Australia «la Nueva Montaña de Oro». Luego los nuevos hallazgos de oro envejecieron también, y la mitad de los chinos se fueron. Y la otra mitad se quedó a seguir partiéndose el lomo por cinco chelines al día en la construcción de la línea de ferrocarril que comunica Port Darwin con las minas de oro del arroyo Pine. «Y, cuando las obras del ferrocarril estuvieron terminadas», dijo Horace, «cuando no hubo más trabajo duro que hacer para los chinos, el Gobierno les dijo que sería mejor que no se quedaran por aquí». Horace se había quedado pensando un momento. «Qué cabrones, ¿no?».

Molly saluda con la cabeza a una anciana china que vende mangos verdes en una mesa junto a la ancha calzada de tierra amarilla de la calle Cavenagh. Deja atrás a un sastre chino, a un frutero chino y un taller de cantería. Cuatro pescadores chinos caminan junto a un flaco y famélico caballo marrón que tira de un carro que lleva lo que han pescado con trampa durante un día entero en Fannie Bay. Otra anciana remueve una olla de sopa de marisco delante de una tienda de hortalizas. Hay un niño chino a su lado que viste una camisa blanca de manga larga y pantalones blancos. Lleva el pelo recogido por una cinta en la coronilla, y el cabello parece surgir de su cabeza como un puñado de apio de la tierra. El botón superior le aprieta tanto que el grueso cuello le rebosa de la camisa. Sopla un molinillo de papel en el extremo de un palo de bambú.

Cobertizos de chapa ondulada de color gris azulado y óxido y personajes chinos en los más sutiles carteles que cubren los zaguanes de talleres y tiendas. Familias de catorce miembros que comparten destartaladas viviendas de dos plantas construidas con materiales de desecho —capós de coches viejos y latas de queroseno aplastadas y clavadas que se transforman en muros— mientras que los blancos ricos que frecuentan esos mercados y puestos viven en casas elevadas donde beben ginebra en porches amplios con celosías y el aire sopla contra pañuelos húmedos alrededor de su cuello.

Molly ve viejos chinos de mejillas hundidas y barba blanca en forma de dedos que parecen llamas blancas cuando las agita la brisa de Darwin. Uno que solo tiene dientes inferiores descansa su trasero en un cubo de lavar mientras vuelve a clavar el tacón de su zapato derecho, de color negro, golpeándolo con una pipa que sostiene en la mano izquierda.

Molly se detiene un momento delante de su tienda favorita, la tienda de regalos y ropa de Fang Cheong Loong, llena de muñecas chinas y de *cheongsams* de color rojo, azul y verde, y cajas de alcanfor talladas con labrados de dragones, emperadores y princesas chinas. Deja atrás la panadería Crown y Suns Inc. Tailors para dirigirse al edificio de mala reputación con dos plantas y muros blancos del Hotel Gordon's Don. Se acerca con sigilo a las puertas batientes del *pub*, se asoma al interior, y sus ojos se dirigen directamente a la barra donde dos ganaderos en pantalón corto caen al suelo del brazo cantando una canción sobre Irlanda. Ruedan hasta las patas de los taburetes de Horace y Aubrey Hook, y es el tío de Molly quien les da una patada a los irlandeses borrachos de cerveza con la bota derecha mientras agarra firmemente un vaso neblinoso de licor marrón. Horace Hook, como de forma instintiva, vuelve el lento cuello y los ojos inyectados en sangre hacia las puertas batientes de la entrada. Es todo sombra y oscuridad, y está tan borracho que no distingue si es su única hija la que está al otro lado de las puertas batientes o si, en realidad, se trata del fantasma de Lisbeth Fleming que ha ido a recuperar lo que legítimamente le pertenece —el corazón gris de Horace Hook y el alma de color negro alquitrán de su hermano Aubrey—.

Molly se echa hacia atrás y, en el bullicio de la calle Cavenagh, choca contra una joven china que lleva una bandeja de ciruelas moradas que casi se le derraman.

—Lo siento —dice Molly.

Y sale corriendo porque es de noche y necesita llegar a casa. Necesita encontrar el dedal rojo de hojalata. Tiene que estar allí. Tiene que estar allí. Y las escasas luces de la calle Cavenagh destellan, y Molly, corriendo, deja atrás la tienda de A. E. Jolly y la agencia de noticias Cashman y el Banco de Nueva Gales del Sur y la oficina postal de la ciudad, a la que jamás ha llegado una sola carta con el nombre de Molly Hook en el sobre. Corre, Molly, corre. Cava, Molly, cava. El corazón le late con fuerza. Calles de tierra bajo sus pies. Velocidad. Movimiento. Destino. Pero, espera, hay un rostro conocido a su izquierda. Detente ahora mismo porque es él, Tyrone Power en carne y hueso en versión de Mataranka, sur de Katherine, aquí mismo, en la calle Smith de Darwin.

Sam Greenway está en la acera, bajo la marquesina del Star. Lleva una camisa de ganadero roja con mangas largas y unos pantalones marrones cubiertos de tierra, también lleva su sombrero negro de ala ancha de jinete hacia atrás de tal modo que toda su negra pelambre brilla a la luz de las bombillas de luz intermitente que hay en el techo de la marquesina. Se ríe con ganas, y su gran y amplia sonrisa es tan brillante como las luces que bordean el tejado semidescubierto del cine, cuya hilera de perlas trepa hasta una estrella nocturna ornamental que se alza sobre Darwin. El mismo tipo de estrella que guio a los Reyes Magos que partieron de Oriente hasta Jerusalén, piensa Molly, los conduce a ella y a Sam Greenway hasta los mundos de la pantalla de plata de Ginger Rogers y Fred Astaire y la otra niña santa de Dios, Shirley Temple.

En el Star, esta noche están poniendo *Jesse James*, de Darryl F. Zanuck, y el título se extiende imponente sobre la pared del teatro en letras tiroteadas por pistolas del salvaje Oeste. Molly está a punto de llamar a Sam, pero se muerde la lengua en la oscuridad de la calle al darse cuenta de que Sam está acompañado por dos chicas adolescentes. Chicas aborígenes de bonitas sonrisas y largas piernas mayores que Molly, tan mayores que Molly ve como sus pechos llenan sus vestidos de la escuela dominical. Alrededor de ellos, otras familias aborígenes salen del teatro; ninguna familia blanca ha ido al cine esta noche.

Por supuesto, esas chicas ven en Sam lo mismo que ve Molly. Su chispa, su luz, su encanto de Hollywood, y lo miran con los ojos como platos y embobadas, con la boca abierta, hechizadas por la breve improvisación que Sam está ofreciendo allí mismo, en la acera.

Sam se sujeta el sombrero de *cowboy* y le gruñe a la cara a un imaginario agente del orden público del salvaje Oeste.

—Bueno, *sheriff*—dice con el acento de Misuri más cerrado que sabe poner—, ya te he oído hablar lo suficiente sobre mis indiscreciones, y apuesto lo que quieras a que tu mano no es tan rápida como tu boca.

Los dedos de la mano derecha de Sam bailan sobre un enorme bastón curvado de caramelo de manzana rojo y verde que empuña como si fuera una pistola sobre su cinturón de cuero marrón. Luego su mano se mueve con tal rapidez que Molly no ve nada en absoluto entre la desaparición del bastón de caramelo en el cinturón de Sam y su reaparición en lo alto de su mano derecha, desde donde dispara tres veces, con acompañamiento de efectos de sonidos cinematográficos salidos de sus propios labios al tiempo que su palma izquierda activa un invisible percutor.

Terminada la hazaña, cuando el imaginario agente del orden yace sangrando en el suelo, Sam sopla de manera triunfal el humo del cañón de su pistola bastón de caramelo. Con un movimiento frenético digno de un ejercicio de circo, hace girar verticalmente la pistola sobre su índice derecho, luego cambia a un giro horizontal que dura un minuto, y aquellas chicas que lo habían acompañado al cine quedan tan hipnotizadas por las habilidades de su *cowboy* que solo aciertan a reír nerviosamente, pues sus cuerpos están demasiado paralizados por la admiración como para aplaudir. Por último, la pistola se enfunda y queda asegurada y bien sujeta en el cinturón de Sam. Y solo entonces las chicas aplauden.

Sam se toca el sombrero con un guiño ante su público.

—¿Y qué las trae a ustedes, distinguidas señoras, a una ciudad tan poco respetable como esta?

Sus palabras son interrumpidas por una bala imaginaria en su sombrero negro que lo hace ir tambaleándose hacia los brazos del público.

—Ha sido ese tal Bob Ford. —Tose y escupe sangre imaginaria de sus labios de *cowboy*—. Me ha disparado por la espalda.

Sam cae aparatosamente al suelo, y los últimos estertores de una breve y trágica vida de *cowboy* agitan sus hombros.

—Por favor…, señora —susurra a la más alta de las dos chicas—, ¿querría conceder a este desdichado forajido un último beso antes de que se vaya cabalgando al infierno?

Y Molly ve desde la oscuridad de la calle que el deseo le es concedido al *cowboy* moribundo: la chica más alta se arrodilla sobre Sam y, con dulzura, deposita un beso sobre sus labios, un beso que a Molly le parece que dura casi tanto como los que se proyectan en la gran pantalla blanca del Star. Y, por supuesto, Molly no es la chica que concede el beso, porque Molly no ha cavado suficientes tumbas para comprarse el vestido de satén azul que debe llevar al cine, y Molly nunca podría parecer tan alta y tan hermosa como aquella afortunada muchacha con el busto lleno y su mejor vestido de domingo, porque Molly siempre está a dos metros bajo tierra, entre gente muerta.

Sam cierra los ojos para dormir el sueño eterno del *cowboy*. Las chicas mayores ríen a carcajadas, y Molly se acerca rápidamente a la escena y mira desde arriba a su amigo Sam sintiendo, por primera vez en su vida, todo el peso del corazón heredado que lentamente se va haciendo de piedra dentro de su pecho.

—Hola, Sam —dice en voz baja.

Sam abre los ojos. Sonríe ampliamente.

—¡Hola, Mol! —saluda.

Se pone en pie de inmediato.

—No sabía que ibas a salir esta noche. —La mira de arriba abajo—. Vas a tener que ponerte unos zapatos si no quieres perderte la próxima película. Todos los blancos van a volver para ver a Bogie en *El último refugio*. Nosotros acabamos de ver *Jesse James*. Te habría encantado. Salía ese tal Tyrone que a ti te gusta haciendo de Jesse.

—Tyrone Power —dice Molly sin emoción.

Sam vuelve a mirarla de arriba abajo, con más detenimiento esta vez.

—¿Estás bien, Mol?

La muchacha alta quiere irse.

—¿Vienes, Sam? —pregunta—. Vamos todos a nadar bajo las estrellas en Vesteys.

Sam sonríe.

—Luego os busco —dice—. Me quedo aquí con mi pequeña amiga forajida un rato.

Las chicas mayores se van paseando por la calle Smith.

—No soy tan pequeña —dice Molly apartando la vista.

Sam se ríe por lo bajo y mueve la cabeza.

—Sí, ya lo sé, Mol. ¡Tú eres más grande que Bogart para mí!

Le da una palmadita en el hombro.

—Espera aquí un segundo —dice entusiasmado—. Quiero presentarte a un amigo mío.

Desaparece en un callejón de la calle Smith. Molly se sienta en la acera y descansa los codos sobre las rodillas. Y entonces se oyen cascos de caballo por la calzada de tierra de la calle Smith, y Sam resurge rebotando suavemente sobre una silla de montar a lomos de un hermoso caballo castaño oscuro con calcetines blancos.

—Te presento a Danny —dice Sam acariciando con una mano las crines del animal—. Es un potro de sangre caliente, Mol. Muy rápido. Fuerte como un toro. Danny y yo hemos estado en el sur cazando búfalos por la selva de Rum. No para. Salta sobre las bestias como si fuera un relámpago. ¡Bang!

Sam tiende la mano a Molly. Se convierte de nuevo en Jesse James. Se convierte de nuevo en Tyrone Power.

—Señora, ¿querría concederle a este solitario *cowboy* el placer de su compañía? —pregunta.

Esa sonrisa irresistible. Molly Hook no puede subir al caballo esa noche. Molly Hook tiene que llegar a casa. Pero Marlene Sky sí que puede aceptar esa mano que le tiende el muchacho, y la acepta.

*

La luna y las estrellas, y Molly, Sam y Danny galopando hacia el mar de Timor. El brazo de Molly rodea el abdomen duro y plano de

Sam, y su cansada cabeza reposa sobre su espalda. Su cálida espalda. El calor de Darwin, incluso de noche, que lo hace sudar bajo la camisa de montar. El olor a tierra y a caballos y a la esperanza de otro camino que vaya más allá del cementerio de Hollow Wood.

Sam se recrea en la maravilla de Danny, explica con vívidos detalles cómo el caballo lo ha hecho brillar delante de su viejo jefe Walt Hale, copropietario de Johnston Traders, una de las sociedades más veteranas de cazadores de búfalos, que se remonta a la década de 1840, momento en que el búfalo asiático fue traído hasta la rápidamente colonizada península de Cobourg para proporcionar carne y leche. El prolífico y pronto asilvestrado búfalo se acomodó a los vastos terrenos inundables costeros del Territorio del Norte, y sagaces fusileros como el padre de Walt, Paddy Hale, hicieron fortuna enviando pieles de búfalo al extranjero y por todo el país para alimentar la industria de la talabartería y los cinturones. Los cuernos de búfalo se convirtieron en incrustaciones ornamentales para culatas de pistola y empuñaduras de cuchillos que cazadores extranjeros usarían luego para seguir matando más bestias, con las que a su vez hacer más cinturones y empuñaduras de cuchillos.

—Pero no es ninguna tontería derribar un búfalo —dice Sam—. No caen como si fueran palomas, Mol.

Sam golpea fuerte con el talón de la bota el costado de Danny, y el caballo empieza a trotar y luego a galopar. Altas casas costeras pasan por delante de los ojos de Molly en una mancha confusa, y ella se agarra con más fuerza al abdomen de Sam.

—¡Jia! —grita.

Y el potro de sangre caliente corre por la explanada hacia el puerto de Darwin, y Sam lleva las riendas en una mano mientras se inclina —demasiado, dice Molly— hacia la izquierda, como si fuera un jinete de circo.

—Tienes que llevar el caballo hasta el búfalo que te embiste bramando y tienes que apuntar con el rifle a la cabeza —grita.

Extiende el brazo izquierdo como si tuviera un rifle en la mano.

—Acercas tanto el rifle que casi le rozas la cara. Pero necesitas un caballo rápido y valiente para hacerlo, y eso es Danny. Con una mano controlas a Danny, y tienes la otra en el gatillo. ¡Bang!

Danny pone ritmo de paseo al pasar por los baños de Lameroo y la playa de Lameroo, y Molly se pregunta si incluso el caballo ha quedado silenciosamente estupefacto por lo que ven que llena las negras aguas nocturnas del puerto de Darwin.

Barcos de guerra de la armada de los Estados Unidos, luz de luna, luz de estrellas y luz de faros, los reflejos de las tranquilas aguas del puerto resplandeciendo contra los grises cascos que se extienden a lo largo de más de cien metros. Son tan grandes que a Sam le recuerdan los campos de hierba seca donde juega al fútbol australiano con sus primos, tan extensos como el campo de críquet tras la iglesia del que él es el encargado de cortar el césped. Molly intenta contar todos los barcos y se pierde al llegar a los cincuenta. Un destructor americano atrae la mirada de Sam. La última vez que recuerda haber visto algo tan grande fue cuando cabalgó más de trescientos kilómetros al este de Darwin hasta la escarpadura de Arnhem Land con su tío Ernie y vieron la roca Burrunggui encendida por el sol del amanecer. El destructor tiene la misma forma que la vieja roca de arenisca, pero Burrunggui no tiene los cañones del destructor. Sam los cuenta: cinco cañones sobre soportes individuales.

—No veo los torpedos —dice con los ojos como platos.

Botes de patrulla, dragaminas auxiliares, buques nodriza, buques de examen, buques de transporte de tropas americanos y australianos con hombres de camisa blanca que Molly ve moverse de un lado para otro por las cubiertas al mismo ritmo frenético con que las polillas revolotean alrededor de una lámpara de lectura.

—Papá cree que los japoneses vienen a Darwin —dice Molly.

Sam espolea a Danny y continúan hacia el embarcadero del monte Stokes.

—Tu padre tiene razón, Mol —dice Sam—. Esa sucia y vieja guerra está viniendo hacia nosotros ahora mismo.

Molly se agarra con más fuerza al abdomen de Sam.

—Mira esos barcos amontonados ahí como sardinas —dice Sam—. Deberían desperdigarse. Hacer más difícil a los japoneses alcanzarlos.

Esos barcos no tienen sentido para Molly en el sueño de Darwin. Esos barcos de guerra no tienen sentido. Las ciruelas moradas pertenecen a Darwin, se dice Molly. Los ciclones tienen sentido en Darwin. El calor pertenece a Darwin, y el eterno sudor. La cerveza caliente tiene sentido aquí, igual que los cestos trenzados a mano en las mesas de los puestos del mercado. El gordo barramundi pertenece a esto, igual que los cocodrilos de agua salada y la avispa marina cuyo aguijón hace que nos arrepintamos de haber aprendido a nadar en el puerto de Darwin —cuando no nos mata directamente—. Ciruelas moradas en los brazos de jóvenes chinas. Las ciruelas moradas tienen sentido.

—¿Esto es un sueño, Sam? —pregunta Molly presionando con la mejilla izquierda el omóplato derecho de Sam.

Sus ojos contemplan el largo muelle curvo revestido de madera, que se interna en el negro puerto con sus pilares de hierro fundido y hormigón cubiertos de cieno y de conchas de moluscos. Coches, cuerpos y gaviotas se mueven alrededor del muelle descargando y cargando un buque de carga de más de cien metros de largo y casi quince de anchura.

—Me he desmayado en la cocina hoy —dice Molly—. Ni siquiera recuerdo cómo he llegado a la ciudad. He tenido la sensación de que acababa de despertarme delante de la Ward's Boutique.

Danny sigue andando por la línea de plata. La niña sepulturera se abraza aún más fuerte a Sam.

Danny se detiene. Sam mira más allá del muelle. En el horizonte, tres líneas dentadas de relámpago quiebran el cielo y lo vuelven de color violeta.

—Viene el Hombre Relámpago —dice Sam.

Molly sabe del Hombre Relámpago. El abuelo de Sam fue el primero en hablarle del Hombre Relámpago, el dios-espíritu que surca el cielo a gran velocidad en un vehículo hecho de nubes de tormenta.

—A mí me gustaría tener uno de esos para ir por ahí, Mol —había dicho Sam.

Sam le había contado a Molly que las orejas del Hombre Relámpago tenían poderes que le hacían saber cosas y predecir el tiempo que iba a hacer, y que a través de esas orejas el Hombre Relámpago arrojaba rayos de electricidad a la tierra desde su nube de tormenta.

—Pero no huyes del relámpago —decía Sam—. Vas hacia él. Porque ese Hombre Relámpago está intentando decirte dónde encontrar lo que necesitas. Cuando llega el Hombre Relámpago, el agua y la comida vienen con él.

Un nuevo relámpago golpea la oscuridad más allá del concurrido muelle.

—Me voy de aquí mañana, Molly —dice Sam.

—¿A dónde vas? —pregunta Molly.

—En busca del relámpago, Molly.

Molly libera de su abrazo el abdomen de Sam.

—Mi familia y yo —dice—. Nos vamos al bosque. Nos vamos al país profundo, Mol.

—¿Tienes que irte? —pregunta Molly.

—Hay una gran reunión —dice Sam—. Hay mucho que hablar con los mayores sobre lo que va a venir con esta guerra y a dónde iremos a partir de ahora.

—¿Dónde os reunís? —pregunta Molly.

—No puedo decírtelo, Mol.

Molly vuelve a envolver a Sam con sus brazos.

—Llévame contigo —dice—. Me voy contigo ahora mismo. No pares y dale a Danny una buena patada en el ijar, y salgamos al galope. Esta noche. Vayámonos al bosque. Vayámonos tan adentro en lo profundo que ya no regresemos nunca.

Sam vuelve la cabeza para hablarle a Molly más cerca del oído.

—Tú no tienes permitido ir a donde voy, Molly.

Molly cierra los ojos. Guarda silencio todo un minuto.

—¿Tú me quieres, Sam?

—Te quiero mucho, Mol —dice Sam—. Pero tengo dieciséis, y tú, doce, y…

—Tengo casi trece —dice Molly.

Sam asiente, sonriendo.

—Y tú, casi trece —dice y respira hondo antes de acabar de decir lo que tiene que decir—. Y no creo que estuviera bien que yo te quisiera de la manera en que tú quieres.

Este pesado corazón de piedra. Llora por él, Molly, llora, se dice a sí misma. Pero no es capaz de llorar, así que abre los ojos, se baja del caballo, camina hasta una gran roca acostada en la orilla arenosa del puerto y se sienta en ella.

—¿Estará allí Longcoat Bob? —pregunta.

Sam se baja de Danny también y sostiene las riendas del caballo mientras responde a Molly.

—Nadie sabe dónde está —dice Sam—. Lleva mucho tiempo de viaje. El viaje más largo que haya hecho nunca. Nadie lo ha visto desde hace casi dos años.

Molly baja la cabeza y traza el círculo de luna del cielo nocturno en la arena con el dedo gordo del pie de derecho.

—Sam.

—Dime, Mol.

—¿Recuerdas que te hablé del regalo del cielo?

—Sí, Mol. Me acuerdo.

Molly traza una carretera serpenteante desde la luna de arena a sus pies.

—¿Recuerdas las palabras que mi abuelo grabó en la batea?

—Claro, los poemas —dice Sam.

—Las instrucciones —dice Molly corrigiendo a Sam—. Eran instrucciones. Pero él las escribió solo para los ojos de los poetas. Solo personas que viven vidas poéticas pueden entenderlas. Tienes que ser poético para entenderlas, Sam. Tienes que ser digno.

Sam ata las riendas de Danny al poste de una valla podrida que bordea la línea de playa.

—Instrucciones, sí —dice Sam.

Molly asiente.

—Yo sé dónde está el camino de plata —dice Molly.

Sam no dice nada.

—Es lo que tú llamabas el río de cristal —dice Molly—. Es lo mismo. Más allá del río Clyde. El camino que solías recorrer de niño.

Molly levanta la vista hacia la luna del cielo nocturno.

—Yo también voy a irme de aquí —dice—. Todo el mundo se va. ¿Por qué yo no? Voy a encontrar el camino de plata. Y luego encontraré a Longcoat Bob y mi tesoro.

—¿Qué es tu tesoro, Molly?

—Respuestas.

—¿Respuestas a qué, Mol?

—Por qué hizo lo que le hizo a mi familia. Y cómo va a deshacerlo.

Sam se hace un hueco en la roca de la playa para sentarse junto a Molly y le dice, no por primera vez, lo que siente en lo más profundo de su corazón de carne acerca de la maldición de Longcoat Bob:

—No hay ninguna maldición, Molly. Longcoat Bob no actúa así. No puede actuar así. No es capaz. Solo se trata de lo que la tierra y el cielo consideran que está bien o mal.

Tampoco es la primera vez que Sam dice esto.

—No fue Longcoat Bob quien le metió dentro la oscuridad a tu abuelo —continúa—. Eso solo puede hacerlo la tierra. Solo pueden hacerlo esas cosas brillantes de ahí arriba, Mol. La tierra y las estrellas vigilaban. Y una y otras dijeron que tu abuelo había actuado mal al hacer lo que hizo. Se llevó oro de la tierra, y la tierra no quería que se llevaran aquel oro. La tierra se rebeló, Molly. Se volvió contra tu abuelo. Y, si empiezas a ir por sitios a los que no perteneces, podría volverse contra ti también.

Molly se queda pensando un largo rato en lo que acaba de decir Sam. Luego se pone de pie.

—¿Te gustó la película, Sam?

Sam levanta la vista y la dirige a Molly.

—La verdad es que no.

—¿Por qué no?

—Tú no la estabas viendo conmigo.

Molly sonríe.

—Adiós, Sam.

Molly echa a andar.

—Molly, espera —llama Sam.

Pero Molly no se detiene. Él se levanta para verla alejarse en la noche dando una palmadita en la cabeza al potro Danny al pasar.

—Adiós, Molly Hook —susurra para sí mismo.

*

Dos sombras en la estrecha cocina de la casa del sepulturero del cementerio de Hollow Wood. Los hermanos Hook, Horace y Aubrey. Camisas de trabajo blancas con manga larga abotonadas hasta el cuello. Pantalones negros. Los dos están demasiado borrachos como para reparar en que aún llevan puestos los sombreros negros de ala ancha dentro de la casa. Molly de pie en la entrada de la cocina. Horace casi no es capaz de mantener los ojos abiertos. Se balancea en la silla una, dos, tres veces para alcanzar un bote de cristal en cuya etiqueta, a un lado, se lee «Aceituna Gordal» y que está lleno hasta la mitad de un licor transparente que a Molly le huele a petróleo mezclado con tónica. Aubrey la mira a través de las hendiduras de sus ojos negros y muertos mientras rodea con el índice derecho un pequeño vaso que contiene ese mismo licor. La cabeza de Horace al fin se estabiliza lo suficiente como para ver a su hija de pie, inexpresiva y silenciosa, en la cocina. Entonces una idea se abre camino en su cerebro nublado. Molly sabe que es un pensamiento oscuro. Horace se levanta bruscamente —demasiado bruscamente como para que su sangre, su cuerpo y su cerebro respondan a sus piernas—, se tambalea hacia la derecha y acaba cayendo al suelo y se golpea la ceja contra el fogón de la cocina. La sangre brota de inmediato de su frente e intenta limpiársela, pero lo único que consigue es extendérsela de un modo que a Molly le recuerda a las pinturas de guerra de los indios de un *western* de Gary Cooper.

—¡Papá! —dice Molly. Se arrodilla y le tiende las manos a su padre para ayudarlo a recuperar el equilibrio.

Pero él no se apoya en esas manos, sino que solo las agarra y se las lleva a la cabeza. Después se pone de pie gateando y alcanza el afilador de cuchillos que cuelga de un clavo que hay al lado del fogón. Entonces empuja a Molly contra la mesa de la cocina y la obliga a bajar la cabeza con tanta fuerza que golpea el tarro de licor de la mesa y este se estrella contra el suelo. Y Aubrey Hook se queda totalmente quieto, con su vaso en la mano derecha, mirando a su sobrina a los ojos, mientras su padre le azota el culo y la parte de atrás de los muslos con el afilador de cuchillos. Arriba y abajo y arriba y abajo. El movimiento del grueso afilador de cuero y el latido de la bombilla de la cocina. Verdugón tras verdugón tras verdugón, sangre tras sangre. Diez azotes, doce, quince; dieciocho en total. Y, en ese momento, Molly Hook no puede estarle más agradecida a Longcoat Bob porque seguro que su corazón de piedra es lo único que le impide llorar delante del mudo rostro y la oscura sombra de su tío, cuyos ojos negros se niega a dejar de mirar, sin importar lo fuerte que suenen los golpes del afilador, ni lo profundamente que aguijonee y corte. No apartes la vista, Molly. Cava, Molly, cava. Golpe y golpe y golpe y golpe. Cava y cava y cava y cava. Y los labios de Aubrey Hook sonríen bajo su espeso bigote negro mientras dirige un brindis de aguardiente casero a la niña sepulturera y luego estalla en una carcajada demente, regocijándose con la música que oye en su cabeza, la música que produce el cuero al encontrarse con la piel.

LAS TUMBAS A SUS ÓRDENES

Duerme, Molly, duerme. Mantén cerrada la puerta del dormitorio. Quédate aquí hasta que se vayan o hasta que se mueran. Su cama es un simple colchón sobre el suelo de madera junto a una cómoda con un pequeño espejo cuadrado. La humedad asciende por las paredes de madera. Es por la mañana, hace rato que ha amanecido y Horace y Aubrey Hook siguen gritando, riendo y rugiendo al otro lado de la puerta de su dormitorio. Tiene el ejemplar de su madre de las *Obras completas* de William Shakespeare, que ha cogido de la estantería del comedor y ha agitado con fuerza para eliminar las lepismas que reptan por sus fértiles páginas. Unas negras tapas duras, unas páginas amarillentas y quebradizas. Lee con el vientre pegado al colchón para relajar la presión sobre las nalgas inflamadas y el dorso en carne viva de los muslos, la cabeza inclinada sobre el extremo del colchón, y los codos y el libro de Shakespeare en el suelo.

La niña sepulturera lee *La tempestad*. La obra le habla del viento y la lluvia, de la clase de tormentas que azotan Darwin durante el sofocante verano, cuando los hombres como Aubrey y Horace Hook se vuelven extraños y vengativos como el mago Próspero, que es capaz de dominar el viento y la lluvia y de despertar a los muertos y hacer que salgan de sus tumbas lóbregas y lastimosas. «Las tumbas, a mis órdenes, han despertado a sus durmientes», lee la niña. Duerme, Molly, duerme. *La tempestad* le parece un sueño a Molly. Un gran sueño febril del mar. Duerme, Molly, duerme. «E igual que esta insustancial pantomima se marcharán sin dejar rastro», lee la niña. «Estamos hechos de la misma materia que los sueños, y un sueño rodea nuestra pequeña vida». Y se queda dormida.

Duerme ocho horas hasta que el estómago vacío la despierta en la habitación a oscuras. Puede oír a su padre y a su tío fuera ahora. Están en el patio delantero, ocupados con el motor de la camioneta roja de Aubrey. El motor no arranca y los hombres gritan al vehículo y lo maldicen por no hacer caso de sus amenazas asesinas. Molly quiere ponerse de pie, pero ponerse de pie ya no es fácil a causa de la inflamación. Primero se ayuda con los brazos, y luego dobla las rodillas, pero ese movimiento pone presión en su espalda y el dolor le atraviesa la región lumbar y penetra en su cerebro. Abre la puerta de su dormitorio con cautela, se desliza de puntillas hacia el comedor mientras los gritos de su padre y de su tío, borrachos y embrutecidos, se siguen oyendo a lo lejos, en el patio. Corre por la escalera trasera hasta el baño del sótano. Dejar salir lo más mínimo ya habría sido una agonía. Pero lo que libera del vientre es una auténtica paletada de serrín.

De nuevo arriba, en la cocina, abre la nevera y aparta un cuenco de sesos de cordero fritos y salsa de tomate y se llena las manos con tres viejas salchichas de cerdo y un trozo de queso cubierto de moho. Abre entonces una pequeña alacena independiente para encontrar montones de comida enlatada de distintas clases: carne en lata Spam, guisantes en lata Edgell y lo único que Horace Hook parece cenar en los últimos tiempos: sopa de rabo de buey concentrada Campbell. Molly coge una lata de Spam y otra de guisantes. Encuentra un abrelatas en el cajón de los cubiertos. Llena de agua dos botellas de cristal de leche vacías y corre a su dormitorio y cierra la puerta tras ella. Molly suelta la comida en el colchón, deja las botellas en el suelo y arrastra la cómoda con espejo por la habitación para colocarla delante de la puerta. Luego se tumba bocabajo en el colchón y muerde la punta de una salchicha de cerdo.

Durante dos días enteros, a salvo tras la barricada de la puerta del dormitorio, espera a que pase la tempestad. Y tres palabras resuenan sin cesar en su mente como un mantra. Como un encantamiento. Como un hechizo. Como una maldición.

Cava, Molly, cava.

*

Anochecer. Molly oye salir la camioneta. La puerta de su dormitorio chirría al abrirse y el sonido la hace detenerse. Espera señales de vida a su alrededor. Nada. Examina la casa y evalúa los silenciosos efectos colaterales de la grave borrachera de aguarrás de su padre y su tío. Lámparas volcadas por el suelo. Sillas volcadas. Cristales rotos en el pasillo. Esperarán que ella limpie y ponga orden. Esta vez no lo hará.

Entra sin hacer ruido en la cocina. Botellas vacías y cristales hechos añicos. Un mechón de cabellos humanos en el suelo. Salpicaduras de sangre en las paredes. Vómito de sangre y bilis en el fregadero.

Molly llena un vaso de agua y se lo bebe de un trago. Se sienta un momento a la mesa de la cocina. Un periódico manchado de cerveza sobre la mesa cubierta de tabaco y ceniza. El *Northern Standard*. De hace días; semanas, tal vez. Está abierto por un anuncio público, una orden. Molly sacude el tabaco y sostiene el periódico ante sus ojos.

ORDEN DE EVACUACIÓN
DEL TERRITORIO DEL NORTE
DE AUSTRALIA

CIUDADANOS DE DARWIN:

El Gabinete Federal de Guerra ha decidido que mujeres y niños sean evacuados de Darwin obligatoriamente y lo antes posible, con la única excepción de las mujeres necesarias para servicios esenciales. Se han hecho preparativos, y el primer contingente partirá dentro de las próximas 48 horas. Dicho contingente incluirá a los enfermos de hospital, las madres gestantes y las mujeres de edad avanzada y enfermas o con niños pequeños. Se han enviado folletos con las instrucciones, que han de seguirse al pie de la letra. Los efectos personales no podrán superar los 16 kg. El personal encargado de la evacuación se encuentra en la Oficina de Asuntos Nativos de la calle Mitchell, y trabajará día y noche sin interrupción. El personal que se encargará de preparar el primer contingente será avisado durante las próximas horas, y todos los ciudadanos tendrán la obligación de seguir de inmediato las instrucciones que dicten las autoridades responsables.

Recordemos lo que nuestro primer ministro, el señor Curtin, dijo hace poco: «Ha pasado el momento de discutir. Las instrucciones del Gobierno Federal deben cumplirse». El Gobierno Federal lo ha dejado todo dispuesto para la comodidad y el bienestar de nuestras familias en el sur. Los ciudadanos de Darwin colaborarán enormemente en el esfuerzo de la guerra al cumplir de buen grado con todo lo que se les pida. Habrá momentos de adversidad y sacrificio, pero es lo que exige la situación de la guerra, y estoy seguro de que Darwin será un magnífico ejemplo a seguir para el resto de Australia.

C. L. A. ABBOTT,
Administrador del Territorio del Norte

Molly deja el periódico encima de la mesa. Se dirige sin hacer ruido a su dormitorio y se pone las botas de cavar. Cava, Molly, cava. Cava en busca de tu coraje. Cava en busca de tu alma. Cava en busca de tu rabia.

La pala Bert está apoyada contra la parte de su dormitorio junto a una ventana. La pala Bert ha estado esperando este momento, y Molly lo sabe. Molly y Bert se dirigen al dormitorio de Horace Hook, al final del pasillo. La puerta está, como de costumbre, cerrada con llave, porque Molly y Bert nunca deben entrar en el dormitorio de Horace. Molly levanta la pala con las dos manos, de la misma manera que podría apuntar con una lanza a un león, y golpea la hoja de la pala fuerte y rápido contra el punto de la madera en que la cerradura se une a la puerta. La pala entra en la vieja madera y rompe y astilla. Molly tira de Bert hacia atrás y vuelve a lanzarla una y otra vez. Finalmente, la clava con fuerza y Molly carga todo su peso sobre el extremo de la pala hasta que la puerta se rompe y queda abierta.

La habitación de su padre está a oscuras y huele a sudor, a vómito y a alcohol —tal vez también a fantasma—. Molly se desliza bajo la cama de su padre y alcanza un gran morral de lona con cordón ajustable lleno de herramientas, lo arrastra fuera y vuelca su contenido en el suelo: piquetas romas y limas, martillos y palas. Vuelve con el morral a la cocina y lo llena de toda la comida en lata que encuentra en la despensa. Carne encurtida en lata, maíz en lata. Una lata de leche en polvo Nestlé Sunshine. Molly vuelve corriendo a su dormitorio y encuentra la cantimplora de cuero en el rincón, junto a un sombrero de ala ancha que también mete en el morral. Vuelve a la cocina a llenar la cantimplora, y luego al dormitorio de su padre, donde mete el hombro en el costado de una cajonera. Empuja fuerte con las piernas mientras sus botas resbalan sobre la tarima del suelo, pero aguanta lo suficiente como para mover la cajonera unos metros por la habitación. Tres paneles de madera del trozo de suelo que acaba de asomar son más cortos que los que se ven a su lado. Molly se arrodilla y encuentra una grieta lo bastante ancha como para meter el índice derecho y levantar uno de los paneles. Con la mano izquierda quita los otros dos, y la derecha encuentra entonces un espacio de no más de treinta centímetros entre las tablas del suelo y el techo del sótano. Ella sabe lo que busca. Una caja negra de metal cerrada con candado no mucho más grande que las latas cuadradas de galletas de mantequilla que cubren las estanterías de A. E. Jolly's, de la tienda de la ciudad. No vuelve a colocar los paneles ni a poner la cajonera en su sitio. Ya no hay tiempo para eso.

«Mientras haya tiempo», se dice, «hagamos el bien».

Vienen los japoneses. El tiempo se acaba. Y solo queda tiempo de ser buena.

*

Oscuridad ahora en el cementerio de Hollow Wood. Molly lleva una lámpara de queroseno, pero en este cementerio sería capaz de encontrar el camino incluso sin luz. Podría cerrar los ojos y orientarse en estos pasillos de la muerte solo con pasar las manos por las lápidas.

Martha Sorenson, 1842-1908. Piedra de granito. Contorno dentado. «En memoria de nuestra querida madre». Podría ser que quede alguien vivo aún que eche de menos a Martha Sorenson, igual que Molly echa de menos a su madre.

Teddy Byrne, 1854-1904. Bloque biselado de piedra caliza. «Seguro que está oscuro ahí abajo», reza la lápida de Teddy. Teddy le recuerda a Molly la risa.

Edwin Harper, 1803-1887, le recuerda a Molly seguir adelante. «Edwin Harper. Asaltado y apuñalado dos veces en el cuello a los 22 años. Sobrevivió al naufragio del Fortuna a los 33. Conoció a June Mooney a los 35. Se despidió de June a los 83. Murió a los 84».

Norman Ballard, 1877-1926. Granito de perla azul. Contorno gótico. «El fin y la recompensa del esfuerzo es el descanso». Molly no puede descansar. Todavía no. No hasta que haya abierto la caja negra de metal que lleva bajo el brazo izquierdo.

Bonnie Russell, 1865-1923. Caliza gris. Contorno en punta. Epitafio de una línea que Molly todas las noches durante el sueño espera que se haga realidad: «La muerte solo es un muro entre dos jardines». Molly está en el jardín que hay a un lado del muro, aquí en el Territorio del Norte, y su jardín está lleno de palofierros y grevilleas de hoja de helecho con flores naranjas del color del fuego; su madre, Violet, está al otro lado de ese muro, entre rosas, rosas rojas y de color rosa. No hay otra cosa allí. Sonriendo. Esperando.

Hay tanto amor dentro de un cementerio... Tanta pérdida, pero tanto amor. Es lo único que Violet apreciaba de cavar tumbas.

111

Lo llamaba «el romanticismo del cementerio», aunque Horace nunca entendió lo que quería decir. «No tiene nada de romántico», solía contestar. «Solo son agujeros llenos de polvo y huesos». Pero Violet veía la poesía del lugar. Veía los versos de la tumba de Cherie Lawrence. 1854-1917. Granito rojo indio. Contorno serpentino:

TODOS LOS DÍAS A LAS TRES Y MEDIA
EL SUSURRO DEL NOMBRE DE CHERIE,
Y ATRAVIESAS DE NUEVO EL MAR ETERNO
NAVEGANDO HACIA MÍ.

Una sencilla línea de amor para Henry Prendergast, 1866-1909: «Echo de menos tu mano en la mía». La sencilla reflexión sobre la vida de Hazel Collins, 1854-1926: «Murió agradecida. Murió amada».

Los desgarradores epitafios de los niños. Violet Hook le había dicho a Molly que estos le recordaban la gratitud. «El amor yace en el suelo; la esperanza voló al cielo». «Te tuvimos un día. Tu corazón nos quedará por siempre». Le recordaban todo lo que tenía que perder.

La lámpara amarilla de Molly ilumina los caminos oscuros del cementerio. El morral le cuelga a la espalda de una correa que va desde su hombro izquierdo a su cadera derecha. La pala descansa como una espada envainada entre su omóplato y la correa del morral. Conoce a la perfección todas las tumbas. Cada lección de vida de la gente que hay al otro lado. Marion Curtis, 1854-1908: «Amada en vida, llorada a su muerte». Lucille Clifford, 1823-1874: «Mientras haya tiempo, hagamos el bien». Molly se ha educado con esas lecciones, esos mensajes en piedra dirigidos a Dios. En toda esa confianza depositada en la fe.

«Bienaventurados los puros de corazón».

«Eternidad, sé mi refugio».

«Yo sé que mi redentor vivió».

«Un paraje solitario te será devuelto».

Las últimas palabras de los muertos. Verdades concluyentes tras el sufrimiento de la vida.

Pero ¿cree en ellas? ¿Cree en las palabras de Eunice Milton, 1875-1934: «No temáis, pues aquello que perdemos nos es devuelto de otra forma»? Porque a Molly le gusta ese epitafio. Quiere creer a Eunice Milton. No quiere llorar la pérdida de su madre, porque Violet Hook sigue allí bajo otra forma. Simplemente, Molly no ha descubierto todavía cuál es. Pero ella está allí. Ella ha vuelto.

Ahora le habla el cielo de la noche.

—¿Qué te hace estar tan segura de eso, Molly? —pregunta el cielo de la noche.

—Puedo sentirla —dice, pues responder así al cielo de la noche es digno y poético.

—¿Dónde la sientes?

—En todas partes —dice Molly—. En los árboles, en las flores, en las rocas, en la tierra.

Molly apresura el paso con su lámpara.

—¿Ha vuelto bajo otra forma? —pregunta Molly al cielo de la noche.

—Ya has estado hablando otra vez con el cielo del día, ¿no?

—Un poco —dice Molly.

—Es mentira, Molly.

—¿Qué es mentira?

—El cielo del día. Ten cuidado con las cosas que te dice. El cielo del día es una ilusión. Es un truco. Crees que es tan azul y tan real que puedes tocarlo, pero la verdad, Molly, es que el cielo del día solo es más de mí. Más oscuridad. Y la oscuridad no termina nunca.

—¿Un mar infinito?

—Un mar negro sin orillas —dice el cielo de la noche—. Sin final ni principio. En el que nunca se puede confiar.

En el extremo sudoeste del cementerio, Molly se detiene ante una tumba. Ha encontrado la tumba que buscaba. Thelma Leonard. Caliza vertical. Contorno ovalado. Coloca la lámpara junto a la lápida. Se quita el morral y sostiene la lata negra con las dos manos. Pasa los dedos por el punto de unión, un pequeño candado que hay en el centro de la caja. Y, entonces, con un violento impulso de sus brazos de niña sepulturera, estrella la caja contra la lápida de Thelma Leonard.

Pero la caja no se abre. Hay objetos dentro de ella, duros y pequeños, y resuenan en su interior como si Molly tuviera en las manos una caja de petardos del barrio chino. Molly hace otro intento, con otro lanzamiento furioso de niña sepulturera que produce abolladuras en la caja, pero no la abre.

—¿Qué estás haciendo, Molly? —pregunta el cielo de la noche.

—Voy a devolverlo todo —dice.

—No tienes tiempo para eso, Molly —responde el cielo de la noche—. Los *pubs* ya están cerrando. Pronto volverán a casa.

—¿Por qué estás tan seguro?

—Los cielos de la noche no mentimos, Molly.

Molly levanta la vista hacia la manta negra del cielo que hay más allá del árbol del caucho. Luego la baja hacia la roca rana negra.

—Mientras haya tiempo, hagamos el bien —dice—. Vienen los japoneses. Todo el mundo se está yendo. La carretera de Stuart estará llena de autobuses, coches y camiones con tropas del Ejército. Estarán atascados en la ciudad durante horas.

—¿Y si no están en la ciudad? —pregunta el cielo de la noche—. ¿Y si están en casa de Aubrey, bebiendo aguardiente casero en el viejo cobertizo?

Pensar en Aubrey hace que a Molly se le llene el brazo de sangre caliente, tense los músculos y golpee la caja contra la piedra tan fuerte que siente los apretados dientes delanteros a punto de partírsele. Esta vez la tapa se abre y se desperdigan por el suelo destellos de oro y plata. Son joyas. Collares, brazaletes, anillos. Alianzas de boda. Anillos de compromiso. Anillos de compromiso de la época de la reina Victoria. Anillos de compromiso de la época del rey Eduardo. Molly recorre el suelo con la lámpara, buscando con los dedos las joyas esparcidas para colocarlas cuidadosamente en la caja de nuevo. Son más de veinte piezas en total. Diamante. Amatista. Ópalo. Perla. Oro y oro y más oro ajeno, y todo robado por su padre y su tío, y acumulado en la caja negra de metal hasta que estén listos para subir con ella al tren de Sídney, donde no habrá seres queridos de Darwin que puedan localizar esos objetos sagrados en el escaparate de una tienda de empeños de King's Cross.

Aquí yace Thelma Leonard, 1813-1867: «Que la silenciosa tierra te dé hondo descanso». Molly clava en la tierra a Bert delante de la lápida de Thelma y presiona con fuerza con la bota derecha el borde de la pala. Cuatro paletadas rápidas, porque no hay tiempo de cavar más profundo. Escoge las piezas de dentro de la caja negra. Se acuerda del anillo de Thelma —se acuerda de todo—, un pequeño zafiro en un engaste de cristal con la misma forma cuadrada que la lápida de Thelma. Molly deja caer el anillo en el agujero y vuelve a taparlo, allanando el suelo con cuatro fuertes golpes del dorso de la hoja de Bert.

En el extremo oriental de Hollow Wood, entre un grupo de lápidas lisas y cuadradas, Molly se detiene ante la tumba de Phyllis Quinn, 1865-1914: «No habrá oscuridad. Habrá luz y música». Cuando lee los epitafios, Molly oye voces humanas, como si el propietario de cada tumba estuviera hablando con ella, y tal vez esa fuera la intención. La voz de Phyllis Quinn es elocuente, con cierto acento irlandés. Es musical. Phyllis tocaba el piano. Phyllis cantaba nanas irlandesas a sus hijos. Y no había oscuridad en la terraza acristalada de su casa de dos plantas de Darwin. Solo luz y música. Molly cava su agujero, deja caer dentro el broche en forma de flor para devolverlo a su legítima propietaria, y la única perla en el centro de la flor queda oculta con una sola paletada.

—Lo siento, Phyllis —susurra Molly.

Y Molly continúa recorriendo el cementerio, rincón por rincón, tumba a tumba, devolviendo los objetos que Aubrey y Horace robaron a los muertos. Devuelve un anillo de compromiso con un zafiro rosa a la tumba de Sarah Hill. «A orillas no soñadas», dice Sarah en su lápida. Tres esferas turquesas como lunas azules, engastadas en un anillo de oro, regresan a la tumba de Julia Hancock. Y las palabras de Julia en su lápida son la recompensa para Molly: «Vivir en los corazones de quienes amamos no es morir». Más lecciones de vida. Más mensajes del más allá.

Un colgante en forma de pájaro de plata esmaltada para Geraldine Lamb: «A donde vayas, te seguiré». Un anillo de rubí y diamante para Eva Gordon: «Salimos girando de la nada, esparcidos como polvo de estrellas. Las estrellas formaron un círculo y en su centro nosotros bailamos». Unos pendientes de cristal para Agnes Herman: «Porque he amado la vida, no lamentaré morir». Un anillo de ópalo negro para Marilyn Prince: «Yo sé que soy inmortal. Conozco esta órbita mía». Solo esas palabras sobre una tumba de granito rojo. Lecciones.

—*Yo sé que soy inmortal* —le dice Molly al cielo de la noche—. *Conozco esta órbita mía que no puede abarcar el compás del carpintero.*

—Marilyn Prince no miente —le responde el cielo de la noche.

—Walt Whitman no miente —dice Molly—. Mi padre decía que mi madre siempre estaba hablando de ese verso que había en la lápida de Marilyn Prince, y que le preguntaba a todo el mundo de la ciudad que tuviera medio cerebro qué significaba. Una vez, en una biblioteca ambulante, alguien le dijo que era de un poeta norteamericano llamado Walt Whitman.

Molly allana la tierra con la hoja de Bert.

—*Me sostengo en caja y espiga de granito* —dice recitando a Whitman—. *Me río de lo que llamáis disolución. Conozco la amplitud del tiempo.*

Y una voz en la oscuridad continúa los versos. Pero no es el cielo de la noche. La voz de la oscuridad es profunda y pastosa. La de un borracho.

—*Me lego a mí mismo a la tierra para crecer de la hierba que amo* —dice la voz.

Y Molly se vuelve hacia la voz al tiempo que levanta la pala Bert para defenderse.

—*Si me quieres de nuevo, búscame bajo las suelas de tus botas.*

Aubrey Hook camina tambaleándose hacia la luz de la lámpara de Molly. La niña inspira hondo y de forma brusca. Su tío lleva un rifle de un solo tiro de calibre 22 en la mano derecha que descansa sobre su hombro derecho y se bambolea peligrosamente, como si fuera a girar hacia Molly en cualquier momento.

—*Difícilmente sabrás quién soy o qué pretendo* —continúa Aubrey recitando a Whitman—. *Pero seré para ti salud… a pesar de…*

Le cuesta terminar la frase, atascada en el alcohol que lleva dentro. Es todo sombra. Su sombrero negro y su bigote del color de las sombras pasan por delante de la luz de la lámpara.

—*A pesar de todo… y filtraré y fortaleceré tu sangre.*

Y Aubrey mira al cielo de la noche. Mira a las estrellas. Dirige su rifle hacia arriba, cierra un ojo para apuntar mejor y se tambalea por el esfuerzo.

—*Sin lograr… sin lograr alcanzarme… al principio… al principio.* Maldita sea.

Se vuelve hacia Molly.

—Dime cómo termina, Molly —dice tratando de ser tierno—. Tu madre solía decirme cómo terminaba. Ella se lo sabía todo casi de memoria, y eso que eran páginas enteras. Páginas y páginas de grandes palabras y más grandes palabras.

Molly guarda silencio. Aubrey avanza tambaleándose y se acerca más a Molly. Eructa, escupe, resopla.

—Dime cómo termina —gruñe, agresivo, y echando espuma por la boca; lo que hace que Molly se suba de un salto a la tumba de Marilyn Prince.

Molly dirige los ojos a la lápida y recita:

—*Sin lograr alcanzarme al principio, no desmayes. Al no hallarme en un sitio, busca en otro. En alguna parte te estaré esperando.*

Aubrey ríe nerviosamente al oír esto, y al reír irrumpe su carcajada demente, de nuevo esa carcajada enferma que espanta a los murciélagos de la fruta, tan aterradora que podría hacer revivir a la roca rana negra, y hacerla huir al sur dando saltos junto a todos los que huyen de Darwin.

—¿Tú crees que tu madre te estará esperando en algún sitio, Molly?

Ríe a carcajadas de nuevo.

—Tal vez esté en la hierba —dice.

Mira teatralmente debajo de sus botas.

—Tal vez esté debajo de mis botas —dice examinando el suelo—. No, me temo que no está aquí.

Molly siente frío ahora, incluso en una noche de verano en Darwin como esta.

—¿Dónde está mi padre? —pregunta.

—En la ciudad —dice Aubrey, tambaleante y lacónico, y Molly sabe cuándo su tío miente, porque su tío no sabe mentir como miente el cielo del día.

—He tenido que entrar por mi cuenta en la casa —dice Aubrey—. Y he visto algo de lo más extraño. La puerta del dormitorio de tu padre abierta de par en par, y la cajonera movida, y que me aspen si nuestra caja negra de los tesoros no faltaba.

Los ojos de Molly se dirigen a la caja, que está junto a la lámpara. Aubrey sonríe.

—Pensé que podrían haber asaltado la casa —dice Aubrey—. Malditos… —busca la palabra— oportunistas…, Molly. Están evacuando a todo el mundo, y por toda la ciudad los malditos oportunistas están saqueando las casas vacías, aprovechándose de esta… —se toma aún más tiempo para buscar esta palabra— precaria… situación… en la que se ha visto Darwin.

Un nuevo temblor. Un nuevo tambaleo.

—Imagínate: saquear las casas de la gente que huye de los japoneses para salvar su vida.

—Cualquier día empezarán a robarles a los muertos —dice Molly.

Aubrey sonríe y señala con un índice cómplice a Molly. Luego relaja el brazo derecho, baja el rifle y lo agita.

—Pensé que lo mejor sería coger el rifle de Horace y ver el alcance del asalto —dice—. Entonces, para mi sorpresa, vi un parpadeo de luz desde la ventana de la cocina. Alguien andaba por el cementerio. Y, ahora, mira a quién me encuentro enterrando… mi… preciado… —una nueva búsqueda de la palabra correcta y un nuevo tambaleo— te… te… tesoro.

—No te pertene...

—¡Cállate, niña! —grita Aubrey—. Hablas demasiado. Quizá por eso le dices todos esos galimatías al cielo. No queda nadie en la tierra que soporte escuchar tus tonterías.

Se acerca más a Molly. Se inclina y coge la lámpara por el mango de alambre en forma de aro. Fija la vista en el morral que cuelga del hombro de Molly.

—Dame la bolsa —dice.

De mala gana, Molly deja que el morral se deslice de sus hombros y se lo tiende a su tío, que vacía a patadas el contenido en el suelo. Comida enlatada y utensilios. Agua. Un grueso libro negro de páginas amarillentas. Aubrey se agacha para examinar el lomo del libro. *Las obras completas de William Shakespeare*, lee.

Vuelve a ponerse de pie.

—¿Vas a algún sitio, Molly? —pregunta—. ¿Vas a desaparecer otra vez en el bosque? ¿Estás a punto de perderte en el país profundo dejado de la mano de Dios de nuevo?

—Voy en busca de Longcoat Bob —responde Molly.

Aubrey ríe, y la lámpara se mueve en su mano proyectando luz hacia nuevos puntos de la oscuridad.

—¿Y por qué... —Aubrey mueve la cabeza, juntando las palabras lentamente— querrías tú... encontrar... a ese... brujo venenoso... de Longcoat Bob?

—Voy a pedirle que deshaga la maldición que lanzó sobre nuestra familia —responde Molly con rotundidad.

Aubrey lanza una carcajada.

—Por supuesto, por supuesto, la maldición —dice—. ¿Todavía crees en maldiciones, Molly?

Mueve la cabeza vigorosamente. Se acerca a ella desde las sombras. Le sisea.

—¿Todavía crees en brujerías?

Ella no lo mira. Su tío es Medusa en las sombras.

—Incluso después de todo lo que te he contado sobre Tom Berry —dice.

Se acerca más.

—¿Cuántas veces tengo que decirte, niña, que algunos niños nacen en este mundo destinados a vivir vidas de pura e inevitable miseria?

Extiende un índice derecho torcido y se lo clava tres veces en el pecho, diciendo:

—Y tú…, simplemente…, tú… eres una de ellos. Tú.

Aubrey vuelve la cabeza hacia las estrellas.

—No puedes culpar a Longcoat Bob —dice en tono sarcástico, señalando con un dedo hacia el cielo—. Culpa a Dios. Culpa a tu precioso cielo. Culpa a tus brillantes estrellas.

Se vuelve hacia Molly. Le gruñe. El gruñido de la sombra.

—Culpa a tu madre —dice.

Ríe. Vuelve a tambalearse.

—Yo estaba allí, Molly —dice mientras su cabeza de borracho se balancea sobre sus hombros.

Molly no puede resistir ante Medusa.

—¿Dónde? —pregunta.

—Cuando tu madre te dio a luz —dice—. Yo estaba allí. —Sus piernas de borracho se mueven, pero su cabeza vuelve a las estrellas—. Vi la tristeza tuya salir de la nada. En un minuto tu tristeza pasó de no estar en el universo a existir en él.

Sus manos forman una nube en forma de hongo.

—Puf. Como una de esas estrellas de ahí arriba. De repente estabas… aquí. Llegaste, Molly, con toda tu trágica…, predestinada…, casi inmaculada —se vuelve hacia ella— miseria.

Avanza hacia Molly y sonríe. Le coge la barbilla y le levanta el rostro a la luz de la lámpara.

—Fue increíble lo rápido que sucedió todo —dice Aubrey—. Lo peor que nos había pasado nunca.

Estudia sus ojos.

—Yo me pregunto, joven Molly —dice riendo para sí y moviendo la cabeza—, si ya que está claro que eres capaz de creer en hechiceros y maldiciones, también lo eres de creer en la idea de que tu madre y tu padre y, desde luego, tu tío caímos en el infortunio en el momento en que naciste. Me pregunto si alguna vez has considerado la posibilidad, Molly Hook, de que sí que hubo una maldición lanzada sobre esta familia… y que esa maldición fuiste tú.

Sigue sujetando su rostro y mirándola fijamente a los ojos. Molly no revela ninguna emoción. Su tío sonríe.

—Pero, ay, ni una sola lágrima —dice.

Aubrey retrocede cuatro pasos, tambaleándose, y luego se deja caer de espaldas sobre la dura tierra y la hierba y se lía un cigarrillo.

Molly lo observa lamer el papel de liar. Nunca tendré miedo, se dice. Nunca sentiré dolor. La roca es dura. No puede romperse.

—Deberías creer en la maldición de Longcoat Bob —dice—. Porque tú la has heredado, tío Aubrey. Ahora lo sé.

Él no levanta la vista.

—¿Qué te hace estar tan segura?

—Solo un hombre maldito le diría esas cosas a una niña —responde Molly—. Esa maldición se ha metido en tu corazón y lo ha oscurecido. Ya solo eres sombra, tío Aubrey.

Enciende el cigarrillo con un fósforo.

—No voy a discutir eso —murmura.

Luego da una calada y exhala el humo lentamente, haciendo que el humo de color gris flote sobre las lápidas cercanas como si fueran las almas en fuga de sus ocupantes.

—Ahora, dime, Molly —pregunta Aubrey apartando el humo—. ¿Cómo pretendes encontrar al escurridizo Longcoat Bob en el país profundo?

Molly está sentada en el suelo, cansada.

—Con el regalo del cielo —dice.

Aubrey sonríe.

—Aaaah, por supuesto, el mágico regalo que le cayó del cielo a Molly Hook el día que su madre la abandonó como a un cervatillo cojo.

Molly mueve la cabeza indignada. Nunca tendré miedo. Nunca sentiré dolor.

—Era un mapa que llevaba hasta el oro de Longcoat Bob, y tú me lo quitaste y lo tiraste porque estabas furioso y eres estúpido —dice Molly.

Aubrey se pone de pie y se acerca a su sobrina.

Molly lo mira a los ojos.

—No fuiste capaz de ver nada porque solo eres una sombra —le dice.

La amenaza en el movimiento de Aubrey. La curiosidad de Aubrey.

—No fuiste capaz de ver que tenías todo el oro que quisieras en tus manos —dice Molly—. Mi abuelo había grabado un mapa en la batea y había escrito instrucciones en ella.

Aubrey mueve la cabeza y se arrodilla para mirarla profundamente a los ojos.

—Ese hombre era un lunático, niña.

Molly mueve la cabeza. Se lo dirá ahora. Se lo demostrará. Recuerda lo que leyó en el fondo de la batea. Recuerda el lugar oscuro. Las orillas del arroyo Blackbird.

—*Cuanto más resisto, más me acorto* —recita levantando la barbilla, segura y desafiante— *y...*

—*Y el agua corre hasta el camino de plata* —dice su tío completando la frase.

Molly no sale de su asombro; enterarse de que su tío se ha aprendido esas palabras es como si le dieran un puñetazo en el vientre.

Aubrey ríe y mueve la cabeza.

—Al final, Molly, tu abuelo grababa con su navaja de bolsillo sus ideas inconexas de loco en cualquier cosa a la que pudiera echar mano. Eran los garabatos de un buscador de oro arruinado que había perdido la cabeza hacía mucho.

Molly niega con la cabeza lentamente mientras su tío asiente con la suya.

—Aquel hombre estaba loco —dice Aubrey—. Perdió la cabeza igual que la perdió su hija dos décadas después, e igual que su nieta la está perdiendo delante de mis ojos.

—Pero él no dejó escritas esas instrucciones para ti —dice Molly enérgicamente—. Las escribió para alguien que fuera digno. Alguien que fuera poético. El camino de plata está pasando el río Clyde, y yo sé cómo encontrarlo. Tú nunca lo sabrás porque ni eres poético ni tienes una mierda de dignidad.

Molly cierra los ojos y espera la bofetada en el rostro. Pero no llega. Vuelve a abrirlos. El humo de una calada del cigarrillo de Aubrey. Una larga pausa. Otra nube de humo al aire de la noche. Los ojos entrecerrados ahora de Aubrey Hook. La sombra que se va formando alrededor de él. La oscuridad.

—¿Y cómo lo encontrarás exactamente, Molly? —pregunta.

Molly mueve la cabeza. Escupe las palabras, más que pronunciarlas.

—Eso jamás te lo diré.

Aubrey coge el rifle y se acerca más a Molly.

—Pobre Molly —dice—. La pobre niñita sepulturera que se ha vuelto loca. Crees que, si encuentras ese camino de plata, encontrarás a Longcoat Bob. ¿Y qué piensas que va a decirle Longcoat Bob a nuestra niñita sepulturera? ¿Crees que Longcoat Bob le va a decir qué le ocurrió a su madre que la entristeció tanto? ¿Crees que Longcoat Bob tiene todas las respuestas? ¿Crees que va a decirte por qué te abandonó?

Sostiene la lámpara ante los ojos de Molly, tan cerca que el calor de la llama le calienta el invisible vello de la mejilla. Susurra.

—¿Es a ella a la que le hablas cuando te diriges hacia el cielo, allá arriba?

El aliento le huele a aguarrás. Su saliva aterriza en la cara de Molly.

—*Sin lograr alcanzarme al principio, no desmayes* —recita—. *Al no hallarme en un sitio, busca en otro. En alguna parte te estaré esperando.* ¿Crees que te está esperando, Molly? ¿Crees que Longcoat Bob te va a decir dónde está?

Aubrey retrocede, contempla una hilera de lápidas. Luego apunta con el rifle al corazón de Molly.

—Voy a enseñarte dónde está exactamente.

—Corre, Molly, corre —susurra el cielo de la noche, pues el cielo de la noche siempre teme lo peor.

Desde que tenía siete años nunca ha pasado tanto tiempo en este rincón del cementerio. No ha pasado tanto tiempo bajo el árbol del caucho. Ni ha estado tan cerca de la roca rana negra.

Aubrey Hook está sentado en la roca rana negra. La lámpara descansa junto a su bota izquierda de color negro. Lía un cigarrillo con los labios aún húmedos por la petaca que tiene apoyada en la entrepierna. El rifle, apoyado sobre la pierna derecha flexionada. Molly Hook está cavando dentro de un hoyo en la tierra a medio metro de distancia con Bert. La niña sepulturera no responde al cielo.

—Tu abuelo no estaba loco, Molly —dice el cielo de la noche, porque el cielo de la noche nunca miente—. Tú no te estás volviendo loca, Molly. En realidad, es tu tío el que está perdiendo la cabeza.

Molly cava, con la pala en la tierra, la bota sobre la pala.

—Va a dejarte aquí, Molly. Va a enterrarte con tu madre. ¿Me oyes, Molly? ¿Lo entiendes? Estás cavando tu propia tumba.

Molly se detiene, levanta la vista hacia su tío desde el agujero. La lámpara solo le ilumina un lado de la cara. El resto está en sombra. Un bigote negro mojado de alcohol, fibras de tabaco marrón en el nido de pelo sobre su labio superior invisible. Molly vuelve a inclinarse y toma el alto mango de madera de Bert. Se da la vuelta en el hoyo de manera que da la espalda a su tío. Cava.

—¿Por qué está haciendo esto? —susurra Molly dentro de la fosa.

—Sabes perfectamente por qué.

—La maldición de Longcoat Bob —murmura Molly descargando otra paletada en la superficie.

—Eso suena a una de esas mentiras piadosas que te diría el cielo del día.

Molly cava y lanza a la superficie una voluminosa paletada de tierra del color de un pastel de chocolate.

—Pero yo te conozco, Molly. Y sé cuándo sabes la verdad, pero te da demasiado miedo decirla.

Molly introduce a Bert con fuerza en la tierra, descansa su dolorido brazo derecho en el mango por un instante y se queda mirando las estrellas dispersas por el negro cielo.

—Quiere que desaparezca —dice Molly.

—¿Por qué? —pregunta el cielo de la noche.

—Yo causo la sombra.

—¿Por qué? —pregunta el cielo de la noche.

—Le recuerdo a ella.

—¿A quién? —pregunta el cielo de la noche.

—A ella —dice Molly—. A mamá. Vi cómo él la miraba. Vi las cosas que quería hacerle. Vi su envidia. Vi su lujuria. Todos los poetas han escrito sobre ello. Yo lo vi en sus ojos. Lo vi en su sombra.

Molly sigue cavando. Deja de hablar con el cielo. Ignora al cielo de la noche, se dice. Pero el cielo sigue hablando con ella.

—¿Viste una pregunta, Molly?

—No quiero hacerla —dice.

—No sentirás dolor, Molly. Nunca tendrás miedo.

—Sé cuál es la pregunta.

—Siempre lo has sabido.

Molly apuñala la tierra con Bert y levanta la vista hacia el cielo de la noche.

—¿Qué le hizo?

El cielo de la noche no dice nada, y así es como Molly se da cuenta de que ha hecho la pregunta correcta.

—Tú puedes salvarme —dice Molly.

—¿Cómo puedo salvarte desde aquí arriba? —pregunta el cielo de la noche.

—Con un regalo del cielo —dice Molly.

El cielo de la noche no dice nada, y así es como Molly se entera de lo que el cielo de la noche está pensando.

—¿Recuerdas lo que te dije?

—No dejes de mirar al cielo —dice Molly.

—No dejes de mirar al cielo, Molly Hook.

*

Los animales nocturnos de Hollow Wood asisten a la curiosa escena: el hombre sobre la roca, la niña en el agujero y la tenue luz de la lámpara. Los murciélagos de la fruta, en los árboles. Una pitón de cabeza negra que ha salido de cacería con el aire fresco de la noche se desliza por detrás de la roca rana negra. Dos zarigüeyas brincan por una rama alta del árbol del caucho, sobresaltadas por la luz de la lámpara. Un vombátido de culo fláccido que corre hacia el agujero se queda petrificado de repente con el sonido de la voz de Molly.

—¿Un descanso para beber? —pregunta volviendo el rostro hacia su tío.

Aubrey tiene la cabeza agachada. Escupe una hebra de tabaco de su labio inferior.

—No hay descansos —responde—. Cava, Molly, cava.

Molly cava.

LAS MUJERES Y LOS NIÑOS PRIMERO

Evacuaciones. Preparativos durante el día. Apagones nocturnos. Jóvenes que pintan las farolas de Darwin de azul oscuro. Camilleros del hospital civil de Cullen Bay que transportan a los pacientes más ancianos a la costa. Las mujeres y los niños, primero. Las enfermeras se quedan para cuidar de los heridos.

Unos 530 evacuados se apretujan en el buque de transporte de tropas Zealandia rumbo al sur de Australia. El barco lleva meses sin limpiarse. Mínimos aseos y servicios de higiene. Todos aquellos que llevan una maleta con pertenencias que pesa más de dieciséis kilos —y son muchos— tienen que ver cómo los guardias arrojan esa maleta al mar y cómo sus recuerdos, fotografías, ahorros, ganancias y reliquias familiares se hunden en la misma arena donde se oculta el pez raya con púa. Familias blancas australianas comparten camarote con capacidad para cuatro hasta con doce personas. A las familias chinas ni siquiera se las admite en los camarotes, y los guardias las obligan a pasar el largo viaje al sur a la intemperie, en la cubierta.

En tierra, un ganadero acaudalado con traje negro suelta un fajo de billetes en la recepción de la State Shipping Company.

—Lo siento, señor, las mujeres y los niños, primero —dice un joven funcionario aturullado.

Más billetes sobre el mostrador.

—Tú consígueme ese puto barco.

Unos 187 evacuados navegan rumbo al sur desde el puerto de Darwin en el barco de pasajeros Montoro. Unos 173 a bordo del Koolama. Setenta y siete mujeres y niños en el Koolinda. Niños aturdidos en las cubiertas; bebés confusos y asustados por el sofocante ajetreo, cabezas de muñecos apretadas y manos sudorosas de las madres cuyos esposos se quedan en la ciudad cavando trincheras del mismo modo que Molly Hook cava las tumbas: pala en la tierra, bota en la pala, tierra en la carretilla.

Dos hombres en camiseta fuman junto a una estación de llenado de bolsas de arena. Uno le dice a otro que ha oído decir que alguien conoce a alguien que vende píldoras de cianuro.

—Si los japoneses se establecen aquí, meteré una de esas en mi empanada, muchas gracias.

Familias polvorientas y frenéticas que llevan bolsas de percal llenas de ropa y comida por la larga carretera del sur. Familias casi aplastadas por los rápidos convoyes que se dirigen al norte, a los campos de aviación de la RAAF, los hangares, las zonas de vertido de combustible, los talleres y suministros de avituallamiento. Los cazas Kittyhawk australianos que surcan el cielo en vuelos de prueba. Una madre de tres hijos evacuada que espera medio de transporte a la orilla de la carretera de Stuart. Su hijo más pequeño, de ocho años, lleva una maleta en la mano derecha. Con la izquierda abraza contra su pecho a un pequeño y valiente terrier australiano con ojos de color marrón oscuro. En el bolsillo del vestido su madre aprieta un folleto del Servicio Nacional de Emergencias que encontró en su buzón.

Cada evacuado estará autorizado a llevar los siguientes artículos como efectos personales:

a) Una pequeña bolsa de percal con cepillos de pelo y de dientes, jabón de tocador, toalla, etc. (solo para uso personal).

b) Una maleta o bolsa con ropa que no excederá los 16 kilos de peso.

c) Un máximo de dos mantas por persona.

d) Utensilios para comer y beber.

e) Una garrafa de agua de dos galones para cada familia.

f) Ningún evacuado deberá llevar ni intentar llevar consigo animales domésticos ni pájaros, y todo animal doméstico propiedad de los evacuados deberá ser sacrificado antes de la evacuación.

La madre dirige al niño una mirada que él estaba esperando. El siniestro pragmatismo de los tiempos de guerra. Él le entrega el perro y ella se lo lleva a los matorrales que bordean la carretera de Stuart.

En la ciudad ya solo quedan hombres. Hombres que se ganan la vida como oficinistas, zapateros y cobradores de impuestos se afanan ahora en las calles, acarreando la arena de los sacos que amortiguarán el impacto de los terribles objetos que los japoneses planean arrojar desde el cielo. Hombres que se ganan la vida como pescadores, pintores de casas, reparadores de vallas y granjeros reciben instrucción de reclutas del Ejército australiano sobre cómo cargar un cañón Lewis, mientras soldados más experimentados engrasan baterías antiaéreas en el óvalo del centro de la ciudad o en la elevación del terreno que hay sobre Fannie Bay, al norte de esta. Los hombres cargan proyectiles que pesan más de quince kilos y son capaces de ascender a más de diez kilómetros del suelo. Calor abrasador. Soldados en camiseta y pantalón corto, calcetines y botas. Grupos de estibadores exhaustos que trabajan las veinticuatro horas del día doblando turnos entre la dotación completa de los 252 hombres que descargan armamento —cargas de profundidad, TNT y otros explosivos— del descomunal navío de 6000 toneladas y 120 metros de eslora de nombre Neptuna, anclado en el embarcadero del monte Stokes.

Por toda la ciudad hay familias que se niegan a dejar las casas que han construido con tanto esfuerzo. No confían en los administradores del Territorio del Norte que han dado las órdenes de evacuación;

no confían en sus vecinos; no confían en la policía y ni siquiera creen que los japoneses vayan a llegar a Darwin.

Pero amanece como todos los días, y el cielo tiene el color que solo puede tener el 19 de febrero de 1942. En el asentamiento de Nguiu, en la isla de Bathurst, del archipiélago Tiví, a cincuenta millas náuticas al norte de Darwin, el padre John McGrath realiza sus labores de cada mañana como cabeza de la misión del Sagrado Corazón. Hace un día seco y cálido. El padre McGrath reza sus oraciones matinales, desayuna, recorre la misión de la isla, en la que trescientos isleños de las Tiví trabajan en los campos y cuidan de los huertos, y los misioneros más jóvenes se dirigen a la escuela de la isla. Ríe con los isleños. Cree en el humor y en las palabras de Mateo: «Lo que le hagas al más humilde de mis hermanos me lo haces a mí». Lleva viviendo con los isleños de las Tiví desde 1927. Habla su idioma. Algunos lo llaman «el apóstol de las Tiví». Otros lo llaman John.

Un día, sus gentes lo llamarán «abuelo», y dentro de muchos años le darán sepultura en la tierra roja de esta isla paradisiaca, y los hijos de las mujeres más ancianas de la isla se turnarán con la pala para cavar con delicadeza la tumba en la que descansará su cuerpo. *Nampungi*, susurrarán. Adiós.

El sonido es lo primero que llega a la isla. Su rabioso rugido, su bramido. La avispa que hay en él. El tigre que hay en él. Una violenta sinfonía de hélices de tres hojas que cortan el aire y sobrecargan los motores, que escupen humo. Los granjeros de las Tiví sueltan sus herramientas y vuelven la cabeza hacia el azul del Pacífico. El padre John McGrath levanta la cabeza con ellos. Él cree en cosas que suceden más allá del cielo, pero no da crédito a lo que ahora ve bajo el mismo.

Un enorme y terrorífico enjambre de aviones de color gris, verde y plata en formación sagital de ataque, con rojos soles nacientes pintados en el extremo de las alas, se dirige hacia el sudeste de Australia, pero también hacia un lugar más específico, y el nombre de ese milagro evolutivo se introduce en la mente del sacerdote. Darwin, se dice. Y cruza corriendo los patios de la misión hasta la sala de administración, donde se sienta ante un transmisor de radio, cuya sigla de identificación es Ocho SE, conectado a distintas estaciones de comunicación de radio navales y aéreas esparcidas por el continente australiano en una red llamada AWA (Amalgamated Wireless of Australia). Habla inmediatamente por el micrófono del transceptor y envía un mensaje a la Estación Costera de Darwin de la AWA, cuya sigla de identificación es VID.

—Ocho SE a VID —dice—. Numerosos aviones han pasado hacia el sur. A gran altura. Cambio.

Y llega una respuesta llena de interferencias de un oficial de servicio de la Estación Costera de Darwin:

—Adelante para Ocho SE de VID. Recibido. En espera.

Pero el padre John McGrath no puede esperar porque su corazón y sus piernas le están diciendo que huya, le están diciendo que ya cae algo del cielo que está desgarrando la tierra roja del asentamiento de Nguiu, algo que abre los tejados de madera y apuñala los muros.

Muchos años después, alrededor de la tumba del padre McGrath, las mujeres más ancianas de Tiví hablarán de la valentía y la bondad del sacerdote aquella mañana del 19 de febrero de 1942: de cómo cuidó de ellas y les buscó refugio, protegiéndolas con el regalo de Dios de su propia vida. Algunos se referirán a aquella lluvia de fuego y metal como fuego de ametralladora. Otros simplemente la recordarán como guerra. Toda una guerra mundial cayó del cielo.

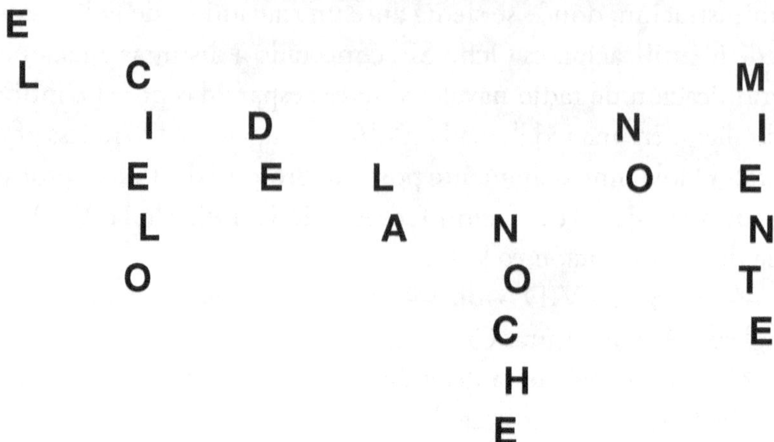

Tiene la boca seca y echa de menos el colchón de su dormitorio y la carretera que sale de Darwin, o el tren que lleva a Alice Springs, o la silla de montar de Danny, el potro que corre como el viento. Molly cava lentamente. Cava durante tanto tiempo que el sol sale en el cementerio de Hollow Wood y las lápidas del cementerio que rodean a Molly en el agujero se humedecen de rocío. Pronto la profundidad del agujero supera la estatura de Molly. Aubrey sigue al pie de la tumba viéndola cavar. Tiene la petaca vacía, pero lo que ha bebido en las últimas veinticuatro horas seguirá haciéndolo tambalearse para largo todavía.

Cuando lleva cinco horas cavando, la hoja de Bert golpea algo duro que Molly confunde con una roca. Impulsa la pala con más fuerza, y nota que un objeto bajo la tierra se rompe en pedazos. Hunde la mano derecha en el suelo y esta emerge a la luz de la mañana con un puñado de tierra marrón y unos fragmentos de la tibia, hecha añicos, de su madre, Violet.

Molly retrocede hacia la pared sur de la tumba al tiempo que sus ojos encuentran ahora una esfera de hueso blanco en el suelo, como si fuera una pelota de golf que, golpeada sin control, hubiera ido a aterrizar junto a sus botas. Es la rótula derecha de Violet Hook. Gira la cabeza y el estómago se le revuelve al mismo tiempo y vomita dentro de su boca, pero no hay desayuno ni almuerzo en su vómito, sino solo un fluido. Escupe, cierra los ojos y oculta el rostro en el rincón del agujero.

—¡Por favor, no me obligues a hacer esto! —grita Molly.

—Cava, Molly, cava —dice Aubrey Hook, asomándose a la tumba.

Molly mueve la cabeza. Molly rechina los dientes.

—Tú eres el que está loco, tío Aubrey —dice—. Tú eres el que ha perdido la cabeza.

—Cava, Molly, cava —repite Aubrey.

—Sé por qué haces esto —dice sin volverse a mirar a su tío.

Respira agitadamente. Sudor por toda la frente, sudor en los ojos. Tierra en los brazos y en las piernas. Tierra bajo las uñas. Esa esfera de hueso en la tierra.

—Quieres volver a verla —dice—. Yo también quiero verla. Pero no así. No es ella, tío Aubrey.

La sombra del rostro de Aubrey. Negra como el sombrero de su cabeza. Cierra los ojos y respira hondo. Abre los ojos, se sube el rifle al hombro y apunta con él al pecho de Molly.

—Cava, Molly —ordena.

Y entonces se oye un sonido, un sonido quejumbroso que llega desde el centro de la ciudad de Darwin abriéndose camino a través de los árboles del cementerio de Hollow Wood, entre los epitafios en piedra de los muertos, hasta los oídos de Molly Hook, en lo hondo de la tumba de su madre.

Una sirena de alerta de ataque aéreo resuena en toda la ciudad. Aubrey mira por encima del hombro y encuentra la dirección del sonido. Molly no aparta la vista del cielo. No hay más rosas ni rojos del amanecer. Todo es azul ahora.

Aubrey vuelve a encañonar el pecho de Molly.

—Cava, niña, o te dejaré ahí con ella.

Molly respira, coge el mango de Bert. La sirena de alerta vuelve a sonar. La hoja de Bert es ahora cuidadosa, más que la herramienta de un arqueólogo. Sin pisotones, solo con leves arañazos y suaves movimientos de la pala. Molly es el Howard Carter de los periódicos, y el cuerpo de su madre es un faraón egipcio que duerme en la tierra. Precioso y frágil. Pero su estómago revuelto dice que esto no es ciencia. Esto no es arqueología. Es familia. Una paletada, dos paletadas, tres paletadas.

—¡Más hondo! —grita Aubrey.

No sentiré dolor, se dice Molly. No sentiré dolor. No sentiré dolor. Cava en busca de valor, Molly. Cava en busca de tu alma.

El cielo del día no dice nada. La niña sepulturera tendrá que desenterrar sola los huesos de su madre.

—Más hondo —grita Aubrey, asomándose a la tumba cada vez más con cada macabro descubrimiento de un hueso. Más huesos de las piernas. Más huesos de los brazos cruzados sobre la cintura.

No es ella, se dice. No es ella. No es ella. No es ella. Ella no está ahí abajo. Ella se fue allí arriba. Se fue allí arriba.

Las últimas delgadas fibras de un vestido, carcomido por la tierra y sucio, que cubre una caja torácica a la que le faltan tres costillas. Objetos que rodean el esqueleto, cubiertos de suciedad y pesados. Un joyero. Un par de zapatillas de baile. Libros. Muchos libros alrededor del esqueleto.

—Sigue cavando, Molly —dice Aubrey.

La pala cava más profundo. Más objetos. Más pertenencias de Violet Hook. Una figurita de porcelana. Una taza de té. Entonces los ojos de Molly reparan en un círculo de cobre. La hoja de Bert cava alrededor del cobre —araña, araña, cava, cava—, y luego Molly hace el resto con las manos, sus dedos buscan frenéticamente el regalo del cielo de cobre que creía perdido, tirado en una bolsa de basura con una cabeza de cerdo y una docena de cáscaras de huevo. Saca la batea de cobre de su abuelo de la tierra, pasa los dedos por ella, inspecciona su fondo, escarba en su suciedad con las uñas.

Las palabras siguen allí. Las instrucciones.

Nunca tendré miedo. La roca es dura. No puede romperse.

—¡Mentiroso! —grita—. ¡Puto… animal… mentiroso!

—Dame esa batea —dice Aubrey desde el borde de la tumba.

Molly la aprieta con más fuerza contra su pecho.

—Es mía —dice—. El cielo me la regaló a mí.

Aubrey apunta con su rifle al rostro de Molly.

—Y ahora tú me la vas a dar.

Molly no se mueve.

Aubrey amartilla el arma.

—No te lo voy a pedir otra vez, Molly.

Dos ojos frente a dos ojos. Azul contra negro. Luz contra oscuridad. Molly lanza la batea a la superficie. Aubrey la atrapa.

—No existen las maldiciones, Molly —dice examinando las palabras del reverso de la batea—. Y tampoco existen los regalos del cielo.

Al quitar más tierra de la batea, descubre el tercer y último grupo de palabras que Tom Berry grabó. Molly ve una extraña luz —un breve resplandor— en los ojos de su tío y no sabe decir si es un reflejo de la batea de cobre o la luz de la inspiración en su rostro.

—Pero no te equivoques, Molly. Lo que sí existe es el oro.

Aubrey deja caer la batea junto a sus botas.

—Sigue cavando —dice.

Molly coge el mango de Bert de nuevo. Cava.

—No necesitas nada de Longcoat Bob, Molly —dice Aubrey—. No necesitas encontrar a ningún viejo curandero negro para que te dé respuestas.

La hoja de la pala sigue quitando tierra.

—Estás viendo este rifle, Molly —dice Aubrey, y Molly vuelve los ojos hacia el cañón—. Aquí mismo tienes tus respuestas. Cogió este rifle y se perdió, ella también, en el país profundo. Puede que hasta fuera en busca de Longcoat Bob. La encontramos cuatro días después. Tirada bocarriba en una roca junto al arroyo Strike-a-Light.

La pala sigue quitando tierra.

—Nunca olvidaré su rostro —dice Aubrey.

Molly se vuelve hacia su tío. Está perdido en sus pensamientos, muy lejos.

—Tu madre tenía un bonito rostro —susurra.

Se recupera al instante.

—Enséñame su rostro —dice apuntando a Molly con el arma.

Y las botas de la niña sepulturera tropiezan en el suelo irregular, luego ella se arrodilla al lado del esqueleto de su madre, no solo porque se lo haya ordenado el cañón de un arma. También hay una parte de su mente de niña sepulturera que desea ver el rostro de su madre. Quiere ver la forma de sus pómulos, su mandíbula. Quiere tocar su rostro.

Sus dedos cubiertos de tierra limpian la calavera de su madre. Su pulgar derecho encuentra un pómulo. Está soñando esto, se dice. Ha estado soñando desde que se detuvo a mirar aquel vestido de baile celeste en el escaparate de la Ward's Boutique. En sueños puede hacer cosas como esta; arrodillarse junto a su madre así, tocar sus huesos. Encuentra belleza en el acto. Lo convierte en un gesto de ternura.

Dos fosas nasales. Quiso a esa mujer, así que puede querer a ese rostro de huesos. La suave cuenca de hueso que una vez alojó su ojo izquierdo y ahora contiene un cúmulo de tierra, que Molly limpia cuidadosamente igual que limpia la hoja de Bert al final de un largo día de trabajo. La suave curva de su hueso temporal izquierdo, que parece una piscina natural vacía cuando no llueve en Butterfly Gorge.

La tierra se desprende del rostro. Pero su mano izquierda va demasiado lejos en la exploración —algunas piezas arqueológicas nunca deberían ser descubiertas—. La tierra se desprende del lado derecho de la calavera, del hueso frontal de Violet Hook, de su alta placa vertical, y hay un agujero donde tendría que haber estado el lado derecho de su cráneo. No hay suave cuenca de hueso alrededor del ojo derecho. Solo hay tierra.

—¿Cómo puedes hacer eso? —pregunta Aubrey.

—Tengo un corazón de piedra —responde Molly—. Nunca tendré miedo. Nunca sentiré dolor.

—Hay algo que está mal en ti, niña —dice Aubrey.

—Lo sé —responde Molly.

Molly recorre con los ojos el esqueleto de su madre. No es ella, se dice. No es ella. No es ella. Se detiene en los huesos del pecho. Pero es ella. Ella está aquí. Ella está aquí abajo también. Hay una delgada tela raída pegada a los huesos de su pecho. El corazón de su madre una vez latió bajo esa tela. La mano de Molly toca la tela. La apartará y sabrá la verdad. La verdad del cielo de la noche, no la verdad del cielo del día. El cielo de la noche no miente.

Pero entonces se oye una voz desde la superficie.

—Aléjate de ella, Molly.

Molly gira la cabeza sobre su hombro. Su padre, Horace, está junto a su hermano al borde de la tumba, dos metros por encima de ella. Sostiene un largo pico en la mano derecha. La visión de su padre hace a Molly volver de su sueño, volver de su fiebre de las profundidades de la tumba. Rebobina.

—Iba a dispararme, papá —dice Molly.

Aubrey ríe. Una carcajada frenética. Se golpea las rodillas teatralmente. Finge la voz de una niña de doce años:

—¡Iba a dispararme, papá! —Ríe.

Se tambalea hacia la izquierda y recupera el equilibrio al borde de la tumba. Entonces su rostro se oscurece por un instante.

—¿Has visto lo que ha hecho tu hija? —pregunta con las dos manos en la culata del rifle y el bigote perlado de saliva.

—He visto lo que tú le has hecho a Greta —dice Horace—. Has ido demasiado lejos esta vez. Fue a la ciudad, Aubrey. Se lo contó a la policía. Si sobrevivimos a los japoneses, irán a buscarte.

Horace asimila la escena. Su hija sepulturera. La tumba abierta. Su adusto hermano mayor. Su sombra adusta.

—Has perdido el control, hermano —dice Horace.

—Le estoy enseñando a tu hija una lección —grita Aubrey.

—Has ido demasiado lejos, Aubrey —responde Horace.

Mira fijamente a su hermano mientras le habla a su hija.

—Tienes que salir de ahí, Molly.

Molly se dirige hacia él por la superficie irregular y tropieza con una urna de cristal que se rompe debajo de sus botas. Su padre se inclina y le ofrece el brazo derecho. Molly se agarra a él con su mano derecha y él la sube a la superficie con la pala Bert en la izquierda, mientras sus botas enfangadas dejan tierra en las paredes de la tumba.

—Vuelve a casa, Molly —dice Horace.

—No —responde la niña.

Horace se vuelve a su hija. Aubrey ríe.

—¡Jamás voy a volver a entrar en esa casa! —grita—. Está maldita. Todo este cementerio está maldito.

Molly ve la batea a los pies de Aubrey y se apresura a cogerla. Cógela, Molly, y corre para salvar tu vida. Cava, Molly, cava.

Pero Aubrey detiene a Molly girando el rifle hacia su pecho.

—¿Vas a atacarme, Molly Hook? —pregunta Aubrey—. Tienes agallas, ¿verdad? Más que el infeliz de mi hermanito, seguro. —Mueve el cañón del rifle—. Ponte allí junto a tu padre.

Padre e hija al borde de la tumba de Violet Hook. Aubrey apunta con su rifle a los dos, moviendo frenéticamente el arma entre los dos rostros.

—Solo estaba intentando dar a la niña algunas respuestas —dice—. ¿Sabes a lo que me refiero, hermanito? Respuestas a las preguntas de la niña. ¿Tú tienes alguna respuesta, hermano?

Molly se vuelve hacia su padre, brevemente desconcertada por esas palabras.

—Calmémonos un momento, Aubrey —dice Horace—. Necesitas dormir la borrachera. Volvamos a casa.

—No, gracias —dice Aubrey—. Tal vez la niña tenga razón. Tal vez este lugar esté maldito. Tal vez los dos estéis malditos. Tal vez yo esté mejor lejos de los dos. Tal vez lo mejor sea que os quedéis en ese agujero con Violet. Tres caras bonitas juntas.

Molly observa los ojos de su tío. Los párpados se le cierran involuntariamente, la cabeza se le cae. Está agotado.

—Estoy muy harto de cavar agujeros de mierda con vosotros dos —dice Aubrey. Sus párpados se cierran y se vuelven a abrir—. Creo que necesito dejar el oficio de sepulturero, ¿no os parece? Volver al de buscador de oro.

Se oye entonces sonido de motores en el cielo. El sonido del combustible, de la muerte y de la guerra. La avispa que hay en él. El tigre que hay en él. Los sentidos de Molly están más afinados y es la primera en mirar al cielo. Su padre levanta la vista a continuación, y por último Aubrey vuelve los ojos al cielo y su rostro se ilumina como si hubiera sentido el aliento de Dios, y abre la boca y ríe. Ríe a carcajadas ante la visión imposible de una flota aérea japonesa que se mueve en una perfecta formación sagital de ataque por el brillante cielo azul de Darwin. Su visión afectada por el alcohol desdibuja la imagen y hace que la terrible flota doble y triplique su número. Y piensa en langostas. Piensa en una plaga. Piensa en el fin del mundo.

—Insectos —dice—. ¡Buzzzzzzzz! —grita a las langostas—. ¡Buzzzzzzzz! —grita al cielo. Y se parte de risa. Aún sonríe cuando vuelve la cabeza hacia Molly Hook y el reverso plano de la pala de Bert le golpea el lado izquierdo de la cara.

Más flechas de la aviación japonesa ahora, y Molly se lanza a por la batea de buscador de oro de su abuelo. La recoge del suelo y sale corriendo por el cementerio.

—Métete debajo de la casa —le grita su padre.

Aubrey Hook se cae hacia la derecha, da tres pasos tambaleantes y vuelve a encontrar el equilibrio en el cuarto. Le corre sangre por dentro del oído derecho. Su rostro del color del tomate. Su rabia. Sacude su aturdida cabeza para ponerse en acción, se lleva el rifle al hombro y se vuelve hacia la sobrina que huye.

—¡Corre, Molly, corre! —Horace grita al tiempo que empuja con el hombro las costillas de su hermano mayor, ahora expuestas, cuando Aubrey ha levantado el brazo derecho.

Se oye un disparo de rifle fortuito al cielo y Horace y Aubrey ruedan por la dura tierra igual que un búfalo negro abatido. Los hermanos Hook de Darwin, Australia, se retuercen, dan vueltas, luchan y ruedan por el suelo mientras 188 aviones japoneses de color verde, gris y plata pasan por encima de ellos. Unos ochenta y un bombarderos horizontales Kate, setenta y un bombarderos en picado Val y treinta seis cazas Zero en formaciones de ataque.

Los hermanos se arañan los ojos y las mejillas el uno al otro y escarban así en su pasado compartido. La boca de Horace encuentra la carne del hombro de su hermano y muerde con fuerza. La mano de Aubrey encuentra la nuez de Adán de su hermano y la aprieta con fuerza. La mano izquierda de Horace encuentra el ojo izquierdo de Aubrey y su pulgar presiona el fruto de carne blanca del órgano. Los dos son lobos sedientos de sangre, pero la sangre vuela por el cielo sobre ellos.

—¡Corre, Molly, corre! —grita Horace Hook a través de su garganta prisionera del ahogo.

Molly corre. Deja atrás lápidas y árboles para llegar hasta la casa del cementerio. Entonces se oye un silbido semejante al que hace una tetera al hervir, la tetera más grande que hubiera hervido jamás, y esa tetera imposible está cayendo del cielo. Ahora escucha otros silbidos: cinco, seis a coro. Teteras gigantes que hierven y caen sobre ella. Los silbidos parecen describir una curva, como si el sonido estuviera fijado a un cable en el aire, como si ese cable estuviera arqueado como un arcoíris, y como si ese arcoíris terminara en alguna parte en el cementerio de Hollow Wood. Y el silbido se hace cada más fuerte y más fuerte y más fuerte, y Molly sabe que las teteras están cada vez más cerca y más cerca y más cerca. Pero ya puede ver la casa del cementerio, e irá allí, aunque esté maldita, y se esconderá debajo de la casa, tumbada sobre el suelo de hormigón, y esperará a que todo termine. Solo Molly Hook y las serpientes marrones que se refrescan el vientre.

Corre, Molly, corre. Un pie tras otro. Una bota tras otra. Pero el silbido, el terrorífico silbido, tan fuerte y tan cerca, cae ya sobre ella. Un sonido está cayendo sobre ella. Un sonido que ha transformado el cielo en algo físico. Ya está tan cerca que la derriba al suelo y la hace meter la cabeza entre las piernas con sus delgados brazos alrededor de los oídos y la coronilla. Y finalmente el terrorífico silbido termina en una violenta explosión que retumba en toda la tierra y agita los huesos aún en fase de crecimiento de Molly Hook. La tierra del cementerio llueve sobre ella, y tiene la sensación de estar sentada bajo un volquete mientras un grupo de obreros de la ciudad descargara arena sobre su cuerpo, y sabe que debe levantarse y correr, porque de lo contrario se ahogará bajo toda esa tierra. Se levanta y da tres pasos, pero algo la hace perder el equilibrio y cae de bruces al suelo.

Levanta la cabeza una vez más e intenta concentrarse en algo, lo que sea, entre el humo gris y los escombros, y encuentra lo que debe de ser la casa maldita del cementerio, pero ya no es la casa en la que ha crecido. Falta la mitad, que está aplastada. Y la otra mitad sigue expuesta, como si hubiera sido cortada por el centro con sus interioridades domésticas esparcidas por el suelo. Molly ve el fogón de la cocina a la intemperie. Ve la estantería de su madre, caída de lado bajo el medio techo de hojalata de la casa, que alberga devastación y destrucción, objetos —platos, vasos, adornos— hechos añicos y esparcidos por el patio.

Más silbidos ahora. Cada vez más cerca. Y Molly ve cómo a su derecha la tierra explota entre polvo y fuego, y ella corre hacia delante, pero la tierra vuelve a explotar delante de ella, así que se da la vuelta y corre, corre, corre en sentido opuesto a través del humo y del polvo, de la violencia y la guerra. Se oyen silbidos por todas partes y ahora sabe que son bombas, bombas de guerra que caen del cielo y golpean la tierra, y ella apenas tiene tiempo de reaccionar a una de las explosiones que desgarran el suelo antes de tener que reaccionar a la siguiente, cambiando de dirección con cada erupción atronadora.

Pero al fin los sonidos se desvanecen. El silbido abandona el cielo. Solo queda un pitido agudo y tenue de muy distinto tipo en los oídos de Molly. Un zumbido. Corre, Molly, corre. No ve a su padre ni a su tío. No ve los matorrales delante de ella. No ve las tumbas de Hollow Wood. Corre, Molly, corre. Un pie tras otro. Una bota tras otra. Su corazón. Su maldito corazón de piedra de algún modo sigue golpeando por ella. Sigue latiendo por ella. Impulsándola hacia delante. Corre y corre y corre, y ahora déjate caer.

Molly cae en un agujero en la tierra. Sus pies aterrizan con violencia sobre un suelo irregular y su cuerpo aterriza de espaldas sobre unos huesos al descubierto. Se limpia los ojos de tierra y levanta la vista hacia la superficie del agujero en el que ha caído, y se da cuenta de que está en la misma tumba que acaba de abrir, un prisma rectangular de dos metros de profundidad. Se vuelve y encuentra el rostro vaciado de su madre, y respira hondo, y luego, instintivamente, rueda hacia su esqueleto. A pesar de todo, este agujero parece seguro, más seguro que lo que está sucediendo arriba, así que aprieta su cuerpo en el espacio que queda entre el hueso del brazo izquierdo de su madre y la pared de la tumba. Y se queda allí. Mientras otra bomba cae en algún punto de la terrorífica tierra que hay encima de ella, de manera instintiva, busca la mano de su madre, los delgados huesos que descansan sobre los huesos rotos de su cintura.

No dejes de mirar al cielo, Molly. No dejes de mirar al cielo.

Y los bordes de la tumba se convierten en el marco de una ventana para Molly Hook. Hasta que el humo se disipa, y todo lo que llena la ventana de la tumba es el rectángulo de un perfecto cielo azul y las infinitas flechas de los aviones de combate japoneses que lo cruzan arrojando sus bombas al paso. El tiempo transcurre ahora lentamente, y lo único que existe en el mundo es esa vista desde la tumba, y las bombas a Molly le parecen hormigas toro gigantes. Eso es todo lo que son, Molly, hormigas toro gigantes. Pero eso es una mentira del cielo del día, y la niña sepulturera tiene miedo y aprieta la mano de su madre.

—¿Lo sientes, mamá? —susurra—. Estamos arriba, mamá. ¿Lo sientes? Estamos flotando. ¡Estamos arriba!

Y, vistas desde el cielo azul del día cada vez más y más de cerca a través del humo y los escombros, son madre e hija tumbadas de espaldas y cogidas de la mano, esperando a que la guerra deje de caer del cielo.

—Estamos arriba, mamá —susurra—. Estamos arriba.

BROTAN FLORES DE SANGRE

Hormigas negras. Desde lo alto del cielo, a través de la campana de cristal de un Zero que vuela a velocidad máxima, todos esos soldados y ciudadanos de Darwin, Australia, en desbandada, le parecen hormigas negras a Yukio Miki, de la vieja ciudad de Sakai. Indefensas hormigas negras que entran y salen a toda prisa de edificios de hormigón como las filas de caos organizado de aquellas hormigas negras carpinteras que solía observar de niño. Le gustaba sentarse, descansando la cara sobre la rodilla, junto a un montón de leña que había junto al incinerador del patio trasero de su familia, y observar allí las filas de gruesas cabezas de las hormigas carpinteras intentando averiguar cómo iban a utilizar tan enorme cantidad de madera. Yukio solía pasar sus dedos infantiles por los agujeros de entrada a las redes de túneles que las hormigas habían ido abriendo en los troncos, y se preguntaba cómo unas criaturas que parecían tan desorganizadas podían crear algo tan ingenioso y delicado. Y pasaba horas extasiado ante la incansable diligencia de aquellas hormigas carpinteras hasta que se le partía el corazón cuando su padre, Oshiro, cogía un par de troncos repletos de aquella civilización microscópica de hormigas negras, aquel auténtico mundo creado con tanto esfuerzo, y lo arrojaba sin darle la menor importancia al incinerador. El calor de aquel cajón de piedra. Las llamas que salían de él. El fuego. Todo aquel amarillo y rojo.

Todo dentro de esta cabina arde y traquetea ya. Demasiado ruido aquí arriba. Metal engrasado y controles mecánicos desprotegidos: controles de aletas, selectores de tanque de combustible, controles del sistema hidráulico que traquetean, cajas de interruptores eléctricos y controles de aterrizaje que emiten un zumbido. Embutido dentro de la estrecha aeronave como parte de la sobrecogedora y terrorífica flecha de treinta y seis ágiles cazas del sol naciente que ahora vuelan en picado hacia el centro de Darwin, Yukio se acuerda de su difunto abuelo, Saburo Miki, un hombre extraño y reflexivo que una vez le contó a Yukio la adivinanza de la flor de sangre.

—La flor de sangre solo brota cuando se la incita a ello —había dicho Saburo Miki—. La flor de sangre solo brota en los campos de batalla.

Todo ese fuego, se dice Yukio. Y se acuerda de Pearl Harbor. Cómo siguió arrojando fuego y más fuego con la esperanza de que aquellos buques de guerra americanos lo devolvieran, y un impacto directo pusiera fin a todo para él, y él encontrara así la paz, porque entonces podría dejar de arrojar fuego y terminar con todo con su honor intacto. Todas esas llamas, se dice. Todo ese amarillo y rojo que se convierten en negro allí abajo. Allí abajo, donde Darwin está siendo incinerada. Igual que todas aquellas hormigas carpinteras japonesas. Todo aquel trabajo que aquellas gentes dedicaron a construir su pequeña ciudad junto al mar, incendiado por Yukio y sus hermanos. Las flores de sangre brotan por todo Darwin. El patrón de las bombas arrojadas por los Nakajima B5N. Flor. Flor. Flor.

La mano izquierda de Yukio busca la mira colocada entre sus dos ametralladoras de 7,7 milímetros. Los Zero van a bombardear una serie de instalaciones militares. Los Zero van a abrir fuego contra todo lo que se ponga en su camino, y dispararán a aquellas hormigas negras que hay al fondo y delante y a los lados, y esas hormigas negras no devolverán el fuego porque no están preparadas. Los Zero en vuelo rasante a izquierda y derecha liberan su munición, que golpea y atraviesa el hormigón, la tierra y la carne humana. Pero Yukio Miki no consigue disparar. No es capaz de abrir fuego contra aquellas hormigas carpinteras que huyen. Y, si no puede disparar en ese momento, si no puede servir a sus hermanos como ha jurado hacer, entonces es un cobarde y un enemigo de sus hermanos, y el enemigo ha de ser derrotado.

Extiende la mano derecha en busca de la fotografía de Nara. La separa del trozo de goma que está sobre el medidor de combustible y la desliza con sumo cuidado en el bolsillo del pecho de su camisa, bajo la abultada chaqueta de aviador. Y sabe lo que tiene que hacer, así que busca desde su cabina de cristal un edificio lo bastante alto como para estrellarse contra él a los quinientos kilómetros por hora que tiene como velocidad máxima el Zero, pero todos los edificios de Darwin ya están reducidos a cenizas. Por lo que entonces tira con fuerza hacia la izquierda de su palanca de control, y el Zero se aparta bruscamente de la formación con un giro en arco hacia la izquierda que no tiene sentido para los hermanos que vuelan a su lado.

Pero Yukio necesita huir de allí. Necesita alejarse de las flores de sangre que brotan. Necesita encontrar el cielo de nuevo. Y necesita encontrar una montaña.

L
A   A
           L   D
           M   E   H
           O   U
           H   E
           A   S
           D   O
           A

Molly despierta. Oye el sonido lejano de la sirena que alerta del ataque aéreo en la ciudad. Su mente está en lo que tiene al lado, y sus ojos se acostumbran a la imagen de su mano izquierda descansando sobre la caja torácica del esqueleto de su madre. Sus dedos apartan la tela desgastada y húmeda aún pegada a las costillas. Necesita mirar dentro. Hay respuestas allí dentro.

Molly levanta la cabeza, descansa su peso en el codo. Contempla el rectángulo de tela que bien podría ser una cortina, el tipo de cortina que uno abre en los teatros o en las barracas de callejón de feria para desvelar maravillas nunca vistas. Cierra los ojos y con el pulgar y el índice coge una esquina de la tela y la retira suavemente, llevándose consigo una capa de arcilla o lodo que había debajo. Pero entonces la tela se desgarra, y Molly tiene que quitarla a tiras. Cuando abre los ojos, está ante el interior del pecho de su madre.

Las costillas han creado una especie de hueco para algo. Y ese hueco es una bolsa de aire y tierra que tiene un techo abovedado de costillas, y solo hay una cosa dentro de ese hueco que es una piedra con el tamaño y la forma de un corazón humano. Una piedra del color de la sangre que no se parece a ninguna que haya visto hasta entonces, sobre un lecho de tierra dentro del pecho de su madre. Un órgano de piedra.

La mano izquierda de Molly escarba en el suelo que hay en la base de la caja torácica y saca puñados de tierra. Al principio la piedra no se mueve porque está fijada al lugar por la tierra vieja que hay debajo, pero los dedos de Molly escarban, como una excavadora, por debajo y alrededor, y pronto consigue agarrarla y moverla hacia delante y hacia atrás para liberarla de su revestimiento de tierra, y la niña sepulturera extrae la piedra color de sangre con forma de corazón humano de la base de la caja torácica de su madre.

Es lisa y carmesí. Con forma de fresa, tiene el tamaño del puño cerrado de su padre. Pesa en su mano.

En pleno mediodía el sol se ve desde el fondo de la tumba, y Molly levanta la piedra de sangre al cielo y susurra una palabra perfecta:

—Mamá.

*

Molly encuentra la pierna izquierda de su padre junto a la letrina del patio trasero. Sabe que es la pierna de su padre, y no la de su tío, porque el zapato que lleva en el pie unido a ella es uno de cordones de cuero marrón, y Aubrey Hook siempre lleva botas negras de trabajo. La pierna yace sobre la hierba como un elemento de atrezo teatral fuera de su sitio. El cementerio de Hollow Wood está lleno de marcas de las bombas y devastado. La mitad de la casa del cementerio sigue en pie, y el resto son escombros, hormigón, ladrillo y madera astillada desperdigados por el patio.

Por un momento Molly considera coger la pierna. Podría meterla en el morral que de nuevo cuelga de su hombro. Pero piensa entonces a dónde se dirige y se pregunta de qué le va a servir en todo el camino la pierna izquierda de su padre arrancada por las bombas, aunque prudentemente calzada.

—¿De quién es eso?

Molly levanta la vista en la dirección de donde viene la voz mientras agarra con fuerza el mango de Bert. Es Greta. La gran Greta Maze, la estrella de Darwin, del escenario del teatro al cementerio bombardeado Hollow Wood. Una promesa de Hollywood. En carne y hueso, se dice Molly. Y vaya carne la suya. Moratones en los brazos. El ojo izquierdo negro e hinchado. Puntos de sutura en el rostro. Molly se dice a sí misma que no pregunte a Greta por su ojo ni por su rostro porque ha aprendido por las malas lo humillante que resulta tener que responder preguntas acerca de cortes y moratones visibles.

—Es la pierna de mi padre —responde Molly mirándola con atención.

—¿Estás bien, Molly? —pregunta Greta.

Molly considera la pregunta. No responde. Se da la vuelta y camina por el patio para adentrarse en el cementerio. Greta la sigue. Greta se mueve despacio y Molly se da cuenta. A Greta le duele algo por dentro al andar y se agarra el lado derecho del abdomen.

Al final del patio, hay un hombre con una sola pierna sentado sobre un gran roble a casi dos metros del suelo. Tiene una postura extraña, con la cabeza sobre el regazo, entre el tronco y las gruesas ramas del árbol que se extienden hacia el cielo en diferentes direcciones. Uno de los brazos del hombre está absurdamente sujeto a la nuca, y el otro cuelga donde solía estar la pierna izquierda. Molly se lo queda mirando con curiosidad. Es su padre, Horace Hook.

—Molly —dice Greta en voz baja.

Ni una pregunta, ni una sugerencia. Solo un nombre.

—Molly. Háblame, Molly.

Molly no dice nada. Sigue internándose en el cementerio.

En el largo pasillo formado por dos filas de lápidas y losas grabadas con ornato, una figura humana se arrastra por el suelo, impulsándose con los codos entre jadeos regulares y silenciosos de esfuerzo animal. Cubierta de suciedad y negra, la figura se mueve como una sanguijuela o como el negro espectro de una tumba que se hubiese escapado a la luz y ahora quisiera volver a la oscuridad.

Molly y Greta alcanzan los pies de aquella carroña que se mueve con lentitud, y su propietario, Aubrey Hook, las siente caminar detrás de él —la niña, piensa, la niña con la puta pala de la que no se separa, que va arañando la tierra—. Sigue arrastrándose a lo largo de casi veinte metros más hasta quedar agotado por completo y darse la vuelta para descansar la cabeza en el borde de una lápida con una inscripción que honra al difunto William Shankland, 1843-1879: «Alzaré mis ojos a las montañas de las que llegará mi socorro».

Aubrey entrecierra los ojos por el sol. Tiene el rostro negro de tierra y rojo de sangre. Inspira hondo, pero está demasiado cansado y demasiado abrumado por la escena como para coger una bocanada satisfactoria del aire caliente de Darwin. Mira a Greta y a Molly, que están sobre él.

—Agua —susurra.

Molly y Greta simplemente se quedan mirándolo. La mano de Greta sobre su vientre. El dolor dentro de ella. Mira al hombre que tiene a sus pies. Al monstruo que se retuerce. Su ropa hecha jirones. El sudor que le recorre la frente, los brazos y las piernas. Los movimientos desesperados de sus dedos palpándose el pecho. Confuso, fuera de lugar junto a la tumba, perdido.

—Agua —dice.

Tose violentamente, y la tos se transforma en un vómito de sangre que le rebosa por la barbilla hasta la camisa abotonada.

—Llevadme al hospital —suplica haciendo gárgaras con su propia sangre.

Greta se inclina sobre Aubrey. Estudia su rostro. Se pregunta cómo su vida ha llegado a convertirse en esto, cómo ha llegado a pensar que estaba enamorada de Aubrey Hook. Una vez fue encantador. Inteligente. Iban juntos al cine y al teatro. La cubría de regalos. Cuando se conocieron ella bailaba casi todas las noches entre semana. Primero le dio buenas propinas y luego malos consejos. Quédate conmigo. No te vayas nunca de Darwin. Quédate a morir conmigo en el cementerio de Hollow Wood. Ni se te ocurra ir a la ciudad a contarle a la policía mis estallidos de furia ni las noches que te arrastro conmigo.

Las manos de Greta buscan en los bolsillos del pantalón de Aubrey. Él intenta apartarlas, pero está demasiado débil, demasiado agotado. Molly ve las manos que hurgan en los bolsillos y luego ve que la mano derecha de Greta saca un juego de llaves.

—¡Necesito un hospital! —gorgotea Aubrey más alto.

Escupe más vómito por la boca con una laboriosa sacudida de cabeza. Greta se da la vuelta y echa a andar. Molly la sigue. Se dirigen hacia la mitad que queda de la casa del cementerio y hacia el hombre con una sola pierna que está sentado en el árbol mientras los gritos desesperados de Aubrey Hook resuenan tras ellas.

—¡Llevadme al hospital ya!

Greta y Molly siguen andando.

—Vais a ir de cabeza al infierno.

Greta y Molly siguen andando.

—¡Os maldigo a las dos! —grita Aubrey al cielo—. ¡Os maldigo a las dooooooos!

*

Greta arrastra los pies lentamente hasta la puerta del conductor de la camioneta roja de Aubrey, aún intacta y aparcada en el acceso de grava para vehículos que hay delante de la casa bombardeada del cementerio. Molly la ve trepar de forma incómoda y dolorosa al asiento del conductor. Cierra la puerta.

—Sube —dice Greta—. Te llevaré al hospital.

—No necesito un hospital —dice Molly a través de la ventanilla abierta—. Pero ¿podrías llevarme hasta el Clyde?

—No voy en esa dirección —responde Greta.

—Por todas las carreteras se va en esa dirección.

—No es mi camino, chica.

—Espera —dice Molly—. ¿A dónde vas?

—Vuelvo a Sídney —dice mientras pone en marcha la camioneta, lo que hace que el motor traqueteante dé unas trabajosas revoluciones.

—Espera —dice Molly—. Deja que te enseñe algo.

Deja caer al suelo el morral y busca en su interior la batea de buscador de oro entre las latas de guisantes y de carne y el libro de Shakespeare y la piedra del color de la sangre del tamaño del puño de su padre muerto. Le pasa la batea a Greta por la ventanilla del conductor.

—¿Y? —dice Greta girándola en sus manos—. ¿Qué se supone que tengo que hacer con esto?

Molly señala a la batea.

—Mira por detrás —dice—. Las palabras que hay en la parte de atrás.

Greta frunce el ceño e intenta leer las palabras que hay en la parte de atrás de la batea, pero no lo consigue.

—No puedo leer todo lo que pone —dice—. Está cubierto de barro.

Le devuelve la batea a Molly.

—Mira, chica, necesitas ir a un hospital —dice—. Tienen que verte la neurosis de guerra o lo que sea. Y una vez que lo hagan tienes que salir pitando de Darwin. Los japoneses no han acabado aquí.

Molly levanta la batea.

—Son instrucciones para llegar hasta el oro de Longcoat Bob —dice—. Mi abuelo las grabó en el cobre para no olvidarlas. Yo puedo llevarte, Greta. Al tesoro enterrado. Dijiste que si supieras dónde está ese tesoro cogerías a Bert sin pensártelo y te irías a cavar en busca de tu fortuna. Pues puedes quedártelo todo si lo quieres. Puedes hacerte más rica de lo que hayas soñado jamás. Puedes llegar por fin al lugar al que perteneces. Podríamos ir a Hollywood juntas y tú verías tu nombre iluminado, y yo podría cambiarme de nombre y…, y…

—Lo siento, Molly —dice Greta en voz baja.

Pero Molly insiste:

—Greta Maze y Marlene Sky —continúa—. Puedes hacerlo, Greta. Solo tienes que llevarme e ir conmigo al Clyde. Yo me encargaré del resto. Puedes hacerlo, Greta.

Greta vuelve la cabeza para ocultar su rostro a Molly, porque no quiere que la niña la vea llorar.

Molly sigue:

—Podríamos salir en citas dobles con Tyrone Power y Gary Cooper —dice—. Y luego podríamos subir en coche a las colinas de

Hollywood a ver si encontramos la casa de Errol Flynn y nos recibe por ser australianas como él.

Greta se enjuga las lágrimas, sonríe, y se dirige a Molly:

—Eso es una buena película, Mol —responde—. Iré a verla algún día.

Luego pisa el acelerador.

—¡Espera, Greta! —grita Molly mientras sus huesos doloridos se tambalean con debilidad tras la camioneta.

Luego se detiene y la ve alejarse hacia el sur por la carretera que sale de Darwin. Silencio y polvo. Agacha la cabeza, fija los ojos en el suelo, y el suelo está cubierto de escombros domésticos de la casa bombardeada. Un mundo bombardeado. Y algo a los pies de Molly atrae su atención. Se agacha para recogerlo. Lo levanta hacia el cielo para verlo bien, haciéndolo girar entre el pulgar y el índice. Es el dedal rojo de hojalata.

CIELO EN GUERRA

La niña sepulturera y una ciudad en llamas. Una ciudad sumida en un sueño de guerra que puede recorrer sin que se fijen en ella porque nadie es capaz de ver otra cosa que el fuego.

Un hombre corpulento sentado sobre una alcantarilla en el paseo marítimo de Darwin con las manos en las rodillas. Ha perdido sus ropas en la explosión y le falta la mitad del pelo del cuero cabelludo. Llora. Tiendas militares vacías en los arcenes de la carretera. Perros y gatos abandonados olisqueando montones de comida podrida. Seis soldados que pasan corriendo a toda velocidad por la calle. Soldados a los que les faltan brazos y piernas en camillas transportadas por soldados con el rostro cubierto de aceite negro. Vendas alrededor de las sienes. Metralla que sobresale de omóplatos, muslos y torsos. Soldados que se han quedado ciegos. Soldados que han enloquecido a causa de la neurosis de la guerra y murmuran al cielo cosas sin sentido para Molly. El rostro de alguien con autoridad que se dirige a la niña sepulturera.

—¿Qué cojones estás haciendo tú aquí? —grita el hombre—. ¡Que alguien saque de aquí a esta cría, por el amor de Dios!

Molly corre. En la playa de Doctor's Gully hay hombres que arrastran cadáveres hacia la orilla. Los cuerpos se han ahogado en aceite. Aún hay más cuerpos en el agua, algunos flotan bocabajo y otros bocarriba, con la piel de los brazos y los rostros en carne viva por las quemaduras. Un hombre tira del brazo de un soldado en el agua, y la piel suelta del antebrazo se separa del hueso igual que un guante color carne.

El olor de la muerte se mezcla con el olor del cansancio y el aceite. El olor de la cordita, con el de la madera quemada y los edificios quemados. Marineros a bordo de pequeños botes recogen a nadadores desesperados. Cuerpos en la playa ametrallados por la espalda por el fuego aéreo. En los manglares del puerto de Darwin, dos cocodrilos se dan un festín con los cadáveres de los marineros americanos ahogados. Aterrorizados pacientes evacuados del hospital civil de Cullen Bay apiñados al amparo de los acantilados. Más adelante, siguiendo la línea de playa, hay un tren, una locomotora lanzada al mar por una bomba certera. Hay seis vagones hundidos con ella en el agua. Un buque de guerra, el Neptuna, una nave del tamaño de un campo de fútbol, está volcado en las aguas de la marea baja junto al muelle, donde nubes de humo negro se elevan en el aire.

Hay muchos barcos hundidos. El Peary de la USS. El Mavie de la HMAS. El Zealandia y el Mauna Loa de la SS. Petroleros en llamas. Hay hombres que aún nadan frenéticamente alrededor de los mercantes hundidos. La caseta de descanso de los trabajadores del muelle ha volado en pedazos. Grandes secciones del propio muelle han volado también. Soldados, policías y enfermeras corren desde y hasta el aplastado centro de comunicaciones de la ciudad, entre el paseo marítimo y la calle Mitchell, que alojaba la oficina de correos, la central telefónica y la de telegrafía. Un agujero en el solar donde una vez estuvo la oficina de correos; montañas de vigas de madera y escombros formadas por las explosiones. Una ciudad de edificios derrumbados. Cuerpos en el suelo cubiertos por cortinas de salón con elegantes estampados. Otro cuerpo de un hombre sobre el tronco ahorquillado de un árbol.

Molly sigue caminando. Los almacenes de A. E. Jolly se han desintegrado; el Banco de Nueva Gales del Sur se ha reducido a cenizas.

Hay planchas de hierro ondulado, clavos y planchas de fibrocemento esparcidos por las calles. Un hombre desnudo que ha perdido la cabeza corre por la calle Cavenagh vociferando versículos de la Biblia.

Más adentro, en las calles de las zonas residenciales, casas partidas en dos. Casas fantasma con puertas delanteras que se balancean con el viento. Más gatos y perros abandonados. Perros que aúllan lastimosamente. Casas de dos plantas construidas para soportar violentos ciclones aplastadas por las bombas. Una anciana aturdida junto a su buzón, lo único que queda en pie de cuanto posee —su casa es un montón de escombros—. Habla en algo que a Molly le parece alemán. Es una mujer robusta y alza los brazos confusa y llora, aúlla sin control, hablando a Dios o a los aviones japoneses. Al ver a Molly, hace señas a la niña sepulturera.

—Por favor, por favor —dice la anciana.

Abre los brazos hacia Molly, como indicando que necesita un abrazo humano. Necesita abrazar algo consolador, necesita abrazar a la niña sepulturera. Molly se acerca cautelosamente.

—¿Tienes familia aquí? —pregunta Molly.

La mujer dice algo en voz alta entre lágrimas en alemán.

—¿Por qué no te has ido?

—Por favor, por favor —dice la anciana, abriendo los brazos.

Y, de mala gana, Molly se acerca a la mujer para abrazarla. La mujer rodea con los brazos el cuello de Molly y acerca el rostro de la niña a su vientre. La anciana llora sobre el pelo de Molly, apretándola con fuerza. Y el abrazo le parece cálido a Molly también, que se pregunta si no lo necesitaría tanto como la anciana.

Pero entonces la anciana vuelve a aullar y agarra a Molly con más fuerza, también le aprieta el rostro contra el vientre, y a Molly le parece como si tuviera la cabeza metida en una almohada. Se mueve para intentar salir, pero los pesados brazos de la mujer la aprietan con más fuerza y Molly tiene que luchar para respirar por la boca y la nariz; entonces se da cuenta de que no puede, y vuelve a intentar liberarse, pero la mujer se limita a aullar más fuerte y a apretar a Molly aún más contra su vientre.

—No puedo respirar —dice Molly, y el estómago de la mujer amortigua sus palabras—. ¡Déjame! —grita.

—Está bien —responde la mujer con marcado acento alemán dándole furiosas palmadas en la cabeza a Molly—. Te tengo. Está bien.

Y Molly le da patadas en las espinillas a la mujer ahora. Da una patada y otra y otra hasta que la anciana finalmente la libera.

—Está bien —aúlla la anciana mientras Molly corre.

Corre, Molly, corre.

*

Saqueadores en las tiendas. Saqueadores en las casas. Hombres que salen corriendo de grandes almacenes bombardeados cargados de herramientas. Hombres que salen corriendo de casas bombardeadas con alfombras y muebles y bolsas llenas de joyas. Dos hombres cargan con un piano robado por la calle Smith. Convoyes de coches y camiones, civiles y soldados desertores que se dirigen al sur en busca de seguridad, a las ciudades lejanas de Katherine, Larrimah y Daly Waters.

Soldados descamisados y valientes que se quedan a recargar los cañones antiaéreos portátiles.

Propietarios de restaurantes chinos y cafés griegos al fin convencidos de la necesidad de la evacuación —han necesitado ver caer las bombas delante de sus ojos para convencerse—. Corre, Molly, corre.

Ahora para. Una hilera de tiendas del centro de la ciudad con los escaparates hechos añicos. Civiles pisando cristales rotos para entrar en tiendas de moda cerradas con llave. Gente saliendo de las tiendas con los brazos llenos de trajes de tres piezas. Y el vestido de baile de color azul cielo aún en el maniquí del escaparate de la Ward's Boutique. Molly pega el rostro al cristal. Vuelve a verse bailando, cuando la tierra se corrija y Darwin regrese a la normalidad, y Sam vuelva a casa. Ella será mayor para entonces, y Sam se sentirá orgulloso de llegar a un baile con ella del brazo con un vestido como ese. Molly observa a una mujer, una enfermera del hospital, que sale de la Ward's Boutique con dos vestidos sobre su antebrazo derecho y se marcha calle arriba apresurando el paso. Molly mira de nuevo el vestido azul y se cuela por la puerta principal de la Ward's con su morral al hombro y Bert todavía sujeta entre su omóplato y su columna vertebral.

No hay luces encendidas en la tienda porque la ciudad se ha quedado sin suministro eléctrico. Avanza entre percheros con trajes y vestidos, examina la sala. Lo encuentra al fondo del local, junto al mostrador y la caja registradora: el único vestido de color azul cielo que queda en el perchero. Lo descuelga y lo mira para asegurarse de la talla. Antes de meterse en el probador, se dirige arrastrando los pies hasta un aseo donde espera poder saciar su sed y lavarse la suciedad y el sudor del rostro, pero solo consigue dar un par de breves sorbos de agua mohosa de un grifo antes de que deje de salir.

En el probador se quita sus viejos pantalones de chico y la camisa de trabajo manchada; las dos prendas, llenas de tierra, apestan a sudor. Se desliza en el vestido de color azul cielo y se vuelve hacia un espejo de cuerpo entero fijado a la pared. El vestido le queda demasiado grande, el dobladillo le llega muy por debajo de las rodillas, y los tirantes casi le resbalan de las clavículas. Pero funciona, se dice. Creceré dentro de él, se dice. Creceré.

Se alisa el pelo. Se permite media sonrisa. El vestido de satén azul cielo de sus sueños para llevarlo en medio de esta pesadilla. Sale del probador dejando allí sus viejas ropas. Cuando recorre los pasillos de la tienda, oye una sirena ensordecedora tan potente que hace temblar el escaparate delantero. Se apresura a salir a la calle.

Soldados y civiles que corren en todas direcciones. Enfermeras que corren sujetándose el sombrero. Soldados que corren, sujetándose el casco, a sus puestos defensivos.

—¡Vuelven! —grita un civil, y tropieza al salir a toda prisa de una carnicería con un jamón bajo cada brazo.

La sirena que alerta del ataque aéreo vuelve a lanzar su gemido y Molly dirige los ojos al cielo. Otro escuadrón de bombarderos japoneses se acerca por el suroeste. Más bombarderos, más de veinte, atacan por el nordeste.

—¡Van a atacar el aeródromo! —grita un soldado.

Entonces a Molly le parece oír la violenta onda de presión de los bombardeos regulares que caen en el suelo de Darwin. Resplandores amarillos de llamas iluminan el horizonte, y jirones de humo negro envuelven la ciudad como si fueran una nube baja del infierno. Y, en ese momento, una camioneta roja se detiene brusca y ruidosamente a la orilla de la calle de tierra, justo enfrente de Molly.

Greta Maze se echa sobre el volante y le habla desde la ventanilla del asiento del pasajero.

—Sube —dice con un cigarrillo encendido colgando de los labios.

Molly responde con una gran sonrisa y ocupa inmediatamente el asiento delantero.

Una nueva tormenta de bombas sacude la ciudad y Greta Maze rebota en su asiento. Sigue fumando como si nada y mira de reojo a su acompañante, advirtiendo algo nuevo en la niña sepulturera.

—Bonito vestido —dice antes de pisar el acelerador.

EL SEGUNDO REGALO DEL CIELO

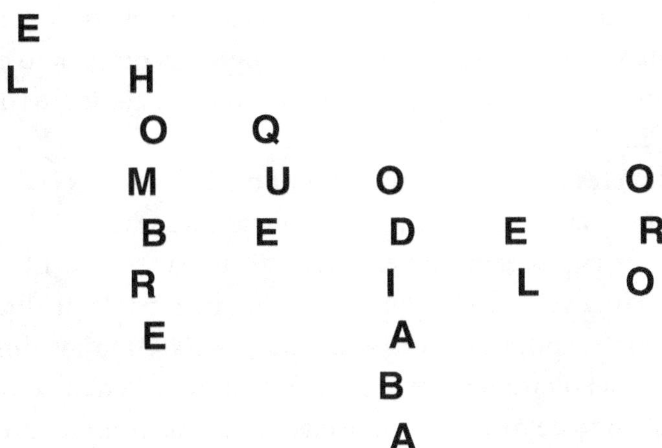

Los ojos cerrados. Duerme bocarriba, entre veinte hombres y mujeres heridos que están siendo evacuados rápidamente al hospital civil de Cullen Bay en un camión de transporte del Ejército que ha estado peinando las calles de Darwin en busca de víctimas del ataque aéreo. Siente una opresión en el pecho que le hace difícil respirar, y esa opresión asfixiante lleva pensamientos a su cabeza. No es un sueño, sino un recuerdo que le viene cuando está dormido. El mismo recuerdo que siempre le viene. Aubrey Hook tiene quince años y lo están enterrando vivo en una mina de oro y puede culpar de su muerte inminente al amor verdadero.

Amor y odio. Hombre y mujer. Ricos y pobres. Tierra y oro. Su padre, Arthur Hook, creía en los absolutos y vivía en ellos también. Arthur Hook amaba a Bonnie Little de forma absoluta. Novios desde niños, solían montar juntos a caballo. Cabalgaban por Howard Springs y por Humpty Doo y hacían todo el camino hasta la región de Kakadu, mientras Bonnie Little dejaba que sus cabellos sueltos cobrizos se derramaran por debajo de su sombrero de montar, y aquel pelo era del mismo color que las cumbres de los acantilados que recorría llamándola a voces, Bonnie Little, para oír resonar el eco antiguo en la cámara del desfiladero de Kakadu. Bailaban juntos en el ayuntamiento de Darwin y soñaban juntos con las cosas que podrían hacer una vez que Arthur y su mejor amigo, su compañero en las minas de oro, Tom Berry, tuvieran suerte en los yacimientos de oro del arroyo Pine.

—Tú eres mi golpe de suerte, Bonnie Little —decía Arthur con los ojos muy abiertos—. Tú eres mi mayor tesoro.

Porque eso es el amor verdadero, pensaba Arthur. El amor verdadero es una veta de oro puro en un monte seco de piedra y polvo. Algunos no encontrarán jamás ese tipo de veta. Algunos simplemente carecen del olfato necesario para encontrarlo. Pero él lo tenía. Y la seguía amando de forma absoluta cuando un día Bonnie Little se enamoró del mejor amigo y compañero de Arthur, Tom Berry.

—¿Tom? —susurró Arthur.

Era el día de Nochevieja. Bonnie y él se hallaban en el bar del Hotel Darwin.

—¿Tom Berry? —volvió a susurrar.

Su mejor amigo. El desafortunado, el desesperado Tom Berry. El torpe, el desmañado, el ratón de biblioteca, el tímido, el inseguro, el débil, el poeta Tom Berry. El amigo que suplicaba a Arthur que le permitiera acompañarlo a caballo cuando iba al país profundo en busca de vetas de oro. El que parecía un maestro de escuela. Aquel erudito que tenía, al mismo tiempo, un pésimo olfato para el oro y una preocupante sed de oro como Arthur no había visto en la vida. Había estado a punto de matarse un par de meses antes al hacer una voladura con demasiada dinamita. Y, de repente, aquel día de Nochevieja, Arthur deseó que se hubiera matado.

—No puedo evitar lo que siento, Arthur —dijo Bonnie.

Arthur jamás creyó una sola palabra de aquella frase que salió tan despacio de la boca de Bonnie, porque él era el vivo ejemplo de cómo un ser humano puede, en realidad, evitar lo que siente, pues él sintió de verdad, cada segundo de cada hora de cada día después de oír aquellas palabras, que quería partir en dos el cráneo de Tom Berry con una enorme piedra de cuarzo y, a pesar de todo, se resistió a aquel profundo sentimiento. ¿Por qué Bonnie Little no iba a poder evitar lo que sentía ella?

A partir de aquel día, Arthur Hook no pudo hacer otra cosa que odiar a Bonnie Little. Y la odió de una forma absoluta. Pero odió a Tom Berry el doble de lo que odió a Bonnie, y su odio hacia Tom Berry se filtró en lo que, más tarde, a su hijo de quince años, Aubrey, le parecería un odio hacia la vida al completo. Arthur odiaba las hojas que caían de los árboles y se acumulaban en su porche. Odiaba los caballos y el sonido de los cascos sobre el hormigón, y odiaba el olor de sus excrementos cuando recorría los caminos de las colinas y las sendas montañosas con sus jóvenes hijos Aubrey y Horace buscando oro en la región del arroyo Pine. Odiaba a la mujer con la que al final se había casado, June Buttigieg, la única hija de Stanley Buttigieg, el propietario del flamante cementerio de Hollow Wood. La pobre y desdichada June, se dijo, con su ojo izquierdo vago que siempre parecía un mango caído al fondo de la cavidad ocular cada vez que Arthur le preguntaba por la cena, por el tiempo o por cómo era llevar un niño dentro de su vientre. La hija del sepulturero, con su ojo izquierdo muerto. Saca ese ojo y entiérralo a dos metros bajo tierra, se decía. Odiaba la manera en que June chillaba durante los partos, y odiaba el olor de la mierda negra que salía del culo de Aubrey cuando era un bebé y se quedaba en sus dedos paternales. Odiaba las hojas de té que se quedaban en el fondo de su taza y odiaba las ramas del roble del patio trasero que rozaban el tejado de zinc, y odiaba el sol que seguía saliendo todos los días y diciéndole que fuera a trabajar, y odiaba el sonido de los violinistas del Hotel Darwin, y odiaba la cerveza que se calentaba demasiado pronto en su mano y odiaba a cualquiera que le deseara el bien a Tom Berry porque odiaba a Tom Berry por encima de todo.

Arthur pegaba a sus hijos. Les pegaba por detrás de la cabeza, que ellos agachaban, con el puño cerrado, y cada golpe lo hacía odiar a Tom Berry aún más porque culpaba a Tom Berry de haberle robado lo único que había amado en la vida y de haberlo convertido en el tipo de hombre que pega a sus hijos. Pegaba a sus hijos con piedras y con mangos de fusta y con palos y con los puños hasta que sus hijos se convirtieron en adolescentes musculosos que se pegaban el uno al otro.

—El odio no es tan malo —les dijo a sus hijos una vez, bebiendo *whisky* a la luz de una fogata de campamento, durante una larga búsqueda de oro en el arroyo Pine—. Nunca subestiméis el poder del odio. Mi odio hacia Tom Berry es lo que hace que me levante cada mañana. Le odio tanto que ello me da la energía que necesito para trabajar en estas minas. Le odio tanto que quiero robarle cada pepita de oro que alguna vez albergue la esperanza de tener en sus manos. Y lo haré. Lo haré. Mi odio hacia Tom Berry nos hará ricos.

Y Arthur Hook siguió bebiendo su *whisky* con la cabeza vuelta hacia sus hijos, que miraban a través de las llamas de la fogata.

—¿Qué odiáis vosotros, muchachos? —preguntó.

Y Aubrey y Horace se miraron. Sabían cuál era la respuesta del otro, aunque no la dieron.

Arthur Hook llegó a odiar el mismo oro que buscaba. Llegó a odiar las mismas montañas que escondían el oro que despreciaba. Odió los montes y los valles y las sierras que escondían de él sus secretos de oro. En las tabernas de la ciudad de Darwin solía ir a murmurar acerca de los éxitos de Tom Berry en los yacimientos de oro, y a enfurecerse y maldecir aquella tierra que escogía favorecer a un hombre deshonesto como Tom Berry e ignorar a un minero decente y trabajador como Arthur.

Golpeaba con su pico aquellas montañas y cada golpe salvaje era un acto de venganza. Sus compañeros buscadores de oro a menudo cuestionaban su proceder imprudente. Abría grandes zanjas en la tierra, pero nunca perdía el tiempo en reparar los agujeros que cavaba, sino que dejaba la montaña herida. Los mineros más viejos examinaban su trabajo y movían la cabeza: «Esa montaña se volverá contra él un día», decían. Pues los mineros más viejos sabían lo mismo que los aborígenes sabían sobre la montaña, sobre la tierra del Territorio del Norte. Esta sentía. Sentía cosas misteriosas. Y recompensaba al buscador que también las sentía, y castigaba, decían en susurros junto a las fogatas, al buscador que ignoraba sus misterios.

El odio empujó a Arthur Hook a internarse a caballo con sus hijos en la espesura que hay más allá del cruce de Marrakai, al este del fructífero monte Bundey y de la cercana mina de oro de Rustler's Roost, en busca de una mina conocida como de la Pierna Negra, perdida desde hacía mucho tiempo y casi mítica. Se llamaba así por su propietario, Percy «Pierna Negra» Gould, un experimentado buscador de oro cuya pierna izquierda había quedado atrapada bajo una roca que se desprendió en una zanja cuando tenía veintidós años. Cuando encontraron a Percy, tenía la pierna gangrenada y negra y hubo que cortársela y sustituirla por una pata de palo con la que anduvo durante más de cuatro décadas antes de desaparecer para siempre en algún lugar de las montañas, entre la mina de Rustler's Roost y el monte Ringwood, a orillas del río Margaret. Y se decía que la mina de la Pierna Negra contenía enormes riquezas que solo estaban esperando a alguien lo bastante valeroso o estúpido como para intentar abrirse camino a través de las rocas inestables e impredecibles.

Arthur Hook halló lo que pensó que era la mina de la Pierna Negra después de cabalgar junto a sus hijos por un precario desfiladero que rodeaba la peña del Buey Muerto, un obelisco natural que se erguía a 45 metros del suelo y que las vacas y ovejas extraviadas cuyos huesos se pudrían junto a los troncos de los altos árboles autóctonos, varios centenares de metros por debajo de la base de la peña, habían intentado rodear en vano durante siglos. Más allá de esta peña, por una senda zigzagueante que atravesaba la espesura y que era tan estrecha que solo podía pasar por ella un único caballo, Arthur Hook logró alcanzar la entrada de la mina, un agujero en el suelo en el que había una larga escalera de unos cuarenta peldaños. Bajó con una lámpara, y luego siguió un túnel hasta una pared de roca atravesada por una rica veta de cuarzo blanco, y aquel cuarzo hizo que un escalofrío recorriera la espina dorsal de Arthur Hook. Supo lo que aquel escalofrío significaba: oro.

Explicó a sus hijos que hace millones de años bolsas de líquido se habían hecho sólidas dentro de las rocas, y habían quedado atrapadas allí pepitas de oro, y que esas vetas de cuarzo lleno de oro habían estado esperando desde entonces a que los Hook las encontraran y las sacaran a la superficie para hacer con ellas su fortuna.

—Es como si hubiera viejas cámaras acorazadas de bancos ahí encerradas —dijo Arthur Hook y levantó su pico— y nosotros tenemos la clave para abrirlas.

Entonces Arthur Hook golpeó con su pico aquella pared de roca subterránea como si fuera el mismísimo rostro de Tom Berry. La rompió, la abrió, la destrozó. Y durante tres semanas seguidas sus hijos y él estuvieron trabajando en aquella pared; Aubrey y Horace subían los cubos de mineral extraído por la escalera hasta un arroyo cercano donde cribaban lo más prometedor y dejaban que la corriente se llevara el material menos pesado y esperaban, y deseaban que el pesado oro brillara en el sucio fondo de sus bateas. Pero el oro nunca aparecía y la furia iba creciendo por dentro de Arthur Hook.

—¿Dónde estás? —gritaba—. ¿Dónde estás?

Y su pico golpeaba, y los músculos de su esqueleto de alambre y su cuerpo enjuto se desgarraban, y él tosía y los pulmones le crepitaban a causa de todo el polvo de roca que estaba inhalando. Fue Aubrey quien le dijo a su padre que estaba trabajando demasiado en aquella pared de roca, demasiado rápido, y fue él quien le dijo que no estaba respetando a la montaña como debía. Que aquello era demasiado temerario. Demasiado ansioso. Demasiado vengativo. Que estaban avanzando con demasiada prisa por el túnel y no estaban asegurando el techo con suficientes vigas de madera. Pero su padre no escuchó, no podía escuchar, porque su padre era otra persona. Ahora era un hombre con una luz amarilla en los ojos, con fuego en los ojos, con oro en los ojos. La sed del oro se había apoderado de él. El odio del oro. Las verdades absolutas de todo ello.

Y era Aubrey quien se hallaba en la pared de roca con el cubo de mineral, a casi dos metros de seguridad por detrás del martillo de su padre, cuando seis metros de techo de roca sin sujeción se derrumbaron sobre padre e hijo. Aubrey vio el techo del túnel caer primero sobre su padre y tuvo tiempo suficiente para girar y arrodillarse en el suelo con la cabeza en la entrepierna y los brazos protegiéndose el cráneo, preparado para el derrumbe. Dos grandes bloques de roca formaron una bolsa de aire alrededor de su rostro, que fue empujado con fuerza contra el suelo, y el polvo gris de roca y los escombros aplastaron su espalda durante tres minutos que pasó respirando lo menos posible, esperando que el oxígeno de aquella pequeña bolsa de aire se agotase, y en aquellos últimos momentos, bajo la terrorífica manta de piedra, se dio cuenta de qué era lo único que le importaba en la vida.

Era una muchacha. Su imagen se introdujo en su mente. Daba vueltas con un vestido blanco en el baile de la escuela del verano anterior. Era Violet Berry, la hija adolescente de Tom y Bonnie Berry. Violet Berry, con su pelo castaño ondulado y sus ojos azules y su pintalabios rojo intenso. Violet Berry, con la que se suponía que no debía hablar bajo ninguna circunstancia, cosa que a él le había venido bien, porque siempre supo que ella lo habría dejado ciego, sordo y mudo si alguna vez él se hubiera acercado demasiado a sus ojos. Un ángel demasiado hermoso como para decirle hola y no digamos para pedirle un baile. Pero, ahora que estaba tan cerca de la muerte, tuvo el valor de hacer un pacto consigo mismo. Si sobrevivo al derrumbe, pensó, le pediré a Violet Berry que salga a montar conmigo un domingo por la tarde.

Y entonces sintió una pala que cavaba en el montón de escombros que había encima de él. Sintió que un bloque de piedra se apartaba y que el peso liberaba la sofocante presión que tenía sobre el pecho. Y luego se apartaba otro bloque, y una pala cavaba frenéticamente, arañando, arrastrando, apartando la presión que había sobre el cuerpo de Aubrey. Pronto la tierra a su alrededor fue lo bastante suelta como para poder mover los dedos de la mano derecha, y esos dedos encontraron otros dedos. La mano de su hermano. Y Horace tiró con todas sus fuerzas, tiró tanto del brazo derecho de su hermano mayor que Aubrey pensó que iba a arrancárselo del hombro.

Horace tiró y tiró, y pronto distinguió el pelo de su hermano enterrado, teñido de gris por el polvo de roca. Entonces vio su rostro, tan gris que parecía que Aubrey se hubiera convertido en piedra bajo los escombros. Y al fin su hermano emergió con el jadeo ávido de aire de un vampiro que llevara quinientos años atrapado en su ataúd. Y Horace cayó de espaldas junto a su hermano mayor, que tosía y crepitaba, y los dos muchachos contemplaron el impenetrable muro de escombros ante ellos, a sabiendas de que los dos tendrían ahora que cavar en busca de su padre, que yacía en alguna parte allí detrás.

Pero algo misterioso les impedía ir en busca de sus palas y sus picos. Era una fuerza poderosa que los recorría a ambos, algo que sabían que nunca había que subestimar. Era el odio.

*

En el transporte del Ejército, tumbado bocarriba entre despojos humanos de cuerpos cubiertos de sangre, Aubrey Hook se despierta con una profunda y ruidosa bocanada de aire de Darwin. Su pecho sube y baja en el volquete del transporte. Está aturdido y deslumbrado. Mira a su alrededor. Hombres y mujeres. Soldados, en su mayoría. Algunos han muerto en el viaje. Sus párpados y sus bocas siguen abiertos. Las manos sobre el corazón.

El camión rebota por las calles irregulares circulando a gran velocidad. Luego frena y derrapa al detenerse ante el hospital civil de Cullen Bay. Dos soldados sin camisa bajan el volquete del camión y empiezan a sacar los cuerpos en camillas. Llegan más soldados, que toman de las manos y los pies a los muertos y heridos. Aubrey está de pie. La cabeza le da vueltas, pero, para su sorpresa, ahora puede andar y se hace a un lado tambaleándose para deslizarse hasta el fondo.

—Tiene que tumbarse, señor —dice un joven soldado sacando del camión el cadáver de una anciana.

Aubrey no dice nada. Al toser, la boca se le llena de sangre, que escupe en la tierra marrón junto a sus botas, y luego se queda mirando su camisa manchada, salpicada de sangre y desgarrada por las explosiones. Se aleja del camión del Ejército arrastrando los pies, y se dirige a la entrada del hospital, donde enfermeras, agentes de policía y soldados llevan demasiados cuerpos a la sala de heridos. Hay movimiento por todas partes a su alrededor, y él se mueve demasiado despacio. Un pie detrás de otro. Buscando el equilibrio. En su mente aturdida intenta encontrar el propósito. ¿Qué acaba de ocurrir?

¿Qué está pasando? ¿Qué tiene que hacer ahora? Y una imagen se fija en su cabeza. Molly Hook y Greta Maze encima de él. La niña sepulturera de pelo castaño y la actriz rubia.

Hay un puesto de atención médica temporal bajo una lona fuera del hospital. Una enfermera reparte garrafas de agua a los soldados.

—Yo necesito dos —dice Aubrey en voz baja, sintiendo que el cuerpo le duele por el esfuerzo de hablar.

Junto a la mesa de la enfermera, hay un cubo de madera lleno de fruta. Aubrey coge un plátano, dos grandes naranjas y dos mangos rojos. Se sienta en la acera del hospital, se bebe el agua, clava los dientes en la piel de un mango y hunde violentamente la cara en su carne jugosa como un perro rabioso. Tan solo un animal ya. Un ser primario. Una bestia sin pasado. Una bestia con un único objetivo. Encontrar a la niña sepulturera y a la actriz.

Un Ford A de color aceituna se detiene en la entrada de vehículos del hospital. El conductor corre hacia la puerta trasera izquierda, agarra de las manos a un hombre herido vestido de traje y lo levanta con dificultad del asiento. Aubrey reconoce al conductor, Frank Roach, uno de los directores del Banco de Nueva Gales del Sur de la calle Smith. Frank Roach jadea y se esfuerza al arrastrar el cuerpo de su amigo, con los brazos por debajo de sus axilas.

Roach se fija en que Aubrey lo observa desde la acera.

—¡No te quedes ahí sentado! —grita—. ¡Ayúdame, maldita sea!

Aubrey arrastra los pies con cansancio, levanta las piernas del hombre y ayuda a colocarlo en una camilla que hay a la entrada del hospital.

—Gracias —le dice un Roach sin aliento a Aubrey, que asiente en silencio.

Roach sigue a dos soldados que transportan al hombre en la camilla hasta la sala de heridos.

Aubrey se aleja del hospital y vuelve a la fruta y a las garrafas de agua que había dejado en la acera. Luego se dirige con toda tranquilidad a la puerta del conductor del Ford A de Frank Roach. Arranca el coche y tose de nuevo con la boca llena de sangre que escupe por la ventana. Tan solo un animal ya. Pisa el acelerador, y el viento que entra por la ventanilla del coche lo reanima. Pero lo que lo mantiene en pie es algo más misterioso que el viento, lo que lo hace respirar en la última bolsa de aire bajo tierra. Algo peligroso y vigorizante que lo alimenta desde dentro. Y, mientras el Ford se dirige al sur de Darwin, él sabe cuál es esa fuerza misteriosa. Aprendió hace mucho tiempo a no subestimar su poder. Tan solo un animal ya. Solo odio.

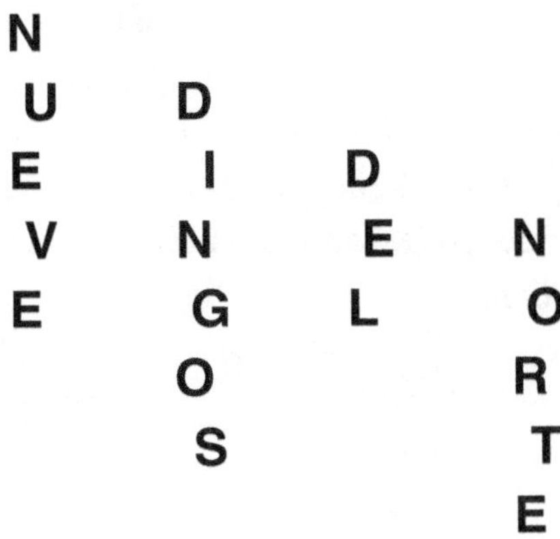

Tiene la cara manchada de la sangre estomacal del ualabí que se comió ayer. No ladra, gime, y su gemido les dice a los miembros más jóvenes de la manada que ella es la segunda al mando tras su compañero, el macho alfa que camina por delante. Su pelaje es del color del fuego, aunque sus patas son como la nieve. Sabe que un murmullo de discordia se propaga en la jauría. La estación seca ha sido dura, y se ha visto obligada a matar los cachorros recién nacidos de otra madre tanto para mantener su autoridad como para permitir que la caza cunda. Lleva caminando todo el día por los humedales cenagosos y está hambrienta y cansada, y quiere volver a casa.

Pero, por delante, su compañero se detiene tras la pantalla que forma un arbusto de pavo púrpura, así que resopla dos veces y el resto de la manada inmediatamente se queda inmóvil tras ella. Aligera el paso entonces, y se acerca a su compañero, deteniéndose cuando su trufa alcanza la pata trasera derecha de este. Es vieja, pero menos que él, y tiene mejor vista; así que descubre de inmediato el objeto en el que se ha fijado él. Un campo de manzanos como no había visto en la vida, a lo lejos. Los árboles son tan numerosos y las ramas se apiñan de tal forma unas con otras que han formado un vasto techo de manzanas rojas que en ese momento ofrece refugio a una pequeña manada de búfalos de agua.

Ronronea suavemente a su compañero para hacerle saber que ella también ha visto al ternero de búfalo que bebe de una pequeña acumulación de agua, alejado del resto de la manada.

Es capaz de girar la cabeza casi ciento ochenta grados, y sus patas ni siquiera se mueven cuando da la señal a la manada que la sigue de que es hora de cazar.

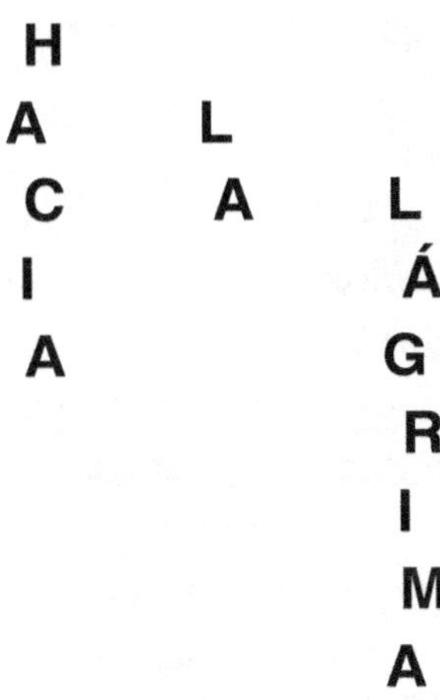

Adelante. No volver atrás, se dice Molly. Por primera vez en tu vida estás avanzando. Puedes tener una batea de cobre con instrucciones garabateadas, pero ya solo hay un camino que seguir. De aquí hasta allí. De Molly a Bob. Sin vuelta atrás.

Un camino de eucaliptos de un cremoso rosa asalmonado del Territorio del Norte y una camioneta roja que corre entre ellos por una carretera estrecha de tierra roja llena de baches secos y charcos llenos. Más allá de los arbustos, a la izquierda de Molly, está la línea de ferrocarril que lleva al sur hasta Alice Springs. Adelante. Destino. Puede sentirlo. Cada momento de su vida se está desenvolviendo exactamente tal como era necesario para llevar a la niña sepulturera hasta este preciso lugar en este rápido vehículo al lado de la actriz.

—Más rápido —dice Molly.

—¿Quieres conducir tú? —responde Greta zigzagueando con el vehículo para evitar los profundos baches de la carretera.

Frena al llegar a un cruce inundado.

—Podemos pasar —dice Molly.

—¿Por qué estás tan segura? —pregunta Greta.

—Porque tenemos que pasar —dice—. Solo acabamos de

empezar. Es imposible que nos detengan tan pronto, cuando solo hemos empezado.

—¿A quiénes te refieres?

—A todo el mundo —dice Molly—. A todo.

Greta pisa el acelerador y la camioneta se mete en un tramo de crecida de agua que cubre los viejos neumáticos gastados y media rejilla del radiador. Acelera aún más y consigue mantener la dirección. Molly le da a la conductora una palmada de ánimo en el hombro.

—Casi estamos —dice—. Sigue.

El vehículo parece que se va a calar, pero Greta pisa aún más fuerte el acelerador, y las ruedas se agarran a la carretera, y la camioneta sortea, dando tumbos, el cruce inundado. Molly aplaude.

—Pásame un cigarrillo, ¿quieres? —dice Greta.

Molly saca un cigarrillo del paquete de Greta y se lo enciende con dos certeros toques de cerilla. Le pasa el cigarro encendido a Greta, que se lo deja en la comisura izquierda de los labios, el lugar al que a Molly le parece que pertenecen todos los cigarrillos.

—¿Necesitas algo más? —pregunta Molly—. Tengo comida. Y agua.

Greta se vuelve hacia Molly. Levanta las cejas.

—Ya sabes que vamos a necesitar más de las dos cosas —responde.

—Lo sé —dice Molly—. Y también sé cómo conseguir más.

—¿Más trucos de tu novio Tyrone Power?

—No es mi novio —dice Molly.

—Ah, ¿no? Yo pensaba que ibais a fugaros juntos.

Molly mueve la cabeza. Mira por la ventanilla. Dos mariposas de color azul zafiro revolotean alrededor de un árbol de Leichhardt con el tipo de hojas verdes brillantes que Molly utilizaría para abanicarse en pleno verano y flores amarillas y blancas que le parecen naranjas mondadas sobre palos de piruleta.

—¿Y cuándo llega ese desvío? —pregunta Greta.

—Pronto —dice Molly.

—Lee lo que pone en esa batea otra vez, ¿quieres? —dice Greta.

Molly no tiene que leer de la batea. Se sabe cada palabra de memoria.

—*Cuanto más resisto, más me acorto* —recita—, *y el agua corre hasta el camino de plata.*

Entonces estornuda. Se le ha metido algo en la nariz, una bola de sangre seca, un terrón de tierra. Puede que ceniza.

—¿Por qué escribió todas esas indicaciones en forma de adivinanzas? —pregunta Greta frustrada—. ¿Por qué no podía decir sin más dónde estaba el condenado oro?

—Porque esas adivinanzas eran solo para él —dice Molly.

Se suena la nariz en el cuenco de la mano.

—Él no quería que nadie más supiera de qué estaba hablando. Pero tal vez sí quería que mi madre lo supiera. Y tal vez quería que yo lo supiera algún día, y sabía que nosotras lo entenderíamos. Entenderíamos de qué estaba hablando porque miramos el mundo de la misma manera que él. De una manera poética.

Molly se mete la mitad del dedo índice en la nariz.

—¿Tú eres poética? —pregunta Greta.

—Sí, poética y digna, como mi madre me enseñó a ser —dice Molly sin mirar a Greta mientras se saca una enorme bola de mocos negra de la nariz y la lanza tranquilamente por la ventana.

Greta mueve la cabeza.

—¿Estás segura de que sabes a dónde vas?

—Sí —dice Molly—. ¿Estás tú segura de que quieres venir conmigo?

Greta esboza media sonrisa con los ojos fijos en la estrecha carretera secundaria, que ahora se curva después de una fila de madreselvas con llamativas flores de color naranja que a Molly le parecen enormes orugas naranjas que se hubieran pasado con el vino peleón, razón por la cual estuvieran trepando sin propósito a lo alto de aquellas hojas de helecho plateadas.

—¿Por qué volviste a por mí? —pregunta Molly.

—Porque vas a llevarme a todo ese reluciente oro —dice Greta—. Y luego me voy a ir corriendo a Hollywood como dijiste.

Molly sonríe con los labios cerrados.

—Creo que hubo algo más por lo que volviste —dice.

Y la niña sepulturera vuelve la cabeza para estudiar el rostro de Greta, y ve cómo su conductora da una honda calada al cigarrillo y luego recorre con la vista su perfil perfecto, sus moratones y su ojo izquierdo hinchado, la línea de su frente y el puente recto de su nariz que acaba en una línea de árboles que hay al lado derecho de la carretera, y entre esos árboles percibe movimiento. Algo negro y rápido. Cuatro patas. Largos cuernos negros. Luego otra cosa, a su lado, sale de los árboles. Embistiendo.

—¡Cuidado! —grita Molly.

Y Greta vuelve la cabeza justo a tiempo de ver nueve grandes búfalos de agua, asustados y temerarios, que salen a toda velocidad de los arbustos a la estrecha carretera. Tras ellos, Molly ve unas manchas de pelaje amarillo anaranjado. Dos despiadados dingos que persiguen al búfalo más pequeño de la manada.

Uno de los búfalos pierde el equilibrio en la carretera irregular y se estrella de forma irremediable con la puerta de Greta, golpeando con su cornamenta el metal en movimiento. El feroz impacto hace que Greta gire violentamente el volante hacia la izquierda y la camioneta patine por la resbaladiza carretera de tierra; consigue enderezar la rueda y estabilizar el vehículo justo en el momento en que otro búfalo, aturdido y sin aliento, cruza la carretera delante de ella. Greta vuelve a girar a la derecha en el acto, lanzando el vehículo a la acusada pendiente de la cuneta entre un espeso bosque de eucaliptos de corteza fibrosa; luego pisa el freno y la camioneta se desliza por la hierba húmeda hasta estrellarse contra los árboles, aunque por fortuna no con la suficiente violencia como para que la frente de Molly recorra los escasos centímetros que le faltan para que su cabeza entre en contacto con el parabrisas.

La carga de los búfalos continúa a través del muro de matorrales que bordea la margen izquierda de la carretera, y el cuello de Greta sufre latigazos hacia delante y hacia atrás, y ella acaba tan aturdida ante lo que está pasando que sus dedos permanecen fijos en el volante. Entonces habla:

—A ver si lo entiendo. Acabamos de sobrevivir a un bombardeo aéreo de los japoneses, ¿verdad?

—Así es —dice Molly.

—¿Y luego hemos salido en busca de un tesoro enterrado?

—Correcto.

—¿Y luego nos han atacado un montón de búfalos de agua?

—Yo no diría que nos han «atacado» —dice Molly—. Pero definitivamente nos han embestido como unos diez búfalos de agua.

—¿Y ahora qué? —pregunta Greta.

—Ahora caminamos.

Molly coge la pala Bert y la correa de su morral. Se baja de la camioneta y habla a través de la ventanilla abierta:

—Me alegro de que volvieras a por mí, Greta.

—Me gustaría poder decir lo mismo —dice Greta descansando la cabeza en las manos.

—Sé por qué volviste a por mí, Greta.

—¿Sí? —responde Greta frotándose los músculos lastimados del cuello.

—Estabas preocupada por mí —dice Molly.

Y ese pensamiento hace a la niña sepulturera sonreír mientras echa a andar por la estrecha carretera.

Greta observa a la niña a través de la curva de dos grietas en el parabrisas. Esa niña extraña. Las cosas tan oscuras que ha presenciado hoy. Y se pregunta qué fuerza misteriosa e imparable debe fluir por dentro de esa niña para empujarla a hacer lo que está haciendo ahora mismo por aquella carretera.

La niña sepulturera va dando saltos.

*

Una vacía carretera de tierra separa muros de matorrales de banksias con peludas flores amarillas que sobresalen de sus ramas como mazorcas de maíz calientes embadurnadas de mantequilla, y estos árboles crecen junto a árboles llorones de sombra que muestran su aflicción entre los estallidos de las cremosas flores blancas que a Molly le recuerdan a las pestañas de Greta Garbo al moverse cuando llora en la pantalla de cine.

—¿Has estado alguna vez en el país profundo? —pregunta Molly usando la pala Bert como bastón.

—No puedo decir que haya estado —dice Greta con los ojos en la creciente cantidad de tierra de la carretera que se va acumulando en sus zapatillas de lona.

—Te va a encantar —dice Molly—. Hay muchas cosas que ver allí. Es como un mundo diferente una vez que estás dentro. Hay magia allí, Greta. Empiezas a ver las cosas del mismo modo que las ven los animales.

—Parece que tú hubieras estado muchas veces —dice Greta.

—Sí —responde Molly caminando—. En mi cabeza he estado muchas veces.

Caminata brutal. Molly sabe cuál es el secreto de un largo camino: no pensar nunca en la meta. No pensar más que en el aire en tus pulmones y en el movimiento de tus manos y tus piernas. Hay un ritmo en ellos, y, una vez que lo has encontrado, ese ritmo puede prolongarse en el tiempo eternamente. A ella le encanta la gran adivinanza del camino. Cuantas más sumas, más dejas atrás: son las huellas. Y mira tras de sí para ver sus huellas alejándose, hasta donde se pierde su vista, por el camino que serpentea entre bordes de eucaliptos.

No pensar en la meta. Pensar en la cacatúa negra que hay en lo alto del eucalipto, con esas franjas escarlata bajo la cola que parecen fuego que alimentara su despegue. Y asombrarse ante su forma de volar. Porque no vuela como los halcones, ni como las cometas; sus alas hacen un gran esfuerzo, como si el ave estuviera remando en el cielo, como si remara en el aire a contracorriente.

—Una cacatúa —señala Molly.

—Yuju —dice Greta, dando un manotazo a un mosquito engordado con su propia sangre—. ¿Estamos ya más cerca de ese cruce?

—Sí —dice Molly, pero su atención está en algo que descansa sobre la rama de una murunga—. Un insecto palo —susurra acercándose a la críptica criatura sin hacer ruido.

El insecto es del mismo color pajizo que la rama en la que está posado.

—Tiene los colores más bonitos escondidos bajo las alas —dice Molly.

—Chica, ¿es que vas a pararte a mirar cada mínima criatura que veas entre los árboles? —responde Greta.

—Solo las que merezcan la pena.

Molly sonríe y luego se acerca aún más al insecto.

—¿Siempre te asombra que las cosas sean como son? —susurra Greta.

—¿Y si tuviera que estar justo aquí en esta hoja en este momento? ¿Y si lo hubieran puesto aquí para recordarnos a ti y a mí algo?

—¿Algo como qué? —pregunta Greta.

—Como lo hermoso que es todo en realidad —responde Molly—. ¿Quién decidió que el oro valía tanto, después de todo? Yo me quedaría con este insecto palo antes que con una pepita de oro sin pensarlo.

Sopla suavemente sobre él, y la desgarbada criatura levanta la cabeza y mueve las alas y al hacerlo produce un sonido siseante, y el movimiento descubre su gran tesoro, su glorioso botín: un rosa intenso en la base de las alas traseras, un rosa tan profundo e irresistible para Molly que la hace reír.

—Estás a salvo, amigo —dice—. No te asustes. Somos Greta Maze y Molly Hook. Nos dirigimos a tu país profundo porque tengo que encontrar a Longcoat Bob. Pero no te preocupes por nosotras, ¿vale? Ni por Greta ni por mí. Somos buena gente. Somos de los buenos.

El insecto vuelve a bajar la cabeza y la criatura trepa por la rama.

Molly sonríe y Greta regresa a la carretera de tierra.

—Ya no está lejos —dice.

*

Un puente sin barandilla a los lados que se extiende a lo largo de seis metros sobre el fino arroyo de agua dulce que corre por debajo. El puente está hecho con traviesas de ferrocarril en un permanente estado de humedad y putrefacción. Molly se detiene en mitad del puente y se sienta al borde de una traviesa, dejando que sus piernas y sus botas de cavar cuelguen sobre el arroyo. Del morral saca su cantimplora y bebe a grandes tragos la mohosa agua del grifo de Darwin antes de pasársela a Greta, que se rocía de agua el rostro sudoroso y disfruta del líquido refrescante.

—*Cuanto más resisto, más me acorto* —recita Molly.

Abre una pequeña lata de trozos de piña con un abridor mohoso, sorbe primero el espeso jugo y luego se lleva los triángulos de piña en conserva a la boca con los dedos sucios.

Sus ojos siguen el curso del arroyo, que desaparece en un túnel de follaje en el que las enredaderas monzónicas, los arbustos y los juncos se han entretejido y han creado un cilindro perfecto que serpentea en la negrura. Ese túnel, piensa Molly, podría ser lo bastante grande como para que el viejo tren Ghan que va a Adelaida lo atravesara.

—Dicen que no se puede ver nada a la luz del día más arriba de este arroyo —dice en voz alta—. Se vuelve tan oscuro que necesitas una vela para encontrar el camino incluso de día. —Molly examina a Greta—. De ahí su nombre. Candlelight Creek, el arroyo de la vela. —Se vuelve hacia el túnel—. *Cuanto más resisto, más me acorto* —repite Molly.

Greta asiente con la cabeza. Acaba de descubrir algo.

—La vela —dice.

Molly asiente.

—El arroyo de la vela. El agua que lleva al camino de plata.

—¿Y planeas caminar hasta allí? —pregunta Greta.

—Ese es el camino de plata —dice Molly.

Greta siente un gélido escalofrío en sus huesos.

—Me produce escalofríos mirar lo profundo de ese túnel. ¿Tú has estado allí arriba alguna vez?

—Mi padre me decía que nunca subiera —responde Molly.

—¿Por qué?

—Decía que era muy peligroso.

—¿Qué lo hacía tan peligroso? ¿Qué hay allí arriba?

—No lo sé.

—¿Cómo que no lo sabes?

—Mi padre nunca me lo dijo.

—¿Por qué?

—Se suponía que nunca iba a subir, así que ¿para qué iba a decirme lo que había allí arriba?

Molly se pone de pie y agarra la pala Bert con fuerza mientras se desliza por un escarpado terraplén cubierto de musgo que conecta con el lado del puente que lleva hasta un sendero paralelo al arroyo Candlelight.

—Quizá deberíamos honrar los deseos de tu padre —dice Greta, que se queda, nerviosa, en lo alto del terraplén.

—El camino de plata es el único que lleva hasta tu oro —dice Molly—, y dondequiera que esté ese oro creo que Longcoat Bob no andará lejos.

Greta no aparta la vista de lo profundo del túnel de follaje y se estremece hasta los huesos.

—¿Tienes alguna vela? —pregunta.

*

El país profundo cruje y gime. Pronto la niña sepulturera y la actriz están tan arriba del arroyo Candlelight que ya no pueden ver dónde empieza o termina este. El agua es clara, pero hay tan poca luz bajo la bóveda del follaje que el arroyo parece vidrioso y negro. El grueso bosque de enredadera monzónica que bordea el arroyo lo estrecha y encierra en una especie de tubería natural y asfixiante de maleza hasta reducirlo a una anchura de tres metros en algunos puntos. Sus pies tropiezan y resbalan en las orillas de piedra cubiertas de musgo que bordean el agua. Las cigarras arañan implacablemente el oído. Huele a lodo, a tierra y a manglar.

El pie de Greta resbala en la viscosa raíz que sostiene un árbol satinash, y sus cada vez más deterioradas zapatillas aterrizan en la poco profunda margen izquierda del arroyo. Agarrando el mango de la pala Bert que Molly le tiende, vuelve a subir.

—¿Por qué estás tan desesperada por encontrar a ese tal Longcoat Bob, a todo esto? —pregunta Greta.

Molly se para a pensar.

—Voy a pedirle que retire la maldición —dice.

Greta se toma un momento para respirar.

—Tú sabes, Molly, que existe algo llamado mala suerte y que ese es un hecho de la vida que a veces cae sobre algunas personas con más frecuencia que sobre otras.

Vuelve a respirar hondo. Molly asiente.

—Lo sé.

—¿Te parece que deberíamos hablar de lo que le ha pasado a tu padre?

Molly se vuelve a mirar al arroyo.

—No, no creo que sea necesario hablar de eso.

Sigue andando. Densa selva ahora. Un cerrado dosel de palmeras, helechos y maleza. Higueras estranguladoras que germinan en las horquillas de los árboles y envuelven con sus raíces aéreas a los huéspedes que los alimentan y los matan lentamente. Enredaderas y trepadoras que se unen y transforman en monstruos asfixiantes en la oscuridad y que parecen susurrarse unas a otras. Molly puede oírlas hablar de la niña sepulturera y todo lo que ha visto en su corta vida, y de por qué se ha internado tanto en el arroyo Candlelight, y de su padre perturbado, el hombre bueno y malvado a la vez, clavado en la horquilla de un árbol con una pierna arrancada por las bombas que descansa junto a una letrina. Pobre niñita sepulturera.

—¿Crees que el tío Aubrey seguirá vivo? —pregunta Molly.

Greta se esfuerza, al borde del arroyo, en apartar un helecho con púas de su rostro.

—Me temo que va a hacer falta algo más que una guerra mundial para acabar con tu tío.

—Quieta —dice Molly.

—¿Qué pasa?

Molly se queda inmóvil.

—Deja de moverte —susurra.

Mira al arroyo.

—Mira allí arriba. Ojos en el agua.

Greta se inclina hacia delante para ver mejor en el arroyo. Lo confunde con un tronco al principio. Luego dos ojos blancos lechosos aparecen en el agua vidriosa.

—Mierda —dice Greta.

Los ojos desaparecen bajo el agua y luego reaparecen más cerca del borde del arroyo en que se hallan Molly y Greta.

—Un cocodrilo —susurra Molly.

Ve ahora el cuerpo de la criatura con claridad. Tres metros y medio de largo de los que la mitad son su cola. Escamas de un marrón verdoso que brillan en el agua, donde los colores se mezclan igual que en el interior de las piedras preciosas; una piel tan antigua y tan nacida de la tierra como las viejas rocas que Molly encuentra en las profundidades del suelo del cementerio de Hollow Wood. Una larga cabeza y una gruesa mandíbula y filas de dientes cónicos manchados de sangre —dientes para morder lagartos, murciélagos, ratas, ualabíes y niñas sepultureras que se alejan demasiado de Darwin—. Luego un segundo par de ojos blancos lechosos emergen tras el cocodrilo líder y a continuación un tercero tras el segundo.

—¿Los ves? —pregunta Greta nerviosa—. Tenemos que dar la vuelta, Molly.

—Espera —dice Molly—. Son de agua dulce. Los cocodrilos de agua dulce no son como los de agua salada. No atacan como ellos. Los de agua dulces son más —busca la palabra correcta— dignos.

—¿De qué estás hablando? —responde Greta—. ¿Dignos? Me cago en la leche, larguémonos de aquí.

—Sam dice que habla con ellos —dice Molly.

El cocodrilo líder infla su cuerpo. Una señal de advertencia: vuelve por donde has venido.

—Es Longcoat Bob el que hace esto —dice Molly—. Envía estos cocodrilos para asustarnos. No quiere que vayamos más lejos.

—Mol, me parece que ya solo estás contando trolas, chica —dice Greta—. Demos la vuelta.

—No estoy contando trolas —dice Molly—. ¿No te has preguntado por qué todos esos búfalos nos embistieron así? Bob también los envió por nosotras.

—Algo los había asustado, y huían de lo que fuera —dice Greta—. Como entenderás, esa es la reacción natural, Molly, cuando te asusta algo como, oh, no sé, por ejemplo, ¡ver tres cocodrilos adultos acercándose por esta mierda de arroyo de la puta vela! Vámonos, Molly.

—No voy a darme la vuelta —responde Molly—. Eso es lo que quiere Longcoat Bob. Quiere que salgamos corriendo a la primera de cambio. Pues no. No cuentes conmigo para eso, Bob. Lo siento.

Los cocodrilos se acercan aún más nadando, serpenteando con sus esbeltos cuerpos sigilosamente en el agua. Molly agarra la pala Bert. Y entonces se dirige a los cocodrilos:

—Me llamo Molly Hook y ella es Greta Maze —dice.

Los tres cocodrilos se detienen en el agua, los ojos fijos en las criaturas humanas.

—Greta es una gran actriz que algún día triunfará en Hollywood. Yo solo soy una niña de Darwin que ha venido en busca de Longcoat Bob.

Molly espera una respuesta de los cocodrilos, pero no dicen nada.

—Los japoneses han destrozado Darwin con sus bombas. —Suspira hondo mientras piensa qué más decir—. Han hecho volar en pedazos a mi padre. Lo encontré encima de un árbol. La explosión debió de subirlo hasta allí.

Greta se acerca a Molly ahora. Pone una mano sobre el hombro de la niña.

—Mi padre era bueno. Tenía sus problemas, pero aun así me quería. Me quería.

Molly quiere llorar delante de los cocodrilos. Y tal vez eso es lo que la gente quiere decir cuando se habla de lágrimas de cocodrilo: las que derramas al hablarles a los cocodrilos de tu padre muerto. Llora, Molly, llora. Te dejarán pasar si lloras para ellos. Llora, Molly, llora. Pero no puede. Y levanta la cabeza para buscar el cielo, pero tan arriba del arroyo Candlelight no se ve el cielo.

—Quiero pedirle a Longcoat Bob que dejen de pasarme todas esas cosas malas —dice Molly—. Y, si vosotros, simplemente, pudierais quedaros aquí y dejarnos pasar, nosotras seguiríamos nuestro camino subiendo por el arroyo y os quedaríamos agradecidas por vuestro favor.

Molly espera una respuesta. Los cocodrilos siguen quietos y Molly asiente con seguridad. Se sujeta bien la correa del morral al hombro. Coge la pala con las dos manos como si fuera una lanza y echa a andar al borde del arroyo.

—Sígueme ahora —le susurra Molly a Greta en voz baja.

Greta ve a Molly caminar con inocencia, casi indiferente, mientras deja atrás los cocodrilos, y ella sigue rápidamente sus pasos.

Sus ojos no pueden evitar volverse hacia el trío de criaturas dentudas que permanecen en una quietud mortal mientras sus ojos —tres pares de ojos fríos, fantasmales y lechosos con pupilas oscuras que parecen ranuras para insertar monedas— siguen hasta el último movimiento del torpe recorrido de la actriz por las resbaladizas y viejas rocas que bordean el arroyo en el que viven.

Greta avanza tan rápido que por fin alcanza a Molly.

—Más deprisa —dice Greta—. Más deprisa.

*

Después de caminar durante cuarenta minutos, el arroyo se curva hacia la derecha y Greta distingue una mancha de luz gris al final del túnel.

—Vamos —dice—. Ya casi hemos llegado.

Apresura el paso por la orilla del arroyo con movimientos ahora más seguros. Greta lleva un vestido de satén veraniego color esmeralda que brilla cuando al fin encuentra la luz de un claro que se extiende desde el final del sofocante túnel hasta un vasto humedal de agua dulce cubierto de flores de loto, rosas y rojas, que se elevan sobre los rizomas sumergidos conectadas a unas hojas suaves, verdes y redondas tan anchas y planas que a Molly le parecen escalones circulares por los que podría atravesar los pantanos más profundos.

—¡Mira este lugar! —exclama Greta.

La actriz echa a correr y aspira hondo en sus pulmones el aire del pantano y levanta los brazos al sol. A su izquierda hay una poza con nenúfares tan brillantes que parecen sacados de sus más fabulosos sueños crepusculares, soles perfectos de oro que brotan del centro de cada flor morada. A su derecha hay un campo de copos de nieve del agua con sus llamativas flores que parecen plumas de avestruz y como si estuvieran hechas del coco rallado con que cubre sus *lamingtons* helados las tardes de ocio de domingo.

—¿Qué sitio es este? —exclama Greta dirigiéndose a Molly.

Y Molly responde a la actriz, entusiasmada:

—¡Es Australia!

Siguen caminando varios kilómetros, chapoteando con sus zapatos a través de la densa hierba verde que crece del agua y por algunos sitios le llega a Molly hasta las rodillas. Por lo menos, resulta refrescante. Greta se llena tres veces el cuenco de las manos y se rocía el rostro. En un pequeño crecimiento en círculo de hierbas de zacate, Molly se arrodilla con la batea de buscador de oro de su abuelo y limpia la dura tierra de cementerio que enmascara los misteriosos grabados de su maltratado fondo.

Greta permanece junto al hombro de Molly, bebiendo agua de su cantimplora. Molly estudia la batea. Es más pequeña de lo que recordaba. Pasa los dedos por las palabras que su abuelo escribió para él mismo y tal vez, solo tal vez, para su hija y para la hija de su hija.

Cuanto más resisto, más me acorto,
y el agua corre hasta el camino de plata.

El índice embarrado de Molly sigue la línea cuidadosamente trazada que serpentea por el reverso circular con desvíos a izquierda y derecha hasta llegar a un segundo grupo de palabras.

Al oeste, donde indica el hombre del tenedor amarillo,
y luego al este oscuro, donde sangra el bosque.

La línea es como una carretera, y los grupos de palabras, como áreas de descanso a lo largo de la misma.

—Esta batea fue un regalo que me hicieron cuando yo tenía siete años —dice Molly—. Mi madre decía que era un regalo del cielo. Decía que hay regalos que siempre están cayendo del cielo. Y este fue uno de los que cayeron solo para mí, Greta. Levanté la vista al cielo y cuando volví a mirar abajo mi madre había desaparecido en el bosque y ya nunca volví a verla. Entonces me di la vuelta y esta batea estaba a mis pies. Creo que ella quería que yo la tuviera, pero no sé para qué.

—Quizá quería que fueras a buscar ese oro para ti —dice Greta—. Quizá es tu herencia. Ella quiso darte algo antes de…

Greta no acaba esa frase.

—¿Antes de qué? —pregunta Molly.

—Antes de que tuviera que irse.

Molly araña la batea, vuelve a mojarla y la frota con los dedos.

—Creo que ella quería que encontrara a Longcoat Bob —dice Molly.

Vuelve a mojar la batea, y un tercer grupo de palabras se descubre bajo la luz de la tarde.

Ciudad de piedra entre la tierra y el cielo,
el lugar que está más allá de tu lugar de nacimiento.

Greta se arrodilla junto a Molly para mirar más de cerca.

—*El lugar que está más allá de tu lugar de nacimiento* —reflexiona Greta.

Se detiene allí un momento.

—¿Dónde nació tu abuelo?

—Nació en Halls Creek, en la frontera de Australia Occidental —dice Molly.

—¿Dónde naciste tú? —pregunta Greta.

—Creo que nací en el hospital de Darwin, como mi madre —dice Molly.

—¿Tienes alguna idea de qué quiere decir?

—Todavía no —responde Molly—. Aún no hemos profundizado lo bastante para averiguarlo.

Vuelve a mojar la batea, a frotar el reverso y a sostenerla a la luz una vez más. Su índice recorre más palabras recién reveladas y su misterio produce un escalofrío que recorre su espina dorsal de doce años.

Llévate todo lo que es tuyo, pero sé dueño de todo lo que llevas.
Adéntrate en tu corazón de piedra.

—¿Qué se supone que quiere decir eso? —pregunta Greta.

—Eso es lo que Longcoat Bob dijo que iba a hacer con la maldición —responde Molly—. Dijo que convertiría nuestros corazones verdaderos en piedra.

Molly piensa en la piedra del color de la sangre que lleva dentro de su morral.

—Pero ¿cómo te adentras en un corazón de piedra? —pregunta Greta.

—No lo sé —dice Molly—. Quizá solo lo sepamos cuando llegue el momento. Tenemos que seguir el camino. Vayamos paso a paso.

Recorre la línea del mapa con la uña.

—Cuando encontremos el camino de plata seguiremos esta línea que baja por aquí. Y buscaremos cosas. Creo que mi abuelo veía las cosas como yo las veo algunas veces. Quizá yo sea capaz de ver lo que él vio cuando vea esas mismas cosas.

Greta levanta las cejas y bebe otro trago de agua.

—¿Y qué ves ahora, Molly?

Los ojos de Molly siguen el delgado trecho de lo que ahora es el arroyo Candlelight, que serpentea por los humedales hacia lo que parecen ser, a dos o tres kilómetros de distancia, dos elevadas altiplanicies de arenisca roja separadas por un cañón profundo y formidable.

—*El agua corre hasta el camino de plata* —dice Molly—. Seguimos el agua hasta esa sierra. El camino de plata tiene que estar por ahí.

Entonces vuelve la cabeza hacia el sol.

—Pero será mejor que lleguemos antes de que oscurezca.

Y sigue mirando en la dirección del sol porque ve un resplandor de plata en el cielo bajo él. Se coloca la mano en lo alto de la frente y se esfuerza por ver mejor el resplandor plateado.

—Un avión —dice Molly.

Greta vuelve la cabeza hacia donde mira Molly. El avión plateado se acerca. Ya se oye su motor, el zumbido constante de su hélice delantera. Molly puede decir lo ligero y ágil que es el avión por el modo en que oscila y tiembla en los pozos de aire, pero por lo demás mantiene una trayectoria recta que la lleva a comprender que se dirige hacia ellas. Greta se queda aturdida con los ojos en el cielo mientras el avión vuela sobre su cabeza. Luego ve los círculos rojos. Los círculos rojos del sol naciente pintados en los extremos de las alas de reluciente metal del avión. Un caza japonés. Todo ese camino desde Japón, pasando por Pearl Harbor y el centro administrativo de Darwin. Todo ese cielo azul y el zumbido de avispón del caza metálico cortando el aire.

—Es un japonés —dice Greta—. Pero ¿por qué está aquí, tan lejos?

El caza pasa zumbando sobre la cabeza de Greta y gira a la izquierda y luego da media vuelta para volver por donde había venido, y Molly y Greta dan media vuelta a su vez en la hierba del humedal sin apartar los ojos del avión.

—¿Qué está haciendo? —pregunta Molly.

—No lo sé —dice Greta.

El caza vuela más bajo esta vez. Reduce a la mitad su velocidad y describe círculos alrededor de Greta y de Molly.

—¿Deberíamos huir de él? —pregunta Molly.

Greta examina el humedal. No hay árboles donde buscar refugio. Hay un montículo de termitas de color ocre más alto que ella, pero debe de estar por lo menos a cien metros de donde se encuentran en el humedal desprotegido.

—Ya estaríamos muertas si quisiera matarnos —dice.

Da otra vuelta siguiendo al caza en su órbita alrededor de la actriz rubia con su brillante vestido color esmeralda y de la niña sepulturera, que lleva el suyo de color azul cielo con el que espera bailar un día con el guapo Sam Greenway, el cazador de búfalos. El avión rodea a las chicas una vez más, y en esta ocasión se acerca tanto y vuela tan bajo que Greta ve el interior de la cabina del avión. El piloto le devuelve la mirada. Tira con fuerza hacia la izquierda de la palanca de control, pero sus ojos no se preocupan de la dirección; solo parecen atentos a la actriz que lleva las zapatillas empapadas de agua del humedal.

Greta alcanza a ver nítidamente al hombre ahora. Una mandíbula dura bajo unas gruesas gafas de aviador marrones. Un casco de aviador de cuero marrón con forro de piel y orejeras. Y entonces el motor parece pararse y el avión planea alrededor de ella, y no hay ruido; solo una máquina de vuelo de metal que flota en el aire y la maquinaria de su corazón que late acelerada bajo su pecho. El piloto no deja de mirar a Greta y ahora, para perplejidad de Molly, se sube las gafas a la frente y su rostro japonés parece desconcertado por la actriz. El silencioso avión a Molly le parece un pájaro, una grulla brolga en el bajo cielo con sus grandes alas negras desplegadas que planea sin esfuerzo a lomos de un viento invisible.

Luego el motor traquetea de vuelta a la vida y el avión gira rugiendo de nuevo en la dirección de la que vino, de nuevo hacia el sol, antes de completar otra vuelta, pero más alta ahora. Se eleva sobre Greta y Molly y ellas levantan los ojos para verlo volar hacia las dos grandes altiplanicies de arenisca roja.

Y Greta y Molly observan al avión volar en su inexplicable trayectoria hacia la roca roja, y sus pies comienzan a moverse de manera involuntaria, atraídos por la imagen de esa flecha de plata que se desplaza por el cielo. Pero se detienen cuando ven la nube blanca en forma de seta de un paracaídas con un piloto unido a ella que cae desde la cabina del caza. El avión sigue volando mientras el paracaídas desciende describiendo espirales hacia el humedal. Más allá del piloto en el paracaídas, el avión cae en picado describiendo un gran arco hacia las altiplanicies, y debe de ir a una velocidad de doscientas millas por hora cuando impacta contra un afloramiento escarpado de la roca roja y estalla en una momentánea bola de fuego. Molly mira hacia atrás para ver al piloto caer del cielo, y sus pies quieren moverse más rápido ahora. Sus pies tienen su propio instinto, y ella los sigue.

—¡Espera, Molly! —la llama Greta.

—¡Vamos, Greta! —dice Molly corriendo a toda velocidad por el humedal—. Quiere reunirse con nosotras.

—Es un japonés, Molly —dice Greta—. ¡Es nuestro enemigo, Molly! ¡Para!

—¡No es nuestro enemigo! —grita Molly tras ella—. Es nuestro regalo.

*

La espada corta de Yukio Miki sujeta a su cinturón. Sus botas de aviador de cuero marrón describen círculos en el aire mientras el paracaídas desciende formando espirales hacia el suelo. No ve nada allí abajo que lo ayude a un aterrizaje seguro. Solo hierba alta. Humedales. Lagunas de agua verde oscura y negra. Flores moradas. Flores rojas. Sus botas de cuero marrón giran, y gira el mundo con ellas.

Entonces choca violenta y rápidamente en una laguna, con tanta violencia y tan rápido que sus botas tocan el fondo pantanoso. Hay juncos y hierbas altas bajo la superficie con los que tiene que emplearse a patadas para salir. Traga agua y se abre camino, agitando los brazos y las piernas, hasta la superficie, donde evalúa el diámetro de la pequeña laguna en la que ha caído. Una de sus orillas no estará a más de ocho o nueve metros de él, e intenta chapotear hasta ella, pero la campana hinchada de su blanco paracaídas de seda se va hundiendo en el agua y empieza a volverse cada vez más pesada, y amenaza con arrastrarlo bajo la superficie. Su mano derecha encuentra la hebilla para liberar el paracaídas que lleva en la cintura, pero para abrirla debe interrumpir el furioso chapoteo a lo perrito con que mantiene la cabeza por encima del agua. Voluntariamente se sumerge y con las dos manos lucha con la hebilla, pero el enorme peso de la campana ya empapada tira de los dos conectores de metal y hace que se atasquen. Aunque lo intenta de nuevo, la hebilla no se libera y alcanza por un momento la hoja de la familia Miki que lleva en su cinturón, pero necesita más aire, así que vuelve a la superficie y ve el cielo azul del norte de Australia sobre él y busca el borde de la laguna, y entonces ve a la niña y a la mujer.

La niña lleva una pala y sonríe, y tiene el pelo castaño y lleva un vestido de color azul cielo y botas negras. Y luego la mujer aparece junto a ella, jadeando y tratando de recuperar el aliento. Ese cabello rubio que le cae sobre un lado de la cara. Su porte con ese vestido verde. Se fija en los moratones rosáceos y púrpura alrededor de uno de los ojos de la mujer rubia, y entonces esos ojos, esos perfectos ojos verdes, encuentran a Yukio Miki y llegan hasta él, muy dentro de él, y él se queda al instante petrificado por aquella mirada. Nunca ha visto a una mujer que mire así, y algo en ella hace que su cuerpo se transforme en plomo, en piedra, y ya no puede mover los brazos ni las piernas para mantenerse a flote porque ella lo ha petrificado con ese rostro suyo, y él se atraganta con el agua de los humedales mientras su cabeza, muda y en blanco, se hunde poco a poco bajo la superficie de nuevo. Y Yukio piensa por un momento lo extraño que es morir así y tener esa visión —esa mujer de ojos verdes— como la última cosa que sus ojos verán sobre la tierra. Pero algo en ello lo hace sentir mejor, lo hace sentir bien y preparado para Takamagahara. Todo ha merecido la pena. El entrenamiento. La disciplina. El castigo. Se marchará ahora satisfecho con esa última visión. Se hundirá en la Llanura del Alto Cielo y lo último que oirá será la voz de una niña australiana que le dice en inglés: «Nada. Nada».

Aún tiene los ojos abiertos mientras se hunde y la luz del sol irrumpe en el agua e ilumina los verdes esmeralda de la laguna del humedal, y él se da cuenta de que el agua es del mismo color que el vestido y los ojos de la mujer. Y el paracaídas hundido lo arrastra y la luz de la superficie se va haciendo más tenue conforme desciende. Se da cuenta de que se está bien allí abajo si no lucha contra el peso del paracaídas. Podría quedarse allí y encontrar la paz en ese verde esmeralda.

Pero entonces, a través del último rayo de sol, aparece un palo de madera, el mango de una pala. Y Yukio alcanza instintivamente ese salvavidas mientras su cuerpo se hunde, y al principio solo tres dedos de su mano izquierda logran agarrar el mango, pero eso es suficiente para atraerlo hacia él y conseguir alcanzarlo con cuatro o cinco dedos, y con esos cinco dedos logra subir a la luz del día, hacia el cielo. Y la pala sigue subiéndolo y, en cuanto alcanza la superficie, se encuentra con esa niña metida en el agua hasta el pecho, que tira con todas sus fuerzas, extendiendo la pala con su huesudo brazo izquierdo mientras, con las dos manos, agarra su brazo derecho tras ella la mujer rubia, que tira y jadea, tira y jadea desde la orilla herbosa.

Pronto Yukio está lo bastante cerca del borde del agua como para fijar una bota en el fondo de la laguna y empujar fuerte con sus piernas mientras aún arrastra el paracaídas atascado en la hebilla tras él. La niña trepa hasta la orilla y corre a buscar un morral de lona donde lleva un pequeño cuchillo de mondar envuelto en un viejo trapo de cocina. Corre a los hombros de Yukio y corta deprisa las correas del paracaídas mientras Yukio se inclina hacia delante en el borde del agua.

Liberado de las correas, el paracaídas se hunde en el agua y Yukio cae de bruces al suelo empapado. Levanta la cabeza para dar las gracias, pero ve que la niña del pelo castaño rizado se aleja cautelosamente de él con los ojos fijos en la cintura del piloto. No en la espada de la familia Miki que lleva sujeta al cinturón, sino en la pistola negra reglamentaria del Ejército japonés que hay junto a ella. La ha asustado el arma de fuego.

La mano de Yukio se dirige de modo instintivo a su cintura. Se desprenderá de la pistola y la cartuchera. Demostrará a la niña que no quiere hacerle daño. Pero en ese momento se encuentra la hoja de la pala a escasos centímetros de sus ojos.

—Ni se te ocurra tocar esa pistola —dice Greta sujetando la pala con las dos manos como si fuera un bate de críquet y preparada para golpear con ella la cabeza del piloto japonés como inmediata barrera defensiva.

Yukio se queda quieto y levanta los brazos con las palmas hacia el cielo.

—¿Qué estás haciendo tan al sur? —pregunta Greta.

Es una actuación teatral. El papel de hoy: el de alguien más duro y resistente de lo que Greta Baumgarten haya sido nunca. Única función. Ella sabe, en lo más profundo de sí, que se va a derrumbar y va a empezar a tartamudear nerviosamente en cualquier momento.

Yukio dice algunas palabras en japonés.

—¿Inglés? —pregunta Greta—. ¿Hablas inglés?

Yukio dice algo más en japonés.

Greta hace señas a Molly.

—Molly, trae aquí esa pistola.

Molly se acerca al piloto gateando. Desabotona la cartuchera lateral y saca la pistola con su culata de madera y su fino cañón negro.

—Ven aquí conmigo, Molly —dice Greta.

Molly se pone en pie de un salto y se coloca junto a la actriz.

—Ahora apúntale con eso a él, pero, ya sabes, no le dispares —dice Greta.

Molly inspira hondo y exhala.

—¿No crees que va a parecer un poco agresivo apuntarle con una pistola? —pregunta.

—Él y los suyos acaban de volar medio Darwin; creo que deberíamos parecer un poco agresivas —dice Greta—. Si se mueve, le disparas a las piernas.

—No estoy segura de poder hacer eso, Greta —responde Molly—. Apuntaré a sus piernas, pero probablemente acabe dándole en la cabeza o algo así, y yo no quiero matar a ningún ser humano ni aunque sus compañeros hayan volado la cafetería de la calle Bennett.

Desde el suelo, los ojos entrecerrados de Yukio miran al cielo mientras lentamente levanta las manos y señala entre Molly y Greta.

—*Hikoki* —dice en voz baja, señalando con el dedo hacia el crepúsculo. Hace el gesto de un avión surcando el cielo—. *Hikoki.*

Molly y Greta vuelven la cabeza, por instinto, hacia donde Yukio señala y no ven más que el cielo azul, y Molly se gira entonces justo a tiempo de encontrarse a Yukio tomándola silenciosamente de la muñeca y con una casi invisible zancadilla que, en el espacio de medio segundo, la hace aterrizar en el suelo sobre su espalda y desarmada.

Yukio ahora apunta con su pistola a Greta.

—¿Cómo has hecho eso? —pregunta Molly sorprendida y eufórica—. ¡Ha sido increíble!

Yukio señala a la pala que Greta tiene en las manos y luego señala con dos dedos hacia él mismo al tiempo que extiende la mano izquierda libre. Greta entrega la pala al piloto. Yukio se la pasa directamente a Molly.

—*Doko ni iku no* —dice, asintiendo.

Molly coge la pala. Recuerda que tiene que ser digna.

—Gracias —le dice al piloto caído.

—No tienes que emplear tus buenos modales con asesinos que matan a sangre fría, Molly —escupe Greta.

Yukio hace señas con la pistola a Molly para que retroceda y se coloque al lado de Greta.

Yukio está empapado en su uniforme de aviador. Las gafas en la frente le mantienen el casco forrado de piel chorreando en su lugar. Ni una sola arruga en su rostro. Pómulos altos y mejillas que habrían estado más llenas si comiera más. Un lunar marrón oscuro de gran tamaño en su mejilla derecha y dos más pequeños sobre su labio superior.

Señala a Greta y a Molly.

—*Doko ni iku no?* —pregunta bruscamente.

Las señala de nuevo. Luego hace el gesto de caminar con los dedos índice y corazón de la mano izquierda.

—Aus… tralianas.

De nuevo el gesto de caminar.

—¿A dónde vamos? —dice Molly cortésmente.

Yukio asiente. Molly asiente con entusiasmo. Levanta un dedo.

—¿Quieres venir con nosotras? —pregunta Molly en un tono más alto que si hablara con Greta.

Yukio asiente.

—Espera —dice—. Quiero enseñarte algo.

Corre hacia su morral, coge la batea de Tom Berry y se la entrega a Yukio, que queda confuso ante lo que la niña le muestra.

—Se utiliza para encontrar oro en los arroyos —dice Molly—. Mira por detrás. —Hace el gesto de girar con el dedo—. Dale la vuelta —añade, y se acerca al piloto mientras este le da la vuelta a la batea y estudia lo que hay grabado en su reverso—. Vamos a una gran misión —explica Molly. Pasa el dedo por encima de las palabras.

Yukio vuelve a mirar a Greta sin dejar de apuntarla con el arma. Molly sigue ajena a cualquier posible tensión en el momento.

—Esto son indicaciones y pistas para encontrar un tesoro enterrado —dice con los ojos muy abiertos—. Un montón de oro en la tierra. —Junta las palmas de las manos como si llevara una gigantesca pepita de oro—. ¡Oro! —dice. Señala a Greta—. Greta quiere encontrar ese oro porque está convencida de que no puede hacerle ningún daño quedarse con él y ella no cree en las maldiciones —dice Molly hablando demasiado rápido porque está nerviosa, porque va en busca de Longcoat Bob. Porque es libre—. No son más que abracadabras, dice ella. —Molly sonríe.

Confusión en el rostro de Yukio.

—¿Abraca… dabras? —dice él haciendo todo lo que puede por repetir las sílabas adecuadamente.

El piloto se vuelve a Greta, que desvía la mirada.

—A mí no me importa el oro —continúa Molly—. Solo quiero encontrar a Longcoat Bob. Es el tipo que lanzó una maldición sobre mi familia porque el oro enterrado era suyo y mi abuelo se lo robó. Pero luego mi abuelo devolvió el oro porque empezaron a sucederle todas esas cosas terribles a él y a los miembros de su familia, pero ni siquiera después de devolver el oro Longcoat Bob deshizo la maldición contra mi abuelo Tom, y todas esas cosas terribles siguieron sucediendo.

Molly va comprendiendo cosas ella misma a medida que desarrolla su explicación.

—Y ahora…, y ahora… esas cosas terribles están sucediéndome a mí.

Yukio se esfuerza por encontrar algún sentido a las palabras de Molly.

—¿Maldición? —dice repitiendo la palabra extranjera que suena vagamente familiar a sus oídos.

—Sí, maldición —dice Molly.

Yukio hace un gesto de andar con los dedos.

—¿Vosotras? —pregunta.

—Nos dirigimos a la sierra —dice Molly señalando a las dos altiplanicies de arenisca roja a lo lejos—. Vamos a encontrar el camino de plata, y luego daremos con Longcoat Bob.

—Bob —dice Yukio.

—Sí, Bob —dice Molly.

Yukio mueve la pistola hacia la sierra de arenisca.

—*Aruku* —dice. Mueve la pistola de nuevo.

—Lo siento, no hablo japonés —dice Molly.

Otro gesto de caminar con los dedos.

—*Aruku*.

—¿Andar? —adivina Molly.

—Andar —repite Yukio.

Molly se vuelve hacia Greta.

—Quiere que andemos —dice contenta.

Greta mueve la cabeza.

Molly se echa el morral al hombro.

—¿Tú vienes con nosotras? —pregunta a Yukio radiante y optimista.

—*Aruku* —dice Yukio impasible.

Molly echa a andar por el humedal donde la hierba le llega hasta los muslos.

—Creo que viene con nosotras —le dice a Greta, que corre para alcanzarla.

Yukio sigue apuntando a las dos tras Greta.

—¿Has perdido la cabeza? —le susurra la actriz.

—¿Por qué lo dices? —responde Molly inocentemente.

—No viene con nosotras, Molly. ¿Tú crees que se ha lanzado en paracaídas de su avión de combate hasta aquí para dar un bonito paseo con nosotras?

Molly mira por encima de su hombro para ver a Yukio chapoteando entre la hierba y sosteniendo la pistola firmemente en el puño. Molly le dirige una sonrisa cálida y se vuelve a Greta.

—Va a ayudarnos, Greta —dice más segura de lo que lo ha estado nunca acerca de algo.

—Molly, despierta —dice Greta—. Va a llevarnos al pie de esa sierra para pegarte un tiro entre los ojos y violarme, y suerte tendrás de que no sea al revés.

—¿Crees que es de los malos? —susurra Molly.

—No importa lo que sea —dice Greta—. Ese ejército ha venido aquí a matarnos, Molly. Vienen a por nosotros y el tipo de odio que traen es una maldición que nadie puede deshacer. Prepárate para pasarme esa pala cuando te dé la señal.

—Vale —dice Molly.

Yukio observa cómo caminan trabajosamente la mujer del pelo rubio y la niña del pelo castaño por el humedal empapado.

—Greta —susurra Molly.

—Sí —responde Greta en otro susurro.

—¿Cuál va a ser la señal? —pregunta Molly.

—No importa, Molly; sabrás cuál es cuando la veas.

Yukio ve a la niña levantar el puño derecho y extender el pulgar.

—¿Qué tal un pulgar arriba? —sugiere Molly.

—Estaba pensando en algo más sutil —dice Greta—. Con un movimiento de cabeza bastará. Lo sabrás cuando lo veas. Sigue andando.

Recorren aproximadamente otros treinta metros a campo abierto.

—Greta —susurra Molly.

—Sí, Molly.

—Él no habla inglés.

—¿Y? —responde Greta.

—Quizá la señal pueda ser una clave secreta que él no entienda —dice Molly.

—¿Como cuál? —pregunta Greta.

—Gordo barramundi —dice Molly con gran confianza.

—¿Gordo barramundi? —repite Greta, dudosa—. ¿Por qué gordo barramundi?

—Justo estaba pensando en lo mucho que me gustaría un poco de pescado frito para cenar.

Greta asiente.

—Gordo barramundi —dice Molly—. Es imposible que este piloto novato japonés haya comido nunca un gordo barramundi —añade.

—Está bien, Molly —dice Greta—. La señal será una contraseña secreta y la contraseña secreta será «gordo barramundi».

Molly asiente.

Greta sigue caminando frustrada por las circunstancias, por la altura de la hierba que le araña las piernas, por la humedad de los pantanos, por el soldado japonés que camina tras ella con una pistola. Molly camina por la hierba con energía, interiormente emocionada por el inesperado intermediario en su búsqueda.

—¿Greta? —susurra Molly.

—Sí, Molly.

—¿Sería «Mangrove Jack» mejor como contraseña secreta?

*

Vistos desde el cielo de un rojo anaranjado y cada vez más y más de cerca, son tres vagabundos que cruzan un brillante humedal interrumpido por ríos sinuosos y anchos cauces de agua dulce salpicados de pozas bordeadas de nenúfares.

El sol bajo y meloso. El hombre con el uniforme militar japonés cierra el grupo, deteniéndose de tanto en tanto a respirar hondo en el humedal para contemplar la visión de toda esa vida verde silvestre. Al borde de una poza de agua cristalina se detiene un momento a oler la flor de la espinaca del agua, el kangkong, con sus brotes de color blanco y rosa en forma de trompetas. El embriagador aroma y la intensidad del color rosa que se hace más profundo y oscuro dentro de la ancha garganta de la flor. Lo hacen reír.

—¿De qué se ríe? —pregunta Molly.

—Está loco —dice Greta.

Yukio describe un círculo con los pies, contemplando el escenario. Levanta las palmas de las manos al cielo, sonriendo. Se pregunta por un momento si ese mismo humedal es Takamagahara, la Llanura del Alto Cielo, y si llegó a ella en el momento en que dejó a sus hermanos de guerra cuando volaban sobre Darwin. Una parte de él sin duda murió allí, en aquella ciudad devastada por las bombas, y quizá esa fue la parte de él que franqueó prematuramente las puertas de la vida ultraterrena y esta es la utopía sofocante, primordial y cubierta de enredaderas donde lo espera Nara.

Takamagahara, la Llanura del Alto Cielo.

—Tal vez sea la guerra —dice Molly.

—¿Qué quieres decir? —pregunta Greta.

—Se mete en sus cabezas —dice Molly—. Una vez vi a Bluey Scofield interpretando eso en el Vic. Deliraba como si viera cosas en el Somme y luego sonreía a una paloma que pasaba como si fuera una especie de ángel del cielo.

En la llanura, una *troupe* de siete grullas bailarinas ejecuta una especie de *ballet* sobre la hierba, y su deseo de moverse, su necesidad de compartir su extraña belleza así, deja boquiabierto a Yukio. Y ríe de nuevo.

—*Migoto!* —exclama en su honor.

Aplaude. Una ovación.

Una pareja de avefrías con antifaz vuela sobre su cabeza, y él casi se cae de espaldas tratando de mantener su perspectiva del cielo y de las extrañas carúnculas de intenso amarillo que cubren sus rostros como si fueran cascos de piloto con orejeras demasiado grandes que colgaran del pico en forma de lanza. Y ríe.

—*Migotoooo!*

Más adelante, Yukio repara en una rana de agua con las patas pegadas a un nenúfar, y mete un pie en el estanque pantanoso para inspeccionar sus ojos amarillos.

—*Migoto* —susurra.

La piel verde y marrón de la rana recuerda a una hoja perfecta que envolviera su cuerpo como un traje a medida. Luego la rana salta hasta un nenúfar cercano, y el piloto caído del cielo asiente con gesto de gratitud y aplaude.

Después, junto a un cauce de agua dulce, más cerca de las altiplanicies de arenisca, se detiene a admirar una pitón de agua que se mueve velozmente por el suelo lleno de hojas, buscando un lugar seguro, hacia una pared de roca que atraviesa una hilera de eucaliptos. La serpiente mide tres metros de longitud y su lomo es negro y marrón como las piedras que Yukio sigue recogiendo y llevando en las manos, pero su vientre, en cambio, es del color del pleno sol. A Yukio le parece como si alguien hubiera pintado de ese color a la serpiente —con una pintura al óleo de un intenso amarillo que aún no se hubiera secado—, pero la tozuda serpiente no deja zigzagueantes huellas amarillas de camino a su refugio.

El piloto japonés está tan hipnotizado por la serpiente que Greta, que se encuentra a la distancia de un brazo del distraído extranjero y se ha fijado en que el piloto ha bajado la pistola hasta su muslo derecho, ve una oportunidad.

—¡Gordo barramundi! —dice.

Pero Molly no escucha la comunicación secreta porque está junto a Yukio Miki con los ojos clavados en el suelo de hojarasca, tan absorta como él en el reptil. Sonríe a Yukio.

—¡Gordo barramundi! —dice Greta más alto esta vez, y Molly al fin la oye.

Pero entonces vuelve los ojos a Greta y discretamente mueve la cabeza. No.

Levanta los ojos hacia Yukio sonriendo.

—*Migoto* —dice ella asintiendo con un gesto de complicidad—. Muy… Muy… *migoto*.

Y Yukio sonríe, y Molly se fija por primera vez en la luz de los ojos del piloto, en la calidez de su sonrisa, en su inocencia.

Es una luz de plata, se dice. Una luz de plata para el camino de plata, si es que no para el de la pantalla de plata.

Greta mueve la cabeza y sigue andando por el humedal.

*

Amplios espacios entre ellos mientras caminan en fila. Greta delante, Molly en el medio, Yukio al final, con los ojos en la mujer del vestido color esmeralda. Él no sabe a dónde se dirige la mujer, y se pregunta si acaso ella tampoco lo sabe. La niña del pelo castaño parece caminar como por instinto, como si algo muy dentro de ella impulsara sus delgados huesos hacia delante. Sus explicaciones no tienen sentido, ni siquiera cuando señala la batea de cobre que lleva en su morral y parece tan decidida a expresar el profundo significado de las palabras que hay grabadas en su reverso.

Los pies de la niña se mueven más rápido ahora que el trío se aproxima al borde de la abrupta sierra, que se extiende por el borde del humedal como si fuera una fortaleza de dioses griegos.

—¡Llegamos a la sierra! —grita Molly.

El terreno deja de ser una pradera cenagosa para transformarse en una serie de pendientes de roca bordeadas de árboles con forma de gigantescas ballenas que llevan a una de las imponentes escarpaduras de arenisca. Los salientes rocosos son resbaladizos en la subida, y Yukio pierde el equilibrio varias veces y tiene que agarrarse a las matas de hierba que sobresalen de las viejas rocas. El agua y el viento han excavado grandes cuencos en la piedra. Cosas extrañas y perturbadoras en la tierra que Yukio nunca ha visto. Dentro de esos huecos perfectamente lisos y circulares hay viejos huesos de animales y carbón de hogueras hace mucho abandonadas.

Molly ve pájaros en los altos árboles que crecen a la sombra de la altiplanicie. Un martín pescador de lomo rojo. Melifágidos de rostro azul. Se detiene y hace un gesto para que Yukio se acerque llevándose un dedo a los labios. «Ssshhhh». Se arrodilla en silencio y Yukio se arrodilla con ella y sigue el dedo de la niña, que señala a una higuera de roca que crece en una profunda grieta. Entrecierra los ojos y encuentra el objeto que ha causado la fascinación de Molly: un pinzón carmesí completamente inmóvil, tan brillante, tan frágil y tan rojo que podría estar hecho de rubí. Y Yukio oye a la niña hablar en su lengua, y enseguida se da cuenta de que no está hablando con él, sino con el pájaro.

—Hola, señor Pinzón —dice—. ¿Ha visto a Longcoat Bob por aquí?

Yukio sonríe. De nuevo ese nombre. Bob. Tan fácil de decir.

—Bob —dice, asintiendo.

Molly asiente también.

—Bob —confirma.

Y Yukio y Molly observan al pinzón de intenso color carmesí al alzar el vuelo desde la higuera de roca para dirigirse a lo hondo del cañón que se extiende ante ellos, entre las dos grandiosas altiplanicies de arenisca separadas por la corriente de agua dulce que Molly relaciona en su cabeza con los cauces del humedal y, más atrás, mucho más atrás, con los tres reyes cocodrilos del arroyo de la vela.

—Por aquí —dice.

*

Molly canta. «Pennies From Heaven». Canta fuerte porque quiere oír el eco de su voz al trepar por las paredes del cañón, que tienen tres veces la altura del edificio del Banco de Nueva Gales del Sur de la calle Smith de la ciudad ya tan alejada.

Yukio hace un cuenco con sus manos para beber agua de la delgada corriente que serpentea por el cañón. Molly y Greta recogen ramas secas para hacer una hoguera que quieren tener encendida antes de que caiga la noche.

—Bing Crosby —explica Molly a Yukio, pese a su falta de comprensión—. Dottie Drake pone a Bing todo el día en su salón de belleza. A mí siempre me ha gustado «Pennies From Heaven». Es una canción que habla de los regalos del cielo. Bing dice que las nubes están llenas de monedas que caen del cielo cuando llueve. Por eso no hay que tener miedo de las tormentas, pues las tormentas son lo que agita las monedas de las nubes, y en realidad lo que habría que hacer es salir con nuestro paraguas del revés. —Molly tiene un pensamiento que la hace detenerse—. ¿Crees que el salón de belleza seguirá allí, Greta? Espero que Dottie se fuera antes de que cayeran las bombas.

Greta mantiene la cabeza gacha buscando en un saliente de roca leños más gruesos. Se acerca a Molly.

—¿Crees que habrá quedado algo en la ciudad? —pregunta Molly—. ¿Crees que alguien ha…?

—Molly, calla por un segundo y escúchame —susurra Greta—. Cuando encendamos el fuego, le das a ese tío una buena lata de carne de las que llevas en el morral. Hacemos que se sienta bien, y cómodo, y en cuanto se quede dormido cogemos esa pistola y salimos pitando.

—No creo que vaya a hacernos daño, Greta —dice Molly—. Es de los buenos. Lo veo en él. —Molly mira sobre su hombro al arroyo, donde Yukio está observando al agua ausente y sumido en sus pensamientos—. Está triste; eso es todo —dice Molly—. Creo que quiere ayudarnos.

—Está ido, en el mejor de los casos, y en el peor es mejor no pensar —dice Greta—. Lo único que tienes que hacer es quedarte despierta y esperar a mi señal.

—¿Gordo barramundi?

—No, Molly, la señal no va a ser el maldito barramundi. Será que yo te agarraré del brazo y te arrastraré lejos de este piloto novato japonés raro como él solo. ¿Entendido?

Molly asiente.

—Tú asegúrate de no dormirte —dice Greta—. ¿Vale?

—Vale —dice Molly.

Estrellas que brillan en un cielo nocturno enmarcado por las paredes del cañón. La luz de plata de mil agujeros de alfiler en una manta de negrura. Una rana que croa desde algún lugar húmedo. Cigarras en los fantasmagóricos árboles del caucho, del tipo que llaman el doble tamborilero del norte, creando su gigantesca muralla de sonido. Un fuego que crepita sobre una roca plana junto al arroyo del cañón, y a un lado del fuego Greta Maze, sentada con las rodillas en el pecho, que mira a través del fuego al piloto japonés sentado al otro lado mientras se come a cucharadas la salada carne húmeda de una lata toscamente abierta. Y la banda sonora de toda esa escena de cielo nocturno envuelto en estrellas son los incesantes ronquidos de Molly Hook, que hace rebotar en las paredes del cañón el odioso sonido de su nariz y su garganta.

Greta observa a la niña que ronca y pone los ojos en blanco. Molly tardó solo treinta minutos junto al fuego en morir para el mundo, y ahora duerme profunda y ruidosamente, tumbada de costado en la roca plana con las rodillas en el pecho para darse calor y los brazos alrededor de las espinillas. Hace cada vez más frío en el fondo del cañón.

Greta se vuelve hacia el piloto. Aún tiene la cara manchada de la pastosa carne en lata y se chupa los dedos. Ya no lleva casco ni gafas. Tiene el pelo negro y cortado a lo militar. La pistola descansa sobre la roca plana junto a su rodilla derecha.

Yukio se da cuenta de que Greta lo está mirando. Deja de comer. Le ofrece la lata de carne abierta.

—¿Tú?

Greta mueve la cabeza y aparta la vista, y hay repulsión en ese gesto.

Yukio se vuelve hacia Molly. La niña del pelo castaño a la que le gusta hablar por fin se ha quedado sin palabras, pero sigue haciendo ruido incluso dormida. Yukio sonríe. Ve que tiembla dormida. Deja la lata de carne casi vacía a su lado, se levanta y se dirige silenciosamente hacia ella.

—¿Qué estás haciendo? —pregunta Greta de forma protectora—. Aléjate de ella.

Yukio no se detiene. Se desabotona la chaqueta de aviador. Es de color herrumbre, y está hecha de una mezcla de seda y algodón gruesa y pesada. Un crisantemo azul cosido a la manga de la chaqueta, el símbolo sagrado del aviador naval japonés. Ahora solo lleva una camiseta blanca embutida en un grueso cinturón marrón militar y pantalones. La camiseta se ciñe a su cuerpo y su cuerpo es todo huesos y músculo. Un puro cuerpo militar: esbelto, en forma y útil. Se arrodilla y, con suavidad, echa la chaqueta de aviador sobre la niña sepulturera. Luego vuelve a su lugar junto al fuego y coge su casco de cuero blando —forrado de piel y aislante— para llevárselo a Molly, y cuidadosamente le levanta un momento la cabeza de la losa de dura arenisca y se lo pone con suavidad en la cabeza. Molly emite un fuerte ronquido y se da la vuelta hacia el otro lado; instintivamente se envuelve en la chaqueta y se acurruca dentro del casco del aviador.

Yukio asiente. Muestra media sonrisa al volverse hacia Greta.

—*I musume* —dice.

Greta lo mira asombrada.

Él baja la vista hacia Molly. La niña del pelo castaño tiene buen corazón. La señala.

—*I musume* —repite dándose golpecitos en el corazón.

Greta asiente con una vaga sensación de haber comprendido.

Yukio asiente.

Se sienta junto al fuego frente a Greta y se calienta las manos. Un largo silencio entre el hombre y la mujer, sin otro sonido que el de las cigarras y el crepitar de los troncos de eucalipto que arden en la fogata.

Yukio se da un golpecito en el pecho.

—Yukio —dice, y vuelve a repetir el gesto—. Yukio.

Greta asiente. Se lleva de mala gana el índice al pecho.

—Greta —dice.

Yukio repite el nombre:

—Greta.

Asiente y se da otro golpecito en el pecho.

—Yukio Miki —dice.

Greta suspira con resignación. Asiente y se golpea el pecho.

—Greta Maze —dice.

—Greta… Maze —repite Yukio.

Se golpea el pecho de nuevo.

—Yukio Miki… *kara…* Sakai… Japón.

Greta asiente.

—Greta Maze… Sídney… Australia.

Yukio asiente, sonriendo.

—*Sid… inny* —dice.

Greta asiente. Desliza la espalda para acercarse más al fuego, se tumba de lado y descansa la mejilla sobre las manos. Aún siente el moratón alrededor del ojo, pero el dolor de cabeza está mejorando. Se queda mirando el fuego, y el fuego proyecta la película parpadeante de su vida y le muestra cómo salió de Sídney en un tren cuando era una muchacha con una bolsa de ropa, y cómo luego el tren de su vida descarriló para dejarla varada en los brazos de Aubrey Hook, y esos brazos de Aubrey Hook le están dando palizas ahora. Puños contra los huesos de su cabeza. Y ella cierra los ojos para dormir porque el sueño es lo único que detendrá esos puños. Pero cuando cierra los ojos ve algo peor. Una blanca habitación estéril de hospital y un bebé en sus brazos que llora.

—Ssshhhhh —susurra Greta—. Sssssshhhh.

Pero el llanto del bebé solo se hace más fuerte. Y Greta llora ahora también. La Greta Baumgarten de su mente y la Greta Maze tumbada sobre un frío y duro lecho de arenisca. Las dos mujeres lloran.

—*Tori no hoshi* —dice Yukio en voz baja en el aire de la noche.

Greta abre los ojos y ve a Yukio señalando con el brazo derecho al cielo de la noche.

—*Tori no hoshi* —dice. Y sonríe.

La historia de la estrella pájaro. La historia de la estrella más brillante que ve resplandeciendo allí arriba, más allá de las paredes del cañón. Esa es una buena historia para contar junto a un fuego como este. La historia de la estrella chotacabras. El feo chotacabras que se sentía feo por dentro porque todos los demás pájaros del bosque decían que era feo por fuera. Decían que sus plumas no tenían más color que el marrón rojizo de la tierra y de la arcilla. El pinzón carmesí que vio hoy. Ese pájaro recordó a Yukio el chotacabras. Las otras aves decían que el pico del chotacabras era plano e inútil, y señalaban su boca tan ancha que se extendía de una oreja a la otra. Y el chotacabras se entristecía tanto por su fealdad que decidió marcharse del bosque, pero después de marcharse seguía estando triste y pensaba que lo único que podía acabar con su tristeza era dejar la tierra, y entonces echaba a volar hacia el cielo azul y llegaba tan alto que su pico chocaba con el sol. Y el chotacabras le contaba al sol que había decidido morir. Y entonces le preguntaba:

—Sol, ¿querrás llevarme contigo cuando te pongas esta noche? Seré feliz muriendo en tu fuego. Y mi feo cuerpo dará su único resplandor de luz mientras ardo, y esa luz será hermosa.

—No, no puedo llevarte conmigo —dijo el sol—. Yo pertenezco al día, amigo, y tú a la noche. Tienes que seguir volando, chotacabras. Vuela hacia las estrellas, que pertenecen a la noche, como tú.

Y el pájaro siguió volando, agitando sus cansadas alas arriba, arriba, arriba, hacia el cielo de la noche, hasta que se encontró con tres jóvenes estrellas nocturnas que estaban hablando entre ellas.

—Perdonadme —dijo el pájaro—. Me preguntaba si podríais llevarme con vosotras cuando os marchéis antes del amanecer.

Pero las tres jóvenes estrellas se rieron del pájaro y dijeron que nunca darían la bienvenida a una criatura tan fea y sin color en su cielo de estrellas. El chotacabras lloró, pero siguió volando más alto hacia el cielo de la noche, tan alto que pronto se elevó sobre todas las estrellas.

El chotacabras miró ahora a las estrellas desde arriba, en lugar de contemplarlas desde abajo, y se sintió orgulloso de haber llegado tan alto, sin duda más alto de lo que ningún otro pájaro del bosque había volado jamás. Pero entonces las alas del chotacabras dejaron de moverse porque el viaje del bosque a las estrellas lo había dejado exhausto, sus ojos se cerraron, y el pájaro se quedó dormido cuando sus cansadas alas se agitaron por última vez. El pájaro murió en ese momento, pero no cayó del cielo, porque entonces renació. Transformado.

Aquella noche, de nuevo en la tierra, en lo profundo del bosque, las hermosas aves que se habían reído y burlado del feo chotacabras quedaron asombradas al ver una nueva estrella en el cielo nocturno. Era más alta y más brillante que todas las demás estrellas, y en su interior destellaban todos los colores del espectro. Era lo más hermoso que las aves del bosque habían visto jamás.

—*Tori no hoshi* —dice Yukio mirando al cielo de la noche.

—¿Las estrellas?

—*Tori no hoshi* —dice el piloto, asintiendo.

Greta observa al piloto tumbado de espaldas con los ojos fijos en las estrellas del cielo de la noche. Los agujeritos de luz van perdiendo la guerra entre la masa de estrellas y la oscuridad, pero las estrellas no abandonarán la batalla.

—Las estrellas —susurra Yukio. Y sus pesados párpados se cierran hacia la oscuridad.

*

Molly se despierta con una mano en la cara.

—Sssshhhh —susurra Greta.

La actriz permanece en silencio con un dedo índice delante de los labios.

Molly se frota los ojos. Ascuas en el fuego moribundo. Ve que el morral cuelga del hombro de Greta.

Molly se pone de pie sin hacer ruido. Greta da unos ligeros pasos con sus zapatillas por la roca plana sobre la que Yukio duerme de lado, cerca del borde del fuego, con los brazos cruzados sobre el pecho abrazando su cuerpo con fuerza. La pistola descansa a su espalda sobre la roca. Su espada familiar descansa al lado de la pistola.

Entonces el piloto cambia de postura, se vuelve bruscamente hacia el otro lado, hacia la pistola, y su cabeza se agita en sueños con movimientos rápidos.

Greta se queda quieta, observándolo.

Molly no se mueve.

—Ssshhh —susurra Greta de nuevo con los ojos fijos en el piloto, que parece luchar con los sueños dentro de su cabeza.

Entonces un agudo y doloroso gemido brota de sus labios y parece herirlo. Se estremece en su sueño. Tiembla en su sueño. Luego se vuelve hacia el fuego y gime otra vez, y el sonido parece venir de lo más hondo de sus entrañas llenas de carne enlatada. Es un ruido sordo, un sonido de dolor, el eco de mil penas, y hace que Molly se acerque al piloto. Ve que todo su cuerpo tiembla ahora.

—¿Qué le pasa? —susurra Molly.

—Ssshhh —responde Greta secamente al tiempo que en silencio se inclina sobre el cuerpo de Yukio para coger la pistola.

Hace un gesto con la cabeza hacia el oscuro valle que discurre bajo el cañón y en lo más profundo de la negra espesura.

—Vamos… —susurra Greta.

—No podemos dejarlo en el bosque así sin más —dice Molly.

—¡Ssshhh! —vuelve a responder Greta.

Greta aprieta los dientes, mueve la cabeza furiosamente hacia la niña sepulturera y luego se pasa un dedo por delante del cuello que se transforma en un puño y un pulgar levantado que señala al cañón. En silencio gesticula con la boca su última palabra. ¡Ahora!

Molly se vuelve hacia Yukio. Está sudando. Se está librando una guerra dentro de él, y Molly sabe que el extraño piloto de rostro amable está perdiendo esa guerra igual que Darwin la pierde al norte, junto al mar. Molly ha visto temblar así a su padre. Un temblor profundo. Involuntario. Ella sabía, al ver ese temblor, que a su padre lo aquejaba algo por dentro que no podía aliviarse desde fuera. Todo cuanto podía hacer era pasarle la mano por la frente y susurrarle a su padre: «Sssshhhh, papá, ssssshhhh. No pasa nada, papá». Lo que quería decir que ella solo tenía diez, once o doce años, pero todo iría bien mientras se tuvieran el uno al otro. Entonces ve a su padre en su mente, sin pierna y destrozado por las bombas, y clavado en la horquilla de un árbol. Cierra los ojos, y cuando vuelve a abrirlos se quita la chaqueta de aviador y la coloca sobre Yukio.

—Ssshhhh —le susurra al oído, y el sonido parece calmar al piloto.

Así que vuelve a susurrar:

—Ssshhhh. No pasa nada, no pasa nada.

*

Aún lleva el casco de piloto cuando se da la vuelta y sigue a Greta hacia la oscuridad del bosque que aguarda más allá del cañón, y aún lo lleva cuando atraviesan con dificultad y a ciegas una densa invasión de espinosos mezquites cuyas ramas parecen ir en busca de Molly para desgarrarle la piel expuesta.

La tierra se rebela, se dice. Se rebela contra sus agresores, se dice. Sam lo sabía. Molly lo sabía. La tierra en rebelión. Búfalos embistiendo coches. Cocodrilos acechando a las niñas en los arroyos. Ramas de árboles que intentan estrangularla en la oscuridad.

Aún lleva el casco del piloto cuando se da de bruces contra una telaraña circular de seda dorada. Está hecha de seda de un color amarillo dorado y su milagrosa arquitectura es tan inmensa que ocupa todo el sendero que siguen a través de la espesura de enredaderas monzónicas iluminadas por la luna. La niña siente que la artífice de la telaraña, una araña hembra con un cuerpo de siete centímetros, aterriza por detrás del casco de cuero del piloto, y Molly se inclina hacia delante a sabiendas de que hace mal allí, a sabiendas de que la araña de orbe dorado se ha pasado horas en la oscuridad del bosque construyendo su inmensa trampa para insectos para que ahora la destroce en un momento la desconsiderada cabeza de una niña sepulturera de Darwin.

Suavemente se lleva la mano por detrás de la cabeza y se quita la araña del casco como si la barriese.

211

—Lo siento —dice tanto por la araña como por el piloto japonés, al que han dejado atrás en el cañón.

El extranjero en la tierra más extranjera a la que hubiera podido caer desde el cielo. Si la tierra puede rebelarse, se dice, entonces el cielo también. Un regalo del cielo que se rechaza. Un regalo del cielo que se deja atrás. Un regalo del cielo que se deja abandonado en un cañón.

—No teníamos que haberlo dejado allí —dice Molly.

Greta lleva la pala Bert en las manos y la agita en la oscuridad por delante de ella para apartar ramas y enredaderas.

—Ha estado lanzando bombas sobre gente por el mundo —dice Greta—. Deja de malgastar tus pensamientos con los malnacidos que acaban de mandar tu casa a Adelaida haciéndola volar por los aires.

—El cielo quería que nos encontráramos con él —dice Molly.

—Ah, ¿sí? —responde Greta. Se detiene y se vuelve hacia Molly, alterada y cansada—. Entonces, supongo que el cielo también quería que tu padre volara en pedazos.

Molly se detiene ahora también. Se pregunta quién ha querido que le sucediera eso a su padre. Su padre Horace, tanto el Horace bueno como el malo, destrozado en el patio y acomodado en la horquilla de un árbol. La sangre goteando del muslo en el lugar donde debía estar el resto de su pierna. ¿Quién pidió eso? Ella había pedido otro regalo del cielo. Y entonces del cielo llovieron bombas japonesas. ¿Quién pidió eso?

*

Se abren camino por un sendero impreciso a través de un borde de fresnos rojos que se encuentra con una pendiente rocosa donde se alza un pantano solitario cuyos frutos, de un rojo brillante en forma de cuña, recuerdan el tipo de joyas que Aubrey y Horace Hook solían robarles a los muertos del cementerio del Hollow Wood. Cuando su camino improvisado las lleva más arriba por cumbres de arenisca, la luna proyecta suficiente luz como para que la actriz y la niña sepulturera vean la tierra que se extiende ante ellas. Luego siguen un sendero más claro a través de árboles y barrancos y afloramientos rocosos. Quizá Sam Greenway haya recorrido este camino alguna vez, se dice Molly. Su pueblo lleva milenios recorriendo este sendero igual que los ualabíes de las rocas con sus cortas orejas, y las ratas de pies negros de los árboles, y los equidnas de pico corto, y los bilbíes dorados. Y ahora la niña sepulturera y la actriz.

La luna es de plata y las estrellas que la rodean se ensamblan cuidadosamente en distintas formas para Molly. Una flecha. Un elefante. Un escudo de guerrero. Una tumba.

Su madre, Violet, le hizo prometer que haría que su vida fuera hermosa, importante y poética, y ella le prometió a su madre que escribiría su propio epitafio y que viviría una vida de la que se pudiera escribir con facilidad en una losa de piedra caliza.

Ahora el cielo de la noche le susurra:

—¿Qué diría, Molly? Y sé sincera. Yo no soy como ese estúpido del cielo del día. Yo sabré si estás mintiendo.

—Sé exactamente lo que dirá —susurra Molly.

AQUÍ YACE LA VALEROSA HUÉRFANA MOLLY HOOK, QUE PERDIÓ A SU MADRE Y A SU PADRE ANTES DE CUMPLIR LOS 13 AÑOS Y SE INTERNÓ EN EL PAÍS PROFUNDO DEL NORTE DE AUSTRALIA EN BUSCA DE UN HECHICERO LLAMADO LONGCOAT BOB, PERO LO QUE EN REALIDAD BUSCABA ERAN RESPUESTAS A PREGUNTAS QUE POR SÍ SOLA NO HABÍA CONSEGUIDO RESPONDER. EN UN PENOSO ACTO DE VENGANZA CIEGA, MOLLY GOLPEÓ A LONGCOAT BOB HASTA MATARLO CON UNA PIEDRA DEL COLOR DE LA SANGRE QUE ELLA CREÍA QUE ERA EL CORAZÓN VERDADERO DE SU MADRE CONVERTIDO EN PIEDRA. MOLLY MURIÓ MUCHOS AÑOS DESPUÉS, MONTANDO EN BICICLETA EN UN ACANTILADO

DE KATHERINE A LOS 122 AÑOS. LA SOBREVIVEN
SU ESPOSO, SAM, Y SUS GUAPOS Y RICOS HIJOS
GEMELOS, TYRONE Y GARY.

Molly se detiene y abre el morral y, al hacerlo, comprueba que
la piedra del color de la sangre sigue allí, pero en realidad no necesitaba comprobarlo porque sabe que lleva el corazón de su madre en el
morral con la misma seguridad que sabe que lo lleva dentro de su pecho. Greta sigue andando por delante en la oscuridad.

—¿De verdad ese es tu plan, Molly? —pregunta el cielo de la
noche.

—Puede —dice Molly—. Si él no coopera.

Molly cierra el morral y sigue caminando.

—¿Vas a golpear con esa piedra el cráneo de Longcoat Bob?

—Sí —dice Molly—. Si es necesario.

—No tienes que hacer nada que no quieras, Molly.

—¿De verdad? —dice—. ¿De verdad? Pues no me lo creo. Llevo toda la vida haciendo cosas que no quiero hacer.

Greta emerge de la oscuridad.

—¿Con quién hablas? —pregunta.

—Hablo con el cielo —dice Molly.

—Ah, vale —dice Greta imperturbable—. Por un momento
pensé que habías perdido la cabeza, pero solo estabas hablando con
el cielo.

*

Dejan atrás varias cumbres rocosas de arenisca y avanzan poco a
poco por un pasillo ciego natural entre dos paredes de roca. Llegan
a un claro de cuarcita del tamaño de medio campo de fútbol, y la
luna de plata se refleja en estanques de agua acumulados en los agujeros, del tamaño de ruedas de camioneta, que ha dejado la erosión. El
claro se funde con una ladera de roca suelta que desciende hasta un
denso bosque de flexibles murungas y pequeños groselleros silvestres

a través de los cuales tienen que emplearse a fondo con Bert a golpe limpio.

Brutal caminata. Siempre Molly rompiendo los silencios. Desde lo alto de otro saliente rocoso, ve un pájaro oscuro, de color pardo y negro, en el cielo.

—¡Un águila audaz! —celebra Molly.

La gloriosa ave vuela en círculo en las corrientes de aire ascendente de su cielo brillante. Su envergadura celestial a Molly le parece tan grande como la de algunos coches. Ni siquiera mueve las alas, se dice Molly. Está flotando. Está levitando. El ave es mágica allá arriba, en su territorio del cielo, donde ahora vuela en círculos bajo una nube con forma de castillo con cúpula, y allí hay un hogar y una reina.

—Es la reina —dice Molly—. ¡Su majestad! —grita al cielo saludando como saludaría a un miembro de la realeza de la madre patria.

Respira hondo y sonríe.

—Es como nosotras, Greta —dice Molly—. Es libre. —Molly asiente—. Sí, eso es vida plena, Greta. Así es como se supone que deberíamos vivir.

—Se me ocurren varias maneras distintas de vivir que yo preferiría —dice Greta—, y tengo una copa en la mano en todas ellas.

—Quiero decir que esto es lo que se supone que deberíamos hacer con nuestra vida, ¿no? —responde Molly—. Se supone que debemos encontrar cosas que grabar en nuestras tumbas. Y ahora estamos escribiendo nuestros epitafios, Greta. Tú estás escribiendo el tuyo. Yo, el mío.

Greta puede ver su tumba ahora.

—«Iba a ser la próxima Greta Garbo, pero murió de manera prematura por excesiva exposición al sol y a las niñas que hablan demasiado» —dice—. «Los Palmerston Players cerraron su teatro durante dos días en señal de duelo y porque el número de su *troupe* se vio mermado en un tercio con la intempestiva muerte de la señorita Maze».

—Siempre recordaré este viaje contigo, Greta —dice Molly.

—Eso está bien, Molly —dice Greta—. Porque si no encontramos el camino de plata de tu abuelo, este puede ser el último viaje que tengas que recordar.

Un bosque de palmeras monzónicas alimentado por un arroyo se adelgaza por un momento y revela un ancho lecho de arenisca que se alza hasta un saliente en forma de ola protegido del viento, y este anima a Greta a detenerse y le sugiere que duerman antes de ponerse en marcha para seguir caminando con la luz del día. Se sienta entre una gran roca y el saliente y deja caer la cabeza sobre las rodillas. Pero Molly se queda de pie porque le llama la atención el perfil de una formación rocosa inusual en lo alto del saliente: un bloque de arenisca roja al que la erosión ha dado la forma tosca y puntiaguda de un rostro humano, aunque tenga las cejas cuadradas y una nariz en forma de diamante, y una arruga polvorienta como media sonrisa. Pero un rostro aun así, el duro rostro de un hombre esculpido por el agua, el viento y la fricción antiguos, y la crecida y el retroceso de los mares y la tierra que guardan el mayor misterio de Australia: el tiempo atrapado dentro de todo eso que se mueve y todo eso que permanece quieto. Y ese rostro cobra vida para Molly bajo el resplandor de la luna, como si pudiera bajar la vista y decirle que es de mala educación quedarse mirando descaradamente a los mayores.

—Vuelvo enseguida —dice Molly.

Corre hacia la base de la roca.

—¿A dónde vas? —le grita, confusa, Greta.

Molly ni siquiera oye la pregunta porque está concentrada en sus pasos en la oscuridad mientras trepa por peñascos y rocas sueltas y se eleva sobre cornisas y salientes.

Greta se pone de pie, preocupada ahora, e intenta seguir los pasos de Molly con la vista, pero la niña ha desaparecido en la oscuridad; se ha perdido rápidamente tras una esquina de la roca inclinada que llega hasta lo alto del saliente en forma de ola que sostiene la formación del rostro humano.

—¡Molly! —la llama Greta.

Pero la niña sepulturera es demasiado rápida. Y la niña sepulturera se ha ido.

*

Pequeñas rocas sueltas se deslizan bajo sus botas. A esta hora, tan próxima al amanecer, todo es de un azul brillante a los ojos de Molly. Se acerca al saliente desde una escarpada ladera de escombros que desciende por su espalda como una espina dorsal. Es tan empinada que tiene que trepar utilizando las manos y las rodillas mientras los dedos le tiemblan de miedo cada vez que pierde el apoyo de alguna roca suelta.

La parte superior y lisa del saliente es pequeña en comparación con las altiplanicies que ha visto hasta ahora en el país profundo, pero, aun así, lo bastante grande como para pasar por una pequeña casa, o por el salón de belleza de Dottie Drake, o por la confitería de Bert Green. La confitería. ¿Qué no daría ella ahora por un vaso alto de zarzaparrilla? ¿Qué no daría por una piruleta verde y roja de sabor a manzana para todo el día?

Se acerca a la extraña formación rocosa desde atrás, y siente un escalofrío bajo la luz azulada de la luna al darse cuenta de que el rostro está realizando un milagroso acto de equilibrio, inclinándose de algún modo con todo su peso sobre una única y pequeña losa de piedra antigua. Todo un rostro humano de roca que descansa sobre solo un tercio de cuello. Por las leyes naturales de la gravedad, la formación tendría que haberse derrumbado hace mil años, pero allí sigue, inclinándose hacia delante para decirle a Molly que está tratando de ver algo, que se está esforzando por ver algo, pero los ojos de arenisca no ven, por lo que el rostro seguirá en aquella precaria situación hasta que esos ojos se vuelvan del color del cielo y puedan ver a millas de distancia, como Molly Hook.

Molly pasa la mano por la nariz en forma de diamante y por la llamativa arruga que parece el valle donde un labio superior y otro inferior se encuentran, y pasa la mano por esos ojos que no ven, y ve a una persona conocida, a alguien que echa de menos.

217

—Papá —susurra.

Y Walt Whitman le recuerda la muerte sin muerte. *Yo sé que soy inmortal.*

—*Al no hallarme en un sitio, busca en otro* —recita—. *En alguna parte te estaré esperando.*

Y ve los ojos profundos de su padre. El saliente de su tristeza. Los escombros de roca suelta de su pasado. Los bordes dentados de su debilidad. Los labios de polvo de su arrepentimiento. Su padre se sienta ahora junto a la Roca del Anciano, se dice. Horace Hook y el hacedor de montañas, se dice, intentando encontrarle sentido a lo que sucede aquí en la tierra. Intentando entender de qué modo se hacen hombres como Aubrey Hook.

Sam dice que él puede preguntar a la Roca del Anciano lo que quiera y siempre recibirá una respuesta correcta.

—¿Dónde está el camino de plata? —susurra Molly.

Y encuentra la respuesta en esos ojos profundos de arenisca. Sigue la mirada del rostro de roca y se acerca al borde del saliente, tanto que se expone a una caída mortal solo con dar un paso en falso. Y baja la cabeza, la inclina tal como el rostro de roca está inclinado, y ve lo que el rostro de roca no ve. Un sereno lago de agua dulce iluminado por la luna, y un sendero serpenteante que sale del borde del lago y brilla como si estuviera hecho de polvo de estrellas. Una serpiente de cristal que se desliza entre el bosque monzónico oscurecido. Y, estando allí, el sol se despierta y los primeros rayos de luz se encuentran con el resplandor de la luna, y el camino de plata reluce como un luminoso collar de diamantes, abierto e infinito, que alguien hubiera dejado caer en el país profundo y serpentea atravesando el bosque. Un camino mágico para quienes poseen ojos capaces de verlo, zigzagueando hacia el horizonte de plata, hacia el oro, hacia el tesoro, hacia Longcoat Bob.

—¡Greta! —grita Molly, y el eco de su nombre resuena en el país profundo.

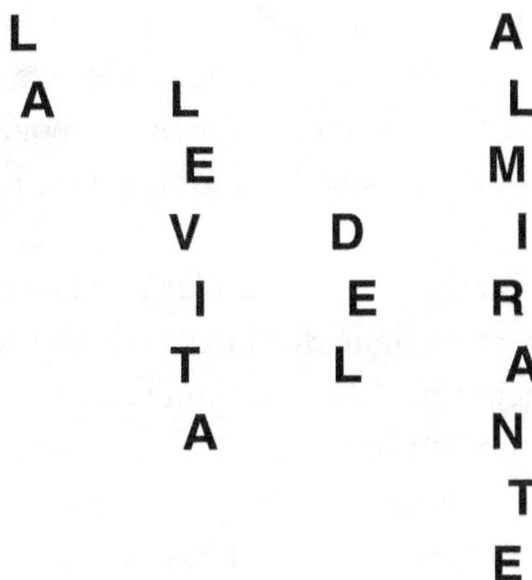

Un Ford A de color aceituna se detiene junto a una estrecha carretera de tierra roja bordeada de madreselvas de flores de color naranja. Aubrey Hook tira con fuerza del freno de mano del Ford y el gesto le produce un dolor en la herida del hombro izquierdo que lo ciega. Lentamente se desabrocha la camisa de trabajo. El pus seco de un blanco amarillento de la herida de un mordisco se ha pegado a la tela. Tira de la manga y se desgarra la costra de pus que se ha formado alrededor del borde. Solo el odio podría causar una herida como esa, se dice. Solo el odio podría convertir a un hombre en un dingo así, del modo en que su hermano menor, Horace, se transformó en un perro salvaje capaz de morder la carne del hombro de su hermano.

Baja del coche y examina la herida del hombro en el espejo retrovisor lateral. Una mezcla infectada de sangre y pus —los dientes de su hermano se estaban pudriendo, igual que los suyos—. Hay serpientes de manglar de vientre blanco deslizándose por los arroyos de lodo más allá de las madreselvas que se pasan el día comiendo cangrejos de lodo muertos y sapos de vientre venenoso cuyos colmillos son menos infecciosos que los renegridos dientes de Horace Hook. Mira la herida, y lo único que ve en el retrovisor es a la niña sepulturera y su lamentable historia y la serie de acontecimientos lamentables que llevaron a que a su hermano lo alcanzara aquella bomba japonesa que, de forma tan inoportuna, separó su cuerpo de su pierna izquierda. No tiene nada de Hook, se dice. La niña es una Berry en toda regla.

Se abrocha la camisa y echa a andar por la carretera de tierra. A la derecha de la carretera sigue dos huellas de ruedas paralelas que bajan por una pendiente hasta su camioneta roja, abandonada, con el capó arrugado, contra un bosquecillo de eucaliptos. Las ventanas de la camioneta están completamente abiertas y parece que algo hubiera chocado contra el vehículo por el lado del asiento del conductor. Aubrey vuelve sobre sus pasos y sigue andando por la carretera, dejando atrás su automóvil aparcado, hasta unas marcas de frenada que giran y describen varias curvas por la carretera embarrada. Luego, más atrás, unas huellas de animales cruzan de lado a lado la carretera. Se dirigen a los árboles y arbustos de la carretera que bordean un fértil terreno de bosque que se extiende hasta el mar, a lo lejos. No son huellas de caballos. Están demasiado espaciadas para ser de vacas. Estos animales eran ágiles. Búfalos, se dice. Y piensa en el grave infortunio de la actriz y de la niña sepulturera. Imagínate vivir con esa mala suerte, se dice. Estar maldito con tan negra fortuna que eche tu vehículo de la carretera una manada espantada de búfalos de agua del Territorio del Norte. Esa es la suerte de Tom Berry, piensa. Esa es una desgracia propia de los Berry.

*

—¿Qué posibilidades hay? —se regocija Tom Berry derramando su cerveza en el suelo de madera sin barnizar del bar del Hotel Darwin—. ¡Allí estaba yo, pensando que era el hijo de puta con peor suerte que hubiera cogido un pico jamás, y entonces levanto la vista y veo a ese hechicero descalzo vestido como el puto Napoleón!

Aubrey vuelve a arrancar el Ford detenido a un lado de la carretera de tierra, y conduce a una velocidad no muy superior a aquella

220

a la que iría caminando si su cuerpo no estuviera tan hecho polvo. Recuerda la sonrisa en el rostro de Tom. El puro asombro. La pura buena suerte.

Debía de haber unos veinte buscadores de oro locales en el bar aquella tarde, y Aubrey Hook era uno de los más jóvenes. Los hombres estaban celebrando el milagroso regreso de Tom Berry, que había desaparecido durante tres meses mientras buscaba oro en solitario en las altiplanicies rocosas de más allá del río Clyde. Tom pagó tres rondas de *whisky* para todos los presentes y entonces, entre un coro de gritos y carcajadas, contó la extraordinaria e inverosímil historia de los tres meses que estuvo desaparecido en el país profundo.

Durante varios días, relató, había estado haciendo progresos en una veta de cuarcita cuya localización se cuidó de no revelar. Allí subsistió a base de judías y *whisky*, hablando del potencial de la veta con su caballo de carga de doce años, Samson, como única compañía. Tom le contaba a su caballo que cuando regresara a casa sería rico y que su amada esposa, Bonnie Berry, y sus queridos hijos, los entonces adolescentes Violet y Peter Berry, estarían esperándolo, y que les diría que empaquetaran sus cosas rápidamente porque iban a mudarse a Sídney, pues Tom iba a dejar el negocio del oro y se iba a dedicar a comer caviar a cucharadas con el golpe de suerte que iba a hacerlo rico. Le contaba a Samson que entonces iría a la calle Smith de Darwin y daría hasta con el último engreído buscador de oro en el último rincón de la última taberna de la ciudad; con cada hombre que alguna vez se hubiera reído de sus habilidades como minero; con cada hombre que alguna vez hubiera dicho que sabía más de libros que de oro; con cada hombre que alguna vez hubiera dicho que había más brillo en los ojos de Tom Berry del que se hubiera visto nunca en su batea. Y reuniría a esos hombres y resplandecería él mismo como oro cuando les hablara de todas sus riquezas.

Entonces, mientras trabajaba en la veta de cuarcita, Tom notó una erupción en la parte inferior del antebrazo izquierdo, y esa erupción comenzó a extenderse por todo el lado izquierdo de su cuerpo. Siguió trabajando con el hacha y el martillo de roca, pero pronto empezó a toser sin control y a respirar con dificultad hasta que dejó de llegarle suficiente aire a los pulmones. Con un sudor febril, tomó la sabia decisión de empaquetar sus herramientas y provisiones, montar a Samson y poner rumbo con su fiel caballo a Darwin, donde vería a un médico para que lo tratara de lo que estaba convencido de que era un caso de gripe mortal.

Pero pronto sus miembros estuvieron tan débiles que no fue capaz de mantenerse erguido en el caballo y recorrió tres millas sobre su vientre, abrazando con sus brazos muertos los flancos de Samson. Sin apenas guía, el caballo anduvo sin rumbo por la espesura del país profundo, y entonces dio con un sendero que llevaba a las altiplanicies. Iba masticando las hierbas que encontraba a los lados del sendero, y cuando llegaba a un cruce de caminos basaba su decisión en la calidad de la hierba que uno y otro le ofrecían. El caballo recorrió diez millas por un traicionero terreno montañoso hasta llegar a un río de violenta y rápida corriente que llevaba hasta una ruidosa cascada que Tom tuvo la lucidez justa para identificar en sus oídos.

Samson se detuvo en un puente que cruzaba sobre los rápidos.

—Pero no era un puente hecho con madera dura y clavos —susurró Tom Berry a su absorto público del bar—. Era un puente hecho por aborígenes, ya sabéis, unos cuantos troncos que son como ramitas para un caballo de carga. Samson no quería avanzar.

Tom Berry se deslizó del caballo y cayó con brazos y piernas desmadejados al borde de tierra y piedra de los rápidos. Ya no podía andar, pues tenía las piernas paralizadas. La mitad de la cara la tenía paralizada también, y todo el lado izquierdo de su cuerpo se hallaba tan entumecido y combado que sentía que iba a salírsele la cabeza. Con el rostro contra la tierra y lamiendo el polvo con la lengua seca, intentó arrastrarse hasta el puente y logró moverse un par de metros, pero llegó completamente exhausto.

Cuanto estuvo a una distancia de un brazo, cerró los ojos, ralentizó su respiración y lamentó que le faltaran las fuerzas para arrojarse a los rápidos, donde podría morir en el acto al golpearse la cabeza con una roca o al ser arrastrado por la cascada y lanzado desde lo alto para ahogarse enseguida tras el violento choque. En lugar de eso, moriría lentamente de sed en el polvo, bajo el sol abrasador del norte de Australia. Y pensó entonces en que hubo un momento de su vida en el que tuvo intención de dar mejor uso a su cerebro que el de golpear un pico afilado contra unas paredes de roca que siempre fue demasiado orgulloso como para admitir que estaban vacías. Había querido ser maestro de escuela. Un sacerdote local llamado Duncan Hall, en Palmerston, estaba poniendo en marcha una escuela católica destinada principalmente a los niños de las familias de los mineros, y le había pedido a Tom que enseñara gramática y retórica dado que tan bien y con tanta elocuencia defendía las maravillas de la literatura. Pero Tom había rechazado la propuesta del sacerdote porque llevaba una debilidad dentro, y esa debilidad resplandecía entre las grietas de roca gris como el fuego, y ese fuego encendía su espíritu. Luego pensó en su esposa, Bonnie, y en su hijo, Peter, que era un muchacho tranquilo, y en su hija, Violet, y en lo lógico que era que una mujer tan buena como Bonnie educase a una joven tan buena como Violet. Una lectora voraz como su padre. Violet devoraba libros de poesía. Le recitaba versos a su padre en el desayuno, y la avena se le enfriaba de tanto como se perdía en los mundos de Byron y Wordsworth y Whitman. Pero el brillo del oro lo cegó a todo aquello. El brillo lo vio trabajar demasiado en las paredes de roca y luego lo vio beber demasiado porque el alcohol alejaba la apatía de la pared de roca para poder seguir trabajando demasiado en ella.

Ahora el minero se dio la vuelta y se quedó mirando un brillo de oro diferente, que era el del sol, y deseó que el sol lo hiciera arder y que redujera su alma devorada por la codicia del oro a cenizas.

—Pero entonces oí a Samson relinchar como si algo lo hubiera asustado —explicó Tom Berry a los atónitos bebedores de *whisky* del bar—. Y sentí pasos en la tierra que venían hacia mí, y no podía ni mover la cabeza, caballeros, de lo débil que estaba. Pero pude mover los ojos en dirección a los pasos, y entonces apareció una figura encima de mí.

Tom Berry hizo entonces una pausa de efecto en la narración de su gran historia y bajó la voz.

—La figura de un hombre, y el hombre tapaba el sol, y lo único que yo veía era su levita. ¡Su larga… y negra… puta levita! Una levita de almirante francés.

Expresiones como «Venga ya», «Déjate de historias» o «Vaya cuento» resonaron por todo el suelo manchado de cerveza del bar, pero Tom Berry mantuvo obstinadamente su relato. Longcoat Bob era viejo y alto. No llevaba camisa bajo la levita, pero sus largas piernas vestían pantalones de montar de color marrón. Tenía el torso cubierto de cicatrices que parecían el papel pautado de las partituras de piano que Bonnie Berry tocaba después de cenar. Tenía una maraña de pelo plateado y rizado, y arrugas tan profundas en su rostro alargado y enjuto que parecían cicatrices de guerra. Llevaba aquella levita de almirante francés con la misma naturalidad con que un blanco lleva un chaleco. Estaba hecha de la lana azul militar de la Armada, con botones dorados y elaborados bordados dorados en las solapas y los puños. El cuello era tan alto y rígido que le rozaba los lóbulos de las orejas. Pero la levita no era ninguna pieza de museo: parecía que el viejo la hubiera utilizado durante décadas, pues tenía desgarraduras en los codos y estaba cubierta de polvo.

—Era auténtica —dijo Tom, y los hombres rieron y escupieron cerveza dándose palmadas en los muslos—. Estoy diciendo la verdad —dijo Tom con la voz entrecortada—. Esa levita procedía de las guerras napoleónicas y había ido a parar al tal Bob, allá arriba, en las montañas.

El público de Tom se mostró escéptico.

—Te volviste loco allá arriba, en esas montañas, Berry —dijo Albert Strudwick, un experimentado minero de Australia Meridional—. Explícame cómo puede aparecer un aborigen con una levita cosida en el Imperio francés.

Tom apuró un pequeño vaso de *whisky* y luego le dio un trago a una cerveza.

—Bueno, hay algo que debéis saber acerca de ese tal Longcoat Bob —dijo Tom—. Él no es como otros aborígenes.

Tom entonces contó cómo perdió el conocimiento a los pies de Longcoat Bob porque la visión del extraño aborigen le había parecido un sueño y poco más podía hacer por su vida en ese punto salvo desvanecerse en esa ensoñación. Despertó dos días después dentro de una pequeña choza con pilares de ramas de árboles y paredes de mohoso hierro ondulado. La choza olía a aceite de eucalipto. El cuello le palpitaba, pero ya no sufría los síntomas de la gripe que casi lo habían matado junto al puente de los rápidos. Se pasó los dedos por la nuca y sintió un agujero en la piel blanda detrás del oído derecho. El agujero estaba lleno de una pasta que olía a orín y a hierba vieja.

Entonces una mujer aborigen entró en la cabaña. Dijo que se llamaba Pequeña Des y que era hija de una anciana llamada Gran Desree. Vestía una vieja camisa de lino gris y hablaba en la lengua de su pueblo y en inglés, y le explicó al minero extraviado lo afortunado que había sido cuando lo encontró aquel hombre extraordinario llamado Longcoat Bob, quien lo había llevado de vuelta a su campamento y había identificado la garrapata, del tamaño de un grano de pimienta, que produce parálisis y que tenía alojada detrás de su cráneo y estaba cavando un túnel de carne humana y a punto de romper la tierna y jugosa pared de su cerebro para darse un festín con él. Al mismo tiempo que se atiborraba de sus entrañas, la garrapata llenaba de veneno la cabeza de Tom Berry. Pero Longcoat Bob había ahogado a la garrapata con cenizas de tabaco húmedas y luego la había extraído con la punta candente de una navaja. Luego había llenado el agujero con una pasta curativa que había hecho con arbusto de alquitrán, aceite del árbol del té, larvas de polilla trituradas y un ingrediente secreto más que Pequeña Des dijo que él se negaba a revelar a los miembros de la tribu para conservar su autoridad en los misterios medicinales.

—¿Qué hacías vagando por los alrededores? —preguntó Pequeña Des.

Entonces Tom le habló de su vergonzosa codicia del oro y de cómo había encontrado una prometedora veta de cuarcita a unos treinta kilómetros del campamento de Longcoat Bob y había concebido la esperanza de regresar a Darwin como un hombre rico que podría mantener a su amada familia.

Cuando, más tarde, salió de la choza, Tom sonrió de oreja a oreja al ver un pequeño campamento tribal de chozas y pozos para hacer fuego que se extendían por un claro bordeado de eucaliptos y exuberantes cicas con tallos de tres metros. Un trío de tímidas jóvenes se acercó con platos de melaleuca con huevos cocidos, pescado recién cocinado y anguilas de agua dulce. Encontró a Samson en un rincón de sombra del campamento, bebiendo tan contento de un cubo de agua junto a un montón de hierba y manzanas de arbusto.

Longcoat Bob prescribió a Tom comerse catorce ciruelas de murunga al día durante una semana para combatir la infección. Y pronto Tom recuperó sus fuerzas, pero no se apresuró a subir a Samson y regresar a Darwin. Se había encariñado con las gentes de Longcoat Bob, y ellas se habían encariñado con él.

Longcoat Bob disfrutaba sentándose al fuego por las noches para contarle al obstinado viajero historias sobre el origen de la tierra que lo rodeaba, y, en agradecimiento a esas historias, Tom Berry recitaba descripciones de paisajes salidas de la pluma de famosos poetas ingleses. Luego Tom Berry le contó a Longcoat Bob la historia de su vida. Le habló de su amor por la palabra escrita, amor del que lo había apartado el brillo del oro. Le habló de lo mucho que había tenido que trabajar en vano y del terrible coste que ese trabajo sin fruto había supuesto para su esposa y sus hijos, y de cómo cada roca y cada gruta vacía de oro y cada yacimiento al que descendía eran una nueva razón para sentir resentimiento y furia contra la tierra que gira. Pero, ay, se había sentido un hombre nuevo sentado junto al fuego con Longcoat Bob. Había llegado al país profundo en busca de una oportunidad de oro, pero había encontrado otra oportunidad de vida. Si ahora tenía un golpe de suerte como minero, le dijo a Longcoat Bob, le devolvería la generosidad mostrada en aquellos días por Dios y por él mismo fundando una escuela donde los niños de Darwin de todas las razas, credos y religiones pudieran estudiar tanto las maravillas de la palabra escrita como las de las historias sobre la creación de Longcoat Bob. Y Longcoat Bob se quedó mirando al buscador de oro a través del fuego, y luego se acercó a Tom Berry y extendió un largo brazo para señalar al pecho de Tom.

—Buen corazón, Tom Berry —dijo dando dos palmadas sobre su pecho—. Buen corazón.

Entonces Longcoat Bob se marchó al bosque.

—Debo hablar con las estrellas un momento —dijo.

Y desapareció en la noche. Por la tarde del día siguiente, antes del crepúsculo, Longcoat Bob fue a buscar a Tom a su choza.

—Mañana al amanecer, Tom Berry y Bob irán a dar un largo paseo —dijo Longcoat Bob.

—Y tanto que fue un largo paseo, amigos míos —dijo Tom Berry a su público—. Caminamos durante seis días. La tierra era la cocina de Longcoat Bob. Transformaba larvas en platos exquisitos. Sumergía las manos en los ríos, y las tortugas de largo cuello parecían ir hacia él por propia voluntad. Y aquella tierra que me mostró, amigos míos, no se parecía a ninguna que hubiera visto. Me guio a través del más traicionero país profundo. Me llevó por antiguas galerías y pozas infestadas de cocodrilos y grutas conectadas que parecían portales a diferentes dimensiones del tiempo y el espacio. Vi cosas en aquel país, caballeros, que ni siquiera había soñado que existieran. Y desde luego que hubo pruebas. Tuve que demostrar mi valor. Tuve que demostrar mi fe en Longcoat Bob y mi fe en cosas que están más allá de mi entendimiento, y creo que él estuvo poniéndome a prueba. Cuanto más digno de ello me mostraba, más cerca me llevaba de su lugar secreto.

—¿Y dónde exactamente está ese lugar secreto? —exclamó Albert Strudwick.

—Estoy seguro de que querrías saberlo, Albert —dijo Tom—. Pero los secretos de Longcoat Bob estarán a salvo conmigo. Aunque, no os equivoquéis, queridos amigos, yo soy, en el fondo, un erudito, y un buen erudito siempre toma notas.

Tom Berry rio señalándose la frente, y no contó entonces que lo más parecido a un lápiz que llevaba encima en aquel largo paseo era una navaja de bolsillo, ni que lo más cercano a un cuaderno que tenía era el reverso de su batea de minero. Pero sí que contó el milagro en que acabó el paseo de Longcoat Bob. Un lugar puramente imposible.

—Era una cámara acorazada —dijo Tom Berry—. Una cámara acorazada de oro en el corazón del país profundo. Una cámara acorazada construida por la tierra. Un búnker más allá de mi imaginación más desenfrenada que albergaba más oro en bruto del que hubiera podido traerme a lomos de diez caballos.

—Adelante —dijo Longcoat Bob a la entrada—. Y Tom Berry entró cautelosamente en la cámara acorazada con sus oscuros ojos encendidos por la llama del oro en bruto. Demasiadas pepitas como para poder contarlas. Pepitas de oro del tamaño de manzanas. Pepitas del tamaño de naranjas. Pepitas con forma de tocón de árbol tan grandes como la mano de Tom. Pepitas triangulares. Una pepita tan grande como una berenjena y tan pesada que Tom necesitaba las dos manos para sostenerla.

—¿Todo esto es tuyo? —le preguntó Tom a Longcoat Bob.

Longcoat Bob movió la cabeza.

—No es mío —respondió.

Bob le dijo a Tom que el oro pertenecía a la tierra. Le dijo que su pueblo llevaba siglos encontrando allí pepitas de oro como aquellas. Pero en toda su vida, añadió, no había conocido todavía una sola pepita de oro que le hubiera traído ninguna verdadera facilidad a la persona que la tuviera. Longcoat Bob le contó que su familia había encontrado hacía mucho tiempo —siglos atrás— una enorme pepita que parecía una mano humana, y que esta se volvió tan codiciada que acabó causando disputas entre hermano y hermana, entre hija y madre, entre padre e hijo. Durante una de esas disputas, una anciana golpeó a su sobrino con la mano de oro. El sobrino quedó mudo y su capacidad mental se volvió una poza que nunca más se llenó por encima de la mitad, y la anciana se avergonzó tanto de lo que había hecho que suplicó al abuelo de Longcoat Bob, el miembro de la tribu más anciano, que escondiera el oro en algún lugar donde no pudiera encontrarlo nadie. Y el abuelo de Longcoat Bob llegó a la conclusión de que cada pepita de oro que desde ese momento se encontrara estaría también mejor escondida.

—Y no creeríais lo que dijo entonces —susurró Tom Berry a su embelesado público—. Dijo que ni él ni su familia veían valor alguno en todo aquel oro. Dijo que el verdadero tesoro era un manantial de agua dulce. Dijo que las verdaderas joyas de la tierra eran las bayas que crecían en los árboles. Dijo que el mejor hallazgo en este mundo era que, al meter el puño en una burbuja de lodo, saliera una tortuga de cuello largo. Dijo que la verdadera riqueza no era llevar los bolsillos llenos de monedas, sino el estómago lleno de carne de tortuga cocinada en su jugo, sin caparazón, sobre un lecho de brasas. Dijo que la única utilidad del oro era brillar, y que su brillo era como las brillantes sonrisas de los hombres blancos que había visto vestidos con ropas lujosas en la ciudad. Dijo que no se podía confiar en el oro. Dijo que todos padecemos la enfermedad del oro, y que esta pudre nuestros corazones. Nos envenena. Dijo que cambia quiénes somos y cómo nos comportamos.

—¡Bien que lo hace! —dijo un buscador borracho de Halls Creek levantando su vaso de cerveza.

Y los otros buscadores de oro alzaron los suyos para mostrar que estaban de acuerdo.

—Dijo que la tortuga de cuello largo no hacía eso —continuó Tom Berry—. Dijo que la tortuga era un regalo de la tierra que no se agotaba. Dijo que frotaba con grasa de tortuga el pecho de los niños enfermos para que volvieran a estar fuertes. Dijo que el aceite y la carne de una sola tortuga podían mantener con vida a un anciano moribundo para ver un mes más de amaneceres. Y entonces me preguntó si yo pensaba que un mes de amaneceres valía más o menos que el oro que descansaba en un agujero que había a nuestros pies. Yo respondí que eso dependía de en qué se empleara el oro y en qué se empleara el mes de amaneceres.

Y Longcoat Bob sonrió al oír eso, señaló al pecho de Tom Berry y dijo:

—Buen corazón, Tom Berry. Hablas del bien que puede venir del oro. —Entonces hizo un gesto en dirección a la cámara.

—Puedes coger cuanto puedas llevar en tus manos, Tom Berry —dijo.

Y, en el bar del Hotel Darwin, el joven Aubrey Hook sintió tanta envidia como incredulidad al ver a Berry acabar su patraña de codicia de oro y recompensas de oro.

—Pero entonces Longcoat Bob me puso una mano en el brazo —explicó Tom Berry—. Y me dijo algo que nunca olvidaré, porque hizo que un escalofrío recorriera mi cansada espina dorsal. Me dijo: «Llévate todo lo que es tuyo, pero sé dueño de todo lo que llevas».

Y los hombres del bar siguieron bebiendo en silencio, confusos.

*

Por la roja carretera de tierra, al sur de Darwin, ya muy lejos, Aubrey Hook detiene de nuevo el Ford A. Junto a la carretera distingue dos tipos diferentes de huellas de zapatos. Unas de mayor tamaño que las otras. Más adelante ve un rastro serpenteante de algo arrastrado descuidadamente por detrás de las pisadas más pequeñas. Un palo grande, tal vez. O algún tipo de herramienta, piensa. Una pala.

Se arrodilla junto a las huellas. Pasa el índice por la línea de la pala. La niña sepulturera, se dice. El miserable legado del largo paseo de Tom Berry por el país profundo.

Recuerda las miradas de los rostros de cada uno de los hombres que estaban en el bar aquel día, cuando Tom Berry contó su fabulosa historia sobre Longcoat Bob y la mística cámara del oro. Incredulidad. Indiferencia. Solo un levísimo resplandor de la envidia del oro.

—¿Y cuánto te llevaste? —preguntó Albert Strudwick con los ojos encendidos.

—No voy a decirte la cantidad —dijo—. Pero, desde luego, suficiente para invitaros a otra ronda.

Y levantó su *whisky* para acabárselo de un trago triunfalmente.

—Vamos, Berry —insistió Strudwick con un brillo traicionero en la mirada—. ¡Dinos cuánto te llevaste!

No hay herramienta más valiosa para un buscador de oro que la información fiable, y Albert Strudwick quería más.

—¡Sabemos que quieres decírnoslo, Berry! —siguió diciendo Strudwick—. Vamos. ¡Dinos lo rico que se ha hecho el buscador de oro más desafortunado de Australia!

Tom se había prometido a sí mismo que no revelaría el peso de lo que se había llevado de la cámara natural aquel día, pero sintió el orgullo de su brillante logro brotar dentro de él, y estaba a punto de estallar si seguía conteniendo aquella erupción de lava fundida de su buena fortuna. Había algo que siempre se imponía a la sabiduría en cualquier conversación entre buscadores de oro, y era la suerte. Los buscadores de oro más brillantes y astutos —y Albert Strudwick era uno de ellos— sabían que ni toda la planificación, ni toda la información, ni todo el trabajo duro del mundo podían compararse con la fuerza todopoderosa de un golpe de buena suerte.

—Tenemos más o menos el mismo tamaño, Albert —dijo Tom Berry—. Ambos somos hombres bajos y delgados. ¿Cuánto peso puedes levantar tú?

—Una vez llevé dos sacos de harina de treinta y cinco kilos en mis brazos —dijo—. Creo que podría con más sobre los hombros.

Tom asintió y dio un trago a otro vaso de *whisky* recién servido.

—Supongo que podrías llevar un par de kilos más también si supieras que estabas llevando una mina de oro.

Los hombres del bar quedaron en silencio entonces. Algunos se rascaban la cabeza. Otros se dieron una palmada en las rodillas con asombro, y otros movieron la cabeza, incrédulos. Aubrey Hook era joven, pero su padre, el difunto Arthur Hook, le había enseñado a encontrar agujeros en cualquier superficie. Y él sabía que la superficie de aquella grandiosa y milagrosa historia de Tom Berry estaba, igual que la superficie de cualquier tierra de oro, llena de agujeros.

*

231

Por la carretera de tierra, Aubrey Hook sigue las dos clases de pisadas hasta dar con un corto puente que atraviesa el arroyo Candlelight. Horace y él estuvieron en el arroyo Candlelight de niños. A Horace le dio tanto miedo la oscuridad que no tuvieron más remedio que darse la vuelta cuando llevaban media hora caminando por su tortuoso túnel de hojarasca. Oscuridad y luz, se dice Aubrey. Están los que pueden internarse en la oscuridad y los que siempre vuelven corriendo hacia la luz. Un mundo de absolutos. Ricos y pobres. Malditos y afortunados. Buenos y malos. Verdad y mentiras.

—Pero yo soy un hombre de palabra —proclamó Tom Berry en el bar aquella tarde de revelaciones—. Le dije a Longcoat Bob que haría el bien con ese oro, y eso es exactamente lo que pretendo hacer.

Y al mismo tiempo que el nuevo rico Tom Berry le construía a su esposa y a sus hijos, Violet y Peter, una nueva y espléndida casa en la costa de Darwin que da al mar de Timor, empezó a dibujar los planos de una nueva escuela cerca del mar en Mindil Beach. Aubrey y Horace Hook asistían a la misma reunión del ayuntamiento en la que Tom Berry, vestido con un flamante traje negro, chaqueta y corbata, anunció con orgullo desde la tarima a los habitantes de Darwin allí congregados que la escuela de primaria de Mindil Beach sería un lugar de aprendizaje para niños de todos los colores y credos, de todas las razas y religiones. «Desde los nietos de nuestros camelleros afganos a los descendientes de nuestros ancianos aborígenes, que son los hijos de lo que llaman el Sueño», leyó de una página de inspiradas anotaciones a lápiz. «La escuela de primaria de Mindil Beach abrirá sus puertas a todos aquellos que quieran aprender. Y será un conocimiento que podrán disfrutar y que irá desde los poemas de Edgar Allan Poe a las teorías de Pitágoras y, sí, también a las historias tradicionales que se cuentan junto al fuego de este riquísimo y prometedor territorio compartido que sus habitantes originales han ido legando a lo largo de milenios».

Pero en ese momento las puertas del ayuntamiento se abrieron ruidosamente de par en par, y los alrededor de cuatrocientos asistentes volvieron la cabeza hacia una mujer aborigen que a la entrada del ayuntamiento gritó: «¡Ladrón!».

Era Pequeña Des, y había venido del país profundo a decirles a los habitantes de Darwin que la historia de la buena fortuna y el largo camino de redención de Tom Berry era una farsa, una elaborada obra de ficción para enmascarar la realidad de su robo a la familia de Pequeña Des.

—¡Nosotros cuidamos de ti! —gritó con osadía Pequeña Des en el ayuntamiento, cuando las cabezas de los trajeados invitados se volvieron hacia ella, entre el asombro y la consternación—, y tú robaste ese oro delante de nuestros ojos.

Tom Berry respondió rápidamente a Pequeña Des desde la tarima:

—¡Longcoat Bob me dijo que no pertenecía a tu familia! —gritó—. Me dijo que no era de nadie. Yo tenía todo el derecho del mundo a llevármelo.

Entonces una alta figura vestida con una levita negra surgió tras Pequeña Des. Algunos de los invitados del ayuntamiento no daban crédito a lo que veían porque se esforzaban por comprender lo que tenían ante sí: un hombre aborigen de avanzada edad, delgado y desgarbado, pero más alto que el resto de los hombres de la sala, avanzaba en silencio por el pasillo central del ayuntamiento, vestido con una inverosímil y vieja levita negra y dorada de almirante francés. El aborigen levantó la mano derecha y lo que llevaba en la mano fue objeto de debate durante todos los años que siguieron en tabernas, tiendas de ultramarinos y salones de belleza de Darwin. Unos decían que era un palo en forma de aguja de tejer con pelo marrón de emú atado al extremo. Otros, que era el índice extendido del hombre, tan largo que parecía una vara de hechicero. Otros dijeron que era el hueso de un pecador cubierto de ocre y resina y tal vez de su sangre manchada por el pecado. El hombre señaló al nuevo rico buscador de oro que estaba en la tarima.

—Tom Berry —dijo en voz alta el viejo aborigen—. Un corazón de piedra.

Y eso fue todo lo que Longcoat Bob necesitó decir.

*

Junto al puente que cruza el Candlelight, Aubrey Hook se arrodilla y contempla el negro túnel de follaje que encierra el delgado arroyo de agua dulce al que iba de niño.

Cuanto más resisto, más me acorto, se dice. Recuerda a la niña sepulturera escribiendo esas palabras en los arbustos. Las escribía por todas partes. Por detrás del depósito de agua de Hollow Wood, a un lado de la letrina. Grababa esas palabras en los árboles, escribía esas palabras con letras hechas de ramitas rotas. Las divagaciones de un abuelo que enloqueció para huir de la vergüenza de sus mentiras. Para escapar de la maldición de su pasado.

Junto a la bota izquierda de Aubrey Hook, a un lado del puente, encuentra una cosa que podría haber atribuido a la suerte cuando aún era lo bastante idiota como para creer en ella. Una lata de fruta redonda tan toscamente abierta que se pregunta si su propietaria no se habrá cortado al abrirla y habrá dejado gotas de sangre en sus dedos y en su ropa, manchas que le costaría lavar.

LOS LATIDOS DEL CORAZÓN DEL DIABLO

El camino de plata resplandece más que el oro a la luz del día. Molly lleva casi dos horas caminando por el sinuoso sendero que brilla con luz de plata y todavía se detiene a mirar lo que se presenta a sus ojos como si fueran láminas de cristal tallado bajo sus botas de cavar. Cada lámina refleja la luz y la transforma, de cerca, en resplandores de rosa, púrpura y turquesa. Millones de láminas apiladas a lo largo del tiempo unas sobre otras que, vistas como un todo, forman un brillante camino de plata que Molly tiene la sensación de que podría convertirse en la reluciente armadura de un caballero de Camelot. O de que podría transformar todas esas láminas en ladrillos y construir con ellos un palacio de cristal en el que Greta y ella pudieran refugiarse cuando acabaran su búsqueda y su aventura.

Pasa la mano por las láminas del camino de plata y las coge en la palma de la mano y le parecen escamas de peces, pero su color es más espléndido, como el de las escamas de aquellas sirenas de plata de las profundidades de los mares que Ulises surcó.

—Es mica —dice Molly—. Migajas de roca que el tiempo ha dejado atrás.

Láminas tan delgadas como las películas que se cargan en los proyectores del Star, pero lo bastante claras y brillantes como para formar el falso cielo de la noche que cuelga sobre la marquesina del cine. En algunos lugares, las transparentes hojas de mica se han unido en capas para crear estructuras que semejan libros que Molly puede coger entre sus dedos y cuyas páginas puede contar cerrando un ojo para ver mejor.

—¿No es precioso? —dice Molly—. Sam me habló de este camino de plata. Lo llamaba «el río de cristal». Él creía que era una serpiente del sueño que recorría todo este profundo bosque, y que esa serpiente estaba hecha de estrellas y se deslizaba por aquí para mudar su piel. La serpiente quería dejar aquí su piel de estrellas porque sabía que el camino de plata ayudaría a la gente a no perderse de noche por el bosque.

El camino de plata zigzaguea por un valle de cicas que bordean un estrecho arroyo en el que Molly y Greta se detienen a descansar y a comer. Comparten una lata de maíz del morral de Molly, y Greta pregunta a la niña sepulturera cuánta comida les queda. Seis latas y medio tubo de leche condensada en el morral. Dos latas de judías al horno, una de sopa de rabo de buey, otra de jamón, otra de carne encurtida y otra de melocotones que Molly sigue resistiéndose a abrir.

—¿Qué más llevas en la bolsa? —pregunta Greta—. Parece que hubiera más de seis latas de comida ahí.

Los dedos de Molly palpan la piedra de color rojo sangre que sacó del pecho de su madre.

Entonces saca un libro.

—Las obras completas de William Shakespeare —dice.

—Bueno, si tenemos que tumbarnos a morir por ahí —responde Greta—, al menos tendremos al Bardo para llevarnos al sueño.

Greta descansa junto al arroyo con la pistola de Yukio en las manos. Piensa en el curioso soldado que cayó del cielo. Lo imagina muerto junto al lecho de roca, a un día de camino tras ellas. En su mente, hace tiempo que se ha perdido y ha tirado la toalla, derrumbado en un exitoso acto de inmolación ritual, después de sacarse las entrañas de su vientre plano con la espada ornamental que tan importante parece para él.

—¿Alguna vez has disparado una de esas? —pregunta Molly.

—Un par de ellas de madera en el escenario —responde Greta.

—Quizá deberías practicar un poco —dice Molly.

—No necesito ninguna práctica —dice Greta.

Examina hacia abajo la longitud del cañón con un ojo cerrado.

—No tiene demasiado misterio. Apuntas, disparas y llamas a un abogado.

Molly apura los últimos bocados de maíz y corre a una enorme roca que se inclina sobre el arroyo como un jabalí verrugoso que fuera a beber.

—No necesariamente tienes que disparar a alguien —dice—. Solo tienes que ser capaz de demostrarles que podrías dispararles si quisieras. Así es como lo hace Gary Cooper. Dispara tres veces a una lata y la hace saltar por los aires para que todos los tipos malvados se ensucien los pantalones y tiren sus pistolas.

Deja la lata de maíz vacía en lo alto de la roca.

—A ver si eres capaz de darle —dice.

Greta pone los ojos en blanco, y de mala gana coloca los pies en posición de tirador y apunta con la pistola a la lata de maíz. Dispara, y la bala arranca la cabeza a una higuera de roca que crece en una pared del arroyo unos tres metros por encima de la lata.

Molly ríe.

—Apunta, dispara y llama a un oculista.

Greta finge enfado.

—Te apuntaré a ti como no tengas cuidado.

—Inténtalo otra vez —dice Molly.

Greta respira hondo y apunta de nuevo, cerrando con fuerza su ojo izquierdo y fijando el derecho en la lata, que tiene la tapa de aluminio levantada igual que la escotilla abierta de un submarino. Se pasa la lengua por el labio inferior y contiene la respiración al apretar el gatillo.

Y ninguna bala sale del cañón.

Mira la pistola confusa y vuelve a apretarlo. Solo se oye un clic. Aprieta de nuevo. Nada. Y de nuevo. Nada.

—No hay más balas —dice Greta.

—¿Cómo? —responde Molly.

—¿Quién va a una batalla con una única bala? —pregunta Greta.

Molly sostiene la pistola ahora. Siente su peso.

—Solo necesitaba una para él —susurra Molly.

Greta mueve la cabeza.

—Guárdala en el morral, ¿quieres?

Siguen andando.

*

Ocho kilómetros por el camino de plata. Nueve kilómetros. Diez. Por la tarde, Molly descansa sobre un bloque de cuarcita de bronce colonizado por las conchas rojas de la *Acetosa vesicaria*. Bebe agua de su cantimplora mientras lee su Shakespeare.

—¿Con qué estás? —pregunta Greta.

—Con la *Tragedia de Hamlet, príncipe de Dinamarca* —dice Molly.

Greta enciende un cigarrillo. Le quedan seis.

—Puedes llamarla *Hamlet*, simplemente —dice Greta.

—Sí, lo sé —responde Molly—. Pero me gusta usar el título completo.

—¿Por dónde vas leyendo la *Tragedia de Hamlet, príncipe de Dinamarca* de William Shakespeare, el Bardo de Avon? —pregunta Greta.

Molly coloca el libro abierto sobre su regazo.

—Acabo de leer el fragmento en que los sepultureros se preguntan si Ofelia debería recibir un entierro cristiano por haberse quitado la vida —dice Molly.

Greta asiente y da una calada.

—¿Tú crees que Ofelia se suicidó? —pregunta Molly.

Greta exhala una larga nube de humo.

—Ya lo creo que sí —dice Greta.

—Shakespeare no lo dice claramente —responde Molly—. Dice que una rama pudo romperse y por eso ella cayó al estanque.

—Pero no se esforzó mucho por salir del agua, ¿no crees?

Greta responde tumbándose junto al borde del arroyo y descansando la cabeza sobre el brazo a modo de pilar.

—El viejo Bill estaba siendo cauteloso porque es difícil para los hombres admitir que una mujer pueda elegir la muerte antes que seguir soportando sus gilipolleces.

Molly asiente y se queda pensando por un momento.

—¿Tú crees que Ofelia merecía un entierro cristiano si se quitó la vida?

Greta se encoge de hombros.

—La pobre chica no estaba pensando con claridad —dice—. Eso es lo que los hombres pueden hacerte, Molly. Pueden volver loca a una chica; hacerla querer dormir para siempre en el arroyo más cercano. —Greta contempla el agua cristalina del arroyo.

Luego se vuelve hacia Molly y se da cuenta de que la niña ha puesto en esa pregunta mucho más de lo que la ironía puede ofrecerle a cambio.

—Y Dios recibiría a Ofelia, no te preocupes —dice Greta asintiendo—. Yo creo que Él sabría que merecía un entierro apropiado y que lo único que no merecía era a algunos de los tipejos de su vida.

Molly esboza una sonrisa.

—¿Tú crees que hay más tipos buenos que tipos malos en el mundo? —pregunta Molly.

—Oh, claro que hay montones de los buenos en el mundo —dice Greta.

—¿Como quién?

—Romeo Montesco. —Sonríe Greta.

Molly sonríe también.

—Él me gusta —dice. Luego levanta la vista al cielo azul—. Creo que mi madre no se merecía a algunos de los tipejos de su vida.

Dirige la vista a Greta ahora.

—Sí, pienso que tienes razón, Mol —dice Greta.

—Uno de los sepultureros de Ofelia decía eso de que si ella fue al agua o si el agua fue en busca de ella —dice Molly—. Yo me pregunto lo mismo sobre mi madre. ¿Fue ella hasta aquella tumba de Hollow Wood, o la vida llevó la tumba hasta ella?

—La vida está trayéndonos la tumba siempre hasta nosotros, chica.

—Sí, pero ¿por qué tan pronto para algunos y tan tarde para otros?

—Me temo que la madre de Hamlet también tenía razón en todo eso, Mol —dice Greta.

—No recuerdo lo que dijo sobre eso.

—Dijo que todo lo que vive debe morir —responde Greta—. Y dijo que todos sabemos que eso es lo que hay.

—¿Que eso es lo que viene? —pregunta Molly.

—Lo que hay —aclara Greta—. Que eso es lo que hay para todos. —Greta da otra calada al cigarrillo y descansa la cabeza sobre una roca—. Pero supongo que también es lo que viene.

*

El camino de plata se curva para atravesar un barranco boscoso y luego un breve cañón bordeado de helechos colgantes de cinco dedos que a Molly le parecen mil manitas verdes que salen de la pared de roca. Prueba el eco de su voz en el cañón.

—Marlene Sky —grita entre las dos manos.

Los pájaros echan a volar desde el cañón, sobresaltados por el ruido. Abejarucos arcoíris, pericos capirotados, otídidos y un par de rosellas multicolor con alas negras, blancas y azules violáceas.

Molly y Greta sienten y huelen la humedad del norte. Todo suda. Todo rezuma. Las paredes del cañón son lisas y están manchadas de negro por el curso del agua. Las zapatillas de Greta resbalan en las piedras húmedas y limosas, y ella se esfuerza por llenar sus pulmones con el denso aire y ya no le apetece tanto fumar en esos raros parajes.

240

El camino de plata serpentea entre verdes palmeras con forma de tornillo de madera clavado en la tierra y deja atrás un saliente de arenisca que a Molly le parece un tejón australiano gigante, salvo porque el del saliente lleva un casco de batalla dentado en la cabeza con esquirlas de arenisca que sobresalen abruptamente de la parte superior por si los improbables enemigos del tejón —equidnas cubiertas con cota de malla, comadrejas con armadura— decidieran saltar sobre su cabeza.

Molly se detiene a mirar una majestuosa libélula emperador verde atrapada y cada vez más prisionera de la pegajosa telaraña de una araña de la cruz de san Andrés. La libélula le parece a Molly una aeronave diseñada por los hermanos Wright, con un torso hecho de una especie de cuenta de blando terciopelo engastado en un collar negro, cola de escorpión y enormes alas transparentes que de algún modo brillan con un resplandor púrpura cuando la libélula aletea asustada al hallarse tan cerca de la maestra de obra de la telaraña.

—La libélula está viva todavía —le dice a Greta, que se ha parado a rascarse la parte de atrás de las pantorrillas con un palo—. La araña va a por ella —dice Molly—. Voy a liberar a la libélula.

—¡No puedes hacer eso! —dice Greta—. Esa araña probablemente no haya comido en varios días y ha hecho todo ese esfuerzo para construir una telaraña que le permita almorzar.

—¿Tiene que comerse algo tan bonito? —pregunta Molly.

—A las arañas lo bonito no les importa lo más mínimo, Molly —dice Greta.

—Todavía no han visto una película de Carole Lombard —dice Molly—. Voy a liberar a la libélula.

—¿Cómo puedes ser tan cruel? —responde Greta—. Creo que una libélula es mejor que un filete de rabadilla para cualquier araña, y tú vas a arrebatarle a esa pobre araña su comida justo cuando se está poniendo la servilleta en la pechera. ¿Qué clase de monstruo eres, Molly Hook?

*

En un pequeño manantial de agua dulce, Molly y Greta se detienen a compartir la lata de carne encurtida y a llenar la cantimplora. Molly sirve su mitad de la carne en un plato improvisado con una tira de melaleuca y se sienta sobre una roca plana junto al manantial.

Greta se queja de un dolor punzante en la parte baja de la espalda. Se quita el vestido color esmeralda, vuelve la espalda hacia Molly y le pide que examine la zona inferior de su espina dorsal. Molly deja su plato de melaleuca con la carne encurtida en la roca plana y se acerca a Greta, y de inmediato descubre dos gruesas sanguijuelas que se abren camino por el borde superior de las bragas de la actriz. Una tercera sanguijuela trepa por detrás de su muslo izquierdo.

—Sanguijuelas —dice Molly.

—¿Qué dices? —responde Greta con la voz entrecortada—. ¿Cuántas?

—Tres —dice Molly.

Greta ejecuta un extraño movimiento que produce la impresión de que bailara.

—¿Son muy grandes? —pregunta presa del pánico.

—Bueno, a juzgar por su tamaño, yo diría que ya se han comido el plato principal y ahora van en busca del postre.

—¡Quítamelas! —chilla Greta.

—Ni hablar —dice Molly.

—¿Qué estás diciendo? —exclama Greta—. ¡Quítame las malditas sanguijuelas, Molly!

—Lo mejor es dejarlas alimentarse hasta que se caigan ellas solas —dice Molly.

—¡Eso es ridículo!

—No lo es. Tienen el estómago lleno de porquería y, si las arranco mientras están alimentándose, parte de ella puede meterse por tus heridas de succión abiertas.

—¿Heridas de succión? —repite Greta.

—Ay —susurra Molly.

—¿Qué pasa?

—Una acaba de treparte hasta el culo.

—¡Quítamela!

—Relájate y deja que acaben —dice Molly—. Además, piensa en todo el esfuerzo que les ha costado trepar por esas largas patas tuyas. Probablemente lleven días sin comer, y ahora tú quieres arrebatarles su alimento. ¿Qué clase de monstruo eres, Greta Maze?

—¡Molly, quítamelas, maldita sea! —chilla Greta.

—Está bien, está bien —dice Molly, que ya ha encontrado la navaja de mondar que lleva en el morral—. No es para tanto.

Raspa con la navaja suave y cuidadosamente por debajo de la estrecha cabeza de cada gruesa sanguijuela y las separa una a una de la pálida piel de Greta.

—Será mejor que te alejes —dice Molly—. Creo que a esas sanguijuelas les gusta la comida alemana.

Greta corre por la roca plana, vuelve a ponerse el vestido y se abrocha la cremallera de la espalda. Pero entonces se queda petrificada al oír algo que se mueve en la pared de arbustos que bordea el manantial de agua.

—¿Has oído eso? —pregunta Greta.

—¿Qué? ¿Qué has oído? —responde Molly encontrando el lugar de los matorrales al que la ha guiado la mirada de Greta.

Nada se mueve ahora. Un silbido de pájaro. Un goteo de agua del manantial. Y la actriz y la niña sepulturera observan el muro de palmeras, cicas y banksias.

Más un presentimiento que otra cosa. Sin evidencia de nada. Solo un escalofrío que recorre la espina dorsal de Greta.

—¿Crees que nos está siguiendo? —pregunta Molly.

—¿Quién?

—Yukio.

—¿Ya sois tan amigos que os llamáis por el nombre de pila?

Molly se encoge de hombros.

—Solo estoy diciendo su nombre.

—Creo que ya estaríamos muertas a estas alturas si nos hubiera seguido —dice Greta.

Molly se vuelve hacia la roca que hay junto al manantial justo a tiempo de ver algo que tiene que mirar dos veces para asegurarse de que no es una ilusión ni un efecto de magia del país profundo: las anchas alas marrones y negras de un águila audaz que vuela en picado hacia abajo.

Greta descubre ahora al ave también.

—¡Aaaah! —grita.

Molly se queda inmóvil ante el silencioso depredador, y sigue observando su descenso hasta la roca plana y cómo, sin llegar a tocar tierra, se apodera de dos grandes trozos de su carne enlatada con sus enormes garras para luego alzar el vuelo y abandonar el claro con tanta elegancia como hizo su entrada. Es un acto de tal audacia que solo podría ser obra de una reina. De cerca, Molly ha podido ver lo hermosa, lo majestuosa, lo fuerte que es. Si hubiera querido, se dice Molly, podría haberse llevado el morral entero en sus garras mortales —las latas de comida y el corazón de piedra incluidos— y haberlo subido al cielo para, de vuelta con su familia, inspeccionar el botín de la despensa de Horace Hook.

A Molly solo le sale una palabra.

—¡Espera! —llama al águila.

—¡Cielo santo! —exclama Greta—. ¿Qué mierda era eso?

—Era preciosa —dice Molly—. ¿Alguna vez has visto algo tan bonito?

—Me ha dado un susto de cojones —dice Greta—. La muy perra se ha llevado tu almuerzo.

—Ella lo necesita más que yo —dice Molly encogiéndose de hombros.

Se queda pensando un momento para sí.

—Imagínate que fueras tan valiente, Greta. Solo las madres son así de valientes. Las madres con hijos que alimentar.

Se oye entonces un ruido más allá del manantial. Parece que viniera de las profundidades de la tierra bajo el bosque. Un sonido de tambores atronador. Pum. Pum. Pum.

—¿Qué es eso? —pregunta Greta.

Pum. Pum. Pum. Algo pesado que golpea la tierra.

Molly no tiene respuesta para Greta. Va en busca de su amiga, la pala a la que llama Bert, porque Molly y Bert se conocen lo suficiente como para llamarse por su nombre de pila.

*

La niña sepulturera sigue el ruido sordo por el camino de plata que recorre una fila de cicas azules con hojas del color de la luna. Pum. Pum. Pum. Ahora más fuerte. Hay una estrecha senda que sale del camino de brillante mica, y Molly y Greta toman la bifurcación; Molly delante agarrando el mango de Bert cada vez con más fuerza a medida que el ruido crece.

Pum. Pum. Pum. Algo está siendo aplastado. Algo se está rompiendo en pedazos. Roca.

Luego se oye un ruido tan fuerte que le hace daño a Molly en los oídos y hace saltar sus hombros. Una explosión en el interior de una cueva.

—Gelignita —dice Greta.

Molly apresura el paso y sigue el sonido por la estrecha senda que atraviesa una pantalla de helechos y enredaderas para dar a un claro donde se detiene delante de lo que ahora puede ver que es una pequeña mina en el corazón del país profundo. Pum. Pum. Pum. Molly y Greta se arrodillan al amparo de un grueso arbusto de helechos para examinar la escena. Hay una rudimentaria planta de trituración alojada bajo un cobertizo triangular de mohosas láminas de hierro ondulado que descansa sobre unos postes de madera de los cipreses azules que Molly y Greta llevan dejando atrás desde el río Clyde. Una mina de estaño, probablemente, se dice Molly, construida en una pared inclinada de roca gris oscuro, llena de hierbas y enredaderas.

Dos hombres con camisetas azules y sombreros de ala ancha supervisan la trituración de unos trozos descomunales de cuarzo blanco. Las piedras se colocan bajo una trituradora a motor hecha con tres pesadas prensas oxidadas de acero que se levantan y caen por la acción de un mohoso árbol de levas.

245

Pum. Las prensas de acero golpean con tal fuerza un bloque de cuarzo que la roca se rompe en cuatro trozos. Los mineros entonces los echan a una trituradora de fauces traqueteantes que transforma la piedra en grava para ser conducida a un canalón que Molly imagina en alguna parte, cerca de la mina junto a una vía de agua natural. Recorriendo el lado superior de la pendiente de roca, hay un pequeño raíl de unos cincuenta metros de largo que se extiende desde la planta de trituración hasta la entrada de la mina, un agujero abierto mediante voladura en la roca como los que Molly recuerda que su padre le enseñó en las acampadas en el Top End no hace tanto, cuando Horace Hook aún conservaba el buen carácter. Horace le explicó que la mayoría de aquellos pozos mineros solo eran ya útiles para los fantasmagóricos murciélagos que los convertían en su casa durante el día. «Pero aún hay gente que explota sus riquezas por todo el país», decía Horace. «Y guardan esos agujeros de tesoros igual que la urraca su nido. Cualquier cabrón es una amenaza».

La entrada a la mina no es más ancha que la puerta de una tienda de campaña para dos personas, y un hombre sale de ella ahora encorvado, empujando una carretilla de mena. Lleva camiseta y pantalones y un sombrero marrón de ganadero. Tiene una barba castaña y poblada que le llega hasta el pecho.

—Su piel —susurra Greta.

Molly mira más de cerca. Hay pequeños bultos a lo largo de los brazos y los hombros del hombre. Úlceras y cicatrices. Tiene el pómulo derecho anormalmente agrandado y la piel de la frente hinchada y tan seca que ha empezado a cuartearse como la arcilla del cementerio de Hollow Wood durante una sequía. El hombre levanta las pesadas rocas de la carretilla hasta un vagón tolva conectado con la planta de trituración, y Molly puede ver ahora que le faltan tres dedos de la mano derecha seccionados a mitad de los nudillos. En la izquierda le faltan el pulgar y el índice.

—Sigamos andando —dice Greta poniéndose de pie y dándose la vuelta para desandar el camino, pero se detiene al darse de frente con un hombre enorme que descansa un pico sobre el hombro ocupando todo el ancho de la senda que regresa al camino de plata. Greta se sobresalta y retrocede al verlo. También tiene el rostro seco y tan hinchado que parece desfigurado, como si lo hubiesen moldeado mal. Tiene parches de cicatrices y decoloraciones por el cuello y los brazos. Ronchas y pequeños bultos. Pero lo que más le llama a Greta la atención de él son sus ojos. No tiene cejas ni pestañas, y solo puede ver por uno de ellos, el izquierdo. Donde una vez estuvo el globo ocular derecho, hay una bolsa vacía que contiene una fina capa de sangre. Su nariz es grande y deforme. Molly no recuerda cuándo fue la última vez que vio a un hombre como ese. Para ella es un gigante. Grandes y anchos hombros. Grandes bíceps. Grandes piernas. Grandes dedos. Abundante pelo castaño en su cabeza de bucles naturales y descuidados.

—Lo siento —dice en voz baja con un marcado acento irlandés.

Tiene el rostro tan rígido que sus palabras parecen aire viejo que se abre camino por la grieta de una montaña.

—No soy fácil de ver, ¿verdad? —Ríe para sí—. Llevamos aquí tanto tiempo que casi nos hemos olvidado de lo que debemos de parecerles a unas chicas guapas como vosotras.

Greta le muestra una sonrisa poco entusiasta. Estudia el rostro del hombre.

—¿Os habéis perdido o algo? —pregunta el hombre.

Molly salta al oír la pregunta:

—Vamos en busca de Longcoat…

—Mi hombre y su padre están acampados allí atrás en la altiplanicie —interrumpe la actriz con naturalidad—. Estábamos viendo pájaros y mariposas cuando hemos oído los golpes de esa trituradora de roca y hemos venido a ver qué era lo que estaba asustando a los pájaros.

El hombre del pico asiente. Mira a Molly, y ella asiente también.

Entonces el hombre grande sonríe.

—Bueno, dejad que os prepare algo caliente antes de marcharos.

La trituradora cae sobre otro bloque de cuarzo. Pum. Pum. Pum. Ramas y hojas secas se rompen bajo sus botas cuando caminan.

Greta mira por encima de su hombro izquierdo para ver que ahora tiene detrás a uno de los dos mineros de la planta de trituración.

—Gracias por el ofrecimiento, pero será mejor que nos pongamos en marcha ya —dice Greta caminando.

Pero el hombre grande se hace a un lado para cortarle el paso.

El latido del corazón de Greta Maze. Pum. Pum. Pum.

—Por favor —dice el hombre grande bajando el pico a su cintura—. Me temo que no tengo más remedio que insistir.

*

Dos gruesos leños por asientos y un tocón de árbol como mesa. Un cazo negro hierve a fuego lento en una parrilla de hierro sobre un fuego dentro de un círculo de rocas rotas. El hombre grande de un solo ojo sostiene una taza esmaltada llena de té en la mano izquierda. Sorbe y valora la temperatura del líquido.

Molly sostiene su taza de té con las manos mientras descansa los codos sobre las rodillas. Está mirando las úlceras hinchadas y con costra que tiene en la cara el hombre de un solo ojo. Ve mejor sus dedos ahora, y cómo aún sostiene la taza cómodamente por el asa a pesar de haber perdido el meñique de la mano izquierda.

Greta da sorbos a su té, y el hombre grande la observa hacerlo al igual que los cuatro mineros que están detrás y a los lados de la improvisada mesa. Cada uno tiene su propia y única gama de hinchazones y lesiones visibles por el rostro y el cuerpo. Uno de los mineros es un muchacho pelirrojo que no puede ser mucho mayor que Molly. Tiene la mejilla izquierda y el lado izquierdo del labio superior tan hinchados que parece que fueran a tragarse su boca y que esta se hubiera desplazado a su barbilla.

—Gracias —dice el hombre de un solo ojo.

—¿Por qué? —pregunta Greta.

—Por beber de mi taza.

—La taza estaba limpia —responde Greta.

—Siempre lo está —responde el hombre de un solo ojo—. Pero pocos quieren beber de ella.

El hombre da otro sorbo.

—Mi nombre es George Kane —dice.

—Greta Maze. —Greta se vuelve hacia Molly, dando el pie a la niña para que esta diga su nombre.

Pero Molly no está siguiendo la conversación. Está demasiado absorta en la película roja del pozo del ojo derecho de George Kane. Él le guiña el ojo izquierdo, y el gesto saca de su contemplación a Molly. Baja la cabeza para concentrarse en su té.

—¿Y cuál es el nombre de la joven dama? —pregunta Kane.

—Molly —dice ella—. Molly Hook.

—Adelante. Pregúntame —dice Kane.

—¿Que te pregunte qué? —responde Molly.

—La pregunta que tienes en la punta de la lengua.

—¿Cuál? —pregunta Molly.

—Ya sé cuál es —dice Kane, sonriendo—: Cómo tengo el pelo tan limpio aquí, en medio del bosque. —Se pasa la mano por la densa melena castaña—. ¡Vinagre! —Ríe—. ¡Me lavo el pelo con vinagre!

Molly sonríe.

—Siento haberme quedado mirando —dice.

Kane mueve la cabeza.

—Hay mucho que mirar, por desgracia.

—¿Sois de Channel Island, chicos? —pregunta Greta.

—¿Conoces Channel Island?

Greta asiente.

—Actúo allí de vez en cuando —dice Greta—. A unos amigos y a mí nos pidieron los de la iglesia que fuéramos allí a actuar para los niños.

Una de las funciones más duras de la carrera de principiante de Greta Maze. Tras cruzar el puerto de Darwin y desembarcar en la leprosería de Channel Island. Buen dinero. Malos recuerdos. Cantando melodías populares para un grupo de niños —la mayoría aborígenes— que tienen la lepra y son apartados a la fuerza de sus familias de Darwin y enviados a Channel Island. Mínimo acceso a médicos y a medicina. Escasez de comida y agua corriente, incluso para la *troupe* teatral visitante. Ejércitos de mosquitos y moscas y una isla de muertos enterrados en tumbas superficiales.

—Yo no sabía muy bien lo que era ese lugar —dice Kane—. Al principio pensaba que era una cárcel, pero luego me di cuenta de que era un cementerio. Nos envían allí a pudrirnos. Tendríamos que haber reducido a cenizas ese sitio.

Se pone de pie y se dirige a los hombres que están a su alrededor.

—Pero ahora estamos aquí a salvo, en el bosque. —Sonríe—. Mientras Australia arde.

Y los hombres a su alrededor sonríen y asienten, y Greta Maze se pregunta exactamente a qué clase de sitio han ido a parar.

—¿Qué quieres decir con que Australia arde? —pregunta Greta.

—¿No lo habéis oído?

—¿Oír qué? —pregunta Molly.

—Estamos acabados —dice Kane.

—¿Quiénes? —pregunta Greta.

—Australia —dice—. Se acabó. Es el final. Todos esos hombres egoístas y orgullosos con chaquetas rojas que se transforman en trajes negros. Los que vinieron cruzando el mar. Pensaron que podían convertir este lugar en una nueva Inglaterra. Expulsaron de las ciudades a todos los que no se parecían a ellos. Y ahora los japoneses han reducido a polvo a todos sus príncipes y princesas de ciudad. —Baja la voz casi hasta un susurro—. Golpearon Brisbane con el doble de fuerza que Darwin —dice—. Bum. Bum. Bum.

Ahora da vueltas por el campamento, cargado de la electricidad de sus propias visiones.

—Luego se desplazarán a Sídney, y ninguno de esos gordos de los altos edificios verá venir el fuego. Solo podrán quedarse mirando por las ventanas de su oficina. Y verán como el fuego les produce ampollas en la piel. Verán como el fuego les deforma las caras.

Sentada sobre el leño, Greta desliza una mano alrededor del brazo de Molly y lo aprieta, moviendo la cabeza discretamente.

La niña la conoce ya. Conoce sus miradas, se fía de ellas, y esta dice, sin lugar a dudas, que él no es de lo buenos, Molly.

—Y, en el reflejo de las ventanas de sus oficinas —dice Kane—, los monstruos en los que se han convertido serán lo último que verán.

En ese momento, Greta ve que George Kane le susurra algo a un hombre más joven y delgado con lesiones en la cabeza calva. Kane ha dado la espalda a Greta y a Molly, y Greta no puede saber lo que le está diciendo al hombre calvo, pero sí que le está diciendo algo que él no quiere oír.

Greta le susurra a Molly:

—Dame el morral.

Molly descuelga el morral y lo desliza hacia Greta con el pie. Kane se da la vuelta y reanuda lo que Greta se da cuenta de que enseguida se va a convertir en un sermón.

—Y ahora los mansos heredarán la tierra —proclama.

Y los hombres que están a su alrededor asienten porque se dejan impresionar con la misma facilidad con la que se dejan guiar. Kane encuentra asiento de nuevo en el leño que está frente a Greta y Molly.

—Todos nosotros, los exiliados y marginados —dice—, podremos empezar de nuevo. Y seremos felices, y dentro de un siglo la gente de esta tierra celebrará el día en que las bombas de la Armada del Imperio japonés hicieron volar la codicia y la avaricia por los aires.

Da otro sorbo a su té, y a continuación arroja al fuego el resto. Se vuelve para hablar con Greta, que ahora tiene las manos dentro del morral. Ya no hay hospitalidad ni calidez en su voz. Solo suspicacia.

—¿Qué hay en el morral? —pregunta.

—Solo algunas latas de comida —dice Greta—. Agua. Cosas de casa.

Kane mira profundamente a sus ojos con el único suyo. Sigue un largo y tenso silencio.

—No hay nadie esperándoos en la altiplanicie, ¿verdad? —pregunta Kane.

Greta guarda silencio. Luego sonríe y dice:

—Gracias por tu hospitalidad.

Le da un golpecito en el hombro a Molly. Se levanta.

—Os dejamos seguir con lo vuestro.

Molly se levanta, agarrando la pala Bert.

—Gracias por el té —dice.

George Kane asiente mirando a Molly y se queda sentado. Con aire despreocupado, hace un gesto con un dedo a los hombres que tiene detrás. Y estos rodean a la actriz y a la niña sepulturera de inmediato.

Greta se vuelve hacia los hombres y rápidamente saca la pistola japonesa del morral. Apunta con gesto seguro, recorriendo a los hombres con el arma.

—Atrás —ordena—. ¡Atrás!

Y George Kane ríe.

—La pistola no tiene balas —dice.

Se levanta del tronco (tiene que hacer un esfuerzo para poner en movimiento sus grandes miembros) y entonces señala al muchacho pelirrojo.

—Shane estuvo de lo más pendiente de vosotras allí atrás en el arroyo.

Shane da dos breves bufidos que constituyen su risa. Otro hombre de gran tamaño con una chaqueta de cazador se dirige a Shane y se burla de su bufido bufando él ruidosamente tres veces; lo que hace que todos los hombres se echen a reír, y sus carcajadas parecen ahora las de unos payasos perturbados mientras sus cuerpos rodean a las chicas y Greta retrocede, alejándose de ellos.

—¡Atrás! —dice sin fuerzas.

Pero los cuerpos se acercan más y las risas de locos hacen que Molly Hook se acuerde de su tío Aubrey, y se encuentra con los ojos del hombre calvo con lesiones por toda la cara y la calva, y su boca es ancha, y su risa suena como el claxon de un coche, y sus manos la buscan a ella, y lo único que ella tiene en este extraño mundo es a su mejor amiga después del cielo, la pala Bert, y golpea con fuerza la nariz del hombre calvo, y la sangre le brota de la nariz y le cae en las rodillas.

Greta retrocede ante los hombres, que ahora se lanzan sobre ella, y cae en los brazos de George Kane, que la abraza como un oso con todas sus fuerzas, pegando las ronchas y costras de sus brazos a sus hombros. La actriz pisotea sus botas, patea con los tacones las espinillas del hombre.

Molly vuelve la cabeza a tiempo de encontrarse al chico pelirrojo cargando ferozmente contra ella. Pero la niña sepulturera es más feroz, y los dientes que cortan de raíz de la hoja de la pala se topan con la oreja izquierda del chico pelirrojo, y la mitad superior de esa oreja sale volando y se eleva un momento en el aire para aterrizar junto al chisporroteante fuego del campamento. Aturdido, el chico pelirrojo cae al suelo agarrándose la oreja cortada mientras sus dedos buscan entre la tierra y la grava del suelo el resto que falta.

—¡Corre, Molly, corre! —dice Greta retorciéndose en el abrazo del gigante Kane.

Molly sale corriendo por el hueco que ha dejado en el grupo el muchacho que sangra.

Y el cielo del día le habla ahora:

—¡Corre, Molly, corre! —le dice.

Y ella hace caso. Y tanto que lo hace. Choca con helechos, higueras y palmeras y las espinas de la maleza le arañan las piernas y los hombros.

—No mires atrás, Molly. No mires atrás —dice el cielo del día.

—¡Greta! —exclama Molly dándose la vuelta en el sendero que la apartó del camino de plata y la llevó hasta los malos.

—No mires atrás, Molly —dice el cielo del día.

Corre, corre y corre.

—¡Greta! —protesta al cielo.

—No mires atrás, Molly —responde el cielo del día.

Y Molly corre a toda velocidad entre los arbustos y sale, atravesando un borde de palmeras, de nuevo al arroyo donde estuvo apoyada tranquilamente contra una roca leyendo las obras de William Shakespeare.

—Greta —dice Molly.

—No mires atrás —dice el cielo del día—. Corre, Molly, corre.

Pero Molly se detiene. Se da la vuelta, aspirando aire hasta el fondo de sus pulmones, y ahora sabe por qué el cielo le ha dicho que no mire atrás. El hombre calvo de la nariz ensangrentada atraviesa de pronto la pared natural de helechos y se arroja sobre ella. Molly se vuelve y echa a correr otra vez, pero él es demasiado rápido, está demasiado lleno de rabia, y su mano derecha le agarra el hombro y el impulso de su carrera es suficiente para arrastrar a Molly por el lecho del río mientras la superficie de arenisca le desgarra la piel de las rodillas y las pantorrillas, y él la empuja hasta el arroyo y le mete la cabeza dentro del agua, y todo su mundo, el mundo que existe para ella, está ahora sumergido.

El agua clara. Las burbujas que le salen de la boca. Los guijarros del fondo arenoso del arroyo. El hombre calvo le mantiene la cabeza bajo el agua y el impacto de las acciones que se han desarrollado en un solo segundo hace que a Molly se le llene el vientre de agua, y esa agua no tiene otro sitio a donde ir sino a rodear su buen corazón, que ha estado convirtiéndose y convirtiéndose en piedra.

*

George Kane arrastra a Greta por el suelo tirando de su brazo derecho. El hombre de la chaqueta de cazador la arrastra tirando del izquierdo. Greta patalea inútilmente.

—¡Dejadme! —grita—. ¡Putos animales! ¡Animales! ¡Dejadme!

Kane escupe. El sudor le corre por la frente. Se vuelve hacia un hombre con sombrero negro de ganadero y camisa de trabajo roja con coderas.

—Kenny —dice Kane—, ve a ayudar a Hoss con la niña.

Kenny corre hacia el estrecho sendero por el que huyó Molly hace unos instantes. Kane señala a Shane, el chico pelirrojo, que ahora se aprieta con fuerza un trapo contra la oreja izquierda, aún aturdido por la acción de la niña sepulturera.

—¡Pon en marcha la planta! —ruge Kane.

—¡Me ha arrancado un trozo de oreja! —dice el chico, cuya voz suena tan dolorida como confuso ha quedado por lo ocurrido.

—¡Tú pon la puta trituradora en marcha! —grita Kane.

Y Greta oye el salpicar del aceite dentro de un generador oxidado, y luego el movimiento de los sistemas de manivelas y poleas que vuelven a la vida mientras a ella la arrastran sobre su espalda y ve resplandores de un cielo nublado y azul al ladear la cabeza hacia la izquierda para ver a dónde la llevan.

Greta lanza un grito primitivo. De profundo terror. Pero también de rabia. Mientras la arrastran por el suelo logra liberar un brazo y golpea a sus captores. El hombre de la chaqueta de cazador le propina una fuerte patada en el estómago y el golpe la deja sin aire, que en vano intenta aspirar para llenar sus pulmones.

—¡Dejadme! —dice, pero casi no le sale la voz.

Tiene a George Kane encima de ella ahora en el suelo con su rostro —su rostro desfigurado y lleno de costras— cerca del suyo. Su mano derecha es lo bastante grande como para sujetarle ambas mejillas y estrujarle los labios.

—¿No lo entiendes? —se burla—. ¿No lo entiendes, guapa? No podemos dejarte ir, preciosidad. Volverías huyendo a lo que quede de tu casa y les contarías a los supervivientes del apocalipsis venido del aire que has encontrado un paraíso en el país profundo, y vendrían a por nosotros, y traerían todo su miedo y sus prejuicios consigo, y convertirían nuestro nuevo santuario en el mismo infierno que acaban de ver reducirse a cenizas.

Y de nuevo el ruido sordo. Greta vuelve la cabeza y ve las tres prensas de acero oxidadas, apiladas una encima de otra, golpeando la tierra. Pum. Pum. Pum.

Kane agarra a Greta del cuello y la empuja. Cada vez más cerca, más cerca de las prensas de la planta trituradora que a Greta le parece viva, una cosa viva de metal y aceite, monstruosa y hambrienta, con brazos y fauces que giran y la necesidad de aplastar su cráneo como si fuera un bloque de cuarcita rico en mineral.

Kane le grita al chico pelirrojo:

—¡Cuerda!

*

Molly se ahoga. A Molly no le queda nada. El brazo derecho del hombre calvo le mantiene la cabeza bajo el agua tranquila del arroyo. Es Ofelia ahora prisionera del manantial. No tendrá un entierro cristiano. Quizá ni siquiera lo merezca, de todas formas. Se acuerda de su padre en la horquilla del árbol del cementerio de Hollow Wood. Debería haberlo enterrado como es debido. Contó al menos seis agujeros cavados por los japoneses con sus bombas. Podría haber bajado a Horace de aquel árbol y haberlo dejado en alguno de los agujeros para devolverlo a la tierra de la que había salido.

Pero ella tenía que irse. Tenía que encontrar a Longcoat Bob antes de que fuera demasiado tarde. Tenía que encontrar al hechicero antes de que su corazón se convirtiera en piedra como le pasó al de su padre tan cerca del final. Un corazón de piedra como el del hermano de su padre, su tío. El tío Aubrey. Se acuerda del rostro del hombre calvo. Estaba desfigurado. Pero debajo de las hinchazones y lesiones había un rostro que le recordaba al de su tío. ¿Era posible? Magia negra, quizá. ¿Acaso obra de Longcoat Bob? Dejó a su tío retorciéndose y pudriéndose al sol de Darwin en el cementerio de Hollow Wood. Pero tal vez Longcoat Bob resucitó el alma de Aubrey Hook, o, si no lo hizo él, fue la tierra la que la puso en el cuerpo del hombre calvo perturbado cuyos brazos parecen tan llenos de fuerza y de odio mientras la sujeta allí abajo, abajo, abajo, dentro de su muerte de agua.

Sam dijo que la tierra se rebelaría. Sam dijo que la tierra no la querría allí. Pero ¿quién dice que Molly Hook no tenía también derecho a rebelarse? Cava, Molly, cava. Cava por tu coraje. Cava por tu rabia.

Y la niña sepulturera mueve la cabeza en el agua y la empuja fuerte contra la mano que la empuja hacia abajo. Sus piernas patalean y patalean contra las rocas de la superficie y entonces, como si la tierra respondiera a su deseo accediendo al mismo, la mano que la agarra del pelo y la cabeza desaparece, la presión se afloja. Y el agua clara que la rodea se tiñe de rojo.

Aún tiene la cabeza debajo del agua cuando ve el cuerpo del hombre calvo caer y hundirse en su propia muerte de agua con los ojos abiertos en el rostro desfigurado devolviendo la mirada a Molly. Hay tal sorpresa en su rostro, tal confusión… Entonces los ojos sumergidos de Molly encuentran la causa de su asombro: un agujero en su estómago del que brota sangre en el agua con la misma languidez con que el humo de un cigarrillo de Bogart llenaría un despacho. Sangre que se mezcla con el agua como los cirros con el cielo azul.

Molly saca la cabeza del agua e inhala aire para llenar sus pulmones y, al volverse, se encuentra al piloto japonés de pie por encima de ella, con su espada en la mano derecha, la corta hoja manchada con la sangre del hombre que ahora flota bocabajo en el arroyo.

—Yukio —susurra Molly.

Vuelve a respirar, con fuerza y rápido, de espaldas sobre la rocosa orilla del arroyo. Empapada.

—Yukio Miki —dice señalando al piloto entre más respiraciones agitadas—. El bueno. —Tratando aún de recuperar el aliento, necesita decirlo—. Lo sabía, Yukio, lo sabía.

Lo extraordinario de todo aquello. Vuelve a señalarlo.

—El bueno que cayó del cielo.

*

Pum. Las prensas de acero encuentran el suelo y las breves ondas sísmicas que producen reverberan bajo la espalda de Greta. Pum.

—¿Quién te habló de nosotros? —ruge Kane.

—¡Nadie! —dice Greta.

Tiene los brazos extendidos y las manos atadas por una cuerda que le desgarra la piel de las muñecas. Hay círculos de sangre alrededor de sus tobillos atados con demasiada fuerza también.

—¿Quién más sabe que estamos aquí? —estalla Kane.

—Nadie —dice Greta—. Por favor. Por favor. Nadie sabe que estamos aquí. Nosotras vinimos buscando a alguien.

Pum. Pum. Pum. Los bloques de acero golpean la tierra.

—¿A quién estáis buscando?

—La niña —dice Greta, y hay lágrimas en sus ojos ahora—, la niña cree que sufre algún tipo de maldición. Quiere encontrar al hechicero que puede eliminarla antes de que su corazón se vuelva de piedra.

Mueve la cabeza. Aquello suena estúpido al decirlo en voz alta. Respira hondo.

—Es la verdad —dice—. Deja que nos vayamos y no le hablaremos a nadie de este sitio. Te lo juro.

Greta jadea. Presa del pánico. Primitiva. Kane estudia los ojos de la actriz.

—Tírame el morral —le dice Kane al chico pelirrojo, quien de inmediato lanza el morral de Molly a su jefe.

Kane se arrodilla y vuelca el contenido del morral a sus pies. Inspecciona un par de latas de comida. Hojea a Shakespeare. Examina la batea brevemente y la deja a un lado. Luego sostiene la piedra de color rojo sangre ante los ojos de Greta.

—¿Para qué lleva una piedra? —pregunta Kane.

Greta mueve la cabeza, confusa.

—No lo sé —dice—. Nunca había visto esa piedra hasta ahora.

Kane suelta la piedra y encuentra el cuchillo de mondar de Molly.

—La niña no está maldita —dice—. ¿Cómo iba a estar maldita cuando acaba de tener la suerte de dar con el nuevo mundo?

Las prensas de acero golpean la tierra. Kane se inclina sobre el rostro de Greta. Su cuerpo inmenso. El olor del duro esfuerzo físico. Pus amarillo dentro de las lesiones abiertas que tiene en el cuello. Pasa la punta del cuchillo por la zona amoratada del ojo de Greta.

—Alguien intentó desfigurarte —dice—. ¿Quién te hizo eso?

Greta guarda silencio.

—Respóndeme —dice Kane.

—Solo alguien que conocí en Darwin —dice en voz baja.

—¿Alguien que amabas? —pregunta Kane bajando la voz también.

Greta asiente. Kane se dirige al chico pelirrojo:

—Vete a casa, Shane.

El chico da una patada de niño con rabieta.

—Pero dijiste que tendría mi ocasión.

—Tu ocasión será con la niña —dice Kane—. Pero todo a su debido tiempo, Shane.

Shane sale corriendo por el sendero que bordea la entrada de la mina y desaparece en la maleza.

Greta retrocede horrorizada, llevándose las rodillas al pecho.

—¡Aléjate de mí, puto animal! —grita. Se impulsa para moverse por el suelo con los talones de sus pies atados.

—Sssshhh —dice Kane—. Por favor, entiende que si vuelves a moverte me veré obligado a mantenerte la cabeza muy quieta debajo de esos bloques de acero. Por favor, dime que lo entiendes.

Pum. Pum. Pum.

—Es un nuevo mundo, Greta —dice Kane—. No hay reglas en este nuevo mundo nuestro. No hay leyes.

Greta tiembla. Asiente. Llora.

El pulgar de Kane le seca una lágrima.

—Él intentó hacerte fea —susurra. Pasa el pulgar ahora por su rostro—. Fracasó. —Sonríe—. ¿Quién le haría eso a algo tan hermoso?

Greta se estremece.

—Yo nunca te haría eso —dice Kane—. Nosotros siempre te tendremos como un tesoro. Nosotros siempre sabremos lo que eres.

Greta se estremece de nuevo, y aparta la cabeza de los dedos de Kane.

—¿Qué soy?

—Eres el principio —dice Kane. Y sus ojos recorren su cuerpo hasta el dobladillo de su vestido color esmeralda y la piel de sus muslos bajo él—. Tú eres Eva —añade.

*

El hombre de la camisa roja con el sombrero negro corre por el sendero hacia el arroyo para ayudar a su amigo Hoss y traer de vuelta a la extraña niña capaz de defenderse con una pala. Se llama Kenneth Spencer y tiene treinta y seis años. Siempre ha creído en las cosas que George Kane le contaba, pero ahora cree en ellas más que nunca. George les había dicho a sus hombres que el viejo mundo estaba acabado. Les había hablado del cabeza cuadrada con bigote raro que iba a acabar con Inglaterra. Les había hablado de los italianos y los japoneses que ayudarían a destruir el viejo mundo. Había prometido a sus hombres que habría mujeres en el nuevo mundo cuando el viejo mundo acabara, y Kenny Spencer supo que hasta la última de aquellas palabras era verdad cuando vio a la niña sepulturera y a la actriz vagando por la utopía de su ajetreada mina de estaño.

Kenny Spencer atraviesa una densa pared de palmeras y helechos y encuentra la roca plana que hay junto al arroyo de la mina al que van a menudo, donde ve a la niña que ha fortalecido sus creencias. Está sentada de espaldas al borde del arroyo. Corre hacia ella, pero entonces se detiene. La niña abraza sus rodillas contra el pecho mirando algo en el agua que la ha asustado. Es un hombre que flota bocabajo. Un hombre alto y calvo. Es su amigo, Hoss.

La niña se dirige a Kenny Spencer:

—Por favor, no me hagas daño —dice.

Y Kenny Spencer se da cuenta de que hay más dentro de esa niña de lo que George le ha hecho creer, y si hay más dentro de esa niña entonces puede haber menos dentro de George, y eso le produce inquietud acerca del nuevo mundo. Y ese es el último pensamiento que tiene, mirando a los ojos de la niña junto al arroyo, antes de que una fría hoja le rebane la nuez.

Molly ve cómo el hombre de la camisa de trabajo roja y las coderas se derrumba en el suelo de roca mientras la sangre le sale a chorros del cuello como cuando estalla una bolsa de agua, dejando solo la figura de Yukio Miki, el cielo del día, de pie con sus botas de piloto, a medio metro, preparado para recibir cualquier nuevo ataque del otro lado de los muros del bosque.

Molly asiente en señal de aprobación, y luego se levanta y se sacude deprisa la tierra y los restos de roca de las manos.

—Greta —dice corriendo hacia el hombre de la espada ensangrentada.

Ella lo guía hasta la mina de estaño por el camino de cicas azules del color de la luna. El poderoso ruido sordo de las prensas trituradoras de piedras retumba bajo sus pies, y Molly camina con paso ligero cuando se aproxima a la entrada de la mina.

Se vuelve hacia Yukio y se lleva un dedo a la boca.

—Sssshhh.

*

Los brazos, fauces y piernas de metal de la planta trituradora. Manivelas que giran, ejes que dan vueltas. Las prensas de acero que siguen golpeando la tierra con su ruido sordo. El estruendo de todo. Su maquinaria. El hombre de la chaqueta de cazador que espera a una prudente distancia de las prensas trituradoras. Observa a su jefe, George Kane, que de espaldas a él se inclina sobre la actriz mientras corta las últimas hebras de la cuerda que ata los tobillos de la chica. El color y la forma de las piernas de la actriz han excitado al hombre de la chaqueta de cazador, y piensa en pasar las manos por esas piernas, y en separarlas, y en golpear su interior con la fuerza de las prensas trituradoras que golpean tan ruidosamente tras ella, y ese pensamiento es el último que tiene antes de que una fría y afilada hoja de espada se encuentre en silencio con su garganta. El hombre de la chaqueta de cazador cae al suelo, pero Kane no oye el ruido de la muerte de su amigo, tapado por el sonido de la maquinaria que gira y golpea.

Yukio Miki se acerca ahora con sigilo a la espalda de George Kane. El fornido minero corta la última hebra de las cuerdas que atan los tobillos de Greta y suavemente le abre las piernas. Yukio levanta la espada con las dos manos en la empuñadura y con la hoja apuntando hacia abajo como un caza que volara en picado hacia el objetivo de la enorme espalda del extraño. Dice una palabra en japonés: «*Yamero*». Pero el hombre no la oye en medio del ruido de la maquinaria. Pum. Pum. Pum.

La repite más alto: «*Yamero!*». Y Kane vuelve el rostro y palidece ante la visión de un soldado japonés con el sol a su espalda, su cuerpo resplandeciente y la luz que se refleja en la hoja de su espada en alto.

Los ojos de Yukio se fijan en el ojo inyectado de sangre del extraño y luego en el cuchillo de mondar que sostiene en la mano derecha, y el piloto descarga la espada al instante sobre la mano derecha de Kane, pero la hoja sagrada de los Miki cercena miembros de un único tajo solo en las leyendas familiares que los varones han ido transmitiendo de generación en generación. Yukio descarga un segundo golpe y Kane queda aturdido ante la vista de su mano derecha colgando de un delgado hilo de carne.

Al fin, ordena sus pensamientos y, como reacción, encuentra su rabia y carga contra el japonés de la espada, que con el impulso de los codos inmediatamente intenta hundir la espada en lo hondo del redondo vientre del gigante de un solo ojo. Pero el minero lleno de furia sigue avanzando hacia la espada hasta que la empuñadura presiona su piel y la punta de la hoja ha atravesado su columna vertebral.

La enorme mano izquierda de Kane alcanza la garganta de Yukio y el muñón sanguinolento de su muñeca derecha se hunde con fuerza en la carne de debajo de la mandíbula del piloto. Kane empuja con las piernas, y Yukio, que aún agarra con las dos manos la empuñadura de la espada, es levantado y desplazado varios metros hasta que Kane logra derribarlo de espaldas en el suelo y se deja caer encima de él. Entonces el gigante con las entrañas atravesadas por la espada presiona con todo su peso sobre Yukio e invierte hasta el último gramo de su fuerza en asfixiar al piloto japonés para matarlo.

Cinco segundos. Ocho segundos. Yukio respira con dificultad. A esa distancia de Kane, Yukio Miki se pregunta por un momento si se habrá encontrado con un *oni*, uno de los demonios sobrenaturales de los que su abuelo Saburo le hablaba de niño, aquellos monstruos gigantescos y deformes que atravesaban la puerta del mundo de la oscuridad. Tenían un tercer ojo metido en la frente, y dedos extras en las manos y los pies, y suficiente fuerza como para seguir andando con espadas atravesadas en el estómago.

Diez segundos. Doce segundos. Yukio no puede respirar y siente como si se estuviera tragando su propia nuez. La mano y el muñón de un monstruo. Ya voy, Nara, le dice. No sé cómo he llegado a este final, querida Nara, pero ya voy.

Pero entonces una enorme piedra roja con forma de corazón golpea la sien derecha de Kane. Golpea una y otra vez, y Greta Maze aúlla de furia mientras la piedra de color rojo sangre que Molly extrajo de la almohada de huesos del pecho de su madre encuentra los huesos del rostro de George Kane. El monstruo sigue apretando la garganta del piloto, y la actriz sigue golpeando la piedra contra el rostro de Kane.

—¡Animales! —grita, y ella misma es furia, y sangre, y miedo, y es pasado y presente al gritar de nuevo esa palabra—. ¡Animales! —Se está incluyendo a sí misma en la galería de monstruos de su mente.

Las prensas de acero de la planta trituradora que siguen golpeando. Pum. Pum. Pum. La piedra que golpea la sien del gigante, su sangre que salpica el rostro del piloto japonés hasta que, al fin, George Kane se desploma inmóvil y muerto sobre Yukio Miki. Greta empuja con fuerza el costado de Kane, y Molly está ahí ahora ayudándola, y la actriz y la niña sepulturera apartan al minero de encima de Yukio y lo tumban de espaldas con la empuñadura de la espada aún alojada en su vientre.

Greta está sobre el japonés. Ella tiene las manos y el cuerpo cubiertos de sangre. Yukio se llena los pulmones de aire mientras ve a la actriz ir a limpiarse las manos en los pantalones del minero muerto y luego volver de nuevo y quedarse sobre él otra vez, respirando,

respirando, respirando y estudiando su rostro, mirando fijamente a sus ojos, examinando las salpicaduras de sangre por su piel. Y entonces extiende el brazo derecho. Le ofrece al piloto su mano, su temblorosa mano derecha. Y él levanta su mano derecha para ir al encuentro de la suya, y las dos manos se encuentran en medio del espacio silencioso que había entre ellas.

Greta Maze ayuda a Yukio Miki a ponerse de pie.

DELIRIUM TREMENS

El hombre de la sombra sigue su búsqueda. No se detiene a vomitar. Escupe tres veces la sangre y la bilis que le llenan la boca mientras camina y el repugnante estómago riega de estiércol líquido la alta maleza del humedal que hay muy pasado el arroyo Candlelight. El sol está alto y calienta, pero su cuerpo está frío y tembloroso. Bebe de las pozas del humedal, pero lo que su cuerpo necesita más que el agua es ginebra, vodka, *whisky*. Aguarrás. Las manos le tiemblan, las rodillas le tiemblan, pero él sigue andando porque el odio dentro de él es lo único que tiene para mantenerse caliente y en movimiento. Solo animal ya. Solo odio.

Dolor de cabeza. Piel húmeda y pegajosa. La herida del mordisco de la clavícula sigue supurando pus de un amarillo intenso. Mareos. Deja atrás flores púrpuras y rosas y se vuelve a esas flores que le llegan a veces por la rodilla porque podría jurar que tienen ojos por pétalos y que esos ojos lo siguen, mas cada vez que se vuelve para sorprenderlos mirándolo apartan la mirada. Músculos débiles que se mueven muy despacio, mientras que el corazón late en cambio rápidamente. Atraviesa una pequeña ciudad de montículos de termitas del sur y por un momento le parece como si volviera a estar caminando por Hollow Wood.

En una fila recta de montículos de termitas ve los nombres de la estirpe de Tom Berry porque todo lo que ve es odio. Ve sus nombres en sus tumbas y ve las razones por las que fueron enterrados. La más profunda y atroz racha de mala suerte que jamás hubiera caído sobre una sola familia en toda la historia de Darwin. Hasta cuatro miembros de la estirpe de Tom Berry que murieron en un periodo de tres meses tras aquella noche en que el hechicero negro llamado Longcoat Bob lo señaló con el dedo desde el umbral del ayuntamiento de Darwin.

Aubrey mira detenidamente el gran montículo de termitas. Ve un nombre en negrita escrito en la tumba. «Theodore Berry, 1866-1916». Tom Berry recibió la noticia con un telegrama solo cinco días después de que Longcoat Bob hiciera su anuncio en el ayuntamiento. Su hermano Theo, el mayor de los tres hermanos Berry, había estado trabajando solo, como de costumbre durante las épocas más flojas, en su granja de trigo de Clermont, en el centro de Queensland. Cuando la producción se vio interrumpida por un atasco en su silo de grano, se ató una cuerda de seguridad a la cintura, como había hecho en numerosas ocasiones, y bajó él solo a desatascarlo. Al romperse la cuerda de seguridad, Theo se vio hundido hasta los hombros en el centro de una depresión en forma de cono de grano de trigo. Y, cuando trató de salir, el grano amontonado empezó a deslizarse lentamente por las pendientes del cono y a sepultarlo. Llamó a su esposa, Marg, que no pudo oír sus desesperadas llamadas de auxilio porque estaba quitando las malas hierbas del jardín delantero de la casa de la granja del matrimonio, a unos sesenta metros del silo de grano. Quedándose inmóvil por completo, Theo Berry logró frenar el deslizamiento gradual de grano sofocante que le iba presionando el pecho y, finalmente, la garganta durante el tiempo suficiente como para que Marg reparara en que su esposo no había vuelto a la casa, como solía, a la hora del té. Theo oyó las llamadas de Marg al otro lado de las paredes del silo justo cuando la boca y la nariz se le llenaban de semillas.

—¡Theo! —le llamaba Marg—. ¡Theo!

Theo empleó su último aliento en gritar:

—¡Te quiero, Marg, y siempre te querré!

Y en ese momento los granos sepultaron su cabeza.

Aubrey se ríe por lo bajo. Luego sus ojos encuentran otro epitafio en la ciudad de montículos de termitas. «Esme Berry, 1843-1916». La tía de Tom Berry murió tres semanas después que Theo de una infección gastrointestinal.

«Clara Berry, 1845-1916». Clara, la querida madre de Tom Berry. Un mes después de la muerte de su cuñada, la pierna de Clara atravesó un tablón de madera podrida del porche trasero de su casita de Batchelor, al sur de Darwin. Se hizo una herida repugnante en la parte posterior de la pantorrilla al caer sobre el enorme diente oxidado de una vieja cultivadora manual que estaba guardada bajo el porche. El diente entró tan dentro que el cirujano de la ciudad dijo que había que amputar la pierna por encima de la rodilla, pero la operación se realizó con tanta torpeza que la pierna se infectó, apareció la gangrena, y Clara Berry sufrió una muerte dolorosa unos dos meses después de que muriese su cuñada.

Los ojos de Aubrey se desplazan hacia otro montículo. «Charles Berry, 1909-1916». Fue en el velatorio de Clara Berry donde al nieto de siete años de Esme Berry, Charles, lo retaron dos chicos mayores a comerse una peculiar babosa que encontraron trepando por el cobertizo de herramientas de la casa del hombre que era el anfitrión del velatorio, el concejal de Darwin Henry Pegg.

Aquella tarde, en el comedor de Pegg, con los dedos pegajosos por el bollo de mermelada y crema que se estaba comiendo, Charles Berry cayó al suelo y empezó a echar espuma por la boca y a temblar entre convulsiones. Murió sobre el hombro derecho de Henry Pegg, que corría con él en brazos al hospital de emergencias de Darwin.

Y Aubrey Hook sonríe. Sonríe por la atroz desgracia de todo. Luego ríe, y sus profundas carcajadas de loco resuenan por el silencioso humedal.

Fue tras la muerte del pequeño Charles Berry cuando el *Darwin Examiner* hizo la primera alusión pública en la prensa al rumor que había estado circulando por la ciudad: Longcoat Bob había lanzado una maldición contra Tom Berry por el pecado de su codicia, y la maldición estaba demostrando ser auténtica. El periódico citaba las palabras de una fuente anónima que afirmaba haber estado en el ayuntamiento de Darwin la noche en que Longcoat Bob lanzó su supuesta maldición contra Tom Berry. «El hechicero tenía un hueso en la mano», había dicho el testigo anónimo. «Señaló con él al señor Berry y dijo en voz alta y autoritaria: "Te maldigo a ti a y tu estirpe, Tom Berry. Vuestros corazones se convertirán en piedra". Eso es lo que dijo. Y miren todas las desgracias que han ocurrido en esa familia. Ese aborigen hizo magia negra, y todos los que estábamos allí tuvimos suerte de que no decidiera dirigirse a nosotros».

Tom Berry arrojó el periódico al fuego en su comedor cuando lo leyó.

—¡No es lo mismo una maldición que una suerte de pena! —gritó tan fuerte que su esposa Bonnie dio un brinco en su sillón, junto al de Tom—. ¿Alguna de estas personas ha muerto por un corazón de piedra? —rugió Tom Berry destapando una botella de *whisky* y yendo en busca de un vaso—. ¿Se ha vuelto de piedra mi corazón? ¿Se ha vuelto de piedra el tuyo, Bonnie? ¡Por amor de Dios!

Bonnie Berry se quedó callada, contemplando el cálido fuego y preguntándose si lo que afirmaba su esposo era completamente verdad. Ella había visto cambiar algo dentro de él desde que regresó de aquella extraña y fructífera odisea por el país profundo, y, a pesar de su flamante fortuna, una nube parecía seguirlo a dondequiera que iba. Estaba irascible y, aunque ahora fuese más generoso, era menos amable. ¿Y cómo se explicaba Bonnie el peso que sentía en su propio corazón si no era porque el mismo estaba sufriendo alguna lenta transformación? ¿Cómo se explicaba lo deprimida que había estado en los últimos meses? Había intentado expresar a sus amigos la sensación de desgana que llevaba arrastrando desde hacía mucho tiempo, un temor a vivir que la hacía enfermar del estómago. Sin ganas de levantarse por las mañanas. Sin ganas de cocinar. Sin ganas de limpiar. Sin ganas de amar. A nadie ni a nada. Leía incontables libros de poesía que celebraban las obras del corazón humano, su maquinaria mística, la fuente interior de todos nosotros que ofrece y recibe amor en ese infinito y glorioso ruido sordo del latido de un corazón. Se colocaba la palma de la mano sobre el pecho junto al fuego y sentía el latido del suyo, pero no era capaz de sentir el amor que una vez había albergado dentro de él por su esposo. Un corazón que ya no ama, se decía, podía perfectamente estar hecho de piedra.

—Tom —dijo Bonnie junto al fuego.

—Dime, amor mío.

—Creo que deberías devolver el oro al lugar donde lo encontraste.

*

Aubrey Hook mira el sol del humedal y su visión febril parte el sol en dos como una yema doble de huevo que se fríe en una sartén. Se humedece la cabeza en una poza y se abofetea la cara con fuerza. Luego sigue andando por el humedal con el odio que mueve sus pasos.

Tiene la boca seca y sedienta de alcohol. Se pregunta por los exploradores que recorrieron ese camino a caballo y a pie. Se pregunta si alguna vez tirarían sus botellas de *whisky* del caballo. Si las enterrarían para guardarlas para el viaje de regreso. Un tesoro de alcohol enterrado. Maldice a los negros que recorrieron estas tierras desoladas durante milenios y nunca se tomaron la molestia de construir una taberna en medio de los bosques y planicies, un rutilante bar de dos plantas, con música de piano y canciones resonando a través de sus ventanas, en toda la distancia que abarca su vista en ese momento.

Camina por un sendero boscoso de grevilleas, con sus hojas que parecen helechos, y peras silvestres y sus frutos amarillos, que coge de las ramas a puñados, desesperadamente, y se mete en la boca como si fueran cacahuetes de bar.

—El maldito —se dice con la boca llena de fruta, el jugo chorreándole por la barbilla—. ¡El malditoooo!

Ríe. Sabe qué pasos está siguiendo. Los pasos del maldito Tom
Berry, el maldito minero que dejó claras sus intenciones para todo el
que leyera el anuncio que publicó en el *Darwin Examiner*.

ANUNCIO PÚBLICO

Yo, Tom Berry, por la presente proclamo mi solemne juramento de devolver todo el oro que hace poco encontré en un
agujero dejado de la mano de Dios. Con gran pesadumbre debo
reconocer públicamente la creciente histeria y el turbio rumor
que han estado circulando en los últimos meses en torno a la familia Berry. No creo en la magia aborigen. Pero sí que creo en
la pura mala suerte. Y desde que traje este oro a Darwin esa es la
única clase de suerte que ha conocido mi familia. Juro ante Dios
que Longcoat Bob me dijo que ese oro no pertenecía a nadie.
Pero soy lo bastante hombre como para admitir que en ningún
momento me dijo que ese oro pudiera pertenecerme a mí. He
sido hallado culpable de orgullo y codicia. No creo en las maldiciones. Pero creo que un hombre debe admitir que se ha equivocado y, en la medida en que sea posible, tratar de enmendar
sus errores. Viajaré de nuevo al país profundo en cuanto pueda
y dejaré el oro donde lo encontré. Y, si el dedo de Longcoat Bob
estuviera ejerciendo en verdad algún poder oscuro e inexplicable y aún siguiera señalando a mi familia, espero que pronto lo
dirija hacia otro lugar.

Aubrey Hook ríe de nuevo y su risa llena el espacio entre los dos
muros de un abrupto cañón de arenisca. El doble sol sigue cayendo
en el cielo. Se detiene junto a un barrizal para darse un festín de bayas de un arbusto que ha arrojado toda una cosecha de frutos silvestres parecidos al tomate verde, y engulle unos veintiséis del mismo
modo que solía meter a paletadas la tierra de las tumbas en los cubos.

—¡Bayas![5] ¡Las bayas de Tom!

Deja de andar inmediatamente después del festín de bayas y se agacha para liberar un torrente de diarrea en una zona de arena gris. Tras limpiarse como puede, se llena el bolsillo derecho del pantalón con más bayas y se mete en el izquierdo un puñado de hojas de eucalipto que coge de un árbol joven. Más adelante en su frenético viaje, encuentra una olla mohosa sobre un plato de roca natural en un saliente de arenisca y enciende una fogata nocturna con ramitas y melaleuca con un papel de liar cigarrillos. Hierve las hojas de eucalipto en la olla y bebe de ella para luego salpicarse de agua hirviendo la supurante herida de la mordedura del hombre.

Se echa junto al fuego abrazándose el pecho, que le martillea, su cuerpo temblando. Se queda mirando las llamas y repite las palabras de Walt Whitman. *Me río de lo que llamáis disolución.*

Y en medio de la fiebre y de las llamas ve un recuerdo de sí mismo. Un joven alto y atractivo. Un joven que mantuvo su promesa. Sobrevivió al desprendimiento de rocas que mató a su padre lleno de odio, Arthur Hook, y se mantuvo fiel a su pacto íntimo. Solo había amado de verdad aquel domingo por la tarde en que cabalgó hasta la casa de Violet Berry en la costa de Darwin. Ató su montura fuera, en un lugar que no se veía desde las ventanas de la casa, para reducir las posibilidades de que Tom Berry pudiera sorprender a un hijo de Arthur Hook acercándose a su patio. Caminó hasta la puerta principal sin que lo vieran, y estaba a punto de llamar cuando oyó la risa de Violet, un sonido que llegaba desde el patio trasero. Aubrey se deslizó sin hacer ruido por un lado de la casa y, medio escondido por la curva de un oxidado depósito de agua, espió a Violet bajo el enorme árbol del caucho del patio trasero. Y entonces vio la horrible causa de sus risas: las manos de un hombre que yacía junto a ella apretando sus costillas. Y vio al horrible dueño del corazón de Violet Berry. Aquel

---

blando joven junto a ella. Aquel vibrante, alegre y débil joven junto a ella. El segundo hijo de Arthur Hook. Su querido hermano Horace.

Aubrey Hook estuvo cabalgando solo por la costa aquel domingo por la tarde. Llevó su caballo a la peña más alta que pudo encontrar en los acantilados de Dripstone, desde donde se contempla la playa que se extiende pasado el brazo del arroyo Rapid. Obligó al caballo a recorrer casi cincuenta metros de subida y lo espoleó con fuerza en el vientre para galopar hacia un horizonte ciego de acantilado. Estaban a escasos diez metros del borde cuando algo dentro del corazón de Aubrey lo hizo tirar de pronto de las riendas y dar media vuelta para esquivar el abismo. Y ese algo dentro de él resultaría, en las décadas siguientes, una luz para sus infinitas horas de oscuridad. Nada lo alimentaría tanto. Ni el amor. Ni el trabajo. Ni el alcohol. Lo único que siempre salvaría a Aubrey Hook sería el odio.

—*Me río de lo que llamáis disolución* —murmura junto al fuego—. *Me río de lo que llamáis disolución* —dice—. *Conozco la amplitud del tiempo.*

Lo repite. Lo repite. Lo repite.

—*Me río de lo que llamáis disolución. Conozco la amplitud del tiempo.*

Lo repite. Lo repite. Lo repite.

—*Sin lograr alcanzarme al principio, no desmayes. Al no hallarme en un sitio, busca en otro. En alguna parte te estaré esperando.*

Y ve el rostro de la madre de Molly Hook.

—*Me río de lo que llamáis disolución* —murmura—. *Conozco la amplitud del tiempo… Sin lograr alcanzarme al principio, no desmayes. Al no hallarme en un sitio, busca en otro. En alguna parte te estaré esperando.*

Y ve el rostro de Violet. Y lo repite. Lo repite. Lo repite.

EL TERCER REGALO DEL CIELO

O
F
E
L
I
A

La atraen los rápidos. Tiene dieciséis años y camina descalza por una planicie enterrada en el cielo azul. Su hijo tiene cuatro meses y se acurruca cómodamente en una cangurera hecha de soga de arbustos, tiras de melaleuca y caña. Desde las cornisas superiores, un río cae en picado a una profunda y abrupta garganta de arenisca, y la fuerza ejercida contra las rocas por el gran torrente incesante rocía de fina niebla su rostro incluso a más de veinte metros de distancia del borde del abismo.

Trepa por la orilla de los rápidos y se detiene ante un estanque profundo donde la corriente se mueve más despacio. Coloca al bebé en la cangurera sobre una roca plana y los ojos del niño encuentran puntos de color, movimiento y luz y se acomodan en los ojos de su madre, que le devuelven la mirada. Pero entonces los ojos de la madre empiezan a llorar y luego se vuelven al estanque. Y la madre se aleja del bebé. Se acerca al borde del agua y coloca una mano sobre una gran roca erosionada por la corriente en busca de un equilibrio que encuentra entre las rocas sueltas de la superficie del estanque, de un intenso color esmeralda. Luego se zambulle y se impulsa solo con las piernas, como una sirena, para emerger y respirar hondo y dar después unas brazadas en círculo antes de volverse de espaldas para flotar con los brazos y las piernas extendidos y los ojos llenos del azul del cielo entero. Solo hay una mullida y gruesa nube que le parece una gran larva blanca sin su cabeza amarilla. Oye su propia respiración y el rumor de los rápidos río abajo. Y deja que el agua la empuje.

La larva empieza a deslizarse por el techo azul, pero es solo una ilusión. La nube no se mueve. Es ella. El lento y suave empuje de la corriente. Empuja, empuja, empuja, y la muchacha se desliza lentamente por la superficie del agua hacia el abismo.

Y al cielo le pide un deseo. Desea ser agua. Porque el agua no siente. Porque el agua no siente dolor. El agua nunca tiene miedo. El agua nunca tiene pena. Y piensa en la vida que podría haber tenido si ella hubiera sabido moverse por esta complicada tierra del mismo modo que el agua siempre sabe moverse por ella.

El país de piedra. Tres vagabundos por el camino de plata, que gira y serpentea igual que la pitón que se desliza por la base de un palofierro cercano y cuyos movimientos y tamaño atraen el aplauso de un espectador extranjero llamado Yukio Miki.

Una sola fila. Greta Maze camina delante y en medio Molly Hook, que vuelve la cabeza cada tanto para encontrar al extraño piloto detenido ante otra maravilla natural del norte australiano. Se agacha junto a un lagarto de cuello con volantes que descansa sobre un tronco chamuscado, y el lagarto abre sus volantes rojos para desafiar la sonriente inspección del hombre. Pasa junto a un eucalipto con un agujero en el tronco del diámetro de su cabeza. Molly observa a Yukio meter el brazo derecho en el agujero y luego sacarlo y estudiar su puño lleno de termitas de color naranja y blanco. Y Yukio observa a Molly alcanzar un nido de abejas negras sin aguijón, metido entre dos ramas de un eucalipto, y sacar un puñado de miel de un rojo intenso que a Yukio le parece cera derritiéndose. Derrama un pegote de miel en las manos de Yukio y ella se come otro. Greta encuentra otro panal cerca y saca otro pegote oscuro y de fuerte sabor. Yukio prueba a lamer la miel de la palma de su mano. Le gusta, y se mete el resto en la boca ahora con los ojos iluminados por su sonrisa.

—*Migoto!* —dice.

—Muy, muy… *migoto* —dice Molly lamiéndose las manos.

En un tranquilo arroyo de agua dulce que atraviesa el camino de plata, Greta se alivia tras un denso muro de arbustos con flores rojas colgantes de cuyos pequeños frutos de color rosa brotan fibras en forma de tentáculos que les dan la apariencia de haberse quedado inmóviles en un estado de autocombustión.

Yukio sigue a Molly hasta el arroyo. Está de pie junto a ella mientras ella se arrodilla.

Molly se señala a los ojos con dos dedos y luego señala al arroyo.

—Estate atento a los cocos —dice.

Yukio no entiende.

—Tú vigila. —Molly se señala los ojos de nuevo y luego señala al agua—. Cocodrilos —dice formando con las manos una boca de cocodrilo que se abre y se cierra—. Te arrastran hasta el fondo. Te meten debajo de una piedra y te dejan un mes ahí para que te reblandezcas.

Yukio asiente y echa una mirada penetrante e intuitiva al otro lado del arroyo.

Molly deja la pala Bert en el suelo lodoso, junto a sus botas, y abre el morral. Saca la piedra de color rojo sangre que encontró dentro del pecho de su madre. Está manchada ahora. Cubierta de salpicaduras de sangre de la cabeza destrozada del monstruo de un solo ojo de la mina de estaño. Molly sumerge la piedra en el agua clara del arroyo y limpia la sangre del monstruo.

—*Fuera, maldita mancha. Fuera, te digo* —dice para sí.

Yukio estudia, curioso, lo que hace la niña.

Molly sabe que la observa por encima del hombro.

—Es el corazón de mi madre —dice—. Es lo que sucede al final del cambio, Yukio. Es lo que hace Longcoat Bob.

Molly mira a Yukio. El peso de la historia en el rostro de la niña.

—Dijo que nuestros corazones se volverían de piedra, y el corazón de mi madre lo hizo lentamente. Y ahora siento que lo mismo le está pasando al mío. Se está volviendo más pesado, Yukio. Lo siento dentro de mí. Ha dejado de importarme la gente.

Molly mira la espada que cuelga de su cinturón.

—Te vi cortarles la garganta a esos hombres y no sentí nada —dice—. ¿Me entiendes, Yukio? —pregunta.

Pero no le importa que la entienda o no. Sienta bien decirlo en voz alta, y quizá aún mejor decírselo a alguien que no lo entiende.

—No tuve miedo —dice—. No lo sentí. Si acaso, me alegré de que lo hicieras.

Estudia el rostro de Yukio. Sin expresión salvo en sus ojos, que dicen que está escuchando a la niña sepulturera.

—¿Tú entiendes algo de lo que te estoy diciendo?

Yukio se queda callado. Sonríe vagamente.

—Tú —dice de forma enigmática, repitiendo una de las últimas palabras que ha oído.

—No has entendido nada, ¿verdad? —pregunta Molly.

—Tú —repite.

Molly asiente, sonriendo. Se vuelve hacia el agua mirando la piedra roja que tiene en la mano.

—Así es como empieza —dice—. Dejas de sentir. Deja de importarte la gente. Empiezas a odiar cosas. Solo te preocupas de ti y de todas las cosas que dan vueltas por tu cabeza.

Agarra la piedra y la aprieta con fuerza, como si quisiera partirla en dos, pero esta no cede.

—Entonces te despiertas un día y tu corazón, definitivamente, se ha convertido en una piedra, y ya no sientes nada en absoluto, así que no hay ya diferencia entre si estás aquí o si no. Esta piedra no puede sentir nada, Yukio. No importa lo mucho que yo sienta por ella: ella no puede sentir por mí. ¿Para qué la llevo, Yukio? No puede sentir nada. No puede devolver nada. Debería dejarla. Debería soltarla aquí mismo y hundirla en el fondo del arroyo para que se quede ahí sin sentir nada durante un millón de años.

Yukio advierte una nube de color que se mezcla con el agua. Una fina capa de arcilla o tierra de un marrón rojizo que se retira de la piedra como si estuviera perdiendo una capa de piel. A Molly le recuerda a la sangre del hombre calvo que vio ascender como si fuera humo en el agua del arroyo.

—Está sangrando —dice Molly.

La ve sangrar, sangrar su color en el agua, y ve cómo los pliegues y ondas de ese color se deshacen en la lenta corriente. Y al principio no se da cuenta de que Yukio está arrodillado junto a ella ahora. Entonces, con delicadeza él le levanta el brazo del agua, y coge la piedra de color rojo sangre y la sostiene en el cuenco de sus manos. Seca la piedra con el interior de su chaqueta de piloto y la guarda en el morral. Luego le tiende el morral por la correa a Molly.

—Tú —dice, y Molly percibe que hay algo instructivo en la palabra. Algo alentador. Algo que importa.

*

Un cielo púrpura con vetas de rosa y de rojo, vetas de fuego. Tres vagabundos que se mueven por debajo y por encima de cornisas de arenisca que rodean salientes de roca sin apoyos. Un paisaje cambiante, un país de piedra que se transforma en breves grupos coloridos como el arcoíris de orquídeas, banksias y eucaliptos para luego volver a convertirse en el país de piedra lleno de rocas deformes por el que la niña sepulturera, la actriz y el piloto que cayó del cielo deben trepar durante tres, cuatro o cinco kilómetros.

Yukio se dice que a sí mismo que deje de mirar furtivamente a la actriz, pero sus ojos tienen voluntad propia, y siguen encontrando nuevas pequeñas maravillas en las cosas que hace la mujer rubia. Su manera de ayudar a Molly en dos resbaladizas rocas cubiertas de musgo. Su manera de remeterse un mechón de ese pelo rebelde tras la oreja derecha. Su manera de fingir que no se da cuenta del modo en que él la mira, y luego su manera de decidir devolverle la mirada sin disimulo, observándolo de una manera tan profunda que él no se atreve a decir una sola palabra en su mente por si ella la oye. Y entonces tiene que apartar los ojos de ella porque siente que podría convertirlo en un niño asustado con una sola mirada suya, y no le queda más remedio que mirar al cielo por el bien de su hombría. Y mira al cielo púrpura y rosa de la tarde, y habla con él porque cuando habla con el cielo habla con Nara.

—¿Me ves, Nara? Yo iba a tu encuentro. Voy a encontrarme contigo, Nara. Te lo prometo. ¿Me esperarás?

*

En una poza de lodo, Greta descubre una gruesa serpiente de color marrón claro con una cabeza pequeña que recuerda a la forma de una cabeza de *bulldog*. La serpiente se mete en un lecho de barro para esconderse, pero Molly distingue las manchas negras y escamosas de tigre de su piel antes de que desaparezca.

—Una serpiente amarilla de Arafura —dice introduciendo la pala Bert en lo hondo del lodo.

Levanta un montón de barro del suelo y la serpiente sale con él, retorciéndose inquieta en la hoja de la pala, para luego saltar hacia las botas militares de Yukio. Él retrocede con una breve exclamación, y solo tiene un momento para ver la cabeza de la serpiente antes de que el canto de la hoja de Bert se la corte. Molly coge la serpiente, que aún se retuerce, pero ya solo es un cuerpo sin cabeza, y se la entrega a Yukio.

—¿Me la sostienes? —pregunta.

*

Yukio hace una fogata en forma de tipi con ramas secas y melaleuca, y cuando el fuego ha empezado a arder con fuerza Molly arroja a él la serpiente entera y sin desollar. Mientras espera que la serpiente se cocine, lee *Romeo y Julieta* en voz alta para Yukio. Interpreta los pasajes de Romeo con su mejor voz de Tyrone Power, la hermosa Verona pasada por Universal Pictures, Los Ángeles, California.

—*Si profano con mi mano indigna este templo sagrado, este es el dulce pecado; mis labios, dos peregrinos sonrojados que esperan dispuestos a endulzar con un tierno beso ese rudo tacto.*

281

Y los ojos de Molly se iluminan con emoción de ídolo de matiné para expresar la audacia de Romeo Montesco.

Cuando recita las palabras de Julieta, canaliza a una especie de exasperada Vivien Leigh loca de amor en *Lo que el viento se llevó*:

—*Ven, gentil noche* —dice con la voz entrecortada—, *ven, noche amante de negro ceño; dame a mi Romeo y, cuando yo muera, tómalo y conviértelo en pequeñas estrellas para que el rostro del cielo sea tan hermoso que el mundo entero se enamore de la noche.*

Y la noche llega, y Molly corta en pedazos la serpiente junto a la lumbre con la *wakizashi* de Yukio, partiendo su gruesa y jugosa, aunque correosa, carne en segmentos del tamaño de salchichas que Yukio y Greta mastican, chupan y engullen con honda gratitud. A la luz parpadeante de las llamas, Molly admira largo rato la espada corta de Yukio. Pasa un dedo delicadamente por el borde cortante, y su dedo encuentra una mariposa grabada por encima de la empuñadura.

—¿Por qué una mariposa? —pregunta enseñando la imagen a Yukio.

Yukio asiente.

—¿Mariposa? —repite Molly.

Yukio asiente.

—Mariposa —dice Yukio.

—Sí, es una mariposa —dice Molly—. Pero ¿por qué llevas una mariposa grabada en tu espada?

Yukio permanece un largo momento en silencio. Sonríe.

—Mariposa —repite sin demasiada confianza.

Molly arranca un bocado de carne de serpiente de su piel crujiente y se dirige a Greta:

—No entiende nada de lo que decimos —dice con la boca llena.

—Yo tampoco entiendo nada de lo que dices cuando hablas con media serpiente dentro de la boca —responde Greta.

Greta mira a Yukio, y Yukio le devuelve la mirada. Greta le sonríe.

—Creo que entiende lo suficiente —dice.

—Voy a ponerlo a prueba —dice Molly.

—¿Y qué tal si dejas de hablar y te comes tu serpiente de barro de una vez antes de que se enfríe?

Pero Molly no hace caso de la sugerencia. Levanta la cabeza al cielo, aunque las palabras que salen de su boca no están relacionadas con las estrellas.

—Me parece guapo —dice.

—¡Molly! —exclama Greta nerviosa.

Molly sigue hablando a las estrellas, y los ojos de Yukio siguen a los de Molly hacia el cielo.

—Tiene una sonrisa como la de Clark Gable —dice contemplando con una mirada profunda el cielo de la noche.

—Déjalo ya, Molly —dice Greta suavemente.

—Creo que se ha enamorado de ti —dice Molly sin bajar la cabeza—. Lleva mirándote todo el día. ¡Y yo te he visto mirarlo a él una vez también! —Se ríe para sí.

—¡Molly, ya basta! —dice Greta más alto de lo que le habría gustado.

Yukio vuelve la cabeza rápidamente hacia Greta, y ella se ve obligada a satisfacer su curiosidad con una sonrisa y un movimiento de cabeza.

—A ella le encantan esas estrellas —dice Greta, señalando hacia arriba.

Yukio asiente, sonríe.

*

Tres vagabundos tumbados bocarriba, alrededor de un fuego, que miran las estrellas. Los dedos de Molly transformados en un par de tijeras.

—Recórtalo en pequeñas estrellas —se dice, y, cuando recorta el rostro de Romeo de la noche cuajada de estrellas del cielo, es el rostro de Sam Greenway el que ve. Sam Greenway, el cazador de búfalos, el desventurado ladrón de corazones.

Greta tiene los ojos cerrados, pero no duerme. Sigue oyendo el ruido sordo de la trituradora de roca en la mina de estaño explotada por los monstruos. El miedo permanece, y ese miedo le recuerda la desesperación y la presión, y esas cosas le recuerdan a su vez la habitación de hospital y el bebé en sus brazos, así que abre los ojos para llenar su mente con una pantalla de cine de parpadeantes estrellas en su lugar.

Noche serena. No hay viento en ese país profundo. El sonido de las cigarras y el de la madera que chisporrotea y cruje en el fuego, las capas de piel de troncos de palofierro seco del tamaño de un jamón devorados por las llamas. Nada más que la noche.

Y entonces Yukio Miki habla:

—Yukio… tenía esposa —dice—. Nara.

Piensa en sus palabras. Piensa en su inglés, en el centenar aproximado de vocablos que es capaz de reunir en su mente cansada para responder a la pregunta de la niña.

—Murió —dice—. Enferma… muy enferma.

Greta vuelve la cabeza para ver al piloto hablando al cielo al otro lado de la fogata. Mira a Molly, y el rostro asombrado de esta dice lo mismo que el de Greta. Habla inglés.

—Yukio la tuvo… la tuvo… en brazos —dice. Está llorando ahora. Se abraza el pecho—. Yukio… habla… a Nara. No miedo. No miedo. Yukio… promete… promete… Nara… se transforma. Nara… volar. Nara… aún bella.

Molly y Greta se levantan apoyándose en los codos, esperando que el piloto diga algo más. Él se da la vuelta, se echa de costado y cierra los ojos. Solo unas palabras más le quedan que decir y estas brotan lentas y claras.

—Nara… es… mariposa.

*

Con la luz del alba, pasan por tres grandes peñas esféricas que quedan en equilibrio y expuestas como resultado de la erosión sobre una cornisa incendiada por el sol del amanecer.

—Mira, somos nosotros —dice Molly—. Greta, tú eres la de delante, la piedra mayor. Yo soy la que está en medio, la pequeña. Y Yukio la de atrás. ¿Lo ves, Greta?

—Lo veo, Molly —dice Greta restregándose el sueño de los ojos mientras arrastra su cuerpo por las abruptas rocas de arenisca.

Molly se detiene bruscamente y Yukio y Greta se detienen con ella.

—¿Qué pasa? —pregunta Greta, preocupada.

Molly mira a su alrededor. Respira hondo el aire de la mañana aspirando por la nariz. Mira al cielo resplandeciente de rosas y de rojos que lentamente se van transformando en azul. Inhala los árboles, las rocas, los insectos debajo de las rocas, los lagartos bajo el lodo, los gusanos bajo los lagartos, el lodo debajo de sus uñas, la sangre debajo de su piel.

—¿Y si nosotros fuéramos el tesoro? —pregunta. Vuelve la cabeza hacia el cielo—. Yo también trataría de escondernos. Ese cielo es la tapa del cofre de un tesoro. Ese cielo es una manta. O una capa.

Molly se vuelve hacia Yukio, que se esfuerza por entender a la niña.

—Nosotros somos el tesoro enterrado del cielo —dice Molly.

Un pájaro marrón y verde esmeralda en el aire hace un sonido parecido a un kak-kak-kak y despliega sus alas por completo para mostrar dos manchas blancas en forma de moneda en su parte inferior.

—Un pájaro del dólar —dice Molly. Y le responde—. Kak-kak-kak.

Yukio se une desde atrás.

—Kak-kak-kak —dice riendo—. Él… dice… buenos días…, Molly… Hook.

Molly sonríe. El pájaro hace otra llamada. Kak-kak-kak.

Molly se vuelve hacia Yukio.

—Acaba de invitarnos a su casa para desayunar —dice—. Tiene café recién hecho y ha frito unos huevos y unas lonchas de beicon tan gordas como mi cabeza.

Molly responde a la amable invitación del pájaro:

—Lo siento, amigo, llevamos prisa. Tenemos que encontrar a Longcoat Bob. ¿Sabes dónde está, señor Pájaro del Dólar?

—Bob —dice Yukio—. Long… coat… Bob.

—Sí, Longcoat Bob —dice Molly—. No me había dado cuenta de lo bien que hablabas inglés, Yukio Miki.

Yukio levanta el índice y el pulgar dejando un pequeño hueco entre ambos.

—Poco… poco —dice—. Ingleses… vienen… Sakai… Molly… habla… inglés… bueno —dice.

—Ya te digo, Yukio Miki —responde Molly—. Yo soy poética. Poética y digna.

Molly se fija en un gran ejército de hormigas verdes que están construyendo un nido entre dos ramas de un árbol endeble de hojas verdes y flexibles.

—Mira eso, Yukio —susurra Molly acercándose a un árbol, donde una hilera de hormigas con el cuerpo color ámbar y el vientre de un brillante color de jade están arrastrando una larva blanca por una carretera diseñada a propósito en una rama—. Hacen su hogar en las hojas. Algunas hormigas son las fuertes que mantienen las hojas unidas, y otras son las listas que las entrelazarán y otras son las que harán el pegamento con eso blanco que llevan para mantener las hojas en su sitio.

Yukio deja escapar una breve exclamación de asombro.

—¡Mmmm!

—¿Ves el puente? —pregunta Molly—. Las hormigas han construido un puente conectando sus propios cuerpos para crear un atajo a las del pegamento, que necesitan acceder a otra rama por debajo de ellas.

—Me gustaría que ese tal Adolf Hitler viera esto —susurra Molly.

—¿Hitler? —repite Yukio, confuso.

—Sí —dice Molly—. Habría que traer a Hitler y a ese cómo se llame, Mussalino…

—Mussolini —dice Yukio.

—Sí, Mussolini —dice Molly—. Habría que traer a Hitler, a Mussolini y a Winston Churchill para que observaran ese puente de hormigas un rato. Se calmarían un poco. Solo con que vieran a las hormigas verdes trabajar un par de horas.

Yukio se vuelve hacia la niña por un momento, sorprendido por sus palabras.

—Sam dice que una vez vio un grupo de estas uniendo fuerzas para arrastrar un melifágido muerto hasta su nido —dice Molly—. Es como si tú y yo nos lleváramos una cervecería a casa para echar un trago después de cenar. Ellas se construyen esa casa, pero se ocupan de los otros insectos de la rama también. Protegerán a las pequeñas orugas y a los pulgones de alrededor, que les agradecerán su protección disparando mielada por el culo.

Molly baja la cabeza en una reverencia.

—Sí, hay que descubrirse ante los pulgones, Yukio, porque hasta lo que cagan sabe a azúcar. Y estas hormigas se beben la mielada como mi viejo se bebe el vino peleón.

Se bebía, se dice Molly para sí. Se bebía. Su viejo ya ha dejado de beber porque ella pidió regalos al cielo.

—¿Peleón? —repite Yukio.

—Sí, peleón —dice Molly—. Grog. Bazofia. Pis. Vino peleón.

Yukio entonces ve a Molly coger una hormiga verde por la cabeza y comerse el resto del cuerpo.

—También están ricas —dice Molly.

Se come otra.

—Prueba una —dice señalando a las hormigas con la cabeza—. Pero solo lo de atrás, no la cabeza.

—Atrás —dice Yukio—. No cabeza.

El piloto de combate japonés se come la parte de atrás de una hormiga verde.

—¡Ooohhh! —exclama.

Molly asiente.

—Sabe a menta —dice Molly.

—Menta —asiente Yukio.

—Buena para el dolor de garganta.

Molly coge la correa de su morral y echa un último y largo vistazo al nido.

—Sí, esas hormigas son la pera —dice.

Sigue andando por el sendero y Yukio camina con ella.

—La… pera… —dice el piloto.

—Sí —dice Molly—, así es como decimos los australianos que algo es lo mejor.

Yukio no la sigue.

Greta observa cómo se desarrollan estas interacciones moviendo la cabeza.

—Escucha, Yukio —dice Molly—, probablemente vas a pasar un tiempo aquí en Australia, así que creo que debes aprender a hablar como uno de nosotros.

A Yukio le cuesta entender, pero asiente con la cabeza de todos modos. Molly sigue utilizando la pala Bert como bastón.

—Si entras en un bar aquí, por ejemplo, no creo que te convenga hablar en japonés —dice Molly—. La gente habla de otra forma en esos bares. Tienen su propio lenguaje, que no es japonés, pero no es inglés tampoco.

—¿No… inglés? —pregunta Yukio.

—«Ese comecuervos la ha tenido gorda con su santa» —dice Molly—. Así es como se dice en australiano que un hombre del sur de Australia ha tenido una gran discusión con su mujer.

Greta, que camina cinco metros por delante, se vuelve para sonreír a Molly.

—Si quieres una empanada de carne, tienes que pedir «un ojo de perro» —dice Molly—. Si no sabes dónde está un lugar, puedes decir que está en Woop Woop.

—Woop… Woop… —repite Yukio.

—Si te quedas sin dinero, dices que estás pelado.

Molly pone su acento australiano más cerrado.

—Estoy pelado, así que me piro.

—Me… piro —dice Yukio.

—Sí, tienes que irte —dice Molly—. Tienes que irte. Te piras.

—Me... piro —repite Yukio.

—Sí, eso es —dice Molly—. Pero despacio y alargando las palabras. «Meeee piroooo».

Yukio piensa en lo que le han dicho y responde:

—Meeee piroooo.

—Eso es, Yukio —dice—. Y ahora esto es lo que dices si necesitas cagar...

*

El camino de plata hace bastante que ha perdido su lustre, y el componente de la mica brillante va desapareciendo lentamente para dejar su lugar a las rocas y los guijarros y a un estrecho camino de tierra cubierto de piedras donde se ven huellas de ualabíes y marcas de las colas que arrastran los negros ualarúes.

Dejan atrás un grupo de brillantes oropéndolas de Vieillot verdes y amarillas que arman jaleo en los estratos superiores de un grupo de altas higueras. El piloto y la actriz caminan uno junto al otro en silencio ahora. Láminas de mica bajo sus zapatos. Silbidos de pájaros. Molly se ha puesto delante.

—Gracias —dice Greta.

Yukio se vuelve hacia Greta, confuso.

—Gracias por salvarme —dice—. Me salvaste de esos hombres.

Yukio asiente. Siguen caminando en silencio durante otro minuto, un largo minuto.

—Nunca había matado a nadie —dice Greta.

Yukio piensa un momento.

—Greta Maze... no mató —dice moviendo la cabeza sobre su hombro en dirección a la mina de estaño, al pasado reciente—. Yukio mató... hombre.

Greta toma aire.

—Te agradezco que digas eso, pero creo que yo pude ayudar un poco —dice.

289

Otra larga pausa.

—Guerra —dice Yukio moviendo la cabeza.

Greta solo puede suponer lo que eso significa, y asume que Yukio cree que los gigantes de un solo ojo de los bosques actúan de manera diferente bajo la presión de la guerra.

—Supongo que tú sí habrás matado antes —dice.

Yukio mira a Molly. Asiente una sola vez. Observa a la niña mientras sus ojos siguen el alto vuelo de una paloma dorada y verde con una corona rosácea.

—Me pareció hermoso lo que dijiste anoche —dice Greta.

Yukio se tensa.

—Lo que dijiste sobre tu esposa —dice.

Yukio asiente.

—¿A dónde ibas? —pregunta Greta.

Yukio se muestra confuso.

—En tu avión —dice Greta—. Cuando te vimos descender. ¿A dónde ibas?

Yukio mira a Greta. Su rostro, sus ojos, del mismo verde que su vestido. Su pelo cuando se mueve a la luz de ese modo. Aparta la vista de ella, y lo salva momentáneamente —lo salva de sentimientos que no entiende— la aparición de Molly corriendo hacia él.

—¡Yukio! —grita—. ¡Yukio!

Lleva las manos en forma de cuenco sosteniendo algo.

—Tengo un regalo para ti —dice. Abre las manos y una mariposa con las alas de los colores del tigre se eleva al cielo con movimientos aleatorios.

—Mariposa —celebra Molly.

—Mari… posa. —Yukio sonríe.

Greta camina por delante en solitario. Molly y Yukio ven la mariposa tigre desaparecer entre las tupidas enredaderas que bordean el camino.

—He estado pensando en lo que dijiste anoche —dice Molly—. Dijiste que tu esposa no murió sin más. —Hace una pausa, y piensa mejor lo que está intentando decir—. Bueno, que no se limitó a ir bajo tierra.

Yukio se vuelve hacia la niña sin mostrar ninguna expresión. Molly continúa:

—Dijiste que se convirtió en una mariposa —dice—. Es algo muy bonito en lo que convertirse.

Yukio asiente en silencio.

—Yo perdí a mi madre cuando tenía siete años —dice Molly.

Yukio asiente, en silencio. Molly le cuenta de nuevo a Yukio Miki lo de la maldición de Longcoat Bob. Le habla de su casa en el cementerio de Hollow Wood. Un lugar donde ella ayudaba a su padre y a su tío a enterrar a la gente. Durante mucho tiempo ha deseado que hubiera algo más que la tierra después de la muerte.

—Y entonces has llegado tú y has dicho que hay mariposas —dice.

Caminan en silencio por un trecho, dejando atrás una espesura rocosa de enredaderas tachonada de pálidos árboles grises con hojas de un verde oscuro brillante y llamativas bayas de color naranja.

—Los japoneses bombardearon Hollow Wood —dice Molly—. Los japoneses hicieron volar en pedazos a mi padre.

—Siento —dice Yukio.

—No te preocupes, sé que no fuiste tú, Yukio —dice Molly—. No vi espacio para bombas en tu pequeño avión.

Molly da una patada a una piedra del tamaño de una pelota de tenis con su bota derecha. La piedra rueda tres metros aproximadamente y luego la saca del camino con otra patada de la fuerte bota.

—Pero quizá mi madre y mi padre se transformaron también, ¿no? —dice—. Quizá son mariposas ahora. O quizá son la hierba, como dice Walt Whitman, o quizá son el cielo.

Molly levanta la vista al cielo azul. Delgadas nubes del cielo del día como polvo de harina sobre una hogaza de pan.

—El cielo del día y el cielo de la noche —dice Molly.

—Cielo de día —asiente Yukio—. Cielo de noche.

—Los cielos de la noche no mienten —dice Molly.

—Los cielos de la noche no mienten —repite Yukio, sonriendo.

Los tres hacen un alto para beber en un arroyo de agua dulce. Molly le enseña a Yukio la batea de buscador de oro de su abuelo. Pasa los dedos por la línea de la parte plana de detrás.

—Esto fue el primer regalo del cielo —dice Molly—. Es lo que nos está guiando hasta Longcoat Bob.

Vuelve a mirar el cielo azul. Ahora está lleno de nubes altas pequeñas y redondas que a Molly le recuerdan a las escamas de un besugo negro.

—Luego le pedí al cielo que arrojara las bombas sobre Hollow Wood —dice Molly—. Pero yo no quería que esas bombas hicieran volar en pedazos a mi padre.

Guarda la batea en el morral y siguen andando.

—Tú fuiste el siguiente regalo, Yukio —dice Molly—. Caíste del cielo. Viniste a ayudarnos.

Mira a Greta, que avanza por delante a través de una espesura de higueras estranguladoras dentro de otro bosque de enredaderas.

—O quizá viniste a ayudar a Greta —dice Molly.

—Greta —repite Yukio. La mira caminar cuando dice su nombre.

—Está triste, Yukio —dice Molly—. Tiene algo dentro que la entristece. Mi amigo Sam es un aborigen que sabe todo lo que hace falta saber sobre el país profundo y él decía que la tierra te da todo lo que necesitas si sabes pedírselo de la manera correcta. Yo creo que el cielo es así también. Tú nos salvaste allí atrás, Yukio. Caíste del cielo porque sabías que tenías que salvarnos. Tenías que salvarme a mí. Y tenías que salvar a Greta. El cielo sabía que ella te necesitaba.

El bosque de enredaderas hace un claro, y el estrecho sendero desaparece en una gigantesca formación rocosa de arenisca con forma de iglú dividida en dos por una fina grieta en su mitad que deja solo espacio suficiente para que un cuerpo avance de lado. Greta se gira de costado, extiende los brazos y se aprieta en el estrecho espacio y eleva los ojos a la línea de cielo que atraviesa la cúpula. Molly y la pala Bert siguen a Greta, y Yukio sigue a Molly.

Los ojos de Yukio se iluminan cuando, al salir de la grieta, se encuentran en una especie de galería natural rodeada de altos muros de arenisca y una enorme roca sobresaliente. Al otro lado de ese espacio hay tres aberturas, tres salidas, una de ellas al este, otra al norte, y la otra al oeste. El suelo del espacio está moteado de agujeros lisos producto de la erosión. Y en la pared contigua a cada abertura hay una antigua y nítida pintura rupestre. La pared oriental muestra, pintadas de rojos, marrones, blancos y amarillos, tres altas y delgadas figuras que por sus vestidos a Molly le parecen mujeres, pero también tienen un aspecto extraño que no es de este mundo. Carecen de ojos, nariz y boca, pero dan la sensación de estar mirándola a ella, y ella siente inquietud ante esas miradas. Sobre la cabeza llevan unos tocados en forma de limón dividido en cuartos. Y las figuras parecen importantes, como si tuvieran todas las respuestas a las preguntas de Molly.

—¿A dónde me dirijo? —les pregunta ella—. ¿Por qué he llegado tan lejos?

Y luego toda la verdad de la niña sepulturera condensada en un único enigma.

—¿Por qué se fue ella?

En la pared norte hay una pintura de un canguro blanco de puntillas sobre sus cuartos traseros que mira hacia algo debajo que, visto más de cerca, es un barco con las velas desplegadas. Yukio pasa los dedos por las borrosas velas blancas del barco, y el barco le parece un barco fantasma que atraviesa un mar místico de antigua roca roja mientras se aleja del canguro gigantesco, que a Yukio le parece, en comparación con el pequeño velero, uno de esos gigantescos monstruos marinos de los que su abuelo le hablaba de niño, criaturas que emergían de los mares para arrastrar a la muerte a los marineros. Su abuelo decía que algunos de esos monstruos eran tan grandes que a los marineros japoneses les llevaba tres días dejar atrás a uno. Y el pequeño Yukio imaginaba un monstruo que acechaba el paso de los marineros calculando cuándo atacar mientras los hombres se preguntaban cuándo morirían. Su abuelo decía que algunos no lograban soportar la espera, el terrible suspense, y preferían arrojarse por la borda a ser tragados y absorbidos por las entrañas viscosas del monstruo. Yukio, a los ocho años, le había dicho a su abuelo que él esperaría.

—¿Y si el monstruo al final los dejaba pasar? —preguntaba el muchacho—. ¿Y si las cosas mejoraban?

—Sí —decía su abuelo—. Pero ¿y si esos tres días que costaba dejar atrás al monstruo eran los más terroríficos e infernales que un ser humano hubiera soportado jamás? Mirar a los ojos de aquellas criaturas era un infierno más allá de lo evocado en cualquiera de nuestros libros.

—Yo cerraría los ojos —dijo Yukio—. Cuando los abriera, estaría vivo, y los tres días habrían pasado. Si no los abriera, estaría muerto, y ya no tendría que abrirlos.

Su abuelo sonrió.

—Aaaah, querido nieto —dijo—. Todos los días me abres los ojos un poco más.

Yukio sonríe ahora. Sigue a Molly hasta la pared occidental, donde Greta está cautivada por la imagen de una criatura que parece una mezcla de hombre, insecto y pez. Finos brazos y piernas humanos extendidos, pero el torso parece la espina de un pez con una cola en el lugar en el que normalmente estaría el trasero de un hombre. Molly ve que la criatura pintada tiene una cabeza que parece la de un dibujo de escarabajo con grandes círculos por ojos, sin boca ni nariz, y dos antenas rectas. De los lados de la cabeza, salen lo que parecen dos cañas curvas de bambú que le llegan hasta los pies. Dos rayos, piensa Molly.

—El Hombre Relámpago —dice—. Sam me habló del Hombre Escarabajo.

Molly pasa la mano por los rayos que le salen de la cabeza.

—Los relámpagos le salen de las orejas, y él nos los lanza aquí abajo en la tierra porque quiere mostrarnos que todo lo que necesitamos en la vida llegará pronto.

Molly coloca la palma de una mano contra la pared.

—Mi abuelo estuvo aquí —dice.

Saca la batea de buscador de oro de su morral. Pasa la yema del dedo por una de las frases grabadas en ella.

—*Al oeste, donde indica el hombre del tenedor amarillo* —dice Molly—. Mi abuelo era poético. Él no vio al Hombre Relámpago. Vio a un hombre con un tenedor amarillo. —Y Molly susurra ahora—: El Relámpago es un Tenedor Amarillo.

—¿Cómo dices? —pregunta Greta.

—Emily Dickinson —dice Molly—. Ella escribió sobre el cielo. Debió de ver el relámpago más increíble en el cielo. El relámpago en forma de tenedor. Ella veía cosas en el cielo como yo las veo. Miró allá arriba y se preguntó de dónde venía aquel regalo del relámpago. Se preguntó quién estaba allá arriba arrojando cosas de la casa de las nubes.

Molly se cuelga el morral al hombro.

—Ya viene —le dice Molly a Greta con los ojos encendidos—. Vamos. Ya viene.

Y Molly corre por la bóveda occidental de la pared, que da a un estrecho sendero de tierra bordeado de altos árboles.

—¿Qué es lo que viene, Molly? —pregunta Greta.

Molly se vuelve y habla sin dejar de caminar, caminando hacia atrás:

—Todo lo que necesitamos, Greta —dice—. Todo lo que necesitamos.

EL CIELO DEL ÚLTIMO SEGUNDO

El chico pelirrojo se ha anudado un trapo largo a la cabeza para contener la sangre que quiere derramarse de su oreja derecha cortada, y ahora bebe de una botella de aguardiente casero con la esperanza de que el blanco licor le dé fuerzas para unirse a sus amigos en la ultratumba. Ha arrastrado los cuerpos de sus compañeros en la mina de estaño hasta dejarlos junto al fuego. Le ha parecido que dejar a los hombres en una fila ordenada daría a sus amigos la dignidad que merecían. Había algo correcto en el esfuerzo que suponía hacerlo ante los ojos vigilantes de Dios. Pescar a Hoss con la herida de apuñalamiento en el vientre de un rincón de color carmesí del arroyo. Arrastrar a Kenny Spencer con la garganta rebanada desde detrás de los arbustos hasta la mina para depositarlo junto a McDougall, el hombre con la chaqueta de cazador, también con la garganta rebanada. George Kane fue el más difícil de trasladar hasta la fila ordenada, no solo por su peso muerto, sino porque que Kane, el de un solo ojo, había sido quien había criado al chico pelirrojo. Shane veía en George a un padre y a una madre, dos progenitores dentro de un hombre gigantesco que hacía las veces de la madre y el padre que lo habían abandonado en la puerta de la comisaría de Darwin catorce años atrás.

Shane alineó los cuerpos tendidos bocarriba con el rostro hacia el cielo y luego volvió tambaleándose al sendero de arbustos que llevaba a la cabaña de piedra, madera y estaño donde los trabajadores tenían sus sacos de dormir. En la cocina se cortó una gruesa loncha de carne de canguro curada y se humedeció la garganta seca con un buen trago de agua del depósito. Luego fue a la cama de George Kane y encontró la botella de aguardiente casero junto a un par de viejas botas, y a continuación buscó bajo la almohada, donde encontró el revólver de seis tiros Enfield nº. 2 cargado que ahora coge con sus manos sudorosas y sostiene entre las rodillas al sentarse en el grueso tronco que hay delante del fuego moribundo del campamento. Respira hondo, asiente y echa a andar hacia los cuatro cuerpos alineados sobre la hierba para ir a tumbarse bocarriba al lado de George Kane con el cráneo aplastado y mirar al cielo azul. Hay dos nubes allá arriba, una gruesa, en forma de vagón, y la otra delgada y larga como un cocodrilo.

El chico pelirrojo con media oreja izquierda amartilla el revólver y respira hondo mientras se lleva el cañón a la sien. Cierra los ojos, y su índice derecho se desliza con cuidado sobre el gatillo. Llora, y las lágrimas rezuman de sus párpados cerrados. Tiene la boca cerrada y grita con los dientes apretados. Un aullido gutural, un gemido de lunático frenético por la muerte, enloquecido por la vida. Pero, sobre todo, confuso.

El dedo en el gatillo. Aprieta, se dice. Sé valiente como George, se dice. Vuelve a respirar hondo, pero no es capaz de apretar el gatillo, y abre los ojos y se encuentra con el rostro de un hombre que lo mira.

—Ya casi estás —dice el hombre.

El chico grita asustado y levanta el arma.

—Vete —le suelta—. Dispararé, te lo prometo. Te pegaré un tiro en toda la cara.

El hombre asiente con indiferencia y se aleja, y el muchacho lo ve acercarse al fuego del campamento mientras apunta a su espalda.

—No voy a hacerte daño —le dice el hombre.

El hombre es alto y delgado. Tiene un bigote negro poblado. Una camisa blanca cubierta de suciedad y sangre. Pantalones y botas negras y un gran sombrero negro de ala ancha que le ensombrece el rostro.

—¿Quién eres? —inquiere Shane.

—Soy el sepulturero —responde el hombre oliendo el té de una taza que ha encontrado junto a los troncos del campamento. Se lo bebe como si lo hubieran hecho para él.

—¿Has venido a enterrar los cadáveres? —pregunta el chico, pues su mente se mueve con lentitud, y el hombre con el té ya se ha dado cuenta de eso.

—No, no he venido por estos cadáveres —dice dando otro sorbo al té—. Pero son cadáveres lo que voy buscando.

—¿Eres uno de ellos? —pregunta el chico.

—¿Quiénes son ellos?

—Los que han hecho esto —responde el chico mirando a sus amigos muertos en la digna fila.

El hombre vuelve la vista hacia los cadáveres.

—¿Qué ha pasado aquí, chico?

El muchacho habla entre lágrimas:

—Eran dos chicas, una más joven y otra mayor —dice—. Yo las vi junto al arroyo y vine corriendo a decírselo a mi jefe, George, y entonces ellas vinieron y les ofrecimos té y…, y…

El chico llora.

—¿Y? —El hombre le da el pie pasándose los dedos por el hombro izquierdo, donde una mancha de sangre le ha empapado la camisa.

—Y los chicos iban a montárselo con la rubia, y mi jefe, George, me envió a la cabaña, pero no me fui. Me escondí detrás de los arbustos porque quería ver cómo se lo montaban y…, y… entonces él salió del bosque.

—¿Quién salió del bosque, chico?

—El fantasma —dice el muchacho—. Se movía como un fantasma y se deslizó por detrás de McDougall y le cortó la garganta antes de que yo tuviera oportunidad de decir una sola palabra para advertirlo, y yo me quedé petrificado, pero mi pito no, porque me meé en los pantalones, y miré abajo y vi que tenía los pantalones mojados, y cuando volví a levantar la vista el fantasma le había clavado una espada a George.

—¿Una espada? —repite el hombre, intrigado.

El chico llora ahora con fuerza, al unirse todos los hechos en una gran oleada de escalofriante realidad.

—¿Cómo era ese fantasma?

—Era japonés —dice el muchacho.

El hombre del bigote mueve la cabeza.

—Extraordinario —dice.

Señala a la oreja izquierda del chico, donde la sangre se acumula sobre el trapo a modo de vendaje.

—¿Qué le pasó a tu oreja?

—La chica más joven llevaba una pala y me golpeó con ella y me cortó la oreja por la mitad —dice el chico.

El hombre sonríe bajo su bigote.

—¿Y por qué iba a hacer ella algo así?

El chico mueve la cabeza.

—Yo estaba intentando agarrarla.

—¿Por qué la agarrabas?

—Queríamos tenerla aquí —dice el chico.

El hombre asiente. Entonces sus ojos se dirigen al tronco que hay junto al fuego y descubren la botella de aguardiente casero de la que el chico bebía. Los ojos del hombre se iluminan al echar la taza de té al fuego. Coge la botella de aguardiente, y su mero roce lo hace respirar aliviado. La botella lo ha vuelto humilde de algún modo.

El muchacho observa al hombre sentarse en el gran tronco junto al fuego más cerca de él y quitarse el sombrero con algo parecido a la exaltación. El hombre sonríe y enseña la botella al chico.

—¿Te importa si le doy un trago?

—Adelante, señor.

El muchacho solo había podido dar un sorbito a aquel aguardiente casero porque quemaba como fuego líquido dentro de él, pero el hombre se lleva la botella a los labios secos y llenos de ampollas y se bebe la mitad de una vez mientras sus mejillas se hinchan como las de una rana toro y su garganta se emplea tan a fondo como si bebiera agua de una manguera tras un día de trabajo en un trigal.

El hombre suelta la botella y cierra los ojos, respirando lenta y profundamente.

—¿Cómo te llamas, chico?

—Shane.

Vuelve a abrir los ojos y se dirige al muchacho:

—¿Qué ibas a hacerle a la niña, Shane?

El chico mueve la cabeza.

—No, no voy a decirte eso.

—Puedes decírmelo —responde el hombre—. Vamos, Shane. Te prometo que no haré ningún análisis y que no te haré daño.

—¿Ana… qué?

—Análisis, Shane —dice el hombre—. Pensar en un hecho y luego considerar su intención y sus consecuencias.

El chico se queda pensando un momento. Se vuelve hacia George, a su lado. Luego habla en voz baja:

—George dijo que iba a estrenarme con ella.

El hombre asiente.

—¿Ibas a montártelo con la niña?

El chico baja los ojos, asintiendo.

—Dime, Shane, ¿qué te impidió apretar el gatillo hace un momento, cuando tenías ese revólver pegado a la cabeza?

Shane descansa el arma en su regazo ahora, sentado con las piernas cruzadas.

—No pude hacerlo —dice—. No dejaba de pensar que Dios estaba ahí arriba en el cielo mirándome y me iba a mandar al infierno si lo hacía.

—¿Por qué querías hacerlo, para empezar?

—Todos mis amigos han muerto —dice—. Y el mundo ha terminado y todo eso, ¿y para qué voy a seguir yo aquí?

—¿Quién te ha dicho que el mundo se ha acabado?

—George —dice el muchacho señalando con la cabeza a Kane—. Él decía que ese tal Hitler se estaba apoderando del norte del mundo y que los japoneses se estaban apoderando del sur, y yo supe que era verdad cuando vi a ese japonés salir así del bosque.

El hombre asiente pasándose el índice y el pulgar por el bigote. Se queda callado largo rato.

—Es verdad, Shane —dice el hombre—. Las tormentas de fuego han sepultado las grandes ciudades del mundo. Ya no hay vehículos moviéndose por las calles porque las calles están llenas de cadáveres desollados. Los sepultureros de todo el mundo están haciendo el agosto por sus muy cotizados servicios. Llueve ceniza por toda la costa este de Australia. El Támesis corre rojo por la sangre. Los soldados alemanes marchan por Times Square.

El chico mueve la cabeza, desolado. Pero, sobre todo, confuso.

—George iba a empezar un nuevo mundo aquí —dice.

Shane se tumba junto a George y llora.

El hombre mira al cielo y levanta la botella hacia él, como si fuera un brindis. Luego bebe otra vez y se vuelve hacia el chico.

—¿Quieres saber la verdad, Shane?

—Sí —dice el muchacho.

—La verdad es, Shane —dice el hombre—, que Dios no te está vigilando. Dios jamás se ha molestado en ocuparse del asunto de la muerte. Él solo se centra en Sus éxitos y no se preocupa por Sus fracasos. Siempre está demasiado ocupado con el milagro del nacimiento y el asunto de la vida. Deja que la muerte se las arregle aquí abajo con la atención y la previsibilidad de un padre de cuatro hijos que bajara por las escaleras de un faro. Se preocupa de la muerte lo mismo que las balas de tu revólver se preocupan de los huesos. Él no hace análisis, Shane. No le interesan la intención ni las consecuencias. Dios no sabe nada de la muerte.

Bebe de nuevo y señala al chico con la botella.

—¡Pero el sepulturero, Shane, el sepulturero sabe todo lo que hay que saber sobre la muerte!

Y Aubrey Hook susurra ahora:

—Voy a contarte la historia de un hombre que una vez pasó por aquí —dice—. Voy a contarte la historia de Tom Berry. Es una historia sobre la muerte.

*

Y allí, en el campamento de aquella mina de estaño dejada de la mano de Dios y cubierta de sangre, la larga historia de Aubrey Hook avanza caprichosamente hasta llegar al recuerdo que el sepulturero tiene de la mirada en el rostro de Tom Berry en el taller del cementerio de Hollow Wood mientras recita de un cuaderno las palabras que quiere que se graben en su tumba. Más una advertencia que un epitafio. Un acto de ira. Un acto de amor.

Tom Berry llevó el oro de Longcoat Bob a caballo hasta lo más recóndito del país profundo del que había salido. Y luego devolvió el oro a aquel agujero en la tierra. Pero la suerte de la familia Berry no cambió por arte de magia.

Tom Berry volvió a Darwin tras un viaje de quince días por el país profundo para encontrarse con que una inexplicable e inquietante melancolía se había apoderado de su hogar. Los corazones de las personas que más amaba parecían enfriarse en su presencia como si ya se estuvieran convirtiendo en piedra. Su esposa no mostró el menor interés por su viaje. En los meses siguientes, apenas sonrió a ninguna de sus bromas, apenas le prestó atención al hablar del tiempo, del trabajo ni del cuidado de los hijos. Su hijo, Peter, se había vuelto distante, indiferente e insensible. Su esposa decía al principio que era solo la tristeza persistente debida a la racha de muertes incomprensibles que había golpeado a la familia Berry a lo largo del año. Se preguntó una tarde en voz alta, mientras tejía una manta de invierno, si la tristeza sería una enfermedad tan peligrosa para el corazón y el alma como la viruela para la mente y el cuerpo.

Hasta que un día Bonnie Berry reveló sus sentimientos más profundos al calor del fuego del comedor entre marido y mujer. Y dijo que la verdad era que no perdonaba a su esposo por haber puesto el oro de Longcoat Bob por delante de su matrimonio. Lo odiaba por aquella lujuria del oro que hacía tanto tiempo que había superado su sencillo amor a las palabras. Lo odiaba por haber pasado tanto tiempo en el país profundo en aquel primer viaje fructífero y providencial. Dijo que había acabado dándolo por muerto y había blindado su corazón, preparada para recibir las peores noticias, y que cuando descubrió que seguía con vida se sintió desolada al comprender que su corazón ya no podría volver a ablandarse.

—¡Ya no tengo amor para ti, Tom! —gritó en el salón. Se abrazó el pecho y habló como una devota de Dickinson—. Aquí no queda nada para ti.

Y Tom Berry atravesó con el puño la ventana de su salón y una línea curva de sangre le chorreó por el antebrazo como la línea que había grabado por detrás de su batea de buscador de oro, el mapa secreto del camino al tesoro de Longcoat Bob, anotado con las palabras crípticas e inteligentes de un hombre que una vez se había enorgullecido de su habilidad con ellas. Aquel largo camino a través del extraño país profundo recogido en una línea tortuosa; el principio y el fin de todos sus fracasos.

Entonces se dio cuenta de que el mapa que había grabado en su batea de buscador de oro no solo era un recordatorio de cómo encontrar su oro perdido si alguna vez quería recuperarlo, sino también un modo de encontrar a Longcoat Bob.

—¡Mataré a ese Longcoat Bob! —gritó Tom Berry entonces, cuando su rabia, su arrepentimiento y su vergüenza finalmente lo convencieron de la veracidad del poder de la magia negra de Longcoat Bob.

Y, sin importar cuántas veces Bonnie Berry le dijera a su esposo que su corazón una vez cálido se había enfriado para él mucho antes del menor indicio de la maldición del aborigen sobre su familia, Tom Berry conservó su ojeriza contra el hechicero.

Y cuando su hija, Violet, le dijo que se había enamorado y que sin ninguna duda iba a casarse con Horace Hook, el hijo menor de Arthur Hook, fue a Longcoat Bob al que vio a través de la niebla roja de su furia. Y, cuando un encolerizado e inflexible Tom Berry ordenó a su hija que acabara con la relación, Violet dejó la casa familiar y juró no regresar hasta que su padre aceptara su amor por Horace.

Cualquiera salvo un Hook, rogaba Tom Berry al cielo de la noche. Cualquiera salvo un hijo de Arthur Hook, el que había sido su mejor amigo y compañero en la búsqueda de oro y que durante tanto tiempo había despreciado a Tom y había recibido su desprecio a cambio —un hombre cuya muerte prematura en un desprendimiento él había celebrado en soledad alzando un vaso de *whisky* irlandés—. Y cada vez que Tom Berry pensaba en lo insoportable de aquella unión, en el supremo e imposible insulto que había en ella —la unión de todo lo que amaba con todo lo que despreciaba— se convencía más en su corazón y en su mente de que la maldición de Longcoat Bob era real. Y, en el ojo del huracán de sus infinitas y amargas discusiones acerca del distanciamiento de su hija, Tom y Bonnie Berry no vieron cómo el corazón de su querido hijo Peter se volvía tan frío, duro e incapaz de sentir como el de ellos. A las 06:55 de la mañana del día de Año Nuevo de 1917, Bonnie Berry miró por la ventana de la cocina y vio a su hijo colgando de una rama del árbol del caucho bajo el que Peter y Violet solían tumbarse de niños a mirar el cielo.

—¡Tú eres la maldición! —le gritó Bonnie a su esposo al derrumbarse sobre la hierba bajo el árbol del caucho con un trozo de cuerda cortada a su lado y su hijo en los brazos—. Tú eres la maldición, Tom Berry.

*

Una enorme oruga verde con motas rojas avanza arqueándose por la negra bota derecha de Aubrey Hook. Baja el brazo y permite que la criatura arrastre su vientre por su mano y avance arqueando su cuerpo por sus nudillos.

El chico pelirrojo, Shane, levanta la vista al cielo azul, que está girando, girando, girando con la nube en movimiento.

—¿Estaba maldito de verdad? —pregunta el muchacho.

—Eso depende del sentido que le des a esa palabra, Shane.

—¿Qué fue de su mujer?

—La encontró seis meses después colgada del mismo árbol del caucho que su hijo —dice Aubrey—. Violet hizo que la enterraran en el cementerio de Hollow Wood junto a toda una desdichada fila de Berrys. Mi hermano y yo la enterramos.

—¿Y qué fue de Tom?

—Se convirtió en un recluso tras la muerte de su esposa —dice Aubrey Hook mientras comprueba cuánto aguardiente le queda en la botella—. Se confinó en su casa. No quería acercarse a nadie para que la maldición de Longcoat Bob no infectara a nadie más. Ahuyentaba a la gente desde la verja gritando como un loco: «¡No os acerquéis! ¡No os acerquéis! ¿No sabéis que este lugar está maldito?».

El chico pelirrojo mueve la cabeza con incredulidad.

Meses antes de morir, Tom Berry llamó a la puerta del sepulturero del cementerio de Hollow Wood. Le dijo a su hija Violet, distanciada desde hacía tanto tiempo, que se estaba muriendo. Sus pulmones estaban dejando de funcionar por todo ese polvo de roca que había inhalado en sus días de buscador de oro. No sin gran reticencia, Tom Berry pidió a los hijos de Arthur Hook que le dieran una digna sepultura junto a la tumba de su esposa, pero soportó ese trance por ser la manera de obtener el descanso eterno junto a la única mujer a la que había amado de verdad.

—¿Y cuál quieres que sea tu epitafio? —le preguntó Aubrey Hook a Tom Berry en el taller del cementerio de Hollow Wood, sentados junto a una pila de lápidas grises.

—No quiero epitafio —dijo Tom Berry—. Solo un mensaje.

*

—¿Cómo puede ser un hombre tan desgraciado? —pregunta el chico pelirrojo.

—Esa no es la pregunta que te tienes que hacer, Shane —dice

Aubrey Hook—. La pregunta es cómo permite Dios que tanta desgracia caiga sobre un hombre.

Aubrey Hook tapa la botella de aguardiente y la deja junto a sus pies. Se vuelve hacia el chico.

—Yo sé por qué te costaba apretar el gatillo, Shane —dice—. No es cuestión de Dios en el cielo, sino de valor en tu corazón. No importa lo miserable que sea tu vida, Shane; incluso en el momento en que has apretado un revólver cargado contra la sien has encontrado, en lo más profundo de tu corazón, algún inexplicable valor en tu existencia. Normalmente, por supuesto, la dilatada complejidad de tu particular elección de un final se mezcla con el fenómeno de la existencia de otras personas en este mundo que también conceden inexplicable valor a tu vida: padres, hermanos, amantes. Pero, en tu caso, chico, parece que las únicas personas que concedían algún valor a tu vida yacen ahora sobre el polvo a tu lado. Así que puede decirse con seguridad que para cualquier criatura viva de este planeta, aparte de ti mismo, careces completa y profundamente de valor. Así que yo te digo, chico, que, si te queda algún apego a la tierra y a su gente que te impide apretar ese gatillo, harías bien en desecharlo. Ello te deja solo ante una última idea: que inexplicablemente te consideres a ti mismo, en lo profundo de tu corazón, de algún valor.

Aubrey sostiene la oruga en su mano delante del chico, cuyos ojos abiertos de par en par observan cómo la oruga, arqueándose, va en busca de una salida segura de la plataforma humana.

—¿Crees que Dios te concedió a ti más valor, Shane, que a esta oruga?

El chico pelirrojo se restriega los ojos y piensa una respuesta.

—Esta oruga se transformará pronto en una espléndida mariposa que sobrevolará ríos y macizos de flores, y si la vieras volar podrías decirte que es lo más hermoso que tus ojos doloridos habían visto nunca —dice Aubrey—. Pero ¿significa eso que la vida de la oruga posee más valor que la tuya, Shane?

Shane mueve la cabeza despacio.

—No, no lo tiene, porque sabemos en lo más profundo de

nosotros que todas las criaturas de Dios (tú, yo y mi peluda amiga de aquí) tenemos exactamente el mismo valor. Y con eso quiero decir, Shane, que carecemos completa y profundamente de valor.

El chico observa la oruga y luego ve cómo Aubrey la lanza al fuego sin contemplaciones y la oruga se transforma en una bola negra en cuestión de segundos.

—¿Quieres que te ayude? —pregunta Aubrey en voz baja y dulce.

El chico tiene el arma en sus manos. Considera la oferta un largo instante. Le tiende la pistola al hombre.

—Gracias —dice el chico.

Se echa junto al hombre que más quiso en este mundo que gira, el gigante de un solo ojo llamado George Kane.

—Tú mira al cielo simplemente, joven Shane —dice Aubrey—. Contaré hacia atrás desde diez y, si quieres que me detenga en cualquier momento, solo tienes que levantarte.

El chico se coloca en su sitio y asiente con la cabeza, con los brazos estirados a lo largo del cuerpo.

—Diez…, nueve…, ocho…, siete… —dice Aubrey con el brazo derecho levantado y el revólver apuntando a la cabeza del chico—. Seis…, cinco…, cuatro.

El chico cierra los ojos.

—Tres.

El cañón del arma está a la distancia de una mano de la sien del muchacho.

—Dos.

El chico vuelve a abrir los ojos al cielo azul.

—Uno.

—Espera —dice el muchacho.

Y el eco del disparo resuena por todo el país profundo.

SUEÑOS DE AMOR

Demuéstralo, Nara, le dice Yukio Miki en silencio al cielo. Demuéstrame que esto no es tu Llanura del Alto Cielo a la que he llegado en paracaídas. Porque todo lo que veo es tu paraíso. Hay cosas aquí abajo, en este mundo, tan hermosas que podrían estar hechas por ti.

El piloto pasa la mano por un macizo de flores de un intenso color púrpura, y luego por un grueso eucalipto gris cubierto por tal cantidad de higueras colgantes rojas y verdes que parece que fueran un vestido del árbol. O un kimono de seda. En los árboles hay pájaros de pecho naranja brillante como el sol del ocaso y hombros cerúleos que brillan como una luna azul. Hay pájaros en el suelo construyendo hogares para sus parejas y esos hogares están llenos tan solo de ramitas curvas, pero forman grandes arcadas y los pájaros reúnen conchas y láminas y piedras de colores brillantes y los colocan a la entrada de sus casas con la esperanza de que algún enamorado quiera pasarse de visita.

Encuentra una enredadera de hojas verdes, suaves y redondas cubiertas de pelo, y de esas hojas crecen sépalos de color lila y blanco, y de la base púrpura de esos sépalos brota una fuente de pétalos verdes y amarillos, y de esos pétalos emerge la forma delicada y frágil de una bailarina —el estilo, el estigma y la antera de la flor—. La pierna de la bailarina está levantada; los hombros, erguidos, y la cabeza, inclinada; sumida en la música que la hace moverse. Y Yukio ve a Nara en esta flor del alto cielo. Demuéstramelo, Nara, le dice Yukio Miki al cielo. Demuéstramelo.

—Parece la bailarina de una caja de música —dice Greta al aparecer al lado de Yukio—. Es preciosa.

Yukio asiente. Mira a los ojos de Greta y no ve nada en las galaxias de sus iris verdes que sirva para debilitar su teoría acerca de que él ha ido a parar a su Takamagahara.

—Preciosa —dice.

Y Greta siente que algo extraño, desasosegante y tierno pasa por los ojos del piloto en ese instante, así que desvía la mirada, y ambos caminan juntos por un estrecho sendero que discurre entre árboles y altos y densos muros de matorrales.

Molly camina tres pasos por detrás de ellos, pensando en una historia que Yukio le ha contado en el desayuno. Se la contó en un inglés chapurreado, pero los gestos de sus brazos y sus dedos bastaron para comunicarle lo esencial a una niña tan dispuesta a escucharla. Era la historia de un asesino llamado el Tigre Blanco, que llegó al pueblo de Yukio muchos años atrás para conocer al artesano que había creado una espada y sacarle el corazón palpitante a ese mismo hombre que la forjó. Y también le ha hablado del hombre que se pasó la vida limpiando la tumba de su único amor verdadero. Molly no está segura de haber entendido bien toda la historia, pero cree que el anciano murió y que, al morir, se convirtió en una mariposa blanca y voló al cielo para estar con su única amada, que ahora era la mariposa más bella de un cielo lleno de mariposas. Y Molly entendió que, al contarle esa historia, Yukio estaba pensando en su esposa, Nara. Por eso la gente cuenta historias, piensa. Nos recuerdan por qué amamos las cosas. Nos recuerdan por qué amamos a otras personas.

A Molly se le ocurre una idea que quiere compartir con Yukio, y corre para adelantarse y colocarse en medio de sus compañeros de viaje.

—Creo que el anciano se convirtió en una mariposa, Yukio —dice Molly.

Yukio asiente. Ríe para sí.

—Mariposa… en… cielo —dice.

—Fue una especie de magia —dice Molly—. Y estaba pensando, Yukio, que lo que Longcoat Bob le hizo a mi abuelo fue una especie de magia también. Solo que magia mala. Pero, si existe la magia mala, entonces también tiene que existir la magia buena.

—Magia… buena. —Yukio asiente. Le gusta la idea.

—Magia buena como la que convierte a las personas a las que queremos en mariposas cuando mueren —dice Molly—. Pero hay una cosa de la historia que no entiendo, Yukio.

Yukio ralentiza el paso. Baja la cabeza para mirar a Molly.

—¿Molly… no… entiende?

—Sí —dice Molly—. No entiendo por qué se convirtió en mariposa. ¿Por qué convertirlo en algo que va a morir solo unos días después?

Yukio se detiene y sus compañeras de viaje se detienen con él. Se arrodilla ante Molly.

—Nooooooo, Molly Hook —dice con una deliberada teatralidad mística—. Mariposa… vida corta. Pero mariposa… ve… todo el mundo. Mariposa… ama… todo el mundo. Mariposa… poco tiempo…, no pierde tiempo.

Levanta los brazos hacia los árboles de alrededor, y hacia los insectos de esos árboles, y hacia el sol sobre sus cabezas. Sonríe mientras contempla toda la vida que tiene ante él.

—Mariposa sabe cómo —dice—. Mariposa ve todo. Árbol. Cielo. —Señala al sol—. *San* —dice en su lengua materna, y luego señala un tronco a un lado del camino—. *Uddo* —dice.

Greta lo observa atentamente. Ve su manera de hablar, como si cada pensamiento se formara en su espíritu y cada palabra fuera impresa con la sangre de su corazón.

Yukio señala a dos pájaros que vuelan en círculo y se rodean el uno al otro en el cielo.

—Pájaro —dice—. Agua. Aire. Luz. —Señala a Molly—. Mariposa te ve, Molly Hook. —Molly sonríe—. Mariposa vida corta —dice Yukio—. Pero mariposa vive para siempre… —levanta un dedo índice— en un día.

Molly asiente, comprendiendo, con los ojos abiertos de par en par de puro asombro. El trío sigue andando.

Silencio durante dos minutos. Luego Molly rompe el silencio. Molly siempre rompe el silencio.

—Es como Nara y tú —dice mirando hacia delante y diciendo las palabras tal como se le ocurren—. Tuvisteis poco tiempo. Pero ella pudo ofrecértelo todo… —sabe ahora que las palabras que va a añadir solo son para ella— en un solo día.

Para esto la gente cuenta historias, piensa Molly.

Yukio asiente. Baja la cabeza al suelo y Greta ve el dolor que lleva dentro, y quiere dar tres pasos hacia un lado y rodear con sus brazos los hombros del extraño piloto, pero ese sería un movimiento para otro mundo, para un mundo más tierno que este.

—Molly Hook entiende —dice Yukio en voz baja.

*

Aire caliente y humedad. Greta se limpia el sudor de la nuca y lo emplea para lavarse la tierra de las manos y el rostro. Molly sigue forzando un ritmo rápido y duro caminando en solitario unos treinta metros por delante. Yukio aviva el paso para colocarse a la altura del hombro izquierdo de Greta.

—Bob —dice Yukio.

—Sí —dice Greta moviendo la cabeza mientras camina con esfuerzo—. Longcoat Bob, el mago.

—Magia —dice Yukio—. ¿Tú… aaah… crees?

Greta esboza una media sonrisa y se encoge de hombros.

—No mucho —dice.

—¿Por qué vienes? —pregunta Yukio—. ¿Por qué… vienes… tan lejos?

—La verdad es que no lo sé —dice Greta.

Ella señala con la cabeza a Molly, por delante de ellos, justo en el momento en que la niña da un paso en falso y tropieza con una rama caída. Se tambalea, pero enseguida afianza un pie seguro para evitar caer al suelo de boca.

—Alguien tenía que cuidar de ella para que no se meta en líos.

—¿Tú… quieres… oro? —pregunta Yukio.

—Bueno, no le haría ascos.

Caminan en silencio.

—*Aisuru* —dice Yukio.

—¿Cómo?

—*Aisuru* —repite Yukio.

Señala con la cabeza a Molly.

—Tú… Molly.

Y lleva la mano al corazón y lo golpea cuatro veces, como si estuviera latiendo.

—*Aisuru.*

—¿Amor? —sugiere Greta.

La que no fue la primera palabra en inglés que aprendió su padre.

—Amor. —Sonríe.

—Tú… quieres… Molly.

Greta sonríe. Piensa en la idea.

—Como… hija —añade Yukio.

A Greta la coge por sorpresa el comentario, pero se encoge de hombros con una risa nerviosa. Vuelve los ojos hacia Molly, delante, que ahora se ha salido del camino e inspecciona algo bajo una melaleuca de anchas hojas.

—Bueno, claro que me importa la cría, pero tampoco es que esté a punto de guardar su foto en mi cartera —dice Greta.

—Niña… necesita… madre —dice Yukio—. Niña… quiere… a Greta.

Greta habla más secamente esta vez:

—Ni por un segundo pienso que sea mi hija, si es lo que estás diciendo —responde—. La niña tuvo una madre. Es una pena que esté a dos metros bajo tierra.

Yukio es lo bastante sagaz como para percibir la frecuencia de ira en su voz pese a su imposibilidad de entender todas las palabras.

—¡Eh, Yukio! —grita Molly, que vuelve corriendo en busca de sus compañeros de viaje con Bert en una mano y un escarabajo rinoceronte negro en la otra—. ¿Tenéis de estos en Japón?

Muestra el escarabajo a Yukio, y el insecto, que parece un tanque acorazado, silba ante el alboroto.

—Ooooh —dice Yukio echándose hacia atrás como una muestra de gran respeto hacia el insecto—. Tenemos… Japón…, pero… pero…

Entonces se lleva la mano a la cara y hace la forma de un largo cuerno que sale de su nariz.

—Como… —dice juntando los labios y soplando con fuerza con las mejillas hinchadas como si sus dedos tocaran un instrumento de metal al tiempo que sus pies bailan en un escenario imaginario.

—¡Trompeta! —dice Molly—. ¿Tienen trompetas en la cabeza los de Japón?

Yukio asiente.

—¡Increíble! —dice Molly entusiasmada por la información—. ¿Tenéis trompetas en Japón?

—Síííí. —Yukio sonríe iniciando un número de trompeta con el pulgar pegado a la boca.

—¿Tenéis buena música en Japón? —pregunta Molly—. ¿Tenéis canciones?

Yukio asiente con entusiasmo.

—¡Canción! —dice, y empieza a cantar mientras camina—. *Getsu, getsu, ka, sui, moku, kin, kin* —canta, y hace que la canción suene alegre pese a su contenido (y su título), que habla de los pesados trabajos que conlleva ser miembro de la Armada Imperial de Japón: «Lunes, lunes, martes, miércoles, jueves, viernes, viernes».

Molly se une a la canción y se cogen de los brazos mientras dan vueltas alrededor de Greta, que pone los ojos en blanco.

—Eh, Greta Maze. —Molly ríe pisando con fuerza la tierra del sendero—. Cántale una canción a Yukio.

Molly se vuelve hacia Yukio.

—Canta de maravilla cuando quiere, Yukio. Espera a oír su voz. Vamos, Greta.

Molly da vueltas del brazo de Yukio ahora y su cabeza vuela hacia atrás con los ojos hacia el cielo.

—Cántale una canción sobre el cielo, Greta. —Ríe Molly.

Nunca hace falta demasiado para que Greta Maze vea un foco vuelto hacia ella. Y Yukio ve cómo se transforma y deja de ser una vagabunda sudorosa para convertirse en cantante de baladas que ha vendido todas las entradas para una función única en el Carnegie Hall iluminada por las candilejas. Greta clava entonces una nota alta perfecta con una voz que es puro Cotton Club. Puro Harlem, 1933. Puro *jazz* y *blues* y puro martini. No es una canción sobre el cielo. No es una canción sobre el tiempo. No es una canción sobre la lluvia, y Molly y Yukio dejan de girar y empiezan a maravillarse, perdidos en el laberinto de Greta Maze. Es una balada triste sobre corazones que se rompen y tormentas que se avecinan, y Yukio no entiende una palabra de lo que está cantando, pero sigue hasta el último latido del gran corazón de Greta.

Greta sonríe mientras gira bajo el foco y saluda al público, a algunas personas de la última fila. Dedica un guiño y Molly le devuelve el saludo. Levanta la palma hacia las luces del escenario. Canta sobre la oscuridad que hay dentro de todos, hombres y mujeres, amantes, pero todo lo que Yukio Miki ve alrededor de ella es luz. Y la actriz sabe lo que él ve. Lo mira fijamente ahora cuando canta porque nunca ha tenido un público como este. Un rostro tan fascinado en la multitud. Un rostro tan rebosante de devoción. Protección. Lealtad. Y quizá algo más.

Greta canta sobre violentas tormentas negras, mas lo único que Yukio Miki ve es sol. Y se guarda la última palabra y la última mirada desde el escenario para el piloto que ha caído del cielo. Y él entiende la última palabra de su canción, la traduce, y esa palabra lo lleva al final del laberinto de Greta Maze, y lo que está esperando al final de ese laberinto es esa palabra, y esa palabra es «juntos».

Molly aplaude clamorosamente. ¡Bravo! ¡Bravo! Y Greta Maze saluda a su público imaginario, y Yukio Miki quiere abrir la boca, pero está paralizado, y de qué iba a servirle la boca, en cualquier caso, si no hay boca en japonés, en inglés, en francés ni en la lengua de Woop Woop capaz de transmitir su deseo de oírla cantar un bis, o lo maravilloso que resulta saber cómo canta el cielo.

*

Silencio ahora en la catedral de arbustos y árboles donde apenas entra luz. Molly camina por delante, Greta detrás, y luego Yukio. Oscuridad en el país profundo y un estrecho sendero de tierra que se interna aún más en la densa vegetación.

—¿Oís eso? —pregunta Greta deteniéndose.

Molly y Yukio se detienen con ella.

—¿Oír qué? —pregunta Molly.

El sonido de las cigarras. Un silbido de pájaro.

—Nada —dice Greta.

Siguen caminando entre helechos y enmarañadas trepadoras de bosque monzónico.

Greta vuelve a detenerse.

—¿Lo oís?

—¿Oír qué? —pregunta Molly.

—Teclas de piano —dice Greta.

Pero Molly no oye lo que Greta dice porque ha descubierto una bifurcación en el camino, y corre hacia ella porque ve algo que brilla entre un grupo de árboles, allí donde el camino se bifurca en un sendero que se dirige hacia el oeste rodeando los árboles, y otro que discurre hacia el este. El bosque está oscuro, pero hay una luz tenue que titila cuando el viento sopla y se mueven las sombras del extraño

315

grupo de siete árboles de un marrón grisáceo que rozan los veinte metros de altura.

Molly se acerca al tronco del árbol más grande y acaricia su majestuoso torso, con una piel que recuerda a un mosaico de teselas de gruesos fragmentos de corcho que a algún solitario y delicado artesano del bosque le hubiera llevado una década crear. Sus dedos encuentran heridas en el árbol, y Molly observa que esas heridas —como agujeros de bala o heridas punzantes de lanza— se ven en todos los árboles del extraño cruce de caminos, y que por esas heridas corren delgados ríos de sangre. Pasa el índice por uno de esos ríos de sangre y nota cómo se endurece en una sustancia cerosa parecida a la que su padre solía usar para sellar los sobres.

La sangre de árbol ha manchado los troncos de los imponentes ejemplares autóctonos.

—*¡Fuera, maldita mancha! ¡Fuera, te digo!*—recita Molly para sí.

Saca la batea de buscador de oro y estudia las palabras secretas de su abuelo, las notas que Tom Berry grabó en ella para sí mismo. Luego llama a Greta y a Yukio.

—*¡Al oeste, donde indica el hombre del tenedor amarillo, y luego al este oscuro, donde sangra el bosque!*

Mira el sendero que va hacia el este, una estrecha senda de animales que serpentea a través de un denso bosque. Mira el sendero que va hacia el oeste, una estrecha senda de animales que serpentea a través de un denso bosque.

—Por aquí —dice Molly mirando entusiasmada el sendero que va hacia el este.

Yukio asiente, pero Greta parece preocupada. Está mirando el techo del bosque, un denso techo de palmeras que parecen velas de barco y ramas que se extienden y atraviesan todo ese verde igual que los tentáculos de una medusa se extienden en los océanos.

—¿Oís eso? —pregunta—. Es muy tenue. —Mira hacia el sendero que va al oeste—. Es música.

Pero los rostros de Molly y Yukio dicen que no lo oyen, y Greta se pregunta si estará oyendo cosas porque está cansada y lleva seis horas con el estómago vacío y su mente ha quedado devastada por la guerra y los monstruos. Pero ahí está de nuevo. Es música. La música más tenue. Piano. Quiere decir una palabra en voz alta, pero se la calla. Es una palabra de su infancia. Una palabra alemana que su padre decía. *Liebesträume.*

—Greta —dice Molly—. ¡Por aquí, vamos!

Y Molly echa a andar por el estrecho sendero que va hacia el este, y el piloto y la actriz la siguen. Pero, entonces, se para.

—Esperad. Yo también oigo algo —dice—. Pero no es música. —Escucha más atentamente el bosque, orientando su oído derecho hacia el verde dosel—. Es una cascada.

*

Molly, con su vestido de satén azul cielo manchado de tierra y arrugado, pisa fuerte por el sendero de tierra con sus botas de cavar. La pala Bert la ayuda a apoyarse al caminar. El sonido de la ruidosa cascada se hace más intenso a medida que el bosque se va estrechando. La siente en el aire; su rocío alimenta una niebla que parece regar de forma permanente los gigantescos helechos y las cicas de un verde grisáceo que dejan atrás.

Hasta que la cascada se hace visible del todo y se muestra a Molly Hook como un mundo nuevo. Un inmenso salón natural con un techo de cielo y poderosos muros hechos de arenisca de un color rojo oscuro, unos muros tan dramáticos que Molly no tiene más remedio que creer que fueron esculpidos por dioses nórdicos o por el Hombre Relámpago o por el Padre Tiempo. Una cascada que a Molly le parece tan ensordecedora y espectacular como mil caballos blancos saltando por esa pared de casi ochenta metros. Un torrente de rápidos fluye con tal violencia que Molly tiene que gritar para que sus compañeros de viaje puedan oír su voz.

—¿Esto es un sueño, Greta? —grita, y Greta sonríe y mueve la cabeza con el rostro húmedo de rocío.

Molly contempla la escena. Una araña negra, púrpura y blanca en una inmensa telaraña que cuelga de un árbol junto a ella y se mece en la brisa de la cascada. Vibrantes plantas autóctonas que bordean el estanque a donde cae el agua. Enormes rocas que descansan al borde del agua como niños formales a los que el maestro estuviera impartiendo la lección.

Lo que las plantas, los pájaros, las rocas, los insectos de los árboles y las criaturas del estanque han ido a ver y oír hoy es la cascada. Como Molly, todos ellos han hecho ese largo viaje a través del país profundo. Las rocas han rodado, los pájaros han volado, las plantas y los insectos han trepado hasta allí.

Molly levanta la vista hacia el techo azul cielo que lo cubre todo. El cielo del día. Camina sola por el estanque hasta un rincón del salón natural y se dirige al cielo del día en voz baja, dejando que el sonido de la cascada oculte sus pensamientos a sus compañeros:

—No pensaba que llegaría tan lejos —murmura entusiasmada ante la fuerza de la cascada, en la que encuentra algo más que gravedad.

—Siempre has sido capaz de llegar tan lejos como quieras, Molly —le dice el cielo del día a la niña sepulturera—. ¿Por qué no ibas a conseguirlo?

—Siempre quería detenerme en algún punto —dice Molly—. Siempre llegaba a un punto en el que me daba demasiado miedo continuar.

—¿De qué tenías miedo?

—De todo —dice Molly.

—De todo —dice el cielo del día—. Y de una sola cosa.

—¿De qué? —pregunta Molly.

—No es un qué, Molly, sino un quién.

—Mi tío.

—Aubrey Hook —dice el cielo del día.

—Pero ya no tengo que volver a preocuparme de él.

—Murió en Hollow Wood —dice el cielo del día.

—Sí que murió, ¿no? —responde Molly.

—Sí, murió.

—No me mentirías, ¿verdad?

—No, Molly.

—Pero tú no eres más que una gran mentira —dice Molly—. Un truco.

—Supongo que no te queda más remedio que confiar en mí —dice el cielo del día.

—Supongo que no.

—Como confías en el piloto.

—Él es un buen hombre.

—Ya veremos.

—¿Eso qué quiere decir?

—Quiere decir que tendremos que esperar y ver lo que viene.

—¿Qué crees que viene?

—Peligro, Molly —dice el cielo del día—. Dolor. Pero asombro también, y gratitud y alegría. Y será mejor que no pierdas de vista a ese tal Yukio.

Molly mira al otro lado del estanque y ve a Yukio bajar la cabeza y beber de la orilla.

—Cuidado, Yukio —le advierte Molly—. Cocodrilos.

Hace un gesto de boca de cocodrilo que se abre y se cierra con los brazos. Yukio asiente y se aleja del borde del estanque.

Descansan durante una hora junto a la ruidosa cascada. Greta se lava la cara y las axilas. Yukio estudia las plantas y los insectos del bosque que la bordea. Molly se sienta aparte, junto a una gran roca negra con una piedra caliza en la mano. Garabatea un nuevo poema en la roca.

Yukio la observa escribir. Ella percibe su atención por encima del hombro. Se vuelve y le sonríe. Él se sienta a su lado.

—Poema —dice Yukio sonriendo.

Molly asiente.

—Habla de nosotros —dice.

Yukio señala una palabra en la roca.

—«Tesoro» —dice Molly.

—«Tesoro» —repite Yukio sonriendo.

Molly señala al pecho de Yukio y luego a Greta, que ahora está al otro lado del estanque, echándose agua en el pelo.

—Los dos, tesoro —dice Molly—. Los dos, oro.

—Oroooo —susurra Yukio con los ojos clavados en la actriz, cuyo vestido color esmeralda, que lleva mojado y pegado al cuerpo, ilumina ahora un ancho rayo de sol.

Molly ve cómo Yukio la mira y enseguida Greta advierte la mirada del piloto también, y se la devuelve.

—¿Qué? —pregunta.

Yukio la señala con un dedo.

—Greta Maze es tesoro —dice asintiendo con la cabeza con seriedad.

Y ahora se pone de pie como si necesitara confesar esa verdad al bosque entero.

—Greta Maze es oro —dice.

Greta se queda paralizada y confusa, y luego se ruboriza. Y Molly se pone de pie también ahora, y le da un codazo simpático al piloto.

—Frena un poco, Romeo —dice.

Yukio vuelve la cabeza de nuevo hacia Molly.

—¡Romeo! —celebra en su inglés imperfecto, pero cada vez mejor—. ¿Dónde... estás... Romeo...?

Molly le hace un gesto para que se acerque. Le ofrece su sabiduría acompañada de unos golpecitos con el dorso de la mano en el estómago, como si fuera un corredor de apuestas de bar que le da inestimables consejos sobre caballos a un idiota sin blanca.

—No trepes a ese balcón tan pronto. ¿Entiendes lo que quiero decir? —susurra.

Los ojos de Yukio dicen que no la está siguiendo.

—No vendas la piel del oso antes de cazarlo, ¿me sigues?

—Oso... cazar —dice Yukio.

Le da golpecitos en el estómago otra vez.

—Tienes que guardar bien tus cartas, Yukio —susurra—. Y luego jugar ese rey de corazones cuando ella menos se lo espere. No vayas soltando a la ligera todos tus comodines. Tienes que mostrarle tu corazón sin levantar la liebre.

Yukio se concentra en las palabras de Molly mientras esta se vuelve hacia el borde y hace cabrillas con la piedra que ha usado para escribir su poema en el estanque, que se llena de ondas. Cuenta las veces que la piedra salta en el agua.

—Cinco —dice orgullosa.

Y desde el otro lado del estanque Greta ve a Yukio lanzar piedras al agua y reír con la niña sepulturera. Y por un momento Greta quiere que ese momento en el tiempo se detenga para que los tres puedan seguir en él un mes, un año, una vida entera.

Ese hombre le ha salvado la vida. Volvió a por ella. Luchó contra un gigante por ella, y estuvo a punto de morir en el proceso. Y ella vio su rostro mientras la mano del gigante lo estrangulaba. Su rostro era tan sereno… Sus ojos eran veleros en un mar en calma que se dirigían a un lugar que ella conoce tan bien como él. No estaría mal, piensa. No estaría tan mal si no quedase nada. No estaría tan mal si no hubiese quedado nada allí atrás, más allá de donde comienza el país profundo. Solo tres personas para habitar la tierra. Y no estaría tan mal que una de ellas fuera él.

Greta sigue mirándolo cuando él se vuelve y se encuentra con su mirada al otro lado del estanque. Y sigue mirándolo cuando él le dirige una especie de media sonrisa que le dice en el mejor lenguaje posible —el del silencio— que sabe que no tiene sentido estar allí. Él sabe que no tiene sentido sentirse tan vivo cuando ella acaba de estar a punto de morir. Y entonces, en el túnel de esa visión entre los dos, él deja de sonreír, porque la atracción es un fenómeno serio, y Greta sabe en ese momento que las maldiciones del corazón no son más que fantasías de niñas de doce años, pues nada podría detener su corazón cuando late tan rápido.

*

A la hora de comer, Molly mira en su morral. Solo queda una lata, una lata de la sopa de rabo de buey de su padre. El trío se sienta al borde del negro estanque. Molly hace un agujero en la lata de

321

sopa con el cuchillo de mondar y los tres viajeros sorben el contenido, que está templado por el calor del día. Greta casi vomita al probarlo por primera vez, pero luego apura tres buenos sorbos más por pura necesidad de alimento. Mientras saborea su sorbo de sopa, Molly levanta la vista, y le llama la atención una peculiar cueva que hay en la pared de detrás de la cascada.

Se fija en una serie de rocas caídas y desmoronadas que llevan milenios en aquel lugar y forman una ruta de escalada que va hasta la entrada de la cueva, y estudia la curiosa forma del negro hueco de esta.

Greta se lava las manos en el estanque de la cascada.

—¿Y ahora a dónde vamos? —pregunta—. Nos hemos quedado sin sendero.

Molly sigue mirando la cueva velada por el torrente de agua.

—¿Dónde naciste, Greta?

—¿Qué tiene eso que ver con hacia dónde vamos a ir nosotros?

—Solo dime dónde naciste.

—En Leipzig —dice Greta.

—¿Dónde está eso?

—A unos ciento sesenta kilómetros al sudeste de Berlín —dice—. Mi familia llegó a Sídney cuando yo tenía dos años.

Molly bebe otro sorbo de sopa de rabo de buey. Está sentada por encima de los demás sobre una roca negra y lisa, mientras que Yukio está sentado con las piernas cruzadas sobre la hierba y Greta está tumbada junto a él con la cabeza apoyada en un trozo de roca gris medio enterrado.

—Tú naciste en Alemania —dice Molly. Luego señala a Yukio—. Él nació en Japón y yo nací en Darwin. Pero pienso que todos venimos del mismo lugar.

—¿De qué estás hablando?

—Las instrucciones de mi abuelo —dice—. *El lugar que está más allá de tu lugar de nacimiento.*

Señala con la cabeza la cueva que está detrás de la cascada.

—¿A qué te recuerda esa cueva?

Greta estudia su forma peculiar. Una semilla de calabaza, una ostra, se dice, los mejillones frescos que venden en la playa los domingos por la mañana. Entonces lo ve.

—Menudo tipo —dice—. Está en estos mundos de Dios rodeado de mil milagros de la naturaleza y lo único que ve es una almeja de mujer.

Yukio sigue las miradas de las mujeres, pero le cuesta ver lo que ellas ven.

—¿Al… meja? —pregunta.

Molly ríe a carcajadas

Greta sonríe y señala a la cueva que hay detrás de la cascada.

—La forma de la cueva —dice.

Yukio entrecierra los ojos.

—La muesca en el agujero, lo obsceno. —Greta ríe—. El viejo descansad y dad gracias.

Molly se parte de risa y Yukio ríe también, sin entender nada.

—¿El bígaro? —Molly ríe tapándose la boca con las manos.

Greta recita de un tirón nombres ahora sin siquiera reírse, limitándose a hacer un estofado con lo que había en la mente de todos los hombres con los que ha bailado o trabajado desde los veintidós años. Pone la voz de un ganadero de las tierras rojas borracho.

—La alcancía, el semillero, la fortuna irlandesa —dice mientras va cogiendo piedrecitas del suelo y las lanza al estanque negro y profundo—, el tulipán, el agujero del atizador, el potorro, la empanada, el chocho, el puto ortigal.

Se para a pensar un momento y vuelve a poner su voz natural.

Ve cada uno de sus rostros y los dedos de sus manos.

—Coños —dice.

Algo se pone en movimiento entonces en la mente de Yukio.

—¡Ooooooh! —susurra señalando a la cueva con los ojos como platos y avergonzado.

Y Molly ríe tan fuerte que se cae hacia atrás de su asiento de roca.

La risa de Yukio resuena entonces en la cueva de la cascada, y su diversión resulta contagiosa para Greta, que deja que sus labios fruncidos lentamente esbocen una sonrisa.

Molly se pone de pie ahora, recobra la compostura y señala con la cabeza a la cueva.

—En ninguna de las historias que he oído contar toda la vida en la ciudad acerca del largo viaje de mi abuelo —dice Molly—, él dijo jamás exactamente a dónde fue. Pero sí describió cómo era. Dijo que fue a lugares mágicos con Longcoat Bob. —Mira a su alrededor—. Este lugar me parece a mí bastante mágico. Y también dijo que atravesó lugares con Longcoat Bob para salir luego a sitios que parecían de otros mundos. De otras dimensiones, incluso.

Molly respira hondo.

—Sí, es por aquí —dice—. Tenemos que nadar hasta el otro lado del estanque. Tenemos que llegar a esa cueva de ahí arriba.

—¿Y qué pasa con los cocodrilos? —pregunta Greta.

—Creo que no nos pasará nada —responde Molly.

—¿Vas a volver a hablar con ellos? —pregunta Greta ásperamente—. ¿Vas a pedirles permiso para cruzar?

Molly sonríe.

—No, los cocos vendrán de vez en cuando, pero creo que no querrán quedarse mucho tiempo en los alrededores por esa ruidosa cascada.

—Cocodrilos —dice Yukio mostrando preocupación.

—Sí, pero tan al interior solo hay cocodrilos de agua dulce, Yukio —dice Molly.

Greta le pone una mano en el muslo a Yukio para tranquilizarlo.

—No te preocupes. Los cocodrilos de agua dulce solo miden dos metros y medio —dice.

Pero Yukio no escucha esas últimas palabras porque lo distrae algo que se mueve a baja altura en el cielo, algo que él ve por encima del hombro de Greta.

Y entonces Greta lo oye también: algo familiar, algo imposible. Es el sonido del llanto de un bebé, un llanto con la suficiente fuerza como para oírse por encima del ruido de la cascada. Sigue la mirada de Yukio y, en cuanto se vuelve, ve una oscura águila audaz marrón y negra que vuela de este a oeste sobre el negro y ancho estanque. Tan grande, majestuosa y poderosa es la criatura que Greta se encoge al verla. Es una hembra adulta de una envergadura que puede alcanzar casi dos metros y medio, con un vuelo tan grandioso y poderoso que, al tiempo que cortan el aire, sus alas hacen un ruido semejante al de una sábana de seda agitada por el viento. Y ella se da cuenta de que es la misma reina que vieron antes.

La enorme ave tiene una cola en forma de abanico y cuña de alrededor de medio metro —tan ancha y equilibrada que Greta podría servir en ella buñuelos de mermelada y crema— y un pico curvo y gris con la apropiada forma de una guadaña de la Muerte. Pero el ave rapaz va cargada. Se mueve lentamente por el cielo con el trabajoso esfuerzo de sus alas porque, en algún lugar de su infinita búsqueda de presas fáciles —un festín en movimiento e implacable de conejos, liebres marrones, zorros, koalas, vombátidos y pequeños ualabíes—, sus largas garras negras se han apoderado de un extraño tesoro incómodo incluso para la normalmente impresionante capacidad de soportar peso y la fuerza de las patas de esta ave: es un niño que llora, acurrucado en una cangurera hecha con soga de arbustos y tiras de melaleuca y caña que ahora cuelga de las férreas garras del águila por su correa. Greta oye de nuevo ese llanto que desgarra el aire y desgarra su corazón.

Otras dos aves más pequeñas vuelan en picado desde lo alto hacia el águila y su botín. Parecen halcones pardos, y Greta ahora se da cuenta de que el águila está manteniendo el vuelo a media altura para proteger su tesoro. Un valiente halcón agita un ala por delante de los ojos del águila, que entonces ralentiza el vuelo, y esa pérdida de impulso parece añadir peso a la carga, y el águila tiene que esforzarse ahora para encontrar la fuerza suficiente para volar a lo alto de la cascada. A continuación, el segundo halcón ataca al águila desde un lado con un frenesí de alas, patas y garras levantadas que la coge por sorpresa, y la poderosa águila se ve obligada a defenderse. Libera su presa y se lanza, chillando, con las patas y las garras levantadas, contra el enérgico halcón, aleteando con toda la fuerza de sus alas para obligarlo a retroceder y poder escapar volando del precipicio.

Molly Hook se llena los pulmones de aire cuando ve que la cangurera con el bebé cae al negro estanque. Pero Greta Maze, la estrella de Palmerston, ya está nadando cuando el bebé cae con violencia al agua.

—¡Greta! —la llama Molly.

Los brazos de la actriz giran como molinos de viento en el agua; pantorrillas y muslos golpean el estanque cristalino, con las zapatillas aún atadas a sus pies. Tiene la cabeza dentro del agua y no respira porque no quiere perder la más mínima velocidad. Una sola idea cruza por su mente atribulada mientras su cabeza sigue en el agua: cocodrilos de agua dulce. Pero sigue nadando con fuerza, y, cuando levanta la cabeza, al fin ve al bebé en la cangurera, que se mece un momento en la superficie hasta que el agua la llena y la engulle. Greta coge aire y se sumerge con fuerza y profundamente.

Molly y Yukio la ven desaparecer.

—¡Greta! —grita Molly.

No hay movimiento durante un buen rato. Solo el estrépito de la cascada. Entonces reaparece la actriz con un brazo en el agua y la cangurera contra su pecho. Lleva sus rubios bucles, normalmente en movimiento, empapados sobre las orejas, y hay concentración, determinación y fuego en su rostro.

Molly respira aliviada y ahora sabe lo mucho que le importa la mujer que está en el agua. Una de las buenas, se dice. De las buenas de verdad. Lloraría por ella si pudiera, pero en lugar de eso deja la lata de sopa vacía en el suelo, coge la pala Bert y su morral y se lanza al agua negra para seguir a la actriz hasta el otro lado de la cascada.

Yukio, el piloto que cayó del cielo, se queda mirando a esas extrañas criaturas en el agua y se pregunta a qué clase de lugar ha ido a parar en este continente al sur de todo, un lugar donde las aves dejan caer niños del cielo y ángeles de rizos rubios nadan en aguas infestadas de cocodrilos para salvarlos. Pero no es momento de pensar, se dice. Es momento de hacer. De hacer… lo que ha hecho la actriz.

No es un nadador nato. Nunca ha sido de los que se lanzan al agua a ciegas. Pero este lugar al sur de todo tiene un poder transformador. Las personas pueden cambiar aquí, se dice. Y él mismo siente que está cambiando. Cambiando, cambiando, cambiando al borde del agua. Y se lanza al agua y nada torpemente como los perros para cruzar el estanque, jadeando a cada movimiento y luchando por no dejar de mover sus pesadas botas militares. La furiosa cascada truena a su derecha y se esfuerza por mantenerse alejado de la succión del agua al caer. Cuando está cerca de la orilla del estanque, sus botas encuentran musgo y lodo, y sus brazos alcanzan un helecho que usa para subir a un estrecho saliente de arenisca. Sale del agua, coloca las manos en las rodillas para recuperar el aliento y luego se acerca tambaleándose a las mujeres.

Molly se aprieta contra el hombro izquierdo de Greta, y Yukio ahora está junto a su hombro derecho, y los tres vagabundos recuperan el aliento mientras contemplan los ojos del nuevo compañero de viaje: un bebé en brazos de Greta que, con sus grandes ojos marrones, le devuelve la mirada a la mujer que lo sostiene con tanto cuidado y naturalidad.

—Ssssshhhh —dice Greta—. Ssshhhhh.

Y el niño ya no llora.

EL CUARTO REGALO DEL CIELO

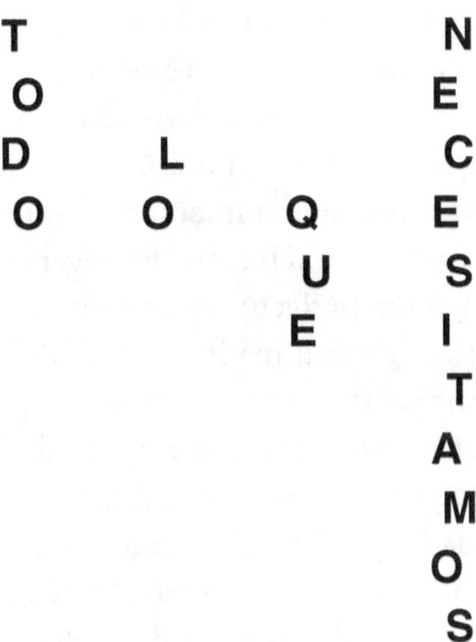

Hace frío aquí. Un frío húmedo y terroso, y huele a mierda de murciélago. Es el lugar oscuro del que hablaba Greta. «Cierra los ojos», había dicho. «No te das cuenta, pero estás en realidad en una enorme gruta de piedra totalmente a oscuras». Ese era el aspecto que el lugar oscuro de Molly tenía en su mente. Esa fue la antesala del lugar triste que vio más allá de la puerta de su habitación. Fuera del dormitorio, en su mente, había un pasillo, y al final del pasillo, un dormitorio donde la luna iluminaba el rostro de su madre y donde el lobo de sombra gemía en lo oscuro. Todo el mundo tiene su lugar triste, piensa Molly. ¿Qué me espera fuera de esta cueva de piedra? ¿Qué hay al otro lado de la puerta del dormitorio?

—¿Ves algo ahí delante, Molly? —pregunta Greta, y sus palabras resuenan en el túnel negro como el alquitrán.

Molly camina delante haciendo sonar la hoja de Bert contra las grandes rocas que atestan el pasadizo, que ya se prolonga casi cuarenta metros desde la cascada.

—No veo nada.

Greta, que camina en medio del trío, lleva al bebé firmemente agarrado contra su pecho con los dos brazos. Si vuelve a tropezar con una de esas rocas, se retorcerá para darse ella contra la piedra, y no el bebé, para amortiguar la caída del niño.

—Este niño va a necesitar alimentarse —dice.

Abraza al bebé, se dice a sí misma. Protégelo de este extraño país. No es sitio para algo tan perfecto; no es sitio para el bebé milagro.

—Este niño necesita a su madre —dice Molly.

Yukio Miki camina tras la actriz y la niña sepulturera y va pasando la palma de la mano derecha por el techo de la gruta, que queda a solo medio brazo por encima de su cabeza.

Molly recuerda las palabras de Greta. «Ahora verás una línea de fuego que dibuja una puerta en una pared de la cueva. Hacia arriba, hacia el lado, hacia abajo de nuevo, y de vuelta al otro lado».

Una puerta dibujada por el fuego es lo que necesita. Ella abriría esa puerta y saldría a un mundo nuevo. ¿Y cómo sería ese mundo? ¿Cómo sería ese lugar? ¿Y si allí no hubiera sombra? Ni luz de la luna. Ni luz del sol. Ve a su madre, Violet, y su madre es hermosa allí, y lleva un vestido elegante que su mejor amiga, Greta Maze, le ha regalado, porque en este lugar, en este mundo, Greta podría ser la amiga que su madre nunca tuvo, la amiga fuerte y de confianza en la que siempre necesitó apoyarse. Y las dos buenas amigas beben limonada y fuman cigarrillos y llevan gafas de sol bajo el árbol del caucho del jardín trasero de aquella vieja casa destartalada que tenía su abuelo Tom Berry en la costa de Darwin. Y Molly corre a los brazos de su madre, y dan vueltas y juntas se tumban bocarriba bajo el árbol del caucho a mirar el cielo. «¿Lo sientes, Molly?», pregunta su madre. «¿Puedes sentirlo? Ahora estamos arriba, Mol. Estamos arriba».

—Greta —la llama Molly en voz baja en la oscuridad.

—Dime, chica.

—No fue el cielo —dice Molly.

—¿A qué te refieres?

—Sé que no fue el cielo el que me hizo el primer regalo —dice.

—¿No? —responde Greta en la oscuridad dulce, tiernamente.

—Fue mi madre la que me lo dio —dice Molly—. Lo sé. Siempre lo he sabido. Era solo que me gustaba la idea de que el cielo pudiera hacerme regalos. Nadie más iba a hacérmelos. Pensé que el cielo podría verme aquí abajo y que querría hacerme feliz o algo así.

Tres vagabundos y un bebé en la oscuridad. Un largo silencio.

—Pero ¿para qué iba a darme el mapa de mi abuelo así? —pregunta Molly—. ¿Por qué diría ella que todo venía de ahí arriba y no de aquí abajo?

—Tal vez quería que supieras que siempre habría un lugar hermoso al que dirigirte —dice Greta—. Ella te regaló el cielo, Molly. Quizá ese era el regalo. No la puñetera batea de cobre.

—Creo que ella quería que encontrara a Longcoat Bob —dice Molly—. Quería que lo encontrara y le pidiera que me dejara libre. No quería que mi corazón se volviera de piedra como el suyo.

—Molly.

—Sí —dice Molly.

—Tu madre te quería muchísimo.

—¿Cómo lo sabes? —pregunta Molly.

Las madres lo sabemos, piensa Greta.

—Simplemente, lo sé —responde.

—Sí, creo que sí. Pero entonces su corazón se convirtió en piedra y ella tuvo que irse —dice Molly buscando a ciegas con las manos la roca con la que sus botas acaban de tropezar.

Pasa las piernas por encima de la roca y advierte:

—Viene una roca.

—Los corazones no se vuelven de piedra, Molly —dice Greta—. Pero cambian. Un día tu corazón está lleno de amor únicamente, pero entonces entra algo, y se mezcla con todo ese amor, y a veces ese algo es oscuro, y a veces es frío y se parece a la piedra, porque pesa, y a veces pesa tanto que ya no puedes llevarlo dentro más tiempo.

—A veces siento cómo cambia el mío —dice Molly.

—Sí, yo lo siento también —dice Greta.

—¿Tú también?

—Por supuesto —dice Greta—. Pero ¿sabes qué?

—¿Qué?

—A veces siento que cambia al contrario.

—¿Sí?

—Por supuesto que sí.

—¿Cuándo? —pregunta Molly.

—Cuando hablo contigo, por ejemplo —dice Greta.

Molly deja de andar. Extiende una mano en busca de Greta en la oscuridad. Encuentra su hombro y Greta encuentra la mano de la niña sepulturera en la negrura y la aprieta un instante, pero el momento es demasiado dulce para alguien tan endurecido por la batalla, y enseguida lo hace pedazos con un golpe de humor.

—Y luego están las veces que acabo dando largos paseos por viejas vaginas de roca…

Y Molly ríe, pero un sonido le hace volver la cabeza en el camino que va abriendo, un sonido que viene de algún lugar de la oscuridad, de algún lugar al final del pasadizo.

—¿Lo oyes? —pregunta—. Es música.

Y aviva el paso golpeando de nuevo con la hoja de Bert contra la tierra y las rocas al andar.

—Son teclas de piano —dice Greta.

Esas notas perfectas. Greta las conoce. Greta las recuerda.

—Es el *Liebesträume* —dice Greta—, el *Sueño de amor*.

Recuerda cada nota.

—Mi padre tocaba esto cuando yo era niña. Me iba a la cama por la noche, y él dejaba su vaso sobre el piano y tocaba hasta que me quedaba dormida con esa música. Mi padre decía que así es como siempre debería irme a dormir, con un sueño de amor.

Molly escucha muy atenta. Notas que caen sobre notas resonando en la cueva. Algunas de las largas y melancólicas notas se mueven en dirección opuesta a otras, cortas y alegres. La melodía a Molly le parece un corazón que aún no ha cambiado, una melodía para un corazón tan lleno de alegría y esperanza como de tristeza y melancolía. Entonces ve una luz delante, y corre hacia ella, mientras las extrañas notas la guían hasta donde el pasadizo termina en un estrecho hueco por el que descubre que puede deslizarse con facilidad poniéndose de lado y avanzando con el hombro izquierdo por delante.

Sale a un claro flanqueado por pendientes irregulares de arenisca. Ante ella, un sendero impreciso de tierra y piedrecitas se bifurca. La rama que va hacia el oeste discurre hasta una cresta de arenisca más allá de la cual Molly ve una extensión de campo de piedras a lo lejos. Un relámpago de color azul plateado en forma de tenedor desgarra el cielo gris que tiene delante.

—El Hombre Relámpago —susurra—. *Sigue el relámpago.*

Pero entonces Molly oye las notas de piano, que vienen de la bifurcación que va hacia el este y llega hasta una plataforma de acacias negras y alfitonias de frutos negros y redondos para luego bajar por una hilera de árboles de corteza gris clara y hojas rígidas en las que estallan frutos rojos maduros. Esos grupos de árboles tienen por dosel una densa enredadera de flores de un amarillo anaranjado con forma de estrella de mar, y las melancólicas notas de piano flotan a través de ese bosque como apenados espectros.

Greta y Yukio emergen del túnel y Greta, con el bebé en brazos, el bebé que cayó a sus brazos del cielo, instintivamente sigue las notas por el camino de enredaderas del bosque.

—Greta, ¿a dónde vas? —pregunta Molly.

Greta no dice nada y solo sigue internándose en el bosque.

—Tenemos que ir por allí —dice Molly señalando al pedregal—. Tenemos que seguir el relámpago. ¡Ya casi hemos llegado! ¡Lo presiento!

Pero Greta sigue andando, volviendo la cabeza a un lado y a otro para estudiar los árboles que la envuelven y la engullen por completo. Cada vez más dentro, más dentro del bosque, mientras las notas del piano la conducen a otro sendero de tierra que se desvía al llegar a una pared de coralillos con flores moradas en forma de guisantes. Más allá de esta barrera natural, frente a un muro de arenisca devorado hace mucho por enredaderas sinuosas, prolíficas e imparables, hay un claro en forma de círculo. Y Greta ahora ve restos de la fiebre del oro entre el follaje circundante: dos ruedas de un vagón que se oxidan junto a la pared de roca; una carretilla de mena y una pila de cadenas, correas, varas y puntales.

En el centro del claro hay un ceiba solitario de unos dieciocho metros de altura con una áspera corteza de un gris pálido cubierta de espinas en forma de cono. Alegran el árbol unas flores rojas carnosas y unas cápsulas de semillas oblongas y marrones que se ven a centenares por el suelo, algunas abiertas como si fueran naves extraterrestres cuyos ausentes propietarios las hubieran abandonado allí mucho tiempo atrás. Bajo este árbol está sentado un anciano esquelético de larga melena blanca, cejas níveas, barba espesa del color de la tiza y manos viejas y gastadas que se mueven resueltamente por las teclas blancas y negras de un viejo y mohoso piano vertical de madera de nogal. Lleva una túnica suelta corriente de color crema y estilo chino sobre unos pantalones marrones anchos. Está descalzo. Y está inmerso en su música, con los ojos cerrados, moviendo la cabeza por los montes y valles de las espectrales notas que brotan del piano y van a perderse en el denso bosque.

Molly ahora se da cuenta de que el anciano está tocando para algún tipo de público. Hay ocho cuerpos repartidos por el suelo detrás de él. Ocho personas que duermen —o, al menos, Molly espera que solo estén dormidas—. Hombres y mujeres chinos con ropas harapientas. Todos los durmientes son viejos y frágiles. Algunos están tumbados bocarriba en camillas bajas y otros descansan directamente en el suelo. Algunos ríen en sueños, otros giran la cabeza. Hay dos en especial que están muy serenos: duermen bajo la luz del día, pero sonríen como si la música llegara a ellos a través del sueño e inspirara expresiones de profunda alegría.

—¡Venid, venid! —dice el anciano sin dejar de tocar con los ojos cerrados—. Acercaos. No tengáis miedo.

Suena europeo. Holandés, tal vez.

Greta se acerca lenta y cautelosamente al piano con el bebé del cielo en los brazos. Molly y Yukio se unen a ella, y todos contemplan al hombre con ese pelo de un blanco tan deslumbrante que Molly se pregunta por un momento si no habrán tropezado con el Hombre

Relámpago de Sam en carne y hueso, el que lanza rayos de electricidad por las orejas.

Yukio descansa la mano sobre la empuñadura de la espada corta que cuelga de su cinturón militar. Sus ojos examinan el claro en busca de indicios de peligro, y el hecho de no ver ninguno no hace que su vigilancia se relaje.

Greta mira a los durmientes en el bosque.

—¿Qué están haciendo todos ahí? —pregunta Greta.

—¿Qué parece que estén haciendo? —responde el anciano sin errar una nota.

—Dormir —dice Greta.

—No solo duermen —responde el anciano—. Están soñando.

Las notas del piano recorren el bosque entre los árboles.

—Tocas muy bien —dice Greta.

El anciano no deja de tocar mientras responde.

—Yo no toco nada —dice—. Es el instrumento el que toca. Yo solo me siento delante de él.

Nota tras nota. Los dedos siguen moviéndose sobre las teclas.

Apenas hay carne en las mejillas del anciano y menos aún en sus brazos.

—Siempre me ha gustado esta música —dice Greta.

—Tu padre la tocaba para ti —responde el anciano.

—¿Cómo lo sabes?

—Yo la tocaba para mis hijas —responde el anciano—. Los padres siempre deberían tocar el *Liebesträume* para sus hijas.

Cuando el anciano habla, Greta ve que tiene los dientes podridos, y lo que queda de ellos son unas manchas negras imprecisas. También tiene manchados de negro los bordes de la barba más próximos a la boca.

—Mi padre decía que estaba inspirada en un poema —dice Greta.

Siguen sonando nota tras nota tras nota.

—*Oh, amor, ama mientras puedas* —recita el hombre—. *Oh, amor, ama cuando debas.*

Ahora Greta ve que el hombre tiene la lengua negra también.

—*La hora llegará, la hora llegará* —dice el anciano— *en que estarás llorando ante una tumba. Que no deje de arder tu corazón ni de albergar amor, mientras de amor por ti haya otro corazón latiendo.*

El anciano abre los ojos ahora y encuentra a Greta mirándolo, pero no deja de tocar, y sus ojos se dirigen entonces al bebé que ella lleva en brazos. Los ojos del hombre son de un azul intenso que destaca en la blancura de su rostro. Sonríe, y su sonrisa se mantiene amplia mientras se vuelve hacia Molly, detrás del hombro de Greta, y a Yukio, detrás del de Molly. Se queda mirando a Molly a los ojos.

—¿Quieres saber el secreto? —le pregunta a la niña sepulturera.

—Sí —dice Molly.

—Mi corazón humano necesita conservar su calor —dice—. Pero solo puede conseguirlo calentando el tuyo. Ese es el secreto del corazón humano.

El anciano se queda mirando los ojos de Yukio.

—Pero la música que salió de ese poema es mucho más milagrosa que cualquier poema, ¿no te parece? —pregunta el anciano.

El rostro de Yukio no revela nada cuando le devuelve la mirada al anciano. El anciano sigue tocando.

—¡La música! La música nos recuerda que el milagro del amor consiste en que es trascendente. Ese es el secreto del amor verdadero. Trasciende incluso a la muerte.

El bebé en brazos de Greta llora. El anciano sigue tocando.

—Ese niño no es tuyo —dice el anciano.

Molly da un paso adelante para colocarse junto a Greta.

—El niño cayó del cielo —dice.

El hombre no falla una nota y sigue tocando. Cambios en la armadura, notas largas con plica, una cadencia alta, una brillante sucesión de notas que a Greta le da la impresión de que la melodía estuviera trasladándose ahora al mundo de los sueños buscado por el compositor.

—¿Un bebé cayó del cielo sin más? —pregunta el anciano.

—Un águila lo llevaba en sus garras y lo soltó al agua —dice Molly—. Solo gracias a Greta sigue respirando.

El anciano señala con la cabeza a Yukio.

—¿El águila también soltó al soldado japonés aquí abajo?

El bebé vuelve a llorar. Greta lo arrulla.

—Ssshhhh —susurra.

—Una vez vi un águila volando con un lagarto en las garras que tenía el doble del tamaño de ese bebé —dice el anciano—. Asombrosas criaturas.

—¿Tú sabes de quién es el bebé? —pregunta Greta.

—No —responde el anciano.

—¿Sabes dónde puedo encontrar a la familia del niño?

—No —responde—. Porque la familia de ese niño nunca se queda en ningún lugar. Son como mis dedos: siempre en movimiento. Pero puedes estar segura de que encontrarán al niño.

—¿Cómo lo encontrarán si lo tengo yo?

—Es un hijo de este lugar —dice el anciano pianista—. La tierra le dirá a su familia que lo tienes.

Molly descubre un pequeño fruto de color verde encima del piano. Está abierto en dos y revela una semilla negra del tamaño de una canica que a los ojos de Molly parece cubierta de sangre de un rojo brillante. Molly se acerca más para examinar la extraña semilla.

—*Myristica insipida* —dice el anciano—. Nuez moscada autóctona.

—¿Quién eres? —pregunta Molly.

—Me llamo Lars —dice el anciano—. ¿Quién eres tú?

—Soy Molly Hook, de Darwin —responde—. Estoy buscando a un aborigen llamado Longcoat Bob.

Los dedos del anciano se detienen en una nota baja súbita y deja caer de golpe la tapa sobre el teclado, lo que hace que Molly dé un salto donde está.

—¿Por qué quieres encontrar a Longcoat Bob?

—¿Lo conoces?

—Todo el mundo en el bosque conoce a Longcoat Bob por una razón o por otra —dice—. Pero ¿por qué conoces tú a Bob?

—Lanzó una maldición contra mi familia porque mi abuelo le robó su oro hace mucho tiempo —dice Molly.

—¿Qué le pasó a tu familia? —pregunta el anciano en voz baja.

—Longcoat Bob convirtió sus corazones en piedra —dice Molly—. Todos empezaron a morir. Algunos murieron rápidamente, y otros de forma lenta, y otros mucho antes de lo que debían.

—Todo el mundo muere, niña —dice el anciano—. Sospecho que habrá centenares de muertos en tu ciudad natal mientras hablamos en este momento. —Se gira deprisa hacia Yukio—. También ellos han muerto antes de lo que debían, y no a causa de la vara de un mago aborigen. —Se vuelve de nuevo hacia Molly—. Pero nunca tendríamos que sentir pena por los muertos, Molly Hook de Darwin, pues ellos se han embarcado en un viaje aún más extraordinario que el que te ha traído a ti hasta aquí. Tú vas dando tumbos a ciegas con tus botas aquí en la tierra. Pero los muertos vuelan, Molly Hook; atraviesan la luz y la oscuridad y de nuevo la luz.

—Necesito encontrar a Longcoat Bob —dice Molly—. ¿Está en algún lugar de este bosque? ¿Vamos, al menos, en la dirección correcta?

—Sí —dice el anciano—. Está más cerca de ti de lo que crees.

El bebé llora de nuevo.

—El niño tiene hambre —dice el anciano volviéndose a Greta.

—Nos hemos quedado sin comida —dice Greta.

El anciano sonríe. Levanta los brazos hacia el bosque.

—A tu alrededor tienes comida por todas partes —dice—. Este bosque tiene todo lo que necesitamos.

—El niño necesita leche —dice Greta.

El anciano asiente. Lentamente se pone de pie y se dirige a una gruesa capa de enredaderas silvestres de fruta de la pasión que cuelga de la pared de roca que bordea el círculo del claro.

—Venid a conocer a mis amigos —dice.

Tira de una gruesa mata de enredadera con la misma naturalidad con que alguien descorrería la cortina de una ventana y deja a la vista un túnel excavado en la roca.

—Venid —llama el anciano haciendo señas con el brazo.

Molly mira a los durmientes en el bosque.

—¿Vas a dejar a esta gente aquí? —pregunta.

—Por supuesto —dice el anciano—. No han acabado de soñar.

Molly se vuelve hacia Greta, que está junto al piano.

—Tenemos que seguir —susurra.

Greta escruta al anciano y mira al niño en sus brazos.

—Él necesita leche —dice.

—Pero tenemos que seguir el relámpago —dice Molly.

Greta se vuelve hacia el anciano. Sopesa sus opciones.

—Vamos —dice el anciano—. No temáis. Venid a conocer a mis amigos.

—El niño tiene que comer —le dice Greta a Molly, y sigue al anciano, que sonríe cuando Greta mete la cabeza en el negro agujero de la cueva.

*

Su hogar es una red subterránea de túneles de mina de oro iluminada por lámparas y velas. Lars conduce a sus huéspedes por un corredor central, y Molly camina tras Greta mirando a derecha e izquierda las ramificaciones del camino principal. Hay otras personas allí. Muchas personas. En un pasillo, a la izquierda, una delgada mujer china que debe de rondar los veinticinco años de edad se apoya en la entrada de otra ramificación con una niña china de unos cinco o seis años a su lado. Molly ve que Lars le dice algo a la mujer en chino, y la joven parece entender sus palabras y se escabulle con la niña, perdiéndose en la oscuridad.

A la derecha del corredor principal, a la entrada de otro corredor, hay una joven pelirroja con un vestido suelto de lino manchado de tierra.

—¿Has visto a Marielle? —pregunta Lars a la mujer pelirroja.

—Está en la sala de lectura —responde.

—Infórmala sobre nuestros huéspedes —dice Lars—. Tenemos aquí un niño con urgente necesidad de leche.

Molly sonríe cortésmente a la mujer pelirroja al pasar, pero la mujer pelirroja no le devuelve la sonrisa.

—¿Cuánto tiempo llevas viviendo aquí? —pregunta Greta.

—Siete años —dice Lars sin darle importancia, como si fuera una cantidad de tiempo razonable para vivir en un gran agujero en la tierra.

Llegan a una alfombra roja extendida en el corredor ante la entrada de otra cueva más amplia iluminada por el fuego. Junto al arco natural de acceso hay una hilera de zapatos y sandalias. Lars extiende su brazo derecho.

—Por favor, vosotros primero —dice.

Greta entra en una espaciosa cámara circular iluminada por seis filas de gruesas velas de cera que siguen la línea de la pared a intervalos. Hay seis mesas de trabajo de madera desperdigadas por la habitación. Miden un metro por treinta centímetros y están toscamente hechas con trozos de madera y clavos. Sobre ellas descansan especímenes de plantas autóctonas, algunas en grandes tarros de cristal, otras en macetas llenas de tierra, y otras puestas a secar y prensar entre hojas de papel.

—¿Qué es todo esto? —pregunta Greta.

—Muestras —dice Lars—. Investigación.

Molly mira de cerca un tarro de frutos blancos globulares del tamaño de guisantes de olor.

—¿Qué son? —pregunta Molly.

—Judías mágicas —dice Lars—. Si haces una pasta con ellas y te frotas las marcas de varicela, te curas de inmediato. Como si fuera magia.

La habitación ha dado energía al anciano. Greta percibe una nueva rareza en él. Habla rápidamente. Sus pensamientos saltan de un concepto a otro, de una idea a otra. Dice que es un hombre de ciencia. Dice que es un hombre de medicina.

—¿Qué es eso? —pregunta Molly mirando un tarro de frutos rojos.

—Es un repelente de insectos y un anticonceptivo a la vez —dice.

—¿Un qué? —pregunta Molly.

Dice que es botánico, pero dicha denominación no dice nada acerca del trabajo de su vida. Dice que llegó a Australia con su esposa, Marielle, para documentar y compartir sus observaciones acerca de los usos y la composición de antiguos medicamentos hechos con arbustos conocidos desde hace mucho tiempo por los aborígenes del norte de Australia.

—¿Qué es eso? —pregunta Molly mirando un arbusto espinoso.

—La cura del reumatismo —responde con orgullo.

Les explica que han encontrado cosas en este mundo salvaje del sur que podrían transformar la medicina global, pero que el mundo siempre se ha movido con demasiada lentitud para hombres como él.

Molly estudia un tarro de citronela.

—Para el dolor de oídos —dice Lars.

A Yukio le llama la atención un tarro lleno de una planta de arbusto no muy distinta de un bonsái japonés.

—Para el dolor de muelas —dice Lars.

Greta sostiene un largo tallo verde que termina en una bolita verde coronada de pequeñas púas de un amarillo verdoso.

—¡*Papaver somniferum*! —dice Lars con una gran reverencia hacia la planta—. La amapola del opio.

—¿Estás cultivando opio aquí? —pregunta Greta.

Lars bromea:

—Las propiedades extraordinarias de la planta del opio figuran de forma prominente en mi investigación, pero decir que cultivo opio sería como decir que Moisés cuidaba ovejas —dice— o que Miguel Ángel pintaba paredes.

Explica que tiene razones para no regresar nunca a Sídney, y que la belleza salvaje y la abundancia de los bosques de enredaderas son lo único que le importa a estas alturas.

—Sí, he cometido errores —dice—. He pecado. Pero ¿quién en este mundo no lo ha hecho?

Se vuelve a Greta.

—¿Tú no? —pregunta bruscamente.

Greta mueve la cabeza.

El anciano se dirige ahora a Yukio:

—¿Tú nunca has pecado?

Yukio se esfuerza por entender algo, pero últimamente se deja guiar por Greta y vuelve a hacerlo ahora, moviendo la cabeza.

—Yo os pregunto: ¿qué pecado es mayor? —continúa Lars—. ¿Usar mis dones para aliviar su dolor o, sabiendo que puedo aliviar su dolor con mis dones, negarme a usarlos?

—¿Aliviar el dolor de quiénes? —pregunta Greta.

Lars no responde porque está demasiado sumido en sus pensamientos, cada vez más erráticos.

—Hemos encontrado el botiquín de Dios —dice—. Debemos abrirlo y mostrárselo al mundo.

Molly sostiene un segmento desnudo y flexible de la rama de un árbol ante sus ojos. Unas hojas de un verde oscuro brillante y flores verdes y blancas y frutos circulares de piel dura que parecen naranjas de cinco centímetros de diámetro.

—¿Para qué es esto? —pregunta.

—*Nux vomica* —susurra Lars con los ojos muy abiertos y aire místico.

Se acerca a la niña sepulturera.

—Estricnina. —Arranca uno de los frutos de la rama y lo sostiene embelesado ante sus ojos azules—. Un fruto mágico. ¡Te comes uno de estos, con la semilla incluida, y desapareces de este mundo y apareces al instante ante las perladas puertas del cielo! *Voilà!* —Mueve la cabeza—. Son extraordinarios. ¡Y este bosque está lleno de ellos!

Lars se dirige al centro de la habitación tenuemente iluminada. Habla ahora a sus huéspedes como habló ante los académicos en los salones de Sídney o de Melbourne, ante todos esos hombres que lo expulsaron de la academia por su cortedad de miras y sus mezquinas envidias y su cobarde reticencia a la experimentación.

—En qué extraordinario continente nos encontramos —dice mostrando el fruto naranja—. Un lugar donde la muerte crece en los árboles. —Lanza al aire el fruto de la muerte y vuelve a atraparlo—.

¿Hay otra tierra en este mundo más asombrosa en su olvido? La muerte habita en las ramas de sus árboles, en sus ríos, en su suelo. La muerte trepa por aquí y se desliza por allá. Muerde y mastica, infecta e impregna. Decidme una tierra más decidida a matar a aquellos que se atrevan a abrazar su belleza.

Lars mueve la cabeza y vuelve a mirar el fruto naranja que tiene en la mano. Vuelve la vista y se encuentra a sus tres huéspedes mirándolo con visible preocupación por su estado mental.

—¿Leche? —pregunta Greta.

*

Un túnel largo y oscuro, y luego un corredor que se abre a la izquierda. Una joven china a la entrada de lo que Molly supone que es la versión en forma de cueva de un dormitorio. Hace un gesto con la cabeza a Molly, pero no sonríe. Molly alcanza a Greta en el corredor.

—Damos de comer al niño y nos vamos en cuanto podamos —susurra.

—Está oscureciendo ahí fuera, Molly —dice Greta—. Necesitamos comer y necesitamos descansar. Él va a permitirnos hacer las dos cosas; así que recuerda tus buenos modales y agradécele su amabilidad.

Iluminado por velas y lámparas, el comedor de Lars es una fría cueva rectangular con varios puntales de madera dura que acaban en vigas que actúan como apoyos para evitar derrumbes. Sus paredes muestran cicatrices de heridas de pico en las que esperanzados mineros buscaron oro en vetas de cuarcita. Cuando Molly mira a su alrededor, lo primero que ve es un candelero oxidado que cuelga del centro del techo. Debajo hay una mesa de comedor lo bastante larga como para que se sienten a ella ocho personas. Otro piano vertical descansa contra la pared. Hay divanes y sillones y un sofá cama de bambú, y camillas de lienzo y madera resquebrajada dispuestas en fila. Y hay ancianos allí. Diez, doce, catorce ancianos. A Molly le parece que estuvieran marchitándose, como si se estuvieran disolviendo en sus camas, la carne colgando de sus huesos. La mayoría son hombres chinos, con sus barbas largas trenzadas, y ancianas chinas también, con sus túnicas sueltas de color negro. Hay también un viejo afgano, y otros tres son blancos europeos y marchitos que duermen tendidos en las camas y los divanes o están sentados en los sillones o en las sillas de la mesa del comedor, con los párpados entornados y la cabeza temblando y con ganas de caer sobre su pecho. El cálido resplandor amarillo de las velas y lámparas se refleja en sus rostros y en las paredes de roca.

—¿Qué sitio es este, Greta? —susurra Molly—. Quiero irme de aquí.

Greta oye a la niña, pero no deja de mirar a Lars.

—Amigos —anuncia Lars en la habitación—. Tenemos visitantes.

Greta se vuelve hacia las personas de la habitación sonriendo. Pocos de los amigos de Lars se dan cuenta siquiera de que están allí.

—¿De dónde han venido todos? —pregunta.

—Del mismo sitio que tú —dice Lars—. Todos salieron de la cueva del nacimiento. Hicieron un largo viaje, como tú, pero nos encontraron aquí. Y aquí se quedaron.

Resuena el ruidoso estornudo de un esquelético anciano chino tumbado sin camisa en una camilla. Tose y escupe saliva y sangre en un cuenco que le lleva una joven china que parece hacer las veces de enfermera de varios hombres y mujeres.

Greta mira a su alrededor en la habitación. Cuerpos finos como el cristal. Los huesos del pecho hundidos en la carne consumida por el tiempo y la enfermedad.

—Todos se están muriendo —dice.

Lars asiente.

—Y morirán sin dolor.

Dice que son los indeseados. Dice que son los que se internaron aún más en el país profundo en busca de oro cuando el Gobierno les pidió que volvieran a casa.

—¿Cómo vivís todos aquí abajo? —pregunta Greta.

Entonces se oye una voz en la entrada.

—Con comprensión —dice una mujer delgada de lentos movimientos de unos sesenta o setenta años con largos cabellos lacios tan blancos como los de Lars—. Con compasión. Sacrificio. Y… —la mujer le tiende a Greta un viejo biberón de cristal— amabilidad.

El biberón tiene una tetilla de goma en la parte superior y está lleno de leche. Greta lo coge con gratitud y suavemente lleva la tetilla a la boca del bebé, que succiona por instinto mientras el alivio se extiende por su rostro.

La mujer del pelo blanco sonríe.

—Yo diría que nunca ha tomado leche en polvo antes —dice—. Es más dulce que la que tomaba de su madre.

—Ella es mi esposa, Marielle —le dice Lars a Greta, que estrecha su mano.

—Gracias por ayudarnos —dice Greta—. Me llamo Greta. Ella es Molly. Y él, Yukio.

Marielle dirige una mirada curiosa al piloto japonés, que permanece al fondo del grupo estudiando los cuerpos tumbados en la habitación.

—No te preocupes por él —dice Greta.

—Saltó de su avión pasado el arroyo Candlelight —dice Molly.

Marielle sonríe ante la fantástica historia y examina al piloto que está en su improvisado hogar en la cueva.

—¿Por qué viaja con vosotras? —pregunta Marielle.

—Lo enviaron a protegernos —dice Molly, y suena más en guardia de lo que pretendía—. Es nuestro amigo; eso es todo.

Marielle asiente.

—Parece que el bebé también cayó del cielo —dice Lars.

Marielle guarda un largo silencio, asintiendo para sí. Mira a Greta.

—Como un regalo de Dios —dice.

—Un regalo del cielo —dice Molly.

—Están buscando a Longcoat Bob —le dice Lars a su esposa.

Marielle asiente lenta y elegantemente.

—Comprendo —dice.

Una joven china se acerca a Greta con un cuenco de rodajas de manzana y boniato hervido. Marielle señala con un gesto del brazo la mesa del comedor.

—Por favor, comed con nosotros —dice—. Debéis de estar muy cansados. Necesitáis descansar.

Luego se dirige a Molly con una sonrisa cálida:

—Has venido de muy lejos para estar con nosotros. Has visto muchas cosas.

Coloca la mano bajo la barbilla de Molly y la mira profundamente a los ojos.

—Llevas mucho peso contigo —dice—. Mucho dolor.

*

Comen rodeados de los moribundos. Greta y Yukio devoran cucharadas de una sopa de cebolla caliente cuyo color es el del agua sucia, pero sabe tan bien al pasar por sus gargantas y llenar sus estómagos que salpica y les cae por la barbilla en su prisa por comer más. Yukio se atiborra de trozos de boniato que se lleva a la boca con los dedos. Greta sorbe la piel de una anguila encurtida que Lars ha capturado gracias a las trampas que deja en el estanque de la cascada, al otro lado de lo que él llama la cueva del nacimiento.

—La gente que nos encuentra deja su viejo yo al otro lado de la cueva del nacimiento —dice Lars—. Vienen a nosotros renacidos en el mismo momento en que están dispuestos a morir.

Cada vez que expresa cosas como esa, Molly se vuelve hacia Greta con una urgente y breve mirada que dice que deberían irse, pero Greta se queda porque está cansada y necesita descansar, y es lo que hará esta noche, aunque ello implique tener que dormir entre muertos vivientes.

—Sé que esto puede pareceros extraño —dice Lars—. Un hospicio en una mina de oro. Pero lo cierto es que he logrado más en el campo de la ciencia botánica y la reducción del dolor en esta insólita cueva que durante una vida entera encerrado en un laboratorio.

—A estas personas —pregunta Greta sin dejar de meter la cuchara en la sopa— ¿tú les das… cosas?

—Por supuesto —dice Lars—. Y ellos lo agradecen. ¿A dónde irían en Darwin? ¿Quién iba a cuidar de ellos?

Se vuelve hacia Molly.

—La única ayuda que recibirían sería un traslado gratuito en camioneta hasta el cementerio más cercano.

Molly picotea de vez en cuando largos boniatos asados que saben a patata dulce, pero frecuenta más un cuenco de rodajas de fruta de la pasión silvestre.

—¿No vas a tomarte la sopa? —le pregunta Lars a Molly.

Molly mueve la cabeza.

—No tengo hambre —responde.

*

Transcurre una hora en la mesa del comedor. Comen de postre unas bolitas marrones de miel de abejas del tamaño de uvas. Marielle habla del largo viaje de la pareja hasta el bosque. En Ámsterdam, cuando eran jóvenes amantes. De Ámsterdam a Londres como estudiantes de ciencia. De Londres a Shanghái, luego de vuelta a Ámsterdam y luego al sur, a la salvaje Australia.

Greta mira cómo duerme el niño que cayó del cielo envuelto en una sábana de lona en el sofá cama junto al piano. Un bebé dormido, se dice. Algo tan perfecto y vulnerable en un mundo tan letal y cruel. La visión se le nubla por un momento, se frota los ojos y piensa en lo poco que ha dormido desde que emprendió este viaje de locos con la niña sepulturera. Viaje de locos, se dice. Viaje sin sentido, se dice. ¿Qué demonios hace una actriz como Greta Maze en una cueva para moribundos en mitad de ninguna parte en el norte de Australia? ¿Qué demonios hace un piloto de combate japonés a su lado?

Se vuelve hacia Yukio y este le sonríe. Hay una calidez infantil en su sonrisa. Hay inocencia.

—¿Greta? —dice Yukio—. ¿Greta… bien…?

Y Greta se preocupa por las palabras de Yukio porque hay algo extraño en la manera en que ha dicho esas palabras. El modo en que han salido lentamente de su boca. Entonces Yukio le da un golpecito en los dedos de la mano derecha mientras mueve los suyos de un modo extraño delante de sus ojos.

Greta se vuelve hacia Lars y Marielle y se da cuenta de que la habitación es más cálida, su luz se ha hecho más intensa. Lars y Marielle hablan de su extraña cueva hospicio en el país profundo; de cómo solían internarse en el bosque en viajes de investigación desde Darwin; de cómo un día decidieron quedarse allí. ¿Para qué volver si el bosque tenía todo lo que necesitaban?

—A todas las personas que nos encontramos en el transcurso de nuestro viaje las invitamos a seguirnos —dice Lars—. Buscadores de oro chinos arruinados. Granjeros chinos hambrientos que huyeron a las montañas del bosque cuando las ciudades del Territorio del Norte dejaron de ser un lugar para ellos. Criminales y vagabundos y hombres con pasado oscuro. Cada cual tenía sus razones para venir, pero todos venían aquí a aliviar su dolor. Y todos encontraban la salvación aquí, bajo tierra.

Una joven china trae una jarra de arcilla a la mesa. Coloca cinco tazas de arcilla delante de Lars y Marielle, que pide permiso para que la muchacha sirva bebida al grupo. Molly ve cómo un líquido negro y espeso llena las tazas. Le parece sirope, pero es del color de la zarzaparrilla de la tienda de dulces de Bert Green en Sugar Lane, ese lugar de sus sueños que pertenece a un mundo que ahora parece tan lejano. Atravesó la cueva del nacimiento y salió a otro tiempo y a otro mundo. Y nada tiene sentido en este mundo nuevo.

Mira a Greta. Incluso Greta parece distinta aquí. Mira a Yukio. Él mira una pared de roca y sus ojos parecen distintos. Ya no hay vida en su rostro. Observa a Lars sorber su bebida como si fuera el té del desayuno. Cierra los ojos después de varios sorbos y respira profundamente.

Marielle mira a Greta, sentada al otro lado de la mesa.

—¿Esa es la razón por la que has venido? —pregunta—. ¿Has venido a aliviar el dolor?

Greta se concentra en la pregunta.

—¿Cómo dices? —responde, y siente la boca seca.

—¿Por qué has venido a nosotros? —le pregunta Marielle sonriendo tiernamente—. ¿Has venido a aliviar tu dolor, Greta?

Greta tiene una respuesta a esa pregunta, pero no es capaz de anudarla en su mente. No puede concentrarse, pero le sale un nombre.

—Longcoat Bob —dice.

—Greta —la llama Molly.

—Venimos buscando a Longcoat Bob —dice Greta.

—¿Qué te pasa, Greta? —pregunta Molly.

Se vuelve hacia Lars y señala su taza.

—¿Qué es esto? —pregunta.

—Os ayudará a dormir —explica Lars bebiendo de su taza—. Os ayudará a soñar. —Se vuelve a Greta—. Tendréis sueños de amor —dice—. Se llevará vuestro dolor. Drenará vuestro dolor y dormiréis durante quince horas seguidas para despertar con una claridad mental que no habrías creído posible.

Greta estudia la taza de arcilla que tiene delante. La rodea con sus dedos.

—Tenemos que irnos, Greta —dice Molly—. Tenemos que encontrar a Longcoat Bob.

Marielle extiende una mano por encima de la mesa y la pone sobre la muñeca de Molly.

—Lo siento mucho, Molly —dice Marielle.

—¿Qué? —pregunta Molly.

—Lo siento mucho, niña —dice Marielle con pesadumbre.

—¿Qué es lo que sientes?

Frota la muñeca de Molly.

—Tanto dolor —susurra.

Molly aparta la muñeca de su alcance.

—¿Qué es lo que sientes? —pregunta.

—Que no encontrarás a Longcoat Bob, niña —dice Marielle—. Longcoat Bob nos ha dejado.

Molly estudia el rostro de Marielle por un momento. El cabello blanco de la mujer de cuerpo esquelético. Sus altos pómulos y sus mejillas chupadas.

—Eso no es verdad —dice, indignada, Molly—. Eso no es verdad. Sam dijo que fue a dar un paseo. Solo ha salido a dar un paseo.

Greta levanta la taza con la mano derecha.

—Ha muerto, Molly —dice Marielle—. Has hecho todo este camino para nada.

—¡Eso es mentira! —dice Molly—. ¡Estás mintiendo!

Lars discretamente abandona la mesa, se dirige al piano, se sienta y levanta la tapa.

—Pero ahora nos has encontrado a nosotros —dice Marielle—. Ahora puedes descansar.

Lars empieza a tocar. El *Liebesträume*. El *Sueño de amor*. Teclas suaves. Notas suaves que caen sobre notas suaves. Y Greta bebe de la taza.

—¡No te bebas eso, Greta! —grita Molly.

Pero Greta sigue bebiendo.

—Podéis quedaros todos aquí —dice Marielle—. Podéis descansar. Podéis dormir.

—No quiero dormir aquí —dice Molly—. No quiero estar aquí.

Molly se vuelve hacia el piloto, pero él también está bebiendo de la taza.

—Yukio —le dice—, tenemos que seguir.

—No tengas miedo, Molly —dice Marielle—. Nos llevaremos el dolor. Llevas contigo demasiado. Demasiado dolor para una niña pequeña.

Entonces una lágrima se forma en el ojo derecho de Greta Maze y corre por su mejilla. Se vuelve hacia el bebé dormido que ha salvado de la profunda agua negra.

—¿Has venido a aliviar tu dolor, Greta? —pregunta Marielle.

Otra lágrima cae por el rostro de la actriz.

—Alivia el dolor, Greta —insiste Marielle—. Alivia el dolor.

Greta se levanta despacio de la mesa y se dirige hacia el bebé dormido.

—¡Greta, tenemos que irnos! —dice Molly.

—Yo me quedo, Molly —dice Greta—. Quiero hacer un alto. Quiero dormir.

Se echa junto al bebé dormido y llora indisimuladamente ahora.

—¿Qué te pasa, Greta? —pregunta Molly.

—Voy a quedarme, Molly —dice Greta—. Ya no puedo seguir acompañándote.

—¡Pero tenemos que encontrar a Longcoat Bob! —dice Molly.

—Déjalo, Molly —dice Greta—. Déjalo ya. Nunca debería haber venido contigo.

Molly se pone de pie.

—¡Pero has llegado hasta aquí! —grita—. Has sido tú quien nos ha traído hasta aquí.

Greta mueve la cabeza llorando.

—No soy lo que tú crees —dice Greta—. No me necesitas, Molly. Tú nunca has necesitado a nadie.

—¡Sí, te necesito, Greta! —grita Molly—. Te necesito.

—Tienes que irte a casa, Molly —dice Greta—. Hemos ido demasiado lejos. Tienes que irte a casa. Este no es tu sitio.

Molly corre hacia la cama.

—Voy a sacarte de aquí —dice tirando con fuerza del brazo de Greta.

—¡Aléjate de mí! —le dice Greta bruscamente.

Y su propia ira la hace llorar con más violencia, y Molly solo acierta a retroceder apartándose de su amiga llena de confusión.

Greta vuelve la cabeza hacia el bebé dormido.

—No te dejaré —susurra.

Yukio se levanta de la mesa y, lentamente, se dirige hacia Greta en la cama. Se acuesta al otro lado del niño, que queda entre ambos.

—¿Qué estás haciendo, Yukio? —pregunta Molly—. Es esa cosa negra. Te han envenenado, Yukio. Te han dado veneno. Van a hacerte dormir aquí.

Molly mira los rostros de todos esos hombres y mujeres que son mera piel y huesos, aturdidos, soñolientos y moribundos que se hunden en sus camillas y sofás cama y en sus gastados y rotos divanes.

—¡Van a hacerte dormir aquí para siempre!

Greta no deja de llorar.

—Se han llevado a mi bebé —susurra entre lágrimas—. Se han llevado a mi bebé.

Ahora caen lágrimas de los ojos de Yukio. Una lágrima, dos lágrimas, luego un río. Habla en japonés entre el llanto y llora más fuerte cuando termina su frase. Y Molly ve a Greta tender un brazo hacia Yukio, y Greta deja esa tierna mano a su lado mientras él tiende un brazo por encima del bebé y deja su mano temblorosa junto a ella, y Molly ve a esos extraños —sus compañeros, sus amigos, su extraña familia en aquel largo viaje— llorando juntos. Llorando sin ella porque ella es la niña que no puede llorar. Ella es la niña que nació bajo la maldición de Longcoat Bob. Ella es la niña cuyo corazón acabará volviéndose de piedra. Entonces oye otro llanto en la mesa del comedor. Es Marielle. Está mirando fijamente a Greta y a Yukio mientras le corren lágrimas por el rostro. Y ahora empieza a llorar con fuerza. Histéricamente.

—Para —dice Molly.

Pero Marielle sigue llorando.

—Para —dice Molly.

Las melancólicas notas del piano de Lars suenan más fuerte y ahora el pianista del pelo que se parece al relámpago empieza a llorar con su mujer.

—¡Alivia el dolor! —grita Marielle—. ¡Alivia el dolor!

—¡Aliiiiiivia el dolor! —grita Lars.

Las lágrimas de Lars caen sobre las teclas de su piano, y un gemido gutural de loco resuena en la cueva de resplandor anaranjado, y ese gemido parece despertar a los moribundos. Los pacientes se incorporan en sus camillas y lloran, y otros dan vueltas en sus camas y se retuercen, liberando sus propias lágrimas contenidas, propagando el contagio del llanto por la habitación y detonando un acceso demencial y primitivo de llanto tras otro.

Molly grita:

—¡Parad! ¡Parad! ¡Parad!

Pero los llantos lunáticos solo crecen y dan vueltas alrededor de su cabeza aturdida, y ella cierra los ojos y se tapa los oídos con las palmas de las manos, y lo único que ve ahora es a su tío Aubrey, y lo único que oye es su risa de loco, y lo único que ve es su sonrisa bajo el bigote negro y su profunda satisfacción al salir de la cueva de su frío corazón de piedra.

Vuelve a abrir los ojos y encuentra a Bert —la única amiga que le queda en este mundo vuelto del revés que no está llorando—. Está protegiendo su morral, que lleva la piedra que sacó del pecho de su madre, donde una vez un corazón bueno y amable latió cálidamente.

Coge su pala y su morral y corre. Cava, Molly, cava. Corre, Molly, corre. Huye de esta mina terrible. Huye de este llanto terrible. Corre hacia la noche. Corre hacia el cielo de la noche, que no miente. Corre hacia el relámpago. Corre, Molly, corre.

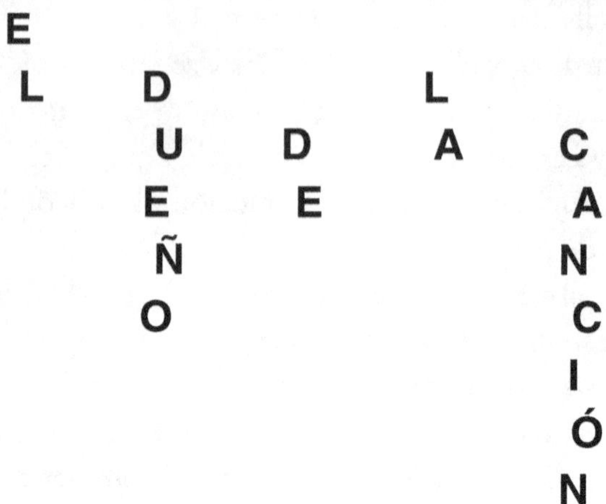

Está satisfecho porque el molino gástrico de su tracto digestivo tritura el cuerpo de un megapodio de patas y dedos de color naranja que se ha tragado entero allí atrás, en el bosque de enredaderas. Y casi ha llegado a casa.

Las fauces alargadas y con motas oscuras del cocodrilo se abren camino a través de un bosque de helechos perennes cuyas hojas serradas casi no sienten su protuberante coraza de escamas. Huele la cascada casi tanto como la oye, y la ve a todo color. Se detiene al borde del negro estanque y sus triples párpados pesados y protegidos se abren y se cierran mientras examina los alrededores en busca de presas y amenazas. Avanza deslizando su cuerpo de casi tres metros lentamente hacia las negras rocas lisas que bordean el estanque, pero entonces se detiene porque sus ojos han detectado un objeto en el agua. Está borroso para él, demasiado lejos como para verlo con claridad, pero lo percibe como una amenaza y, como siempre, sus instintos aciertan. Si se sumergiera, nadara hacia él y, sacando solo los ojos a la superficie, observara el objeto más de cerca, vería que es orgánico. Algo de carne y hueso con un grueso bigote y un sombrero negro que está sentado sobre una roca. Un hombre. Una sombra. En la mano derecha lleva una pistola. En la izquierda sostiene una lata vacía. Está leyendo unas palabras toscamente garabateadas en una roca.

No es oro lo que has de pesar,
sino mentiras y verdades,
pues somos un vivo tesoro
bajo nuestros cielos brillantes.

El hombre del sombrero negro levanta la vista hacia la cascada y mira a través de ella la cueva velada por el agua. Se queda tan absorto en lo que ve que ni siquiera presta atención al cocodrilo, que permanece inmóvil al borde del agua, lenta la respiración, lento el corazón, y que entonces se retira con sigilo atravesando el muro de helechos perennes y convencido de que la cascada pertenece ahora a una nueva criatura del bosque.

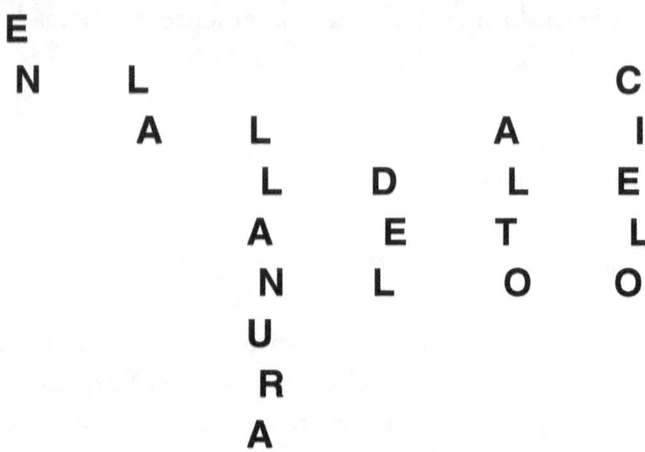

Sueña con Darwin. Su cazabombardero Zero se ha detenido en medio de la calle Smith y el indicador del combustible muestra que el depósito está vacío. Abre la cabina y observa la destrucción de la ciudad. Cada edificio de piedra arrasado por las bombas. Un silencio tan denso que su propia respiración le suena invasiva. No sopla viento. No hay movimiento alguno en la ciudad. Solo desolación.

Baja de la cabina del avión a la calle y es el único hombre que hay allí, el único hombre que queda vivo en el mundo. Mira a sus pies y ve que se encuentra sobre un camino de plata, un camino de resplandeciente mica. Y sigue ese camino recto de plata y gira a izquierda y derecha y ve que este camino de plata no está bordeado de bosques de enredaderas, sino de cuerpos desmembrados de australianos muertos. Pilas de cuerpos, centenares de cuerpos con brazos y piernas que se ramifican en otros brazos y piernas como los miembros de esos árboles gigantescos de pesadilla que vio con la niña sepulturera y la actriz. Veredas de carne y sangre de hombres y mujeres amputados a lo largo de un estrecho camino de plata que debe recorrer. Se quita el casco de piloto por respeto a los muertos, pero ya no soporta seguir mirando a los lados, así que baja la vista y se concentra en sus botas, y sus botas militares hacen crujir las láminas de mica al caminar, y camina y camina hasta que sus botas dejan de tener camino de plata que seguir porque se ven bloqueadas por una cama.

Es la cama de Nara, y Nara yace en ella dormida. Y Yukio quiere tumbarse junto a su esposa, pero su cuerpo no puede avanzar. Sus piernas no caminan y sus brazos no se mueven. Lo único que quiere es quedarse dormido sintiendo el aliento de Nara en su rostro, pero solo puede llamarla.

—Nara —dice—. Nara.

Y ella se despierta y tose dos veces porque está enferma, pero le sonríe porque es fuerte y ella siempre le sonreía así.

—Perdóname, Nara —dice Yukio.

—¿Que te perdone por qué, Yukio? —responde Nara.

—Yo iba a buscarte —dice Yukio—. Pero no pude dejar este mundo.

—Viste a la mujer en la hierba.

—Pensé que ya no quedaba nada bello que contemplar —dice—. Pero entonces vi todo este lugar extraño. Había tanta belleza aquí que pensé que tenía que ser Takamagahara.

—Pero ¿no ves, Yukio, que sí lo es? —dice Nara—. Todo él. Siempre lo ha sido.

—Ya voy, Nara —dice Yukio.

—Pero ¿qué pasa con la chica? —pregunta Nara.

—¿La mujer de la hierba?

—La niña sepulturera, Yukio.

—La niña sepulturera —repite Yukio, y contempla a su alrededor las ruinas de la ciudad de Darwin.

Escombros, polvo y desolación. Pero ya no hay cadáveres en la calle Smith. Ya no hay camino de plata. Solo hay mariposas, cientos de mariposas blancas que emprenden el vuelo hacia el cielo azul.

—Esperad —les dice Yukio a las mariposas—. Esperad.

Pero las mariposas siguen volando.

*

Se despierta sudando. La chaqueta de aviador empapada en sudor. La cama empapada en sudor. Un resplandor naranja. Luz de fuego. Paredes de roca. Una mesa de comedor. Camillas, sofás cama y sillones. Es la única persona allí. Todo está vacío. Su mente está lenta y pesada al intentar recrear los acontecimientos que lo han llevado al interior de esa cueva.

El corazón le late acelerado, se levanta rápidamente y se derrumba al instante, pero vuelve a ponerse de pie despacio y se dirige a la mesa de comedor donde recuerda haber devorado una sopa de cebolla, pero poco más. Va tambaleándose, aturdido, hasta una abertura en la pared de roca y ve que da a un corredor, pero no distingue nada en la oscuridad. Retrocede al otro lado de la cueva, donde otra abertura conduce hasta otro corredor ciego.

—Greta Maze —llama en su mejor inglés, y su voz resuena en el corredor—. Molly Hook —llama.

Encuentra una tercera abertura y descansa el brazo contra la roca antes de volver a llamar.

—¡Greta Maze!

Solo el eco responde.

Respira acelerada y profundamente. Tiene la boca completamente seca. Solo ve oscuridad. Y, entonces, a lo lejos en el corredor, ve a alguien, una mujer, que cruza el túnel de izquierda a derecha, de un lado del pasillo al otro, sosteniendo una lámpara en la mano derecha. Sus movimientos son rápidos.

—Hola —dice Yukio.

Pero la figura no se detiene.

Yukio se apresura a ciegas por el oscuro corredor mientras su mano derecha busca en la pared de roca la entrada por la que ha desaparecido la portadora de la lámpara. Con la izquierda, toca la empuñadura de la espada de su familia y el roce le produce una sensación reconfortante que, sin embargo, no sirve para calmar los latidos de su corazón. Sus botas pisan tierra al caminar y en el corredor el aire es frío y denso.

—Hola —llama.

Su mano derecha por fin encuentra un hueco amplio.

—Greta Maze —llama Yukio—. Molly Hook —llama asomándose al pasadizo.

Sus pies se mueven más rápido al enfilar el negro vacío manteniendo las manos en las paredes para guiarse a tientas.

—¡Holaaaaaa! —grita, y su voz resuena en los túneles.

Avanza aún más rápido, porque su corazón late aún más rápido, y se corta una mano con el borde afilado de una roca que sobresale del muro, y entonces aparta la mano de la guía de la pared derecha y echa a correr.

—¡Greta! —llama—. ¡Molly!

Y sigue corriendo aún más rápido hasta golpearse el rostro con violencia contra un saliente de la pared, y se lleva las manos a la nariz porque siente que está a punto de brotarle sangre. Respira de forma agitada, levanta la vista de nuevo y mira a su izquierda, mira a su derecha, pero lo único que ve es oscuridad. Entonces vuelve a mirar a la izquierda y vuelve a ver a la mujer de la lámpara que gira a la derecha para adentrarse por otro corredor, y corre tras ella.

—¡Espera! —le dice—. Espera.

Y enfila el pasillo, extendiendo el brazo en busca de guía en la pared de roca hasta que su palma encuentra aire y gira rápidamente a la derecha para introducirse en un nuevo corredor, y ve que la lámpara de la mujer franquea despacio una puerta de la que se derrama luz sobre el corredor oscuro. Yukio avanza deprisa hacia la luz y se vuelve al llegar a la puerta.

—¡Greta Maze! —grita al entrar en otra espaciosa caverna que parece casi idéntica a aquella en la que se acaba de despertar, pero aquí solo hay una gran cama de madera sin colchón y no hay mesas, sillas, camillas ni piano.

La cama ocupa el centro del espacio y todas las personas de este inquietante mundo subterráneo, todos los durmientes, todos los moribundos han formado un círculo a su alrededor.

—¡Ssshhhhh! —dice Marielle girándose desde el círculo como admonición al piloto japonés—. Están soñando.

Yukio no encuentra sentido a la escena, y la confusión le produce dolor, y la incoherencia de todo hace que la cabeza le palpite aún más que al despertar de su sueño. Tiene que recuperar la respiración, y al hacerlo se da cuenta de que Greta Maze yace sobre la gran cama, tumbada de lado y sumida en un profundo sueño junto al bebé caído del cielo, que duerme allí también, acurrucado al calor de su pecho. Yukio se fija ahora en que todos los hombres y mujeres de la cueva llevan velas de cera encendidas y están mirando cómo duerme Greta y susurran en chino, y al cabecero de la cama está el pianista del cabello blanco como la nieve de Sakai en invierno, que garabatea sus observaciones en un cuaderno con un lápiz del largo de su pulgar.

El corazón acelerado de Yukio se incendia, y una rabia interior lo empuja a romper el círculo de moradores de la cueva y a abrirse camino hasta la dura cama.

—¡Greta Maze! —grita—. Despierta.

Vuelve a gritar en un inglés imperfecto:

—Despertar ahora. Despertar ahora.

Dos ancianos chinos de huesos finos y largas barbas agarran a Yukio.

—¡Noooooo! —gime uno de los ancianos—. Está soñando. Noooooo.

Y entonces más moradores de la cueva agarran a Yukio, tiran de sus brazos y sus piernas y hablan en chino en voz alta y presa del pánico.

—¡Despierta, Greta! —grita Yukio sacudiéndola ahora con sus manos.

La empuja con fuerza, y ella se tumba ahora bocarriba con los ojos todavía cerrados.

—Ella no se va a despertar —dice Lars en tono confiado—. No quiere despertar.

—¿Por qué te has despertado, Yukio? —pregunta Marielle—. Estabas teniendo sueños muy hermosos.

Yukio vuelve a sacudir a Greta. Más moradores de la cueva lo rodean y lo agarran. El piloto se vuelve, y lo único que puede hacer es rugir porque no tiene palabras con las que hablarles. Saca su espada corta del cinturón y carga contra Lars, cuyos saltones ojos azules parecen tan perturbados y enfurecidos que solo pueden mirar con asombro al extranjero que ahora blande una espada ante su rostro y lo empuja con fuerza contra la pared de la gruta.

—¡Atrás! —ruge Yukio al tiempo que le arranca el cuaderno de las manos al viejo científico y lo arroja en medio de la habitación.

A Yukio le rechinan los dientes —el perro salvaje, el tigre de su furia— y aprieta con fuerza la punta de su espada contra la garganta de Lars liberando un torrente de palabras llenas de odio en su lengua natal que salpica el rostro del viejo, palabras sobre cómo Yukio llegó a este bosque para dejar de matar y cómo cada hueso de su cuerpo enfurecido ahora está deseando volver a hacerlo. Ruge y levanta los hombros y blande la espada con fuerza hacia los ojos de Lars, y mide la estocada tarde, de manera que la espada rebana la parte superior de la oreja del botánico y atraviesa el asa de una lámpara de gas que cuelga de un clavo en la pared de piedra.

Yukio levanta la lámpara con la hoja de la espada y se la pasa a la mano izquierda antes de volver a meter la espada en su cinturón. Muerde el asa metálica de la lámpara, va a la cama, arrastra a Greta hacia el borde y se la echa sobre el hombro derecho mientras la adrenalina le proporciona la energía que necesita para levantar el peso muerto de Greta. Luego agarra de un pico la sábana que envuelve al bebé que cayó del cielo, y el bebé se levanta con la sábana como si estuviera durmiendo en una funda de almohada.

—Noooooo —gimen los aturdidos espectadores mientras rodean al piloto.

Yukio los aparta a patadas, golpea sus piernas con furia, movido por un miedo primitivo y una rabia primitiva, y se abre camino entre el grupo hasta la entrada de la caverna para volver al negro corredor mientras la lámpara le proporciona la luz suficiente.

—¡Alivia el dolor! —grita Marielle tras él—. ¡Alivia el dolor!

Y Yukio corre, porque ahora sabe qué es este lugar. Muy lejos de la Llanura del Alto Cielo. Esto es el inframundo. El Yomi-no-kuni. El Mundo de la Oscuridad. La tierra de los muertos.

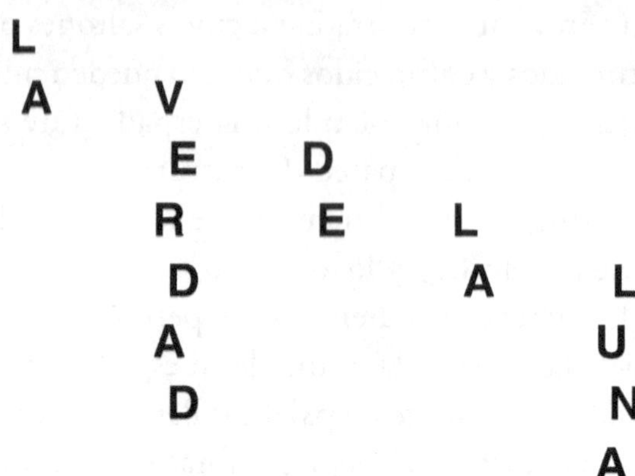

Está sola en el precipicio del mundo. La niña sepulturera y un fuerte viento nocturno a su espalda que le empuja el liviano pelo castaño —rizado como el de su madre— hacia la cara. Nunca tendré miedo, se dice. Pero lo tiene. Esa es la verdad. Los cielos de la noche no mienten. Está sola. Esa es la verdad. Siente náuseas porque ha arrastrado a sus únicos amigos a un infierno construido por ella misma. Esa es la verdad. No siento dolor, se dice. Pero lo siente. Los cielos de la noche no mienten. Los cielos de la noche le dicen la fría verdad de que está sola.

La niña sepulturera, con su vestido de satén azul cielo, la pala y el morral, sola sobre una altiplanicie de arenisca con vistas a un valle de formaciones naturales de piedra tan extrañas e intrincadas que se pregunta si no las habrán hecho los antiguos, si no las habrán hecho las mujeres con cabezas de gajos de limón que vio en la cámara de la galería.

Tres lejanos tenedores de relámpagos de un azul eléctrico golpean el horizonte iluminado por la luna, y el valle de piedra se convierte en una ciudad. Una ciudad de gigantes. Hombres y mujeres de piedra que se inclinan y se hacen reverencias los unos a los otros con el viento nocturno. Molly levanta la cabeza hacia el cielo de la noche. Una manta de estrellas con una luna llena por almohada.

—*Ciudad de piedra entre la tierra y el cielo* —dice Molly al cielo de la noche.

Y el cielo de la noche responde:

—*El lugar que está más allá de tu lugar de nacimiento.*

Molly planta sus botas en una pendiente con rocas sueltas de sedimentos de arenisca y empieza a deslizarse hacia abajo por la altiplanicie.

—¿A dónde vas, Molly? —pregunta el cielo de la noche.

—Voy a encontrar a Longcoat Bob —responde.

—Pero ya has oído a la mujer de la cueva —dice el cielo de la noche—. Longcoat Bob está muerto.

—¿Tú la crees? —pregunta Molly al cielo de la noche.

—No.

—Los cielos de la noche no mienten —dice Molly—. Pero ¿por qué iba a mentirme esa anciana?

—Porque quería que te quedaras con ellos.

—¿Y por qué querían que me quedara?

—Porque eres una de las buenas, Molly —dice el cielo de la noche—. Porque eres especial.

—Yo no soy especial —dice Molly—. Les traigo cosas malas a todas las personas que me importan. Por eso mi abuelo se encerró él solo durante tantos años en aquella casa. No quería que las cosas malas se extendieran. Sabía que tenía que estar solo.

Molly llega a un paraje de rocas blancas que es una dispersión de angulosos bloques calcáreos de unos cien de metros de ancho y cien de largo. Le habla al cielo de la noche mientras salta de roca en roca y sus piernas se mueven a veces más rápido que sus ojos, y aterrizan instintivamente en las superficies más planas que es capaz de ver en una noche que la luna ha vuelto azul oscuro y plata.

—Deberías dar la vuelta —dice el cielo de la noche—. Deberías volver a casa.

—¿A casa? —repite Molly—. No tengo casa a la que ir. Darwin ya no existe. Ni siquiera estoy segura de que Australia siga existiendo. ¿Por qué me dices que me vaya a casa?

—Los cielos de la noche no mienten —dice el cielo de la noche—. Has ido demasiado lejos y lo sabes. Has tenido el valor de llegar hasta aquí, pero ahora tienes que regresar. Morirás aquí, Molly. Esa es la verdad.

—Pero Longcoat Bob está aquí —dice Molly—. Tengo que encontrarlo.

—¿Y si encuentras a Longcoat Bob y no te gusta lo que él tiene que decirte? —pregunta el cielo de la noche.

Molly salta a su izquierda, salta a su derecha zigzagueando sobre las rocas. En un punto apoya la pala Bert en el suelo y se impulsa entre dos altos bloques de piedra.

—¿Qué podría decirme que fuera peor que lo que ya he tenido que pasar?

—Te dirá la verdad, como yo —dice el cielo de la noche.

Al saltar desde la última roca blanca se encuentra con dos imponentes formaciones con apariencia humana de unos veinticinco metros de altura. Cada una de esas estructuras segmentadas de roca tiene un pilar a modo de piernas, un grueso bloque de arenisca por torso y una esfera de roca en equilibrio por cabeza. Parecen bajar la vista hacia ella y permanecen allí como centinelas eternos con la misión de examinar a todos aquellos que pasen entre ellas para entrar en la ciudad de piedra a sus espaldas. Y Molly siente que la vigilan cuando entra en esa ciudad, ese lugar esculpido por el viento y el tiempo y convertido en algo tan grande como las manzanas de calles que forman la Darwin de Molly.

Millones de años de erosión han diseñado bloques independientes de arenisca con hombros y cabezas ladeadas que parece que van a caerse de sus cuellos, y pilares de hombres gordos que parecen inclinarse presa de la histeria, y pilares de mujeres altas y elegantes que parecen formar corros para cotillear, y pilares unidos que parecen gemelos o trillizos. Cientos, tal vez miles de ellos por toda la ciudad, tan numerosos como los apostadores del bar del Hotel Gordon's Don el día de la carrera de la Copa de Melbourne. Molly era siempre la niña bajita que se movía entre todas aquellas piernas intentando encontrar a su padre en el bar porque tenía hambre y quería ir a casa y comer algo, pero todas aquellas largas piernas con pantalones largos parecían las paredes de un laberinto en el que ella siempre se encontraba perdida.

—¡Papá! —gritaba—. Papá.

Pero él nunca la oía entre el bullicio. Y eso es esta ciudad. Más que una ciudad, un laberinto. Un laberinto de piernas de piedra separadas por pasillos de tierra y matas de zacate.

—¿Por dónde vas a ir, Molly? —pregunta el cielo de la noche.

—No lo sé —dice.

—Vuelve a casa, Molly —dice el cielo de la noche.

—No voy a darme la vuelta después de haber llegado tan lejos —dice—. Moriré aquí si es necesario.

—Morirás seguro —dice el cielo de la noche—. Te perderás aquí y nadie te encontrará nunca. Te desmayarás a los pies de uno de estos pilares y los pájaros te arrancarán los ojos a picotazos mientras aún respiras.

—Para —dice Molly—. Me estás asustando.

—Los cielos de la noche no mienten, niña.

Molly hace su elección. Molly hace su apuesta. Avanza por un estrecho pasillo entre dos filas de pilares, algunos de ellos con dos cabezas, uno con una cabeza parecida a la de un dingo, otro con una cabeza en forma de hacha. Se dice a sí misma que debe seguir los relámpagos. Se dice que debe seguir hacia delante. Si sigue hacia delante, sigue los relámpagos, y los relámpagos señalan el otro lado de la ciudad de piedra. Si sigue hacia delante no se perderá en el laberinto de piernas de piedra.

—Nadie vendrá a buscarte, Molly —dice el cielo de la noche.

—¿Por qué me dices eso?

—Greta ha cambiado, Molly —dice el cielo de la noche—. Yukio ha cambiado. Tu madre está muerta. Tu madre te dejó aquí sola y siempre estarás sola.

—Para.

—Tu madre te abandonó.

—Para.

—Te dejó para que murieras como un cervatillo cojo, Molly. Eso es lo que hace la gente con corazón de piedra.

—Para.

—No estaba huyendo de ellos, Molly. Ella estaba huyendo de ti.

—Para.

Y Molly corre a toda velocidad entre pilares, rodea las piernas de los gigantes de piedra avanzando en diagonal. Diagonalmente a la derecha, en diagonal a la izquierda, corriendo entre el laberinto de piernas. Siempre hacia los relámpagos que resplandecen a lo lejos. Pero entonces llega una pared de ocho, nueve, diez pilares de arenisca que se unen. Debe ir a la izquierda hasta el final o a la derecha hasta el final y elige ir a la derecha hasta el final, y se encuentra con una roca en forma de tortuga, y la toca, porque le parece que si la toca la recordará cuando vuelva a pasar por allí.

—Roca tortuga —dice.

Tiene que desviarse a la izquierda al encontrarse con otro pasillo; luego este se divide en tres —a la izquierda, recto y a la derecha—, y Molly elige el camino recto porque necesita seguir el relámpago, pero entonces solo puede continuar hacia la izquierda hasta el final y luego hacia la derecha hasta el final por un pasillo que sigue recto durante tanto tiempo que puede empezar a correr, y necesita correr porque tiene miedo y porque a la luz de la luna las figuras parecen criaturas que se inclinan para maldecirla sin palabras.

Encuentra otra pared de roca y debe ir hacia la izquierda, y entonces descubre un pilar seccionado por la mitad como por una espada de samurái y lo llama pilar Yukio, y lo toca para recordarlo, e incluso si vuelve a pasar por allí y está perdida siente que Yukio la salvará igual que la salvó de los hombres de la mina de estaño, ya tan lejos en el país profundo.

—Él no va a venir a buscarte, Molly —dice el cielo de la noche.

El corazón de Molly se acelera. Se le seca la boca. Recorre otro pasillo. Hacia delante. Izquierda. Hacia delante. Derecha. Hacia delante otra vez. ¿Seguro que se está acercando al borde de la ciudad?

Corre y corre y corre, y llega a otro muro de pilares unidos y sigue hacia la derecha hasta el final y pasa junto a una roca que ha visto antes.

—Roca tortuga —susurra.

Y el pánico se apodera de ella y corre aún más rápido porque tiene la sensación de que los pilares la están encerrando ahora.

Como hizo antes, sigue hacia la izquierda hasta el final por un pasillo que se divide en tres —a la izquierda, recto, a la derecha—, pero esta vez toma el pasillo de la izquierda, que la lleva por una hilera de pilares en forma de ese que parecen serpientes levantadas dispuestas a atacar. Como las serpientes que Bert cortaría en rodajas en casa. Como las serpientes marrones que buscan el fresco del suelo de hormigón en el lavadero de casa. Casa, se dice. Quiero irme a casa.

—Quiero irme a casa —le dice Molly al cielo de la noche.

—Vete a casa, entonces —le dice el cielo de la noche.

Y Molly da la vuelta y corre hacia la derecha por un pasillo, y luego hacia la izquierda hasta el final, y luego hacia la derecha hasta el final, y encuentra otro grupo de pilares en forma de serpiente, cuatro esta vez, y corre hacia la izquierda y hacia la derecha, y zigzaguea para rodear un pilar con una pequeña cabeza redonda del tamaño de un coco que descansa sobre un torso del tamaño de una gran heladera. Luego zigzaguea a la derecha por un pilar con una cabeza de caballo, y luego deja atrás un pilar que se curva como una medialuna.

—Te has perdido, Molly —dice el cielo de la noche.

—Para —dice Molly.

Y corre y corre y corre. Izquierda y derecha y derecha e izquierda de nuevo, y encuentra una pared, y se da la vuelta y encuentra otra pared, y luego otra, y entonces se detiene a tomar aire. Apoya la cabeza contra la arenisca.

Está en un laberinto de piernas de piedra con una sola salida. Y no hay relámpagos que ver. No hay relámpagos que seguir.

—Te has perdido, Molly —dice el cielo de la noche—. Nadie va a venir a buscarte. Nadie te quiere porque estás maldita.

—Para.

La ciudad de piedra se ha oscurecido. La extensa ciudad de piedra ha encogido. El lugar se ha convertido en una cueva. Es el lugar oscuro. El lugar triste.

—Sé por qué te abandonó, Molly.

—Cállate.

—Te abandonó porque no era capaz de quererte.

—No es verdad.

—Sé por qué quieres encontrar a Longcoat Bob.

—¡Cállate!

Y Molly cierra los ojos y está de nuevo en su dormitorio, y abre la puerta de su dormitorio y echa a andar por el pasillo.

—Él no te dirá lo que quieres oír, Molly.

—¡Te he dicho que te calles!

Y ahora está en la puerta del dormitorio de su madre, y la luz de la luna ilumina el rostro de su madre, y Violet Hook está mirando a su hija, Molly, y Violet Hook está llorando.

—Quieres encontrar a Longcoat Bob porque quieres que te mienta —dice el cielo de la noche—. Quieres que te diga que no es verdad.

—Para.

—Quieres que te diga que no es verdad lo que él le hizo.

—¡Para!

Y el lobo de sombra está aullando en la oscuridad, y el lobo de sombra está desgarrando a su madre. Y una voz a su espalda susurra su nombre:

—Molly.

Es la voz de Horace Hook, de pie bajo la luz de la cocina.

—Quieres que te diga que él no es el lobo.

—Para.

Y Molly Hook vuelve al dormitorio para encontrar el rostro de su madre iluminado por la luna. Pero no es su rostro el que encuentra. Es el rostro de luz de luna del lobo de sombra. Es el rostro del cielo de la noche de Aubrey Hook.

—Quieres que te diga que él no es tu padre.

—¡QUE PAREEEEES! —grita Molly al cielo de la noche, y coge la pala Bert en sus manos y golpea con ella la pared de arenisca, y la hoja de Bert impacta con tal fuerza que saltan breves chispas del borde, y Molly afianza sus botas en el polvo y vuelve a golpear, y la hoja hostiga la piedra, pero la piedra no se parte en dos, así que ella sigue golpeando y golpeando y golpeando, y la piedra es su pasado y su presente, y su cielo, y su madre, y su padre, y la piedra es Yukio Miki, y Greta Maze, y la piedra es Aubrey Hook—. ¡Para! —chilla—. ¡Para!

Crac. Y la hoja de Bert se separa de su largo mango de madera. La niña sepulturera bajo el cielo de la noche se queda sosteniendo el cuerpo sin cabeza de su única amiga. Mira al suelo y encuentra la hoja de la pala a la luz de la luna.

—Bert —susurra.

Y cae al suelo de tierra y zacate y abraza la hoja de Bert en su regazo con la espalda contra la pared de roca, y quiere llorar, pero no puede porque está maldita.

—Tu bolsillo, Molly —susurra el cielo de la noche.

Y Molly busca en el bolsillo de su vestido de satén azul cielo y saca un pequeño fruto. Le da la vuelta en la palma de su mano. Naranja y redondo y con la piel dura. Sostiene una muerte en la mano. Una muerte que crece en los árboles del país profundo.

EL AMOR VERDADERO ES UN TESORO ENTERRADO

Yukio Miki observa la cápsula marrón y alada de la semilla de un árbol de la madera apestosa. Es larga y curva y tiene la forma de una hélice de aeroplano. La levanta y la deja caer, y la ve girar mientras desciende, dando rápidas vueltas como las hélices del caza Zero que vio estrellarse contra una escarpadura de arenisca y arder. Parece tan lejano ya que siente que era otro hombre cuando se lanzó en paracaídas desde aquel caza de la muerte, un hombre distinto del que ahora descansa sobre una roca de arenisca junto a Greta Maze y el bebé que cayó del cielo. El nuevo hombre que ahora se preocupa por ambos. El nuevo hombre que despertó de un largo sueño.

El sol de la mañana calienta su cabeza y, cuando se vuelve hacia él, ve que está ascendiendo por encima de un estrecho sendero de grava que sale del bosque y se interna en la región de piedra que se extiende por la lejana planicie sobre la que vio el resplandor azul eléctrico de los relámpagos en las primeras horas oscuras de la mañana. Un delgado arroyo de agua dulce fluye junto al árbol de la madera apestosa de las cápsulas de semilla caídas, que ahora parecen canoas que remaran con parsimonia bosque adentro. Yukio lleva su camiseta interior porque ha hecho una especie de moisés con su chaqueta de aviador para que el bebé duerma dentro. Sabe que el niño, como

Greta Maze, lleva demasiado tiempo durmiendo, y se pregunta qué extraña poción han podido darles esas gentes del pelo blanco en la cueva de la mina al bebé y a la actriz para hacerlos dormir durante la trabajosa caminata, brutal y extenuante, por el bosque que los sacó de esa extraña tierra de enredaderas monzónicas.

Ha dejado la cabeza de Greta sobre una almohada de tiras de melaleuca que ha arrancado de los árboles cercanos. Su espalda descansa sobre una zona de blanda hierba a la sombra del árbol de la madera apestosa cuyo tronco, de un brillante marrón plateado, alcanza al menos los quince metros de altura. El viento sopla y las hojas de los árboles se agitan, y más cápsulas de semilla con forma de hélices caen girando a la tierra. Por tercera vez en los últimos treinta minutos, Yukio coloca su índice bajo la nariz del bebé, y por tercera vez siente alivio al comprobar la tenue respiración del niño.

Yukio estudia el rostro de Greta. La curva de sus pómulos. Sus labios cerrados y sus suaves contornos. Su pecho que sube y baja tras el vestido esmeralda. Aparta la mirada de ella en el mismo momento en que su corazón le dice que quiere pasar toda la vida mirándola. *Zutto*. Sin límite, sin medida, sin fin.

Mueve la cabeza. Tenemos que seguir, se dice. Tenemos que encontrar ayuda para el bebé. Pero tú eres el enemigo, se recuerda. Te matarán. Porque tú los mataste a ellos.

Se arrodilla ahora sobre Greta y empieza a dar fuertes y ruidosas palmadas con las manos. Una, dos, tres veces.

—¡Despierta! —grita—. ¡Despierta…, Greta Maze!

Empuja su hombro izquierdo, y su cuerpo se mueve, pero ella no despierta. Le pone los dedos en el cuello para buscarle el pulso y lo siente una vez por segundo durante cinco segundos. Está cansado y se echa junto a la actriz dormida.

Sus ojos encuentran un cielo lleno de azul y empieza a hablar en japonés. Habla de su sueño. Habla de Nara y las semanas y los meses durante los que la vio desintegrarse. Habla de cómo dejó de ver belleza en el mundo cuando ella se fue. Ya no hubo color en los árboles, ni en las hojas, ni en las flores de Sakai. Ya no hubo historia en sus ríos y arroyos. Ni alegría en su gente. Recuerda cómo la violenta y cruenta guerra mundial siguió a su enfermedad y a él le pareció que estaba bien que el mundo ardiera por haberla dejado ir, así que subió a un caza, y las mismas manos que una vez habían sostenido extraordinarias hojas de cuchillo en el taller de su familia ahora sostuvieron los controles de armas y apuntaron con balas y bombas a otros hombres, y él los maldijo por ser humanos, por conocer el amor sin saber lo que era perderlo.

Recuerda lo que la niña sepulturera le dijo en la cámara de la galería cuando miraban al Hombre Relámpago: que somos un tesoro enterrado bajo el cielo. No pudo seguir todas sus palabras en inglés, pero sí sentir el timbre de su corazón, el extraño latido de su alma. El amor es un tesoro escondido también, piensa. Encuentras aquel que el universo forjó al fuego solo para ti y entierran ese amor en lo más profundo de tu ser, pero a veces ni siquiera sabes que está dentro de ti hasta que te lo arrancan, hasta que lo desentierran de tu ser como si fuera oro puro. El agujero permanece. El agujero nunca se llena, y tu sangre y tu alma y tu alegría y tu vida se filtran por ese agujero hasta que te quedas vacío. Hasta que te conviertes en un fantasma.

Luego intenta de nuevo con palabras en inglés despertar a Greta Maze; desentierra hasta la última que atesora en su mente ocupada, e intenta explicarle algo a la actriz dormida. Está tumbado junto a ella, descansando la cabeza sobre su codo derecho, y se acerca al oído de Greta Maze para susurrar.

—Greta… hacer… completo otra vez… Yukio… quería… irse. —Mira al cielo—. Yukio… quería… cielo.

La actriz sigue dormida, pero aun así se pone nervioso. Cada palabra entrecortada es un acto de liberación. Un acto de confesión.

—Quiero quedarme —susurra. En un inglés nítido. Un inglés casi perfecto.

Siente que la confesión es una traición y al mismo tiempo una verdad. Y la verdad que entraña lo hace llorar.

—Quiero quedarme —susurra. Palabras entre lágrimas—. Quiero quedarme… Greta Maze… Quiero quedarme.

Se seca los ojos. Se los frota. Se aparta de la actriz. De pie ahora. Avergonzado. Incómodo. Camina hacia el arroyo junto al árbol de la madera apestosa y observa las canoas de las semillas fluir bosque adentro. Remando. El piloto está de espaldas a Greta, por lo que no la ve abrir los ojos. No la ve mirar al cielo a través de las ramas, acostumbrando los ojos lentamente a la luz. Su mente está procesando la información del momento —trinos de aves, agua corriendo, olor a tierra y a cortezas de árboles, el roce de la hierba en las palmas de las manos, el latido de su corazón—. Y su corazón está absorbiendo las palabras de Yukio Miki, su confesión en un inglés entrecortado y susurrado. Se despertó con esas palabras susurradas. Ellas le abrieron los ojos, aunque Greta los dejó cerrados. El tesoro que él desenterró de lo más profundo de su corazón y de su alma y le entregó a una mujer a la que apenas conoce.

Greta permanece en silencio y camina sin hacer ruido sobre la hierba con sus zapatillas. Podría ser aún el largo sueño, se dice. Su estupor de la cueva. Se vuelve y encuentra al piloto en el riachuelo. Yukio no oye sus pasos. A él solo se le aparece, como si hubiera salido de otra dimensión, de otro mundo distinto de este, del mundo desvanecido al hallado.

—Acabo de tener el sueño más extraño —dice Greta.

Yukio tiene la cabeza vuelta hacia el lado y los ojos en el rostro de Greta, y el rostro de Greta contempla las profundidades del enmarañado bosque de enredaderas.

—He soñado que estaba soñando —dice—. No quería despertar de ese sueño. Pero tú estabas a mi lado, Yukio. No dejabas de intentar despertarme. Yo quería dormir, pero tú seguías despertándome. Tú no querías que durmiera. No querías que me fuera a soñar. No dejabas de gritarme una palabra. La misma palabra una y otra vez. —Se vuelve hacia él—. «Quédate».

Se acerca más a él. Al piloto que cayó del cielo. Al piloto que cayó a sus pies. Levanta la mano izquierda y le acaricia la mejilla porque necesita sentir y tocar para saber que no es el largo sueño. Y ese roce lo hace a él cerrar los ojos porque es tan suave, tan solícito, tan cálido y tan lleno de sentimiento que quiere apartarse de él. Pero se queda. Se queda.

—Quédate —dice él.

Y ella se acerca aún más y sus cuerpos se tocan ahora, y él puede sentir la respiración de ella, y su pecho contra el suyo, y los rizos de su pelo acariciando su frente, y puede olerla, y ese olor es tierra y vida y futuro y pasado y fatalidad y remordimiento por haber encontrado a esa extranjera en esta tierra al revés donde él es el enemigo, y su mejilla le acaricia la suya, y su cuerpo y lo que bulle dentro de él lo convierten en un pecador. Perdóname, Nara, se dice. Su piel es una mina terrestre. Su piel es una bomba lanzada. Su piel es el fin de esta guerra mundial y es el mundo estallando en pedazos. Perdóname, Nara. Y el movimiento de su cuello es una traición y una verdad, y el peso que traslada a su mejilla para apoyarla en la de ella es un crimen, y un milagro, y un crimen. Y en la violenta guerra que se libra dentro de su mente tocan retirada, y Greta siente el conflicto en sus músculos, y él está a punto de apartarse, pero lo mantiene allí una única palabra.

—Quédate —susurra ella, y lo rodea con sus brazos, y sus labios recorren su frente y la cuenca de su ojo izquierdo y luego su alto pómulo, y respira hondo, y lo que bulle en su cuerpo tiene sentido. Y los labios del piloto tocan su piel.

Y entonces el bebé llora. El llanto infantil del bebé que cayó del cielo, y es el sonido del bebé que se despierta de su largo sueño, pero también el sonido de Yukio Miki y Greta Maze al despertar de un sueño que ambos transitaban.

Greta respira y se aparta del abrazo. Corre hacia el bebé, acurrucado en la chaqueta del piloto. Lo levanta y lo estrecha contra su pecho

—Sssshhhh —dice—. Ssshhhhh.

Mece al bebé en sus brazos. Luego levanta la vista hacia el piloto.

—¿Dónde está Molly? —pregunta.

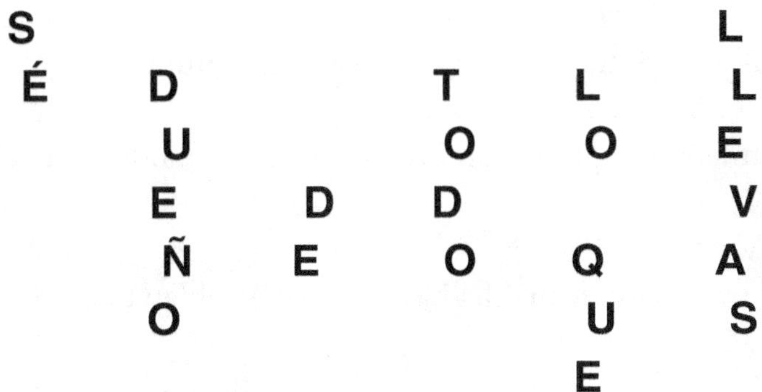

La boca abierta de una niña. La niña con el vestido de satén azul cielo que yace de lado al sol. Medio fruto naranja de estricnina en la palma de su mano abierta. Los ojos cerrados. Botas marrones cubiertas de tierra y polvo. Sobre el hombro, la correa del morral. Yace inmóvil al pie de cuatro pilares de piedra que parecen los miembros de una familia contemplando a un recién nacido sobre un moisés. El nombre de la niña resuena en el laberinto de pilares de piedra. «Molly».

Se revuelve. Su bota izquierda se mueve. Su rodilla izquierda da una sacudida. Su nombre resuena de nuevo en la ciudad de piedra. «¡Molly!».

Los ojos de la niña se abren de pronto. Lo único que ve es tierra, zacate y piedra. Levanta la vista hacia el sol y el cielo y encuentra los pilares de piedra de la noche anterior. No resultan tan amenazadores con la luz del día. Ni tan monstruosos. Siente el fruto en su mano y se lo acerca a los ojos para luego arrojarlo al muro de roca que tiene frente a ella. El fruto rebota en la arenisca y aterriza cerca de la otra mitad del fruto, que escupió la noche anterior porque era tan amargo y tan seco que tragárselo resultaba casi imposible. Pero recuerda cómo quiso tragárselo y se avergüenza.

Se vuelve hacia el cielo.

—¿Por qué me dijiste esas cosas? —pregunta.

Pero no obtiene respuesta.

Entonces se oye su nombre otra vez resonando en la ciudad de piedra.

—Moll-yyyyy.

Conoce esa voz. En ella hay proyección. Hay técnica. Greta.

—¡Moll-yyyyy!

Se levanta y corre hacia la voz. Intenta decir su nombre, pero tiene la garganta seca y necesita tragar saliva dos veces antes de poder articular una sola palabra.

—Greta —dice débilmente.

Corre hacia la voz, más cerca ahora. Coge aire y reúne fuerzas para llamar más alto y que su voz desgarre la ciudad de piedra.

—¡Gretaaaaaaaaa! —grita.

Corre hacia la izquierda, y hacia la derecha, y se mete por pasillos que discurren hacia la derecha en diagonal, y luego hacia la izquierda en diagonal, y logra avanzar a través del laberinto de pilares de piedra.

—¡Mollyyyyy!

—¡Gretaaaa, ya voy! —grita Molly.

Hacia la izquierda hasta el final. Hacia la derecha hasta el final. Pilar tras pilar tras pilar. Sigue la voz, Molly, se dice. Ha venido a buscarte. Le importas. Porque a ti te importa ella. El corazón se calienta al dar calor a los corazones de otros. Tú solo tenías un corazón de piedra que ofrecer, piensa. Pero ella lo aceptó, a pesar de todo. Corre hacia ella, Molly. Corre, Molly, corre.

—¡Mollyyyyy!

—¡Greta! —grita Molly—. Te oigo. Ya voy. Ya voy.

Y corre. Zigzagueando y zigzagueando a través del laberinto, la voz de su amiga como punto cardinal.

—¡Ya voy, Greta! —grita Molly—. ¡Sigue gritando! ¡Te estoy oyendo! Ya voy.

—¡Mollyyyyy! —llama Greta a lo lejos.

Y la niña sepulturera sonríe al tomar una curva ciega para rodear un pilar gigantesco de unos quince metros de altura. Coge la curva ciega tan rápido que sus botas resbalan en la grava y sus piernas pierden el equilibrio, y aterriza con violencia sobre el pecho y el vientre, raspándose dolorosamente la piel de las rodillas y los codos, pero no le importa, porque Greta está cerca, y se levanta con el pelo en los ojos, y aún no se ha incorporado por completo cuando se echa el pelo hacia atrás y enfoca la imagen insoportable de su tío, Aubrey Hook, de pie ante ella. La sombra.

Se dice que no puede ser él, a la distancia de un brazo, de una altura casi tan imponente como los pilares monstruosos que lo rodean. Se dice que está soñando, que está aún allí atrás, en el corazón del laberinto, durmiendo con el fruto naranja en la mano. Se dice que no puede ser real, pero se da cuenta de que lo es cuando él extiende sus largos dedos de sombra y le tapa la nariz y la boca.

*

—¡Mollyyyyy! —llama Greta, sosteniendo al bebé contra su pecho.

Sol y sudor en su rostro. Se detiene a recuperar el aliento a los pies de tres pilares de aspecto majestuoso, un rey, una reina y un joven príncipe más bajo sentados sobre un bloque de arenisca que parece albergar un festín palaciego. Escombros en lugar de pollos asados. Piedras caídas en lugar de copas. Yukio permanece un paso por detrás de ella, estudiando las formas de otras rocas y pilares, memorizándolas por si tienen que hacer el camino inverso a través de este laberinto dejado de la mano de Dios. Sabe que se encuentran a gran altura ahora. Se ha fijado en que la ciudad de piedra está sobre una pendiente que asciende hasta una sierra elevada, y cuando el viento sopla en ciertas direcciones puede oír el agua que fluye a lo lejos por delante. Pero, aunque estén tan alto, este lugar debe de haber sido creado en el inframundo. Yomi-no-kuni, se dice. El Mundo de la Oscuridad debe de ser así. Laberintos de monstruos de piedra

379

donde en todos los rincones acechan criaturas. Un lugar en el que no se puede confiar. Una sensación en sus huesos. En su corazón.

Una voz que viene del noroeste. Débil.

—Greta.

—¡Mollyyyyy! —llama Greta de nuevo, corriendo hacia la voz.

—Greta…, espera —dice Yukio.

Pero la actriz no se detiene. Solo corre. Sobresaltado por el movimiento, el bebé llora con fuerza, y Greta intenta calmarlo.

—No pasa nada —le dice en voz baja y con dulzura—. Vamos a encontrar a Molly. Vamos a encontrar a Molly.

Gira a la izquierda, y a la derecha, y de nuevo a la izquierda.

—¡Mollyyyyy! —llama.

Sigue corriendo por el laberinto. Su hombro izquierdo choca con el borde de un pilar de piedra que abre un agujero en la manga de su vestido color esmeralda, ya tan desgastado que se ha vuelto del gris claro del polvo y del marrón de la tierra que ha ido acumulando en sucesivas noches de sueño difícil e irregular bajo las estrellas.

Yukio corre detrás, siguiendo fielmente su camino intrincado.

—¡Greta…, espera! —grita.

—Vamos, Yukio —dice Greta sin detenerse ni darse la vuelta—. Vamos. Está cerca.

El piloto que cayó del cielo observa a la actriz que ha despertado de su largo sueño tan renovada, tan decidida, tan enérgica. Ve sus piernas moviéndose, sus zapatos saltando entre las matas de zacate y esquivando cabezas dentadas de piedra que han caído de los pilares. La ve lanzarse a la izquierda, y a la derecha de nuevo, y la ve detenerse bruscamente en medio de una polvareda que han levantado sus zapatillas al frenar. La oye tomar aire con avidez y, al llegar a su lado, mira su rostro. Blanco. De una palidez fantasmal. Horrorizado. Los labios le tiemblan. Y él sigue su mirada hacia un pasillo recto y estrecho, y descubre que el objeto de esa mirada es un hombre alto y delgado con un bigote negro y un sombrero negro de ala ancha. Y en ese momento Yukio tiene tiempo suficiente para ver que ese hombre alto rodea con el antebrazo izquierdo la boca de Molly Hook, y tiene tiempo suficiente para mirar el rostro de ese hombre, y tiene tiempo suficiente para saber que en su mirada hay una extraña satisfacción, y tiene tiempo suficiente para ver que el brazo derecho del hombre alto apunta con un revólver a Greta Maze.

Molly agita las piernas, lucha con fuerza por liberarse del brazo izquierdo de su tío y logra moverlo lo suficiente como para poder articular dos palabras en la silenciosa atmósfera.

—¡Corre, Greta!

Pero Greta está paralizada en ese momento. La paraliza el recuerdo de los puños de Aubrey. La paraliza la memoria muscular del viaje que ha hecho hasta esta tierra salvaje desde Sídney. La paraliza haber sido demasiado joven para cuidar del bebé que le arrebataron y el modo en que aquellas matronas y aquellos médicos del hospital le arrebataron algo más que a su bebé aquel día. Le arrebataron el valor, el orgullo y el propósito, y le arrebataron la idea de que a alguien en el mundo, incluida ella misma, podía importarle Greta Baumgarten. Y por eso intentó convertirse en otra persona. Tal vez, pensó, pueda importarle a alguien Greta Maze. La cabaretera. La seductora de barra. El saco de boxeo. La actriz.

—¡Greta, corre! —grita Molly.

Pero, junto a la actriz del vestido color esmeralda, Yukio sabe que todo el tiempo de ese momento se ha agotado.

No es más que otro viaje al Top End. De una duración mucho más breve que el largo viaje de Molly Hook por el país profundo. Yukio se gira para ponerse delante de Greta y del bebé que ella lleva en brazos. El martillo del revólver se desbloquea. Un percutor golpea el detonador de una bala. Yukio mira a los ojos de la actriz. El detonador enciende el propelente. Bang.

El brazo de Yukio rodea a la actriz. El propelente empuja la bala tan rápido a través del aire que no se ve. Solo se ve el final de la trayectoria. Una bala que atraviesa por la espalda la camiseta blanca de un piloto.

—¡Noooooooooo! —gime Greta.

Dentro de esa camiseta de piloto hay un hombre al que Greta apenas conoce. Un extranjero que cayó del cielo. Que la abraza. La protege. Envuelve firmemente con sus brazos a la actriz. Su mejilla contra la de ella. Y no quiere apartarse porque hay calor allí, y hay hogar, y él quiere quedarse. Pero se aparta. Con la sangre brotando de sus labios.

—¡Corre! —dice.

Y la actriz obedece y aprieta al bebé contra su pecho y sale corriendo por una brecha en la pared cercana al mismo tiempo que una segunda bala hace resquebrajarse la arenisca solo unos centímetros por encima de su cabeza.

Y Yukio Miki cae a plomo sobre el polvo.

*

Molly mira al cielo. No apartes los ojos del cielo, Molly. No apartes los ojos del cielo. El cielo se oscurece. En la tierra, la carcajada de loco de Aubrey Hook resuena en el laberinto de arenisca.

—¿A dónde crees que vas a huir, Greta? —grita arrastrando el peso muerto de Molly, a la que lleva sujeta con una llave de cabeza.

Molly le patea con fuerza las espinillas.

—¡Suéltame! —grita. Y clava las uñas en los antebrazos de Aubrey, pero eso solo lo hace reír más fuerte.

Esa carcajada de loco. Ese terrible recuerdo de Hollow Wood. Molly le muerde la mano, y Aubrey pierde la paciencia y arroja a la niña sepulturera con fuerza contra un pilar de arenisca, y ella cae violentamente al suelo. Cuando se está levantando, le coloca el cañón del revólver en la coronilla. Molly cierra los ojos y esconde la cabeza en el pecho.

—¡Greta, por favor! —grita Aubrey—. Muéstrate, mujer. No estoy enfadado contigooooooooo. Estoy enfadado con la pequeña Molly. Sal ya y a lo mejor Molly sale de esta con vida.

Molly aparta la cabeza del cañón del revólver y grita tan fuerte como puede:

—¡Sigue corriendo, Greta! ¡No te preocupes por mí! —Y levanta la vista hacia Aubrey, que la mira a ella desde arriba—. No me dan miedo los monstruos.

Molly lo ve desplegar una amplia sonrisa de satisfacción, y por encima de su hombro ve una escapatoria. El tenedor de un relámpago caído de la mansión del cielo. Un regalo del cielo para la niña sepulturera.

*

En lo profundo del laberinto de pilares de piedra, Greta corre sin aliento por pasillos dando vueltas y vueltas. El bebé llora, aterrorizado, y ella le pone una mano sobre la boca.

—Sssssshhhhh —susurra mientras corre—. Lo siento. Lo siento.

El niño sigue llorando bajo la mano amortiguadora.

—Por favor, no hagas ruido. Ssshhhhhh.

Greta está llorando ahora, pero intenta que su llanto sea silencioso.

—Ssshhhhh —susurra de nuevo tanto para sí misma como para el bebé.

La infinita carcajada de Aubrey Hook. La seguridad de su voz. Toda la sombra negra de su ser, la cual se extiende sobre la ciudad de piedra.

—¡Me disteis por muerto, Greta! —grita en el laberinto—. Me disteis por muerto en aquel miserable cementerio dejado de la mano de Dios.

Los pilares de piedra se congregan en torno a Greta. Se inclinan sobre ella. La aplastan. Quieren apoderarse de ella. Quieren arrastrarla de vuelta a Aubrey Hook, pero ella no va a permitirlo.

Está agotada por la carrera. Agotada por los cocodrilos del arroyo Candlelight, y por los monstruos de la mina de estaño, y por los durmientes y los soñadores y los comedores de veneno del bosque de enredaderas. Tiene que parar. Apoya las manos en las rodillas para tomar aire. El bebé pesa demasiado. Mira a su alrededor en busca de algún lugar donde esconderse, y ve un pasillo que conduce a lo que parece una pared de matorrales. Y los matorrales indican la linde del bosque, y la linde del bosque indica una salida del laberinto. Así que corre por el pasillo, y casi ha llegado al borde del bosque cuando de nuevo oye la voz de Aubrey Hook. Demasiado cerca ahora. Demasiado cerca para hacer un solo movimiento más.

—¡Morirás ahí sola, Greta! —grita Aubrey—. Sal.

Greta se agacha y apoya la espalda contra una pared de piedra. Incluso el bebé percibe el peligro en la voz de Aubrey y permanece en silencio, aunque Greta no aparta la mano de su boca.

—No te haré daño —grita Aubrey—. Te quiero, Greta.

Aún más cerca. Greta se da cuenta de que debe de estar justo al otro lado de la pared de piedra sobre la que se apoya con las rodillas en el pecho, donde descansa el bebé. Oye los pasos de Aubrey, sus botas en la grava. Se arrastra por el muro de piedra hacia la linde del bosque hasta donde acaba el muro. Ya no puede avanzar más, solo puede escuchar los pasos de Aubrey, que se acercan a ella. Solo le falta una esquina que doblar y Greta Maze volverá a perderse en la sombra de Aubrey Hook.

Un paso. Dos pasos. Tres pasos. Greta respira hondo para mantener su silencio.

—¿Estás ahí, Greta? —dice Aubrey—. ¡Sé que estás ahí!

Entonces se oye la voz de Molly Hook.

—Para —dice con rotundidad—. Déjala en paz —dice Molly—. Déjala en paz y te llevaré hasta el oro de Longcoat Bob. Yo sé exactamente dónde está, tío Aubrey. Puedes quedártelo todo. Puedes tener todo lo que siempre has querido. Pero no a ella.

Silencio ahora en la ciudad de piedra. Aubrey Hook se vuelve para enfrentarse a Molly.

—¿Y cómo piensas encontrar el oro de Longcoat Bob aquí? —pregunta.

—Seguiré los relámpagos —dice Molly.

Aubrey se vuelve justo a tiempo de ver el tenedor de un relámpago entre los cúmulos de nubes de tormenta. Luego se gira hacia Molly y apunta con su revólver a su corazón.

—Andando —dice.

Pegada al muro de arenisca, Greta espera a que el sonido de las botas de Aubrey se desvanezca. Entonces corre deprisa, agachándose, hasta el borde del laberinto, un muro de matorrales de frutos blancos, y se interna en él con el bebé en el pecho, y se arrastra y se arrastra hasta el único lugar seguro que tiene ahora —el lugar seguro del bosque de enredaderas—. Pero se mueve tan rápido y tan frenéticamente que no ve que los matorrales ocultan una abrupta pendiente hacia abajo, y al empujar la última capa de matorrales cae por ella, y necesita hasta el último gramo de sus fuerzas para volverse de lado y proteger al bebé contra su pecho mientras se desliza sobre hojarasca, tierra y hierba hasta el fondo del barranco, donde aterriza con un golpe seco.

Lo que ve desde allí son unos flamboyanes amarillos. Un fuego floral encendido por un tipo de amarillo que Greta una vez pensó que solo había visto en sus sueños. Pero sigue habiendo peligro en ese barranco. Pasos. Alguien camina por el bosque. Alguien que está tan cerca que es inútil moverse. Y se abandona a la sombra de Aubrey Hook. La ha oído entre los matorrales, se dice, y la ha seguido hasta el barranco. Fue estúpida al pensar que podía escapar de él.

Los pasos de detienen. Silencio en el bosque. Entonces aparece un hombre ante su vista ocultando el fuego de los flamboyanes. Un anciano. Piel negra. Muy anciano. Cabello gris. Y una levita militar con ribetes de oro del color de las hojas de un flamboyán.

LLÉVATE TODO LO QUE ES TUYO

El cielo azul de Darwin ha visto demasiadas cosas, se dice. No pudo entender los horrores que presenció, y huyó con el viento para reflexionar sobre ellos. El cielo es gris ahora y el cielo gris no hablará con Molly.

Un paseo a punta de pistola entre escombros de arenisca y tierra. Sus botas de cavar sobre las rocas. Su vestido azul cielo. Su tío Aubrey unos pasos tras ella, con una mano dentro del morral. Seguir los relámpagos. Tenedores amarillos que caen desde las mansiones del cielo. Formidables relámpagos a pesar de que aún no ha empezado a llover. El cielo puede golpear, pero no llorar. Ella quiere ir arriba ahora. Quiere ir más allá del cielo, a donde está su madre, y donde su abuelo Tom Berry podría contarle la verdadera historia de su largo viaje, y ella podría mirarlo a la cara y ver cuándo mentía.

Se lleva la palma de la mano al pecho. Busca su corazón, y aprieta. No me da miedo la muerte, se dice. Y, si no tiene miedo a la muerte —si una parte de ella quiere que su tío ponga fin a todo con una bala en su nuca—, entonces es que su corazón definitivamente se ha vuelto de piedra. La maldición se ha completado, se dice. No hay cielo azul para decirme otra cosa. No hay cielo azul que me cuente las mentiras que necesito oír. Solo la verdad del cielo gris. Ella tuvo que irse, se dice. Tuvo que escapar. Mamá no podía quedarse. No podía vivir. Con. La. Verdad. Del. Cielo. Gris. No podía quedarse. Con…

—Para —ordena Aubrey Hook a Molly.

Él.

Han llegado a la salida del laberinto. Los relámpagos los han guiado hasta allí. Una elevada altiplanicie de arenisca. Bordes arbolados a cada lado que conducen a profundos cañones a sus pies. Solo hay una dirección posible ahora. Recto. Oyen agua. Una fuerte corriente. Rápidos. Aubrey está al lado de Molly. Sostiene la batea de buscador de oro de Tom Berry en sus manos. Pasa un dedo por el dorso de la batea. La última línea.

Llévate todo lo que es tuyo, pero sé dueño de todo lo que llevas.
Adéntrate en tu corazón de piedra.

—¿Qué significa eso? —pregunta Aubrey.

—Tú no lo entenderías —dice Molly—. Tendrías que ser digno para entenderlo. Tendrías que ser poético.

Aubrey coloca la mano derecha en la nuca de Molly. Aprieta con fuerza.

—Deja que lo intente —susurra.

La sacude con violencia. Molly no dice nada.

—¿Qué significa? —grita Aubrey con los dientes apretados.

Empuja la cabeza de Molly hacia la batea. Molly lee las palabras.

Llévate todo lo que es tuyo, pero sé dueño de todo lo que llevas.
Adéntrate en tu corazón de piedra.

—Significa que debemos afrontar la verdad de quienes somos, tío Aubrey —dice—. Todo lo que has hecho y todo lo que alguna vez harás… debes llevarlo contigo. Porque eso es lo que eres. Eso es lo que llevas contigo. Mi abuelo lo sabía. Mi abuelo sabía en qué persona se había convertido. No podía escapar de ello. Adondequiera que iba, tenía que cargar consigo mismo. —Levanta la vista para mirar a Aubrey a los ojos—. Tú tienes que ser dueño de todo lo que llevas también, tío Aubrey —dice—. Adéntrate en tu corazón de piedra. Debes contemplarlo ahora. Adéntrate. Eres el corazón de piedra.

—¿Dónde está el oro? —pregunta impaciente.

—Lo único que has querido siempre era el tesoro —dice Molly.

—¿Dónde está? —grita Aubrey.

—Mi madre era un tesoro —dice—. Brillaba. Ella era como el brillo. Despertó tu lujuria del oro. Tanto que tuviste que hacerla tuya.

—¿Dónde está? —grita Aubrey.

Molly recorre con la vista la altiplanicie hasta un sendero que asciende hacia una línea de montaña que recorre el horizonte.

—Está justo detrás de esas montañas —dice Molly.

Aubrey da un paso hacia atrás y apunta con el arma al espacio que hay entre los ojos de Molly.

—Andando —dice.

*

Dejan atrás pilas de bloques de piedra y bloques de piedra solitarios. Uno tiene forma de globo aerostático. Otro, de rueda de tractor. La niña sepulturera y la sombra caminan bajo el cielo gris. Medio kilómetro. Un kilómetro de ascenso. Formas angulosas piramidales y bordes dentados que recuerdan a Molly esos lagartos conocidos como diablos espinosos que una vez vio con su padre en los desiertos centrales de más allá del arroyo Tennant. El sendero zigzaguea por peñas quebradas que a Molly le recuerdan los dientes desgarradores de carne de los perros abandonados de Darwin, y luego describe peligrosas curvas por el borde derecho de una planicie sobresaliente, y Molly se detiene a medir la profundidad del cañón que ve abajo. Da una patada a una piedra roja, se asoma al borde de la planicie y la ve rebotar tres veces por una pared de roca casi vertical y desaparecer bajo un dosel de bosque de enredaderas cien metros más abajo.

El sendero se estrecha hasta alcanzar una anchura de menos de treinta centímetros al rodear una montaña de granito que bloquea el paso al otro lado de la extensa línea de montañas.

—Sigue andando —dice Aubrey.

—El sendero no es lo bastante ancho —dice Molly estudiándolo.

Rocas sueltas y tierra amarilla caen de manera brusca.

—Esto es un camino para ualabíes de roca, no para sepultureros —dice—. Tenemos que dar la vuelta.

—Andando —dice Aubrey.

Molly vuelve la cabeza hacia la derecha y se asoma al cañón, y su piel fría le dice que vuelva la vista hacia la pared de roca a su izquierda. Eso hace, y abraza la pared para avanzar de lado, un lento pie detrás del otro por el estrecho pasillo mientras su tío la sigue de cerca. Apretando el pecho contra la roca, busca asideros, pero solo encuentra liso granito gris. Sigue avanzando, una bota tras otra tras otra, hasta que una de esas botas pisa una roca suelta y Molly resbala y siente que su cuerpo se aparta de la pared. Agita los brazos intentando encontrar algo a lo que agarrarse, pero lo único que consigue apresar en sus puños es vacío, y su cuerpo cae hacia atrás cañón abajo. Entonces una mano la agarra de la muñeca izquierda, y todo el peso de la niña sepulturera queda colgando del huesudo brazo izquierdo de Aubrey Hook, que grita de dolor cuando el peso de la niña estira la herida infectada del mordisco de perro rabioso que le dio su hermano en aquel cementerio de Hollow Wood dejado de la mano de Dios.

Su grito agónico resuena en el cañón, y Aubrey cierra los ojos para luchar contra el dolor y, cuando vuelve a abrirlos, está mirando a Molly Hook a los ojos. Sé dueño de todo lo que llevas, se dice. Llévate todo lo que es tuyo. Los ojos de Molly Hook. Súbela, se dice. Suéltala, se dice. Adéntrate en tu corazón de piedra, se dice. La niña no tiene nada que ofrecer. La niña, se dice, está lista para caer.

Y entonces Molly formula una pregunta que él nunca se ha hecho a sí mismo:

—¿Por qué no podías quererme?

Hay tanta calma en su manera de preguntarlo. Tal serenidad en la manera en que cuelga de su mano.

Déjala caer, piensa. Súbela, piensa. Y aúlla al subir a la niña sepulturera de nuevo al estrecho sendero. Al soltarla, respira, y ella también, y Molly aprieta el cuerpo contra la dura pared de granito.

—Andando —susurra.

*

Avanzan por una planicie de arenisca roja tachonada de palofierros y melaleucas. La piedra muestra grietas y estratos y forma escalones naturales en ciertos puntos y anchos salientes que parecen los escenarios teatrales en los que Greta Maze solía interpretar los cinco actos de la *Tragedia de Hamlet, príncipe de Dinamarca*. Molly confía en que Greta Maze haya logrado salir del laberinto. Confía en que esté volviendo a Darwin ahora. Nunca debí hablarle del mapa de la batea de oro, piensa. Nunca debí arrastrarla a la oscuridad del arroyo Candlelight. Ni por las coloridas maravillas de los humedales. Yukio, se dice Molly. Ojalá Yukio nunca hubiera caído del cielo. Y, si ella tiene un corazón de piedra dentro, está fracturándose y rompiéndose en dos. Ya no le sirve. La roca no es dura. La roca es quebradiza. La roca es débil.

—Rápidos —dice Molly.

Primero los oye. Luego los ve. Han llegado a una extensión abierta de arenisca irregular atravesada por dos ríos paralelos que caen de más arriba de la montaña, a la izquierda de Molly, con sus blancas aguas atravesando a gran velocidad los barrancos del extremo oriental de la planicie. Molly se asoma al primero de ellos y siente el rocío del agua que se estrella contra las rocas. El barranco tiene unos quince metros de ancho, y solo hay un lugar por donde puede cruzarse: un estrecho puente improvisado hecho con cuatro esbeltos troncos de eucaliptos atados con gruesas enredaderas. El puente no está fijado a ningún punto; su extremo, simplemente, descansa en la roca, y con el rugido de los rápidos a escasos dos metros por debajo de ellos, los

390

troncos se han vuelto limosos, negros y resbaladizos. Molly camina hacia el inicio del puente y se vuelve para mirar indecisa a Aubrey.

—Andando —dice sin sentir la necesidad, al menos todavía, de apuntar con el arma a Molly.

Molly avanza con cuidado por el puente. Extiende los brazos en busca de equilibrio y desplaza algo de peso sobre su pierna izquierda para poner a prueba la solidez de la estructura, que se inclina y vence incluso bajo su modesto peso. Pero sigue avanzando, una bota tras otra, y los troncos soportan su peso. A mitad de camino, sin embargo, comete el error de mirar hacia abajo y se queda paralizada un instante por la fuerza de los rápidos, la letal confusión de toda esa presión y toda esa agua y toda esa roca en un encuentro que lleva milenios produciéndose. Sus piernas titubean brevemente, pero levanta la vista y se concentra en el final del puente, y recupera el equilibrio. Tiene tanto miedo y tanta prisa por recorrer la plataforma de troncos que echa a correr en los últimos metros. Al alcanzar terreno firme, exhala y cierra los ojos antes de darse la vuelta y ver a Aubrey recorrer el inestable camino.

Le pide cosas al agua. Llévatelo. Llévatelo allí abajo, abajo, abajo, a la negrura. Lo ve avanzar con torpeza hasta el centro del puente, y entonces baja la vista y encuentra el extremo a sus pies. Podría tirar de él y arrojar todo el puente al agua con Aubrey Hook. Se lo tragaría el barranco, y su sombra ya no volvería a taparle la luz nunca.

—Atrás —dice Aubrey desde el puente, apuntando con su arma a Molly—. Atrás.

Molly retrocede, y Aubrey avanza hasta el final del puente.

—Andando —dice.

*

El camino por la piedra es corto hasta el segundo río, donde el puente está hecho de tres eucaliptos, pero su extensión es de apenas diez metros. La niña sepulturera lo cruza con cuidado. Al otro lado, la planicie termina en un estrecho promontorio de arenisca. Tiene forma ovalada y anodina. No hay nada allí. No hay nada más que roca y aire, y pendientes verticales por todas partes. Al asomarse al borde de su izquierda ve los ríos que caen montaña abajo para luego unirse y correr bajo un majestuoso arco de piedra. A su derecha ve otro conjunto de ríos que son atraídos hacia un estrecho valle que le parece que debe de empujar el agua sierra abajo de tal forma que esta podría terminar, con un saludo de última ovación, en una de esas espectaculares cascadas que caen a los estanques cristalinos que solo aparecen en los sueños, sueños que se desarrollan a color muy por encima del cielo gris.

Y de ese cielo gris brotan relámpagos de nuevo, y la salvaje y terrorífica grandiosidad del extraño lugar envuelve a la niña sepulturera. El sueño del lugar. Un paraíso para su luz y para su negra sombra. Una ciudad de compleja y antigua arquitectura de roca enhebrada por ríos que serpentean, se retuercen y saltan a negros agujeros. El promontorio parece el centro de toda esta maravilla natural, y Molly gira en círculo para empaparse de las grutas que distingue en una pared lejana, alrededor de la cual pájaros de terciopelo con los colores del arcoíris, rojos y negros vuelan en círculo. Y esos pájaros cantan como si le estuvieran dando la bienvenida, como si la estuvieran felicitando por haber llegado tan lejos viajando por el país profundo. Respira hondo y huele los rápidos, y siente la tierra moviéndose en lo más profundo, profundo, profundo del suelo, y siente el aire eléctrico como solo se siente cuando está a punto de estallar la tormenta al norte de una tierra salvaje del sur. Y el Hombre Relámpago en la mansión del cielo lanza los rayos por sus oídos, y los tenedores de su magia parecen golpear directamente sobre la cabeza de Molly Hook, y el viento le echa el pelo en la cara y le levanta el dobladillo de su vestido azul cielo, y el cielo gris quiere llorar tan fuerte que la niña sepulturera puede sentirlo en sus huesos fríos. Y mira hacia arriba, por encima de la áspera superficie del estrecho promontorio, y ahora ve a dónde debe dirigirse. Así que echa a andar hacia el borde de la planicie, a unos veinte metros por delante de ella.

—¿A dónde demonios vamos ahora? —grita Aubrey detrás de ella.

Pero el viento en los oídos de Molly le quita el volumen a su voz. Los ojos fijos delante. Los ojos fijos en el final del promontorio.

—¿Qué demonios estás mirando? —grita Aubrey.

Y el viento sopla ahora con tal fuerza contra Molly que supone un esfuerzo caminar, y tiene que empujar con su liviano cuerpo.

—¿A dónde crees que vas? —grita Aubrey.

Observa a la niña sepulturera avanzar despacio por la roca lisa. Parece absorta en algo. Fascinada por una visión que él no puede tener. Todo cuanto él ve es el país profundo bajo ellos. Todo cuanto puede ver son los bordes, y a Molly Hook caminando hacia el vacío. Sus botas, de vez en cuando, pierden el equilibrio en la superficie irregular, pero sigue avanzando. Se pone las manos en el pecho. Las palmas sobre el corazón.

—¡Vuelve, Molly! —grita Aubrey al viento.

Está siguiendo los pasos de su madre, se dice. Una Berry de pies a cabeza, se dice. Levanta el arma.

—No te irás tan fácilmente —grita.

La niña sigue andando. Aubrey hace un disparo de advertencia por encima de la cabeza de Molly.

La niña se detiene. Aubrey puede ver que está a un par de metros del final de la planicie. Molly se da la vuelta.

—¡No hasta que encuentre mi oro! —grita Aubrey apuntando con la pistola a su pecho.

El viento le tapa el rostro con los rizos de su polvoriento pelo castaño.

—Escribí un poema, tío Aubrey —dice Molly—. Habla de ti. Y habla de mamá y de mí. Es un poema bonito, tío Aubrey. Es digno. —Levanta la vista al cielo gris—. Se titula «Somos un tesoro que el cielo enterró».

Y Aubrey Hook ve a la niña sepulturera darse la vuelta de nuevo y desaparecer en la superficie de la roca. Simplemente, se desvanece. No sobre el borde. En la roca misma. Y por un momento Aubrey Hook cree en la magia. Porque ese truco debe de ser obra de Longcoat Bob o de los espíritus, porque las niñas no se desvanecen sin más transformándose en arenisca.

Baja su arma y, confuso y aturdido, se dirige lentamente hacia el lugar donde Molly Hook ha desaparecido, y ve ahora que ella está en una cavidad, en un agujero en la roca que queda invisible. Unos diez metros de ancho y diez de largo. Una extraña abertura, producto de la erosión, con la forma más inaudita. Aubrey Hook reconoce la forma inmediatamente. Es la forma de un corazón humano. Lo consiguió. Se adentró en su corazón de piedra.

*

Molly está sentada sobre un montón de tierra acariciándose un tobillo torcido y casi roto al aterrizar. Está sentada dentro de una cueva de roca mirando un techo tan alto como el techo de la casa del cementerio de Hollow Wood. Mira a través del agujero de ese techo, y ese agujero tiene la forma de un corazón, un corazón que solo enmarca cielo gris.

El trazo es tosco, pero claro como la luz del día, como el de los corazones que ha visto tatuados en los brazos de soldados y granjeros en camiseta de los bares de la calle Smith. Un corazón de ficción. La versión de un corazón hecha por un artista. El tipo de corazón atravesado por una flecha que se suele dibujar.

Vuelve la cabeza y ve una abertura donde brilla más luz, un arco natural al fondo de una breve pendiente hacia abajo. Un punto de acceso no mucho mayor que la puerta de una casa cualquiera de Darwin, que sugiere que hay otras maneras de introducirse en esta extraña formación de roca aparte del agujero del techo. Sus manos recorren el suelo de tierra y encuentran varias rocas que resultan frías al tacto. Luego encuentra más rocas sobre estas, y todavía más encima de las segundas. Una auténtica pila de rocas. Un par de ellas del tamaño de melones chinos. Otras, del tamaño de mangos. Otras, del tamaño de pelotas de críquet.

Entonces se oye un sonido que viene del techo de la cueva.

—Te has esfumado —dice Aubrey Hook.

Ella levanta la vista para verlo a la luz del cielo gris. Él mira hacia la oscuridad de abajo y sus ojos encuentran la forma de la niña.

Tira el morral de Molly al agujero y usa el golpetazo para medir la distancia que hay hasta el suelo. Él no salta al agujero como hizo Molly, sino que se desliza como solía deslizarse en las sagradas tumbas de Hollow Wood, descolgándose hasta donde puede del techo de roca y dejando que sus piernas se balanceen en el aire antes de soltarse para caer a un suelo invisible que solo puede esperar que exista.

Cae a la tierra con fuerza y sus piernas fallan y se golpea el costado en la pila de rocas por la que Molly acaba de pasar las manos. El dolor del hombro lo hace gritar, y su grito rebota entre las paredes de la cueva.

Aubrey respira hondo. Un resuello en sus pulmones. Molly no lo ve con claridad. Está demasiado oscuro. Pero lo huele. El alcohol que aún rezuma en su sudor. El olor a tabaco de su ropa y de su boca. Pasa las manos frenéticamente por las rocas con las que se ha golpeado. Ahora el olor de la nafta, la chispa de la piedra del gastado encendedor de metal de Aubrey. Chispa y chispa y llama. La pequeña llama del encendedor dentro de la cueva, y entonces su rostro se ilumina. Sus ojos negros. La llama que se refleja en sus ojos negros, y Molly ve algo en esos ojos. Una especie de oscura fascinación en ellos. Una fiebre.

Él lo siente antes de verlo. El estremecimiento le recorre de abajo arriba toda la espina dorsal. Acerca el encendedor a la pila de rocas y las rocas le devuelven la luz. Una luz de oro. Una vívida, asombrosa y febril luz de oro de las vetas de metal precioso del interior de esas rocas. El encendedor recorre la pila de rocas, y Aubrey se permite sonreír. Una pila de mena de oro. Pepitas de oro en bruto en estuches de dura roca. Resplandores de esa asombrosa luz de oro que piden ser expuestos al mundo.

Incluso Molly siente el brillo. Algunas pepitas están tan expuestas y puras que a Molly le parecen mazacotes de miel arrancados de un panal. Como la miel que extraía de los agujeros de los árboles.

Aubrey quiere extraer esta preciosa miel de oro del corazón de la piedra y llevárselo a Darwin y convertirse en un hombre nuevo. Volverá transformado del país profundo, y el brillo de sus ojos y el lustre de sus zapatos no revelarán su oscuridad interior.

Aubrey intenta contarlas. Treinta pepitas de oro. Cuarenta pepitas de oro. Pero pierde la cuenta. Y se permite reír. Una risa que se transforma en una carcajada, y una carcajada que se transforma en un aullido que resuena en la cueva.

Molly ya ha visto antes esa mirada del tío Aubrey. Es una mirada de satisfacción. Se vuelve hacia Molly y aúlla, y la niña se lleva las rodillas al pecho y las abraza mientras estudia al hombre febril que tiene ante ella. Aullido. Aullido. Aullido. Esa carcajada febril que sale de lo más profundo de su estómago de aguarrás. El sonido que hacen las placas tectónicas en la piedra de su corazón al rozarse entre sí. Aullido. Aullido. Aullido.

Aubrey se levanta y se precipita, sin aliento y jadeante, hacia la abertura en forma de arco. Sus ojos se acostumbran a la luz, y advierte que la cueva da a un claro arenoso bordeado de acacias negras, moscaderos autóctonos y bosque de enredaderas. Al mirar hacia atrás se encuentra con que ahora está bajo el alto promontorio donde él y Molly se hallaban unos minutos antes. A su derecha hay otra corriente de agua atravesada por un nuevo puente improvisado con troncos de eucaliptos, y a su izquierda ve un estrecho sendero que desaparece entre muros de roca. Dos caminos para salir del claro.

Se apresura a entrar de nuevo en la cueva, coge el morral de Molly y vuelca el contenido en el suelo. La batea de buscador de oro que lo inició todo. La obra completa de Shakespeare. La piedra roja que Molly sacó del pecho de su madre, el corazón rojo de Violet Hook, el cual se volvió de piedra.

Aubrey llena el morral frenéticamente con las pepitas que más brillan a la luz de la llama. Cuanta menos roca, más metal precioso. Las más pequeñas pueden pesar diez libras; las mayores, veinte, e incluso está seguro de que unas cuantas pesan más de treinta en su mano. Trabaja con tal urgencia que no presta atención a Molly cuando ella extiende la mano en el suelo en busca de la piedra que sacó del pecho de su madre. La piedra de Violet. Pero encuentra algo distinto en su lugar. Algo que le corta el dedo cuanto intenta cogerlo a oscuras. El cuchillo de mondar.

Gatea por el suelo con el cuchillo, y su mano izquierda encuentra la piedra de su madre, y ya tiene todo lo que le importa, así que sigue gateando hasta un hueco de la pared de la cueva, y desde ese hueco se ve el cielo gris a través del corazón de piedra. Y pide al cielo un regalo más. El tenedor de un relámpago que atraviese el agujero y convierta a Aubrey Hook en cenizas. Una bomba de avión de la muerte. Como la que partió en dos a Horace Hook y lo dejó incrustado en la horquilla de un árbol. Una madre con el pelo rizado y castaño, perdida hace mucho tiempo, que vuelva y la rescate de la sombra. Que la rescate de él.

Aubrey introduce un total de diez pepitas de oro en el morral y refuerza las piernas para comprobar el peso. Sufre. Siente una vena en su sien derecha a punto de estallar, pero la fiebre del oro le da fuerza. Logra echarse el morral al hombro y, satisfecho por poder soportar el peso de todo ese oro encontrado, lo saca de la cueva y lo deja en el centro del claro de arenisca. Luego vuelve corriendo a la cueva y coge una de las pepitas de mayor tamaño, un trozo de mena rico en oro, con forma de cabeza de toro, que debe de pesar casi veinte kilos.

Lo deja caer a los pies de Molly Hook.

—Yo llevaré el morral —dice—. Tú llevarás esto.

Molly sostiene la piedra roja de su madre con las dos manos.

—No —dice.

—Vamos, niña, vamos —dice él—. Coge la piedra.

—No.

—O sales con esa piedra de aquí o no sales —dice Aubrey.

Aubrey está ahora de pie sobre ella. Su sombrero negro y su rostro negro de sombra tapan el agujero de cielo del techo con forma de corazón.

No me da miedo la muerte, piensa. Tengo un corazón de piedra. Molly mueve la cabeza.

—No —repite.

Aubrey saca la pistola de la parte de atrás de su cinturón. Apunta a Molly. Recorre brevemente con la mirada la oscura cueva.

—Entonces, supongo que este agujero es la última tumba que vas a cavar para ti misma —dice Aubrey.

Su índice derecho se desliza por el gatillo.

Molly mira por encima del arma al cielo sobre la cabeza de la sombra. Y el agujero de cielo gris se llena ahora con el rostro de Yukio Miki. El piloto regalo del cielo tambaleante, mareado y exhausto, entre la vida y la muerte. La espada corta sagrada de su familia en su mano derecha. Sus ojos esforzándose por fijar las sombras que se mueven en la oscuridad bajo él.

Aubrey Hook y su dedo largo y huesudo en el gatillo.

Y entonces Molly sostiene la piedra roja con las dos manos. Se la enseña a Aubrey, se la enseña al cielo. Entra poca luz por el agujero en forma de corazón, pero toda la atrapa el color de la piedra. El color de la sangre.

La niña sostiene la piedra como si fuera una fuente de poder, como si fuera un escudo mágico, forjado dentro del pecho de su madre muerta, capaz de protegerla de una bala. El corazón de piedra de su madre. El corazón de su madre. Lo sostiene allí. Lo sostiene allí. Lo sostiene allí.

—¿Por qué no pudiste quererme? —susurra.

Y Aubrey Hook se queda momentáneamente fascinado por el color de la piedra. Lo hechiza. Lo deja paralizado, y una verdad enterrada mucho tiempo atrás se revela por un instante en su voz, una sinceridad expuesta a la luz del día, un resplandor de oro en la mena rota de su vida.

—Ella no me habría dejado —dice.

Sus ojos en la piedra. Su dedo en el gatillo. Sus ojos en la piedra. Su dedo en el gatillo.

Entonces Molly suelta la piedra roja y empuña el cuchillo que sostiene en sus manos oculto por ella, y se lanza hacia delante y grita mientras clava con las dos manos el cuchillo en el muslo derecho de Aubrey. Y Yukio se arroja a ciegas al agujero, y el peso moribundo de su cuerpo aterriza pesadamente sobre los hombros de Aubrey. La espada se le escapa de la mano en el impacto, pero agarra el cuello de Aubrey, su brazo izquierdo alrededor de la garganta del hombre, más grande que él, mientras su brazo derecho alcanza la pistola que

Aubrey, instintivamente, intenta llevar a la cabeza de su asaltante imprevisible.

Aubrey aún tiene el cuchillo de mondar de Molly clavado en el muslo cuando se impulsa a ciegas hacia atrás y hace que la espalda de Yukio golpee la pared de la cueva. Aún hay una bala alojada en la espalda de Yukio y la pared de la cueva presiona el orificio de entrada y el piloto grita en una agonía, pero no suelta su presa.

Aubrey es un perro salvaje ahora. Ruge. Saliva y sudor y sangre y moratones en su rostro. Embiste de lado, empujando a Yukio hacia la abertura en forma de arco. Molly gatea por el suelo; sus manos buscan a ciegas la espada en la oscuridad. Aubrey ruge otra vez mientras intenta correr, y, cargando con el piloto, como si fuera un saco de grano, golpea otra pared, y los dos hombres rebotan en ella y caen al suelo y ruedan hasta la salida de la cueva, donde aterrizan con violencia sobre la roca del claro de arenisca, justo al lado de la bolsa de oro de Aubrey.

El sonido del río que corre junto a ellos, el rocío de sus rápidos. El piloto tiene al destino de su lado, y tiene a Nara, y termina la lucha con su peso sobre el cuerpo de Aubrey Hook, y consigue alcanzar la pistola del sepulturero, consigue golpearla tres veces contra la bolsa de oro y la ve caer y rebotar en el suelo. Entonces Aubrey se retuerce con fuerza y rápidamente los dos hombres ruedan de nuevo por la arenisca, y en el caos de sus movimientos no ven que la pistola ha caído a apenas un metro de dos pies negros descalzos que salen de unos pantalones sueltos marrones. Aubrey libera una mano y busca el cuchillo de mondar que aún tiene clavado en el muslo. Lo arranca de su carne y empuja la hoja por el costado hacia el estómago de Yukio Miki.

La poca fuerza que le quedaba al piloto en los brazos lo abandona ahora. Aubrey se coloca sobre él con facilidad y coge de nuevo el cuchillo clavado en el vientre de Yukio. Extrae la hoja y respira hondo y con fuerza para levantarla sobre el corazón de Yukio, y lo único que le impide clavar el cuchillo en el pecho del piloto son las palabras de un cazador de búfalos aborigen de dieciséis años llamado Sam Greenway.

—No te muevas.

Cuando Aubrey se vuelve a su izquierda se encuentra con una pistola que le apunta a la cabeza. El muchacho tiene el rostro cubierto de rayas desvaídas de pintura blanca. Va sin camisa y descalzo, y en la mano izquierda lleva una lanza tallada de madera de casi dos veces su estatura. Cruzan su pecho más líneas blancas que suben y bajan como el agua de una fuente por sus hombros y brazos.

—Sam —dice Molly, de pie ahora a la entrada de la cueva con la espada en las manos y momentáneamente deslumbrada al verlo.

Tyrone Power en versión de Mataranka. Su *cowboy* empuñando una lanza y una pistola. Quería decir su nombre más alto, pero le ha salido con esa voz baja. Tan rendida.

—¿Estás bien, Mol? —pregunta Sam.

Molly no tiene respuesta para eso. Solo puede volverse en silencio hacia Aubrey, sentado encima de su amigo caído del cielo.

—¿Este tipo te ha hecho daño, Mol? —pregunta Sam.

Molly tampoco tiene respuesta para eso. Está demasiado deslumbrada. Demasiado exhausta. Ve movimiento a su izquierda. Cuatro aborígenes más de edad aproximada a la de Sam Greenway que salen del sendero que hay entre dos muros de roca a la izquierda del claro.

Las mismas pinturas desvaídas en sus rostros y torsos. Las mismas lanzas en sus manos. Los jóvenes hablan en su lengua a Sam. Sam les responde algo, y los jóvenes silban. Uno de ellos golpea dos veces el suelo con su lanza.

—¿Quieres que le pegue un tiro a este tipo por ti, Mol? —pregunta Sam.

Molly permanece en silencio. No quita los ojos de Aubrey.

—Apártate de Yukio —le dice Molly.

El sepulturero levanta la cabeza y sonríe. Se toma su tiempo para ajustarse el sombrero negro y se pone de pie con seguridad, moviendo la cabeza. Se aparta de Yukio, y Molly corre hacia el piloto cubierto de sangre. Tiene la cabeza vuelta sin fuerzas hacia un lado. Sangre en el vientre. Un reguero de sangre le sale de la boca.

Molly se arrodilla junto a él y coloca sus manos sobre la herida abierta del cuchillo.

—Lo siento, Yukio —dice—. Nunca debí traerte hasta aquí.

Sam sigue apuntando a Aubrey, que extiende los brazos con el cuchillo aún en la mano derecha, mirando al joven de la pistola.

—¿Tú sabes siquiera cómo funciona una de esas, negro? —pregunta Aubrey—. ¿Alguna vez has tenido un arma de hombre blanco en las manos? ¿Te has encontrado alguna en tus viajes de aborigen? —Aubrey ríe para sí—. Será mejor que no falles, chico. —Y cierra el puño con más fuerza empuñando el cuchillo.

Entonces Sam señala a un punto que está a un metro a la izquierda de Aubrey y a dos por detrás de él.

—Y será mejor que tú cojas ese sombrero —dice Sam.

Aubrey mira al lugar al que señala Sam.

—¿Qué sombrero? —pregunta Aubrey desconcertado.

Con la velocidad de un relámpago, Sam dispara al sombrero de Aubrey y este aterriza en el preciso lugar al que señalaba.

—Ese sombrero —dice Sam.

Y entonces mira a Aubrey a los ojos mientras gira la pistola sobre su dedo como en un espectáculo circense del salvaje Oeste, e interrumpe el giro dos veces para apuntar amenazadoramente con el arma a la frente de su blanco antes de reanudar la exhibición. Los amigos descalzos de Sam ríen a costa del sepulturero, pero sus risas cómplices se acallan cuando el anciano aborigen con la levita negra y gastada de almirante francés emerge del sendero que hay entre las dos paredes de roca.

Molly habla con la voz entrecortada:

—Longcoat Bob —susurra.

El pelo gris del anciano. Tantas arrugas en su rostro. Las grietas de sus mejillas son las de todas las rocas que Molly ha visto en su viaje por el país profundo. El país de Longcoat Bob. Las cicatrices que atraviesan su pecho. Cada línea es uno de los ríos de rápidos que atraviesan este traicionero paraíso. Los largos dedos de sus manos a los lados. Los dedos que señalaron a su abuelo tantos años atrás. Los dedos que lo condenaron. Corazón de piedra, dijo Bob. Corazón de piedra.

Molly se vuelve hacia Yukio y le susurra al oído:

—Es Longcoat Bob, Yukio. Es un curandero. Voy a pedirle que te salve. Él puede salvarte, Yukio. —Coge la mano de Yukio. La aprieta contra su pecho—. Tú solo aguanta. No te vayas. Aguanta. Por favor. Por favor, aguanta.

El anciano le da una palmada en el hombro a Sam, y eso es lo único que hace falta para que el joven con la pistola retroceda respetuosamente.

Longcoat Bob recorre con sus profundos y acuosos ojos grises la escena. La niña que atiende al extranjero en el suelo. El morral lleno de pepitas. El hombre alto con el cuchillo en la mano.

Señala al morral.

—Rocas —dice. Y habla sin levantar la voz, pero con tal claridad que todas las cabezas del claro, incluida la de Molly, se vuelven hacia él—: No bien.

—Yo encontré esas rocas solo —dice Aubrey Hook—. No veo que nadie pueda reclamarlas. Son mías y puedo llevarme las que quiera.

Longcoat Bob estudia el rostro del hombre alto. Mira en lo profundo de esos ojos negros. En lo profundo de esa sombra cansada.

—Entonces, debes llevarte todo lo que es tuyo —dice. Y extiende una palma abierta hacia el puente de troncos de eucalipto que cruza el furioso río—. Ve.

Aubrey Hook se queda momentáneamente desconcertado por la palabra. Ha dicho «Ve», se dice. Vete de aquí. Coge tu oro y vete. Vuelve a Darwin y construye tu mansión junto al mar. Vuelve a Darwin y sonríe con desprecio hasta al último tabernero que alguna vez te haya echado de un bar a patadas. Sonríe con desprecio hasta a la última mujer que rechazó tus insinuaciones. Sonríe con desprecio hasta al último gerente de banco y al último proveedor de piedra y herramientas que te dijo que tu dinero no valía. Sonríe con desprecio hasta a la última mujer que debió quererte y no te quiso. «Ve», ha dicho.

Aubrey se guarda el cuchillo de mondar en la parte de atrás del cinturón. Se acerca lentamente a su sombrero atravesado por la bala y se toma su tiempo para ponérselo en la cabeza. Luego se dirige al morral lleno de pesado oro en bruto. Se agacha y se tensa su espalda y el pulso de sus venas bajo la piel sudorosa al esforzarse por levantar el morral sobre su hombro. Cuando está en pie, vuelve sobre sus pasos y deja atrás a Molly sin mirarla siquiera de camino al puente, la única salida del claro abierta para él.

Al pie del puente, lo detiene la voz de Longcoat Bob.

—Debes llevarte todo lo que es tuyo —dice el anciano—, pero debes ser dueño de todo lo que llevas.

Aubrey mira a los ojos al anciano. Tiene frío ahora, incluso en un día tan húmedo como este. Hay movimiento detrás de Longcoat Bob. Los amigos de Sam empiezan a hablar en su lengua con tres mujeres aborígenes que han salido del sendero de entre los dos muros de roca. Una de ellas es vieja, con el pelo tan gris como el de Longcoat Bob, y lleva al bebé que cayó del cielo. Entonces los ojos de Molly Hook encuentran a otra mujer que emerge del camino. Una rubia que nació para hacer películas de cine. Una que lleva un vestido color esmeralda. Los rizos le caen en una onda desmadejada sobre las orejas.

—¡Greta! —exclama Molly sin poder contenerse.

Hay alivio en ese nombre. Y hay incluso más amor. Pero Greta no se vuelve hacia Molly Hook porque se ha quedado paralizada por la visión de Aubrey. Se quedan mirando en silencio la una al otro demasiado tiempo. Molly quiere que se vaya. Vete de una vez. Deja de mirarlo, piensa. No merece nada de ti, Greta. No merece una sola mirada de esos ojos de pantalla de cine. Apártalos de él, Greta. Apártalos y se irá.

Pero ella no aparta la mirada. Ni siquiera pestañea. Y el hombre de sombra tiene permiso para hablar, aunque solo dice una palabra:

—Nosotros… —Y se detiene. No dice nada más. Sonríe. Vuelve la cabeza y se gira para cruzar el puente.

Aubrey avanza cautelosamente sobre los tres delgados troncos de eucalipto que el rocío de los rápidos ha vuelto negros y limosos. Bota tras bota tras bota. El puente cede bajo el peso del oro que lleva sobre los hombros y Molly lo ve detenerse. Avanza otro paso, y el puente cede aún más, pero aguanta su peso y también el del oro. Solo seis o siete metros más hasta el final del puente, piensa. Tiene mariposas en el estómago y puede sentir el brillo del oro dentro del morral. El glorioso brillo. Lo único que ha necesitado siempre. Bota tras bota tras bota. Casi ha llegado a la mitad ahora, y casi ha llegado a Darwin y a esa vida con el oro, a esa vida dentro del brillo. Otro paso, y el puente cede de manera alarmante. Se abre una grieta en la madera bajo él tan ruidosamente que todo el mundo puede oírlo por encima del rugido de los furiosos rápidos. Aubrey da un solo paso cauteloso hacia delante, pero entonces la madera se resquebraja de nuevo y el puente se hunde más, y el sepulturero se queda paralizado.

Se lleva el morral al pecho, lentamente coge una pepita de oro y la arroja al agua para aligerar su carga. Ve desvanecerse el brillo en el agua y le duele el corazón al verlo desaparecer así, y la pérdida lo llena de furia, y la furia lo llena de temeridad, y da otro paso hacia delante por el puente y el puente no se agrieta con ese paso, pero sí con el siguiente, y se acerca aún más al río, así que no tiene más remedio que coger otra pepita del morral y tirarla al agua, y esta se hunde rápidamente en el lecho del río. Pero eso no impide que el puente siga cediendo, y es evidente que está a punto de romperse ya, y Aubrey se ve obligado por instinto a darse la vuelta y correr en busca de seguridad hacia el terreno rocoso del claro, en dirección a la cueva del corazón de piedra donde la niña sepulturera permanece como un pilar de piedra, observando su lamentable dilema desde la seguridad de un suelo firme de roca. Pero, al hacerlo, el árbol emite un último, ruidoso e inmisericorde crujido. Aubrey Hook se detiene, rígido como una figura de piedra. Inmóvil.

Y a ojos de Molly incluso el río se convierte en piedra. El cielo encima de él. Las acacias negras que lo rodean. Los pájaros en el aire. Todo quieto. No hay más movimiento que el de los ojos negros del hombre de sombra con el sombrero negro de ala ancha que giran en sus cuencas para encontrar a la niña que lo ha llevado hasta allí. La niña que lo ha puesto en ese puente que se rompe. Y Molly intenta entender la mirada de su rostro, pero no puede entenderla porque es una mirada que aún no ha leído en el rostro de Aubrey Hook, la mirada de un rostro pálido muy lejos de la satisfacción.

—Molly… —suplica.

Y quiere alcanzarla porque quiere que la niña lo salve. Pero no puede alcanzarla con esa pesada bolsa de oro en los brazos. Y el puente cede. Se rompe por la mitad, y Aubrey Hook está a solo dos metros de ella cuando cae a los rápidos, y, con los ojos aún abiertos bajo el agua mientras el río lo sacude arriba y abajo, lo último que ve antes de la oscuridad es el brillo de sus pepitas de oro saliendo del morral abierto que no ha querido abandonar. El brillo. El glorioso brillo.

*

—¡Yukio! —exclama Greta.

Corre hacia el piloto y se arrodilla a su lado. Ya antes de ver la gravedad de las heridas está llorando.

Molly ve esas lágrimas y le recuerdan que ella no tiene. Llora, Molly, llora. Llora desde donde duele. Desde donde siempre ha dolido. Pero ni siquiera es capaz de llorar por un amigo moribundo, y sabe a quién culpar por ello, y se vuelve hacia Longcoat Bob.

—¡Esto es por tu culpa! —grita—. Se está muriendo.

Longcoat Bob guarda silencio, observando al piloto japonés. Sin expresión alguna.

Molly corre hacia él.

—Por tu culpa estamos aquí —dice. Y tira de Longcoat Bob de la mano—. Tienes que salvarlo. Tienes que salvarlo ahora.

*

Tendido sobre la roca de arenisca, Yukio Miki puede ver el cielo gris y el rostro de Greta Maze. Ella llora.

—¡Quédate, Yukio! —gime—. Escúchame. Quédate aquí.

Ella le limpia la sangre de los labios. Le coloca las manos sobre la herida. Él extiende su mano hacia ella. Su mano temblorosa. Solo le quedan fuerzas para eso. Sus dedos se deslizan por la mejilla de Greta. Acarician sus pestañas. Ella le acerca el rostro al suyo ahora.

405

Su calidez. Ella es una luz en el cielo gris. Es el sol. Es el fuego. Su mejilla contra la suya ahora. Tan cerca que siente las lágrimas que brotan de sus ojos.

—Quédate —susurra ella.

Mueve los labios. Esos suaves labios por los que se quedaría. Esos labios por los que lucharía a muerte. Pero esos labios, contra su voluntad, serán su final. Porque ahora puede morir después de su beso.

*

Molly tira, tira y tira del brazo de Longcoat Bob, intentando arrastrar al hechicero hacia Yukio Miki. Pero el anciano no se mueve.

—¡Usa tu magia, Longcoat Bob! —grita—. Usa tu magia con él.

Longcoat Bob resiste con firmeza. Perplejidad en su rostro. Ternura en su rostro.

—Ssssshhhh —le dice a la niña.

Entonces se oye una palabra en labios de Yukio Miki.

—Molly.

Ella se vuelve.

—Molly… Hook.

Molly regresa corriendo con el piloto y se arrodilla a su lado.

—Lo siento, Yukio —dice—. Lo siento. No podía cambiar nada. Pensé que podía cambiarlo todo. No cambié nada.

Yukio aprieta la mano de la niña. Levanta la cabeza todo lo que puede.

—Molly… Hook… cambia… todo —susurra.

Luego deja que su cabeza caiga hacia atrás sobre la dura arenisca y tiene los ojos abiertos mientras mira al cielo, mientras mira a la Alta Llanura, mientras mira hacia Nara.

—Yukio se va ahora, Molly Hook —dice sonriendo.

Hay algo extraordinario en sus ojos. Su luz.

—Yukio… se pira.

Y sus ojos no se cierran, pero tampoco se mueven.

EL PRIMER REGALO DEL CIELO

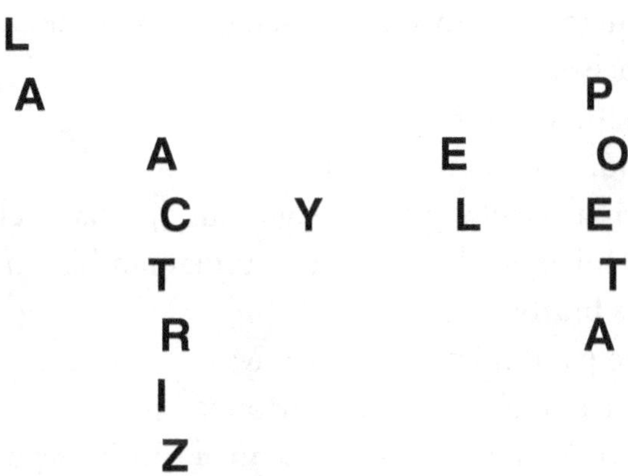

Bailan en honor al extranjero de Japón. La creen cuando dice que cayó del cielo para salvarla. La creen cuando dice que era bueno.

Sam Greenway y los demás miembros masculinos de su familia discutieron los actos del piloto de combate extranjero que recibió una bala por Greta Maze y le salvó la vida a la niña sepulturera. Sam dijo que la niña significaba mucho para él, y preguntó si podían bailar en honor al extranjero en un círculo de tierra bordeado por un anillo de chozas de melaleuca, hierro ondulado y ramas de palofierro, un pequeño campamento improvisado en el país profundo, a unos tres kilómetros al norte de la cueva del oro con el corazón de piedra y el río que se tragó a Aubrey Hook.

Sam y su familia bailan en honor al piloto de combate que descansa con los párpados cerrados sobre una pila rectangular de ramas mientras cuatro hombres envuelven su cuerpo con esmero en sábanas de melaleuca. Una danza para honrar al muerto. Una danza que dura cuatro horas, un adiós que se prolonga tanto que Molly le susurra a Sam fuera del círculo ceremonial que a Yukio Miki probablemente no le importaría que los chicos pararan a beber un poco de agua.

—Estos chicos puede seguir durante días, Mol —dice Sam—. ¿Lo sientes, Mol?

—¿Qué?

—Tu amigo. —Sam sonríe y señala con la cabeza al cuerpo de Yukio—. Vuelve.

—¿A dónde vuelve?

—A donde todo empezó, Mol.

Y Sam mira al cielo, y Molly sigue sus ojos hasta él. Y los amigos de Sam que bailan en el círculo ceremonial también miran al cielo y extienden sus brazos.

—Vuelve para unirse de nuevo, Mol —dice Sam.

—¿Unirse a qué? —pregunta Molly.

—¡A todo, Molly! —dice Sam con la sonrisa segura de un ídolo de matiné de Mataranka—. ¡A todo!

*

Pasan allí siete días. Molly y Greta comparten una choza y duermen la una al lado de la otra en blandas camas de melaleuca y cañas. Las muchachas del campamento les llevan cuencos de ciruelas y tomates, platos de pescado y cocodrilo fresco y megapodio tan bien cocinado en las brasas que Molly dice que no quiere volver a Darwin nunca más.

Molly le dice a Sam que necesita hablar con Longcoat Bob. Sam le responde que Longcoat Bob quiere hablar con ella, pero no está. Sam le dice a Molly Hook que debe ser paciente. Sam le dice a Molly Hook que debe ir más despacio. Sam le dice que corre tanto detrás de todas las respuestas que se va dejando atrás todas y cada una de ellas. Sam le dice a Molly que debe pensar en su amigo Yukio. Y le dice que debe estar ahí ahora para su amiga Greta, que sigue llorando al extranjero de Japón.

Molly y Greta despiertan de su sueño. En la oscuridad, con los ojos cerrados y la mente abierta, intentan encontrarle el sentido a su viaje por el país profundo.

—¿Estás despierta? —pregunta Molly en la oscuridad.

—Ahora sí lo estoy.

—No puedo dormir.

Greta no dice nada.

—No dejo de pensar en Yukio.

Más silencio de Greta.

—No dejo de pensar en su familia. Nunca llegará a saber cómo murió. Tal vez yo pueda ir a Japón alguna vez y contarles lo que hizo. Contarles cómo te salvó la vida.

Pero Greta sigue en silencio, y Molly sabe que no dice nada porque está llorando.

—Lo siento —dice Molly.

—¿Qué sientes?

—No dejo de hablar de él.

—Creo que merece que hablemos de él, Mol.

Molly se vuelve de lado y descansa la cabeza sobre la palma de la mano, apoyándose en el codo.

—¿Por qué viniste conmigo, Greta?

Greta se queda pensando un momento.

—Me gusta el oro tanto como a cualquiera —dice.

—Entonces, ¿por qué no te llevaste nada de oro de esa cueva?

Hay un largo silencio en la choza. Greta no dice nada.

—Creo que con una sola de esas pepitas habrías podido establecerte —dice Molly—. ¿Y qué tienes ahora? Nada.

Más silencio.

Greta adopta su acento más cerrado de barra de bar australiano.

—Estoy pelada —dice.

Molly ríe. Después más silencio. Después más miedo. Más soledad. Más confusión. Más niña sepulturera.

—Provoqué un desastre, ¿verdad, Greta?

Greta se vuelve para mirar a Molly, aunque ella no pueda ver su rostro en la oscuridad.

—Tú no provocaste el desastre, chica —dice Greta—. Simplemente te lanzaste de cabeza a él.

—Sí que lo hice, ¿verdad?

Molly se permite otra risa. Greta ríe con ella. Y sus risas se convierten en una carcajada, y sienta bien reír porque todo parece más un sueño y una pesadilla a la que han sobrevivido, y la risa puede que sea lo único que les queda en los bolsillos a ambas.

—No te preocupes por mí, chica —dice Greta, y se da la vuelta hacia el otro lado para volver a dormir—. He conocido cosas peores que no tener nada.

Al tercer día, las mujeres mayores del campamento visitan la choza con el bebé que cayó del cielo. Lo dejan en brazos de Greta, y ella se echa a llorar al sostenerlo. Pero son lágrimas buenas, y las ancianas lloran con ella porque saben lo que el niño es. Un regalo. Un regalo que creyeron perdido. Y entonces lo encontró la hermosa actriz del vestido color esmeralda que están seguras de que no pertenece al país profundo. Pero las ancianas han discutido largamente el problema y han llegado a la conclusión de que la actriz sí debe pertenecer a él, después de todo, porque ha sobrevivido, ha llegado hasta allí, y lo ha hecho con un milagro en sus brazos. Y le costaba tanto separarse de aquel milagro, a pesar de que sabía que tenía que hacerlo, que a las ancianas no les quedó la menor duda de que la mujer del vestido color esmeralda era tan radiante por dentro como por fuera.

Sam visita la choza para decirles que hay una cueva sagrada en lo profundo de la maleza adonde él y sus amigos van a llevar el cuerpo de Yukio Miki. Dentro de esa cueva sagrada, el cuerpo de Yukio se desintegrará poco a poco y, cuando lo haga, sus amigos cogerán respetuosamente sus huesos y los depositarán en un gran tronco hueco sagrado donde ningún ser humano ni animal perturbará su descanso.

Pero Molly pregunta si puede enterrar a Yukio Miki de la única forma que sabe. Con una pala y un par de botas. Así que Sam y un amigo llevan el cuerpo de Yukio sobre una parihuela hecha con ramas bosque adentro, y lo dejan en un claro de rica tierra blanda de un marrón chocolate junto a un extenso y majestuoso bayán de grandes ramas que a Molly le recuerdan a las serpientes que se retuercen en la cabeza de Medusa en las historias. Y le parece adecuado, porque ese es el mundo al que Yukio pertenece ahora. El mundo de las historias.

Molly y Greta cavan esta tumba juntas. Codo con codo. Descansando cada media hora para beber de su cantimplora. El sol se está ocultando cuando terminan de llenar la fosa. Molly permanece bajo la luz anaranjada al pie de la tumba. Sostiene la espada familiar del piloto.

—¿Puedo decir algo por él? —pregunta Molly.

Greta asiente en silencio.

Molly sostiene la espada con las dos manos.

—Hola, Yukio —dice—. Probablemente ni siquiera podrás entender todo lo que voy a decir, pero solo quería darte las gracias por salvarnos. Nunca he tenido muchos amigos. Antes de conoceros a ti y a Greta, mi único amigo, aparte de Sam, era una pala. Supongo que suena un poco triste, pero lo único triste de eso es no haber podido ser tu amiga más tiempo. Y solo quería decirte que voy a quedarme tu espada, Yukio. Iba a enterrarla aquí, contigo, pero no he podido. Y entonces me he acordado de mi vieja amiga Bert, y he pensado que, si pude ser amiga de una pala tanto tiempo, ¿por qué no iba a poder serlo de una espada?

Molly se vuelve hacia Greta, que asiente para animarla.

—De todas formas —dice Molly, y se agacha para coger una cruz a sus pies que ha hecho con tres ramas atadas por una enredadera—, no tenía ni un cincel ni un bloque de piedra caliza para dejarte un epitafio apropiado. Así que espero que no te importe este.

En la intersección de las ramas ha colgado una oxidada lámina de hierro en forma de círculo con un mensaje grabado.

—No sabía qué ponerte como epitafio porque no conozco toda la historia de tu vida —dice—. Siento haber tenido que resumir un poco. Pero creo que ha quedado bien. No es muy poético, pero confío en que sea digno.

Molly clava la cruz sobre la tumba y Greta coloca su brazo sobre los hombros de Molly.

—Adiós, Yukio —dice Greta.

Y las sepultureras, exhaustas, vuelven al bosque para no perderse en la oscuridad, y la luz limón del sol del ocaso refulge en la inscripción hecha con una piedra afilada que Molly Hook ha dejado colgando de la cruz.

AQUÍ YACE YUKIO MIKI
CAYÓ DEL CIELO
MURIÓ EN NUESTROS BRAZOS
FUE *MIGOTO*

*

Al sexto día llega el viento. El cielo se vuelve primero gris y luego verde. Los relámpagos regresan y hay que asegurar los tejados de las chozas con viejas sogas y enredaderas. Entonces llega la lluvia. Y los ancianos vuelven la cabeza al cielo y se decide que el grupo dejará el campamento y se trasladará al refugio de una espaciosa cueva que hay aproximadamente a un kilómetro y medio al este.

La lluvia cae con fuerza en su choza mientras Molly está sentada a solas en su cama de melaleuca sosteniendo la piedra roja que sacó del pecho de su madre.

Longcoat Bob abre la puerta de zacate trenzado. La niña se queda petrificada. Longcoat Bob entra en la choza y se arrodilla junto a la niña. Estudia su silencio, y luego extiende su mano para coger la piedra roja que ella cuida con tanta devoción. La acerca a su viejo rostro y la estudia un largo rato, y luego mira a Molly a los ojos.

—Has dejado de hablar con el cielo —dice.

—¿Cómo? —responde Molly aturdida y confusa.

Y por un momento cree en la magia. Él es todo lo que dicen de él, piensa. Longcoat Bob, el hechicero. Longcoat Bob, el curandero brujo. Longcoat Bob, el lanzador de hechizos. El conjurador de maldiciones. El lector de mentes.

—Sam dijo que hablabas con el cielo —dice—. Pero has dejado de hacerlo.

Molly asiente, esforzándose por mantener el contacto visual con el anciano.

—Yo también hablo con el cielo —dice.

Y sonríe.

—La he oído, Molly Hook.

—¿A quién?

La mira fijamente a los ojos. Le pone una mano sobre el hombro. Luego se da la vuelta para marcharse, llevándose la piedra roja con él.

—Ven —dice—. Ella tiene algo que decirte.

Y sale a la lluvia torrencial.

*

La lluvia es tan densa que Molly apenas puede ver a Greta y a Sam y la familia y los amigos de Sam mientras se marchan al este a través de la alta y espesa maleza con cestas de provisiones en las manos. Molly va en dirección opuesta, corriendo hacia el oeste, descalza porque se ha dejado las botas en la choza, bajo el azote del viento y la lluvia tras Longcoat Bob, cuya larga levita negra parece una especie de armadura de hierro frente a la violencia de los elementos.

—¡Espera! —grita Molly mientras el anciano se abre camino por un sendero del bosque apenas visible entre grupos de alfitonias y una hilera de pongamias de flores rosas y blancas que se agitan como colas de serpientes de cascabel con el viento incesante.

—¡Ven, Molly Hook! —llama Bob agitando el brazo justo antes de desaparecer por un sendero invisible entre un denso bosque de enredaderas con bayas moradas.

Los relámpagos quiebran el cielo y hacen que Molly agache la cabeza y, cuando vuelve a levantarla, ya no puede ver al anciano a través del muro gris de la lluvia. Así que corre y corre, solo por instinto, y vislumbra la levita de Bob al viento cuando este toma un sendero a la izquierda a través de un muro de palmeras con flores amarillas y los frutos que Molly ha visto en el campamento colgando de los collares de las ancianas.

—¡Espera! —grita Molly.

Molly está perdida ahora en un espeso bosque monzónico de enredaderas y no ve el menor rastro de Longcoat Bob, y se da la vuelta bajo el sofocante viento y la lluvia, y busca un punto hacia el que correr, y la guía le viene del cielo, el tenedor de un relámpago que ilumina un estrecho sendero por el que entonces corre a toda velocidad a lo largo de unos cincuenta metros antes de llegar a un terreno de bloques de arenisca, y consigue distinguir la levita negra del anciano que se mueve por entre esas rocas bajo la fuerte lluvia.

Entonces ve que la levita se detiene en el extremo más alejado del terreno de bloques de arenisca, y oye la voz del anciano entre la lluvia.

—¿A qué estás esperando, Molly Hook? —la llama Longcoat Bob—. ¡Ven!

Y desaparece en la lluvia de nuevo.

Molly trepa por las rocas, y sus pies resbalan repetidas veces por el agua. De una roca a la siguiente. Salto. Salto. Salto. Pierde el equilibrio y su barbilla se lleva la peor parte de un borde afilado que le deja un corte y un moratón, pero no se detiene, sino que sigue avanzando, avanzando, avanzando tras el hechicero que puso la maldición en su corazón.

El suelo bajo sus pies asciende en una pendiente ahora. Una colina de piedra que se alza hasta cuarenta, cincuenta, sesenta metros. Y en lo alto de ella puede ver a Longcoat Bob subiendo la montaña mientras agarra con fuerza en la mano derecha la piedra roja de Molly. La piedra de Violet.

Molly sube tras él. Más arriba, más arriba, sin aliento, furiosa, acercándose a algo que no puede alcanzar. Acercándose a una respuesta. Acercándose a una maldición. Y los relámpagos golpean y la lluvia cae a cántaros por sus rizos marrones y el viento quiere hacerla caer de la ladera. El viento no quiere que sepa qué aguarda en lo alto de esa montaña. La tierra se rebela, dijo Sam. La lluvia se rebela, piensa ella. El viento se rebela. Pero Molly sigue avanzando. Empujando con sus piernas y sus pies, con la cabeza y el pecho tan cerca de la arenisca que sube la montaña casi a gatas.

Levanta la vista para buscar la levita negra del anciano, pero no hay nada que ver ahora más que la lluvia, el gris y la piedra. Corre, Molly, corre, se dice. Cava, Molly, cava. Cava en busca de tu valor. Cava en busca de tu fuerza. Cava en busca de tu verdad.

Y tiene las manos sobre las rodillas cuando alcanza la cumbre de la montaña, jadeando en busca de aire bajo la espesa lluvia, y puede ver que ahora se encuentra sobre un saliente plano, y que desde esa formación asombrosa se ve todo el país profundo, y la niña y el hechicero están tan arriba que Molly se pregunta si podría ver también el océano si el cielo no estuviera tan enfadado con ella. Y vuelve la mirada desde el país profundo hasta el anciano con la levita de almirante, que se arrodilla ahora ante un gran hueco en forma de cuenco abierto por la erosión en el centro de la roca plana.

El pelo y la levita flotan desenfrenados al viento. El hombre parece poseído por la tormenta. A los ojos de Molly, él es el relámpago y todo su poder viene de la electricidad de su mano derecha, y dentro de su mano derecha hay una enorme esfera de granito perfectamente redonda que golpea con furia la piedra roja de Molly, que ha colocado en el centro del cuenco.

—¿Qué haces? —grita Molly en medio de la lluvia.

El pelo en la cara. Su vestido azul cielo empapado de lluvia. El anciano golpea y golpea y golpea la piedra, y el relámpago golpea sobre él. Molly se da cuenta ahora de que está intentando romper la piedra. La piedra de Molly. La piedra de Violet.

—¡Para! —grita—. Para. Vas a romperla.

Y corre hacia él en el mismo momento en que Longcoat Bob suelta la esfera de granito y se echa hacia atrás con el brazo extendido para detener a Molly en su trayectoria.

—Mira —le dice a través de la lluvia.

Y Molly ya lo está viendo. La piedra sangra. Riachuelos de color rojo brotan de la piedra en forma de corazón como si esta se estuviera disolviendo. Un acto de magia negra de Longcoat Bob, el hechicero, un hombre tan poderoso que es capaz de derretir piedras extraídas de los muertos, los muertos que fueron enterrados a solo metro y medio de profundidad.

Pero entonces Molly ve un brillo en la piedra y sabe de qué es. Es la tierra del metal. Es la sustancia que construye y se endurece bajo la superficie. Es la gran historia que el cielo y la tierra mantienen oculta bajo el suelo. Una historia eterna hecha de tiempo, crecimiento y movimiento, de secretos enterrados.

Una capa exterior suelta de roca blanda, como mucho una

arcilla dura, está siendo eliminada por la lluvia implacable, y la verdad de la historia de la piedra queda expuesta con el brillo. Más y más rojo que se desprende, y más y más brillo. Aparecen fragmentos y aparecen partes completas. Un metal precioso aparece en la tierra endurecida. Y Molly nunca ha visto un oro tan brillante.

La lluvia forma un charco de agua en el hueco y esa agua se ha vuelto del color de la capa externa de la piedra. Longcoat Bob pasa las manos por la piedra, y más tierra y color escapan del oro interior. Entonces Longcoat Bob coloca el oro en el suelo de la altiplanicie y lo golpea enérgicamente dos veces más con la esfera de granito, que ahora agarra con las dos manos. Luego aparta la piedra de granito y lava el oro de nuevo en el cuenco, y, por último, se incorpora sosteniendo en las manos una pepita de oro puro. Una pepita en forma de corazón humano. Un corazón que ha sido golpeado, gastado, erosionado, consumido, olvidado y llevado muy lejos y que se ha demostrado irrompible.

La lluvia, la incansable lluvia, golpea el rostro del anciano, pero solo lo hace sonreír. Y tiende el corazón de oro a la niña del vestido azul cielo. Y ríe bajo la lluvia implacable.

—Tú no llevas maldición, Molly Hook —dice—. Tú llevas solo tesoro.

Y Molly Hook toma el corazón en sus manos. Y está segura en este momento de que no es lluvia lo que cae por su rostro. Y comprende que, si hay un tesoro que encontrar en algún lugar bajo los brillantes cielos, si hay algo bajo la Llanura del Alto Cielo de verdadero valor, son los labios de los amantes que un día incendiarán su alma, y el miedo que siempre la hará luchar, y los amigos que siempre se llevarán sus miedos, y los hijos que llamará suyos, y los milagros que verá en los árboles, y en las hojas, y en las montañas, y en la piedra, y en el hierro, y en el acero, y en los edificios de cristal que tocarán el día y la noche en los cielos del mundo. Estará en la alegría y en la tristeza que se reunirán en los lagrimales de sus ojos, en todo ese salado tesoro que se filtrará de la vida que llevará enterrada en su interior, en su brillante interior. Un epitafio sin fin que brotará de la niña sepulturera preciosa gota tras preciosa gota tras preciosa gota.

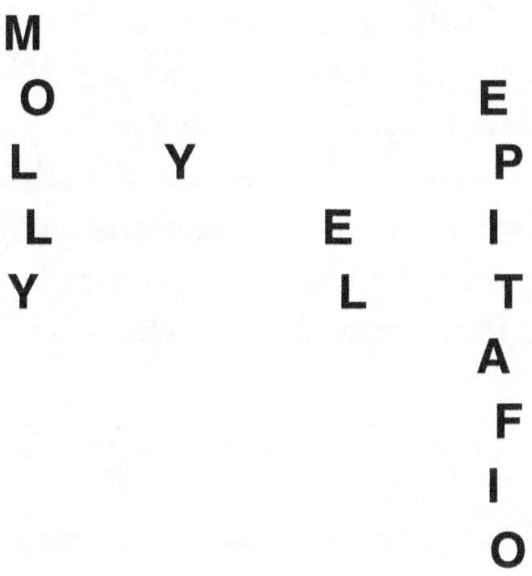

Sam Greenway, el cazador de búfalos, conoce el camino más corto para volver a Darwin, pero Molly sigue insistiendo en ir por el largo. Sam comete el error de hablarle a Molly de lo bien que sabe el buccino cocinado sobre brasas. Es un manjar, dice. En su familia lo llaman «holgazán largo». Dice que es una especie de caracol que puede llegar a ser como el dedo corazón de Molly de largo y que entonces adquiere el más raro color azul, como el de un mar azul intenso, y Molly le suplica que se desvíen del camino para ir a un apartado bosque de manglar donde Sam sabe que se acumulan los holgazanes largos en sus conchas con forma de cucuruchos de helado.

Sam camina delante, Molly en el medio y Greta Maze detrás. Tres viajeros de nuevo en el país profundo. Sam solo lleva su lanza, pero Molly y Greta llevan al hombro bolsas llenas de bayas, tomates de arbusto, carne de serpiente envuelta en hojas de morera y agua que le han dado a Sam sus tías. Molly no quiere que este camino de vuelta termine porque ahora no hay miedo en el viaje. Se siente como en una película de Gary Cooper en el preciso momento en que los malos se han ido o han acabado bajo tierra y el sol se toma su tiempo para ponerse y todo parece resplandecer de esperanza y certidumbre. Siempre ha sido su parte favorita de todas las películas. Siempre ha querido quedarse al calor de ese momento de equilibrio, sumergirse en él, pero entonces el lienzo de la pantalla del Star se volvía negro, y los créditos de la película empezaban a pasar, y el público aplaudía contento, pero Molly Hook se quedaba sentada en silencio porque esos créditos de la película significaban que tenía que volver a casa. Y eso es Darwin para ella ahora. Darwin es la pantalla en negro. Darwin son los créditos pasando. Darwin es la vida real.

*

De camino al bosque de manglar dejan atrás dos cascadas. Ven un árbol ante el que Sam sonríe y les explica que tiene bayas de color rojinegro y ramas de apariencia de corcho que él utiliza para sus lanzas.

—Buena madera para la música también —dice.

Ven un cúmulo de flores de un rosa brillante que cubren el suelo. Sam se las come en crudo y las llama «caras de cerdo». Luego llegan a una zona de hierba de un intenso azul que Sam coge para Molly y Greta y les dice que la guarden en sus bolsas porque es buena para aliviar el resfriado.

Al pasar junto a un extenso árbol del caucho, Molly piensa en su madre y en la vieja casa de su madre. Se vuelve hacia Greta, que va detrás de ella.

—¿Crees que seguirá allí? —pregunta.

—¿Qué? —dice Greta.

—Darwin —responde Molly.

Greta se queda pensando un momento.

—Sí —dice—. Esa ciudad no se va a ir a ninguna parte.

Greta se agacha bajo una rama baja de una litsea de la que Sam arranca un puñado de hojas que aconseja a Molly y a Greta guardar en sus bolsas porque les aliviarán los músculos doloridos tras la larga caminata. Encienden un fuego y forman un lecho de brasas en un espacio plano que encuentran dentro del bosque de manglar que Sam ha prometido enseñar a Molly. Se dan un festín de buccinos que Sam cocina directamente en las brasas antes de sacar la carne del caracol de sus conchas cónicas, duras y quemadas, rompiéndolas con una piedra de arroyo.

Molly se zampa cinco caracoles y se pregunta por el teatro Star.

—¿Crees que el Star seguirá en pie, Sam? —pregunta.

—Eso espero —dice Sam dando la vuelta a los caracoles con su lanza—. Todavía no he visto *El último refugio*.

*

A la mañana siguiente, Sam guía a Molly y a Greta a través de un tupido bosque de enredaderas donde zumban mosquitos. Tras arrancarlas a tiras, Sam prende fuego a un puñado de cortezas de ciruelo, y el humo parece ahuyentar a los insectos. A través de un oscuro túnel de plantas trepadoras, el trío camina alrededor de un kilómetro y medio antes de que la espesura se abra a una estrecha carretera de tierra roja bordeada de más bosque de enredaderas.

Sam se detiene y mira a la izquierda el recto camino. Luego se dirige a Molly.

—Tengo que volver, Mol —dice suavemente.

—Yo pensaba que harías todo el camino con nosotras.

—Iba a hacerlo —dice—. Pero los deliciosos holgazanes largos se han comido todo mi tiempo. Tengo que estar de vuelta antes de mañana por la mañana. El tío Bob va a llevarme de viaje.

Sus ojos se encienden de orgullo y Molly sabe por qué. Sam ha sido elegido. Longcoat Bob quiere enseñarle cosas del país profundo que a otros nunca les estará permitido saber.

—Eso es maravilloso, Sam —dice Molly—. Maravilloso de verdad.

Sam se vuelve hacia Greta, que se ha quedado a unos metros con el objeto de dar a la niña sepulturera y al cazador de búfalos cierto espacio para decirse cosas importantes si logran desenterrarlas de los lugares donde las han ocultado.

—Seguid desde aquí seis kilómetros más —dice señalando con su lanza el camino de tierra—. Llegaréis a un cruce. A la izquierda está la carretera que lleva al norte y a Darwin. A la derecha, la que va al sur hasta Katherine. La carretera que sigue recta os pondrá de camino a Sídney. Pero yo intentaría parar a alguien para que os lleve si no queréis acabar achicharradas como esos largos holgazanes en las brasas.

Greta sonríe agradecida.

—Gracias, Sam —dice.

Sam asiente. Luego se vuelve hacia Molly.

—Y supongo que tú sabes cómo volver conmigo.

Molly asiente.

—Sigue el relámpago. —Sonríe.

Sam asiente.

—Sigue el relámpago.

Y se dirige a la niña como si fuera a decirle algo más, pero no dice una sola palabra. En lugar de eso, habla con actos, doblándose por la cintura para besar a su amiga, la niña sepulturera, en la frente.

—Adiós, Molly Hook —dice y se da la vuelta y apresura el paso para internarse en el bosque de enredaderas.

Molly lo ve desaparecer en el país profundo.

—Adiós, Sam.

*

Campo silencioso. Quietud de los arbustos. Ni siquiera las cigarras hacen ruido. Hace demasiado calor y demasiada humedad para la actividad física después de las lluvias. Greta Maze camina por el centro de la carretera de tierra roja con el rostro enrojecido por el calor y el sudor. Molly Hook va junto a ella, pero camina de espaldas con la cabeza levantada hacia un cielo azul sin nubes.

—¿Has sabido algo del cielo últimamente, Greta? —pregunta Molly sin apartar la vista del vasto techo azul.

—Últimamente, no —dice.

Siguen andando en silencio, y Molly continúa avanzando de espaldas.

Tropieza en un bache.

—Cuidado —dice Greta extendiendo un brazo para impedir que Molly se caiga sobre la tierra roja.

Siguen andando. Molly sigue mirando al cielo. Greta mira de reojo a su compañera de viaje, a su derecha. La niña sepulturera que lleva la espada corta de un piloto japonés entre la espalda y el nudo de su morral. La niña sepulturera con los ojos y la boca abiertos al infinito cielo. Sonríe ante la vitalidad de la niña.

—Me he fijado en que no hablas tanto con el cielo como antes —dice Greta—. ¿Te has quedado sin cosas que decirle?

—Se me han acabado las preguntas que hacerle —dice Molly sin apartar los ojos del cielo—. Así que últimamente solo he estado escuchando lo que me dice ella.

—¿Ella?

Molly asiente.

Greta asiente también, riendo para sí.

—¿Qué te ha dicho hoy?

Molly se detiene, pero Greta sigue andando porque ya ve el cruce del que le hablara Sam. Su carretera de tierra se encuentra con otras tres.

Greta se da cuenta de que Molly se ha detenido tras ella. Se da la vuelta y la ve mirando fijamente al suelo. Sumida en sus pensamientos.

—Hoy es mi cumpleaños —dice la niña.

Algo en esas palabras hiere el corazón de carne de Greta. Corre hacia Molly.

—Lo siento —dice—. No lo sabía.

Mira en su morral. Se busca en los bolsillos vacíos de su vestido. Mira a su alrededor. Es inútil. No hay nada en su morral ni en sus bolsillos ni nada en aquel remoto silencio del país profundo para regalarle. No tengo nada, piensa.

—No tengo nada que regalarte —dice.

Molly levanta la vista hacia Greta.

—No pasa nada —dice—. Ya tengo lo que quería.

Y baja la vista a su vestido azul cielo. Está roto y cubierto de tierra, lodo y manchas de bayas y sangre.

—Quería algo bonito para ir a bailar —dice con una media sonrisa extendida en su rostro.

Greta sonríe también, envolviendo con un brazo el cuello de la niña.

—Vamos, chica —dice.

Llegan al cruce y contemplan cada camino de tierra. Carreteras de barro rojo idénticas flanqueadas por maleza del norte australiano. La actriz y la niña sepulturera se detienen la una junto a la otra. Hombro con hombro. Codo con codo.

—Entonces, ¿por dónde vas? —pregunta Molly mirando hacia delante. Sabe cuál será la respuesta.

No la mires, piensa. No dejes que vea lo mucho que te dolerá cuando diga lo que tiene que decir.

Greta mira hacia la izquierda y hacia delante y luego hacia la derecha.

—Bueno —dice—, pensaba ir a donde fueras tú.

Y Molly sigue mirando hacia delante en silencio.

—La gente tan loca como tú y yo siempre debería andar junta —dice Greta con un guiño.

Y Molly siente que todo el país profundo está en silencio. Salvo por el sonido que ella hace ahora al intentar esconder sus lágrimas inútilmente.

Se frota los ojos.

—¿Estás llorando? —susurra Greta de forma teatral—. Pensaba que no podías.

La niña ríe y resopla de risa entre las lágrimas, y su rostro enrojece de vergüenza.

—Resulta que solo puedo hacerlo cuando soy feliz. —Ríe y se limpia los ojos con su vestido de cumpleaños.

Greta da un codazo cómplice a la niña.

—Bueno, ¿por dónde vamos, entonces, Molly Hook? —pregunta.

Molly vuelve la cabeza hacia el cielo por un momento y asiente hacia el techo azul como si hubiera oído un mensaje alto y claro de él. Y Greta ve a Molly buscar en su morral improvisado y sacar un trozo de oro en bruto mayor que su puño que coloca sobre la palma abierta de su mano.

—¿Cuál es el camino más rápido para ir a California? —pregunta la niña.

Y vuelve la cabeza hacia Greta Maze y sonríe porque la actriz brilla. Brilla tanto que atrae a una pequeña y maravillosa criatura que vuela desde el borde del bosque de enredaderas. Una pequeña mariposa blanca, que sale del verde intenso y revolotea alrededor de los hombros de Greta Maze antes de ascender hacia el cielo azul y detenerse a sobrevolar momentáneamente los rostros levantados y asombrados de las viajeras del cruce de caminos. Molly Hook extiende los brazos hacia la mariposa, sonriendo y dando saltos al agitarlos.

La mariposa sigue surcando el aire tibio, y Greta sonríe, y sus ojos siguen la dirección de su vuelo.

—Por allí —dice.

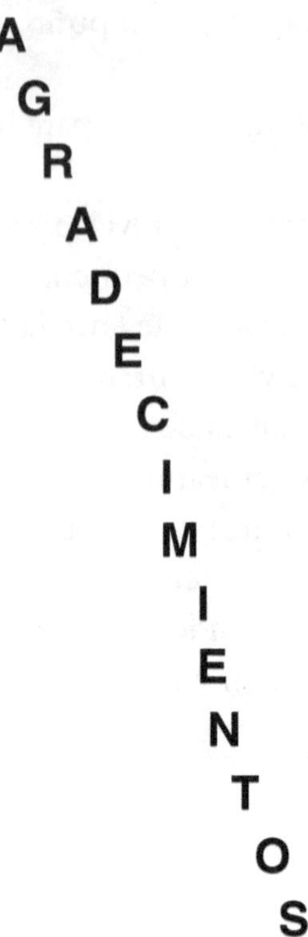

La historia tradicional a la que Sam Greenway se refiere al recordar la que su abuelo llamaba «El Hombre Relámpago» proviene de la historia de Namarrkon (pronunciado [narm-arr-gon]), que simboliza la llegada de la estación húmeda al Top End de Australia. La historia pertenece a los tradicionales dueños de esa vasta región, y con el mayor respeto y agradecimiento a los ancianos del pasado, del presente y del futuro, me he referido a ella brevemente en esta narración. Mi más profunda gratitud a Alison Nawirridj y a su esposo, Leslie Nawirridj, miembro sénior de la familia de artistas Kunwinjku de la Tierra de Arnhem occidental. Su abuelo le contó a Leslie la historia de Namarrkon y le estoy profundamente agradecido por ayudarme en la redacción del texto.

Mi más profunda gratitud a Tess Atie y Greg Balding. Tess creció en la zona que más tarde se denominaría Parque Nacional de

Litchfield. Posee familia por todo el camino desde Mandorah, en la península de Cox, hasta Peppimenarti, más allá del río Daly. Tess dirige Northern Territory Indigenous Tours, una empresa completamente indígena especializada en la interpretación natural y cultural desde la perspectiva aborigen. Tanto ella como su socio, Greg, me ayudaron generosamente con algunos pasajes del texto y me enseñaron a ver el Top End con el corazón y con el alma tanto como con la mente. Su profundo conocimiento y su contagioso amor por su maravilloso y vasto entorno recorren todo este libro.

En enero de 2019, tuve el honor de viajar a Groote Eylandt, en la remota costa oriental de la Tierra de Arnhem, con la MJD Foundation, una organización extraordinaria que trabaja en colaboración con australianos aborígenes, familias y comunidades que conviven con la enfermedad neurodegenerativa de transmisión genética conocida como enfermedad de Machado-Joseph (MJD). La mayor concentración de MJD en el mundo se encuentra en Groote Eylandt, donde se estima que 186 miembros de una población indígena de 1100 habitantes tienen padres o abuelos que heredaron la enfermedad, lo que para ellos supone una posibilidad del cincuenta por ciento de desarrollarla también. Fue en medio de la naturaleza de sueño de Groote donde Steve «Bakala» Wurramara me habló de los arbustos medicinales y del profundo conocimiento mágico que le legaron su padre y su abuela, y que él está utilizando para ayudar a científicos de Sídney a encontrar un tratamiento o cura para la enfermedad de MJD. No podría haber conocido a nadie más inspirador justo antes de empezar a escribir este libro, y estoy seguro de que gran parte del encanto y del carisma de Bakala inconscientemente encontró el camino para llegar hasta el héroe de Molly, Sam Greenway. Mi más profundo agradecimiento a Bakala y a la MJD Foundation. Y gracias al equipo de Translationz por su ayuda en los diálogos de Yukio.

El poema que a Greta le gusta en la historia es «La mujer en la tina», escrito en 1902 por el poeta australiano Victor Daley. Molly y Aubrey citan versos del poema de 1855 «Canto de mí mismo», de Walt Whitman.

La historia y la estructura corren por las venas de Catherine Milne, y su pasión por los libros y las palabras infectan la sangre de cada escritor que tiene la suerte de trabajar con ella. Tú viste a dónde se dirigía Molly desde el principio, Catherine, y eso abrió cielos en mi cabeza. Gracias, querida amiga. Alice Wood —mujer ala, prodigio, arma—, este libro existe por ti. Todo el mundo necesita a un Scott Forbes. Salvador de frases. Terrier de erratas. Genio con vista de halcón. Gracias, Scott. Gracias por su excepcional corrección de pruebas a Pamela Dunne y a Nicola Young. Darren Holt, eres para mí un hombre milagro. Un regalo, también. Gracias. Gracias a Jim Demetriou, a Brigitta Doyle, a Libby O'Donnell, a Darren Kelly, a Tom Wilson y a todo el poderoso e imparable motor de HarperCollins Australia. Gracias al gran James Kellow por su fe, que se convirtió en mi convicción. Gracias a todos y cada uno de los libreros y lectores australianos por todo lo que hicisteis por Eli Bell y su familia, que es la mía.

Gracias a Christine Middap y a toda la querida gente de *Oz mag*. Gracias a Christine Westwood, a Michelle Gunn, a Helen Trinca, a Chris Dore, a Nicholas Gray, a Michael Miller, a Campbell Reid, a Justin Lees, a Amy Lees, a Andrew McMillen y a todos los gloriosos miembros pasados y presentes de esa iracunda banda *indie-pop-rock* de periodistas de The Bureau. Gracias, Mark Schliebs, por la lectura temprana y la inspiración. Gracias a Stephen Romei, compañero de correrías. Gracias a sir Matthew Condon, compañero de navegaciones. Gracias a Asher Keddie, a Kristina Olsson, a Richard Glover, a Venero Armanno, a Annabel Crabb, a Clare Bowditch y a Kathleen Noonan, cada uno de ellos un ángel en la tierra. Gracias por tu magia, Mem Fox. Gracias a Adriana y a Dan Penman, a Kristi y a Matthew Gooden, a Rebecca y a Chris Lane, querido círculo de risas. Gracias a Kristine y a Stefan Szylkarski, a Suellen Cash y a Brad Sonego, a Serena Coates, a Edward Louis Severson III y hasta al último querido amigo al que di las gracias la última vez.

Gracias por todo, mamá. Gracias, Darcy, Mara, James, Reggie, Ethan y Rosalie Dalton y gracias a vuestros hermosos mamás y papás. Gracias, querido Jesse. Gracias, Dawn y Bernie Franzmann. Gracias, Lenora, Michael, Patrick y David O'Connor. Gracias, Tim, Kate, Jack y Ava Franzmann. Fiona, Beth y Sylvie, tendría que escribir otra novela para daros las gracias como os merecéis, que es la razón por la que he escrito esta. Os quiero. Y gracias por los cielos, papá. Nos vemos. Vamos, George Toringo, otra vez más.